# LA NOVIA DE LA ROSA ROJA

## CLAIRE DELACROIX

Traducido por
### LAUREN IZQUIERDO

DEBORAH A. COOKE

**La novia de la rosa roja**
por Claire Delacroix


Edición en español 2021
Traducido por Lauren Izquierdo
Copyright © 2021 por Deborah A. Cooke


Título original: **The Rose Red Bride**
Copyright © 2005, 2011 Claire Delacroix, Inc.

 Creado con Vellum

# LAS JOYAS DE KINFAIRLIE

*Más apreciadas que el oro son las Joyas de Kinfairlie, y solo los más dignos pueden luchar por su amor... El señor de Kinfairlie tiene hermanas solteras, cada una de las cuales es una joya por derecho propio.  Y él no tiene más remedio que verlas casarse a toda prisa.*

**1. La bella novia**

**2. La novia de la rosa roja**

**3. La novia blanca como la nieve**

**4. La balada de Rosamunde**

~

*La trilogía Las Joyas de Kinfairlie está dedicada a mis lectores, con un sincero agradecimiento por su lealtad y apoyo. Que disfruten leyendo sobre las Joyas de Kinfairlie tanto como yo he disfrutado escribiendo sus historias.*

# LA NOVIA DE LA ROSA ROJA

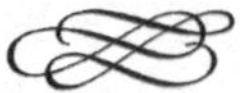

# CAPÍTULO 1

*Kinfairlie, en la costa este de Escocia - Agosto de 1421*

lexander estaba orgulloso de sí mismo por un asunto bien concluido. Aunque el matrimonio de Madeline, su hermana mayor, no había comenzado de manera poco favorable, la solución de Alexander finalmente había resultado ser buena. Tal como él lo había predicho, Madeline estaba casada y de manera feliz, y aún más contenta por el bebé que ya le redondeaba la barriga. Aunque Alexander no había encontrado a Rhys FitzHenry por ningún medio convencional de emparejamiento, el hombre que había comprado la mano de Madeline en una subasta había demostrado ser un excelente esposo.

Todo había terminado bien, y Alexander se inclinaba a reconocer para sí mismo el mérito de ese hecho feliz. Un hombre tenía que encontrar ánimo donde pudiera. Había poco más que eso que mereciera la estimación de Alexander en Kinfairlie y, a menudo, él se sentía abrumado por la carga de la propiedad heredada por él.

Alexander miraba por la ventana los campos de Kinfairlie, frunciendo el ceño porque no fueran más verdes. La cosecha era ligeramente mejor de lo que su castellano había predicho, pero no lo suficientemente buena. Aunque su hermana Madeline estaba casada, su hermano Malcolm estaba entrenando en Ravensmuir y su otro hermano Ross estaba entrenando en Inverfyre, quedaban cuatro hermanas solteras de las que Alexander era responsable. El castellano había sido firme en su consejo de que debía haber menos bocas en la mesa durante el invierno.

Los campos ofrecían un recordatorio enérgico. Alexander aun tendría que casar a su hermana Vivienne, la siguiente de más edad después de Madeline, antes de que cayera la nieve.

Lamentablemente, Vivienne no estaba resultando más fácil de casar que su hermana mayor Madeline. Vivienne estaba dispuesta a casarse, pero ella deseaba sentir afecto por su esposo antes de que se celebraran sus nupcias. De hecho, ella deseaba estar enamorada. Alexander estaba seguro de que ellos habían visitado a todos los hombres de la cristiandad en vano. Él bien podría rugir si Vivienne lo miraba a los ojos y daba esa pequeña negación con la cabeza una vez más.

Aunque Alexander preferiría que Vivienne fuera feliz, agosto ya estaba sobre ellos. Él pronto se vería obligado a tomar el asunto en sus propias manos.

Alexander suspiró y se sumergió en las cuentas de la propiedad, con la esperanza de descubrir que las cosas fueran un poco mejor de lo que él pensaba. Él no tuvo tiempo suficiente para aburrirse con el aburrimiento de revisar las cuentas antes de que un toque sonara en la puerta de madera.

Anthony, el anciano castellano de Kinfairlie, se aclaró la garganta cuando Alexander no respondió de inmediato. "Un caballero quiere verte, mi señor. Él ruega por una audiencia en privado lo antes posible."

Alexander estaba intrigado, porque los invitados rara vez llegaban espontáneamente a Kinfairlie y menos a menudo insistían en la privacidad. "¿Él tiene un nombre?"

"Nicholas Sinclair, mi señor." Anthony resopló cuando Alexander se sorprendió por el familiar nombre. "Yo dudo de su carácter, mi señor. Ningún hombre de mérito susurra su nombre y esconde su rostro entre las sombras de su capucha."

Alexander se reclinó asombrado. "¡Pero Nicholas Sinclair fue el mismo hombre que cortejó a Vivienne hace algunos años!"

Anthony se enderezó con desaprobación. "—Eso creo, señor, aunque los hombres de Sinclair son bribones indistinguibles unos de otros. Se dice que ellos son de linaje vikingo, mi señor, lo que les da poco crédito." Aparentemente, Anthony notó el interés de Alexander en ese recién llegado y se aclaró la garganta nuevamente. "Aunque admito que esa es solamente mi opinión personal, señor. Hay quienes, a menudo mujeres, según he oído, encuentran cierto atractivo en los hombres de Sinclair."

¿Qué había salido mal entre Nicholas y Vivienne? Alexander no podía recordarlo. De hecho, es posible que él nunca lo hubiese sabido. Él no había prestado mucha atención a que Vivienne perdiera un pretendiente, porque en aquellos días, esos asuntos no eran de su incumbencia.

"Yo estaría encantado de ver a Nicholas Sinclair", dijo él, notando que Anthony estaba desconcertado por su vigor. Alexander sonrió, porque él había llegado a disfrutar sorprendiendo a su propio castellano. "Tráemelo a toda prisa, por favor, y también un poco de cerveza.

"¿Cerveza, señor?" Las cejas plateadas de Anthony se elevaron. "¿Estás seguro de que es prudente hacer tal bienvenida a Sinclair?"

"Cerveza, Anthony, sin duda." Alexander habló con la firmeza que había aprendido a usar con su obstinado castellano. "Un invitado es un invitado, no importa su nombre."

Anthony echó un vistazo a las cuentas, extendidas sobre la mesa ante su señor feudal, y apretó aún más los labios. "Yo sugeriría que sus asuntos no se muestren así, mi señor. Los Sinclair tienen la reputación de codiciar lo que no es suyo."

"—De cualquier forma, me he saciado de las cuentas" —dijo Alexander, y luego comenzó a guardar los libros cuando el castellano se fue. Él enrolló los pergaminos con fuerza y volvió a atar sus cintas, guardándolos todos con cuidado en un baúl.

La mesa que Alexander tenía ante él estaba vacía cuando un hombre alto y encapuchado entró en la habitación. El hombre cojeaba, favoreciendo su pierna izquierda, pero de todos modos caminaba con vigor. Como Anthony había notado, el hombre mantenía su capucha levantada y su rostro estaba en las sombras.

Alexander se giró con gran curiosidad. "¿Nicholas Sinclair?"

El hombre asintió secamente. "Buenos días para ti. Te agradezco por la cortesía." Nicholas le ofreció la mano y Alexander se la estrechó. Era una mano grande, bronceada y áspera, la mano de un hombre familiarizado con el peso de una espada. El agarre de Nicholas no fue menos seguro de lo que Alexander podría haber esperado. Los modales de Sinclair eran decididos y confiados, y Alexander no pudo evitar pensar que un hombre decididamente del mundo podría ser un buen compañero para su hermana, quien amaba los cuentos caprichosos.

Alexander hizo ademán de tomar asiento una vez más y señaló la silla de enfrente. "Confieso tener cierta curiosidad por tu llegada aquí."

El otro hombre se echó hacia atrás la capucha y luego se sentó en la silla. Alexander luchó por ocultar su sorpresa. Él parpadeó, miró sus propias manos para tranquilizar su expresión, luego miró de nuevo directamente a los ojos de su invitado.

Nicholas Sinclair lo miró perceptivamente y Alexander supo que su desconcierto se había notado. "No era mi intención asustarte", dijo Sinclair, aunque Alexander sospechaba que eso no era del todo cierto.

Ningún hombre podría haber dejado de sorprenderse por la cicatriz que iba desde la sien hasta la barbilla en el lado izquierdo de la cara de Nicholas. Era una cicatriz arrugada e irascible, tan vehemente que Alexander estaba seguro de que él la habría recordado si hubiera estado allí antes, una cicatriz tan roja él que sospechaba que se había ganado recientemente.

A decir verdad, Alexander no recordaba bien a Nicholas, aunque el hombre parecía vagamente familiar, más allá de la cicatriz. Nicholas era lo suficientemente alto como para sobresalir por encima de Alexander y tenía los hombros más anchos. Su color sí insinuaba algo de sangre vikinga en sus venas, porque su cabello era rubio y le habría caído hasta los hombros, si no hubiera estado recogido con un cordón de cuero. Sus ojos eran de un sorprendente azul claro. Él estaba bronceado y era musculoso y habría sido lo suficientemente apuesto como para atraer la mirada de cualquier doncella, al menos antes de haber ganado esa cicatriz.

"Pido disculpas, porque soy un hombre de palabra directa", dijo Nicholas. "Vengo a hacer mi petición por la mano de Vivienne."

Alexander encontraba la llegada de ese hombre demasiado conveniente para ser fácilmente creíble. Él había aprendido algo de cautela al organizar el matrimonio de Madeline y la aspereza del tono de Nicholas haría que cualquier hombre se detuviera. "Yo tenía entendido que tú y Vivienne habían terminado su noviazgo hace algunos años."

Nicholas desvió la mirada. "Solo por mi locura".

"Si creías eso, ¿por qué no regresaste antes?"

"Yo no tenía casa para ofrecer a una novia." Si nada más, Nicholas se veía muy sombrío ante ese detalle.

"Ahora recuerdo ese asunto", dijo Alexander, señalando con el dedo a su invitado mientras recordaba. Su padre y Vivienne habían discutido acaloradamente sobre la locura de casarse con un hombre que era poco probable que heredara propiedades. Aunque no se había mencionado el nombre de Nicholas, Vivienne había desafiado a su padre con tal espíritu que todos sabían que el asunto era importante para ella.

Y si la memoria le servía bien a Alexander, el ardiente Nicholas había desaparecido de Kinfairlie poco después. Él asintió con la cabeza a su invitado. "Tú tenías un hermano mayor que heredaría antes que tú, ¿no es así? Erik era su nombre."

Una sombra tocó los rasgos del otro hombre. "Erik Sinclair fue desheredado. Nicholas es ahora el señor de las tierras Sinclair en Blackleith."

No hubo escasez de amargura en el tono del invitado, y aunque Alexander pensaba que su referencia a sí mismo había sido expresada de manera extraña, no se podía negar el acento de las Tierras Altas en la voz de su invitado. Quizás el hombre estaba menos acostumbrado a hablar en inglés que en gaélico, y en gaélico, el comentario habría pasado desapercibido.

La mirada de Alexander se desvió de mala gana a la cicatriz del otro hombre y él se preguntó qué había pasado entre los hermanos para causar tal desaprobación y tanta amargura. No había una buena manera de investigar un asunto tan delicado, y ¿qué diferencia había realmente, si Alexander podía asegurarse de que Vivienne se casara con el hombre que deseaba y que ella también viviera cómodamente?

Si el noviazgo hubiera terminado debido a la falta de herencia de Nicholas, sin duda ella estaría encantada de casarse con él ahora que poseía una.

De hecho, un afecto persistente por ese mismo hombre podría ser la razón por la que ella no encontraba atractivo a ningún otro pretendiente. Madeline ciertamente había tenido una razón similar para encontrar carentes a todos los pretendientes, y Alexander se esforzaba por aprender todo lo que podía con respecto a comprender y complacer a sus hermanas.

Después de todo, él tenía tres más para ver casadas después de Vivienne.

Nicholas continuó con determinación. "Es hora de que yo reclame una novia y mi elección es Vivienne."

Alexander descubrió que sus reservas se derretían. Ese hombre había enfrentado obstáculos formidables, eso estaba claro, y él aún estaba herido por lo que fuera que había dividido a su familia. Él bien podía imaginar que Nicholas nunca se hubiera olvidado de Vivienne, porque aunque ella era su propia hermana, él era muy consciente de su abundante encanto. La actitud alegre y el optimismo de Vivienne podrían ser el bálsamo que ese hombre necesitaba.

Quizás el afecto de Nicholas por Vivienne había sido la única esperanza que lo había sostenido frente a tales pruebas.

Cuanto más consideraba Alexander el matrimonio, más le gustaba la perspectiva. Él preguntó por los ingresos de Blackleith y su ubicación, como una cuestión de responsabilidad, aunque esos detalles eran de menor importancia que la felicidad de su hermana. A Alexander le tranquilizó saber que Nicholas parecía conocer completamente los detalles de su propiedad, el número de inquilinos y la cantidad de tierra, los diezmos anuales y lo que aún quedaba por hacer. Ese era un barón responsable, sin duda.

"No necesitas dudar del peso de mi bolsa", dijo Nicholas en conclusión. Él sacó una bolsa que tintineó cuando la puso sobre la mesa. Él la empujó a través de la extensión de la mesa de madera hacia Alexander. "Y estoy dispuesto a compensarte por ver que mi petición tenga éxito en poco tiempo".

Alexander miró fijamente la bolsa de monedas, adivinando que la salvación de Kinfairlie estaba dentro de él. Él levantó la bolsa, como si estuviera menos preocupado por su contenido de lo que estaba, y miró dentro. Su corazón dio un vuelco ante la cantidad de monedas de plata, aunque él mantuvo sus rasgos impasible. Esto les serviría durante todo el invierno y le permitiría a él tomarse un descanso de tener que casar a sus tres hermanas menores.

"Pareces ansioso por que ocurra con prisa", dijo Alexander, puntualizando el único detalle que le preocupaba. Un hombre honesto no tiene necesidad de apresurarse, había dicho a menudo el padre de Alexander, y la urgencia de Nicholas lo hacía sospechar.

"¿Qué hombre no desearía la prisa cuando el anhelo de su corazón es claro?" Nicholas sonrió, aunque sus labios parecían tan poco familiarizados con la formación de esa curva que parecía más una mueca. "No me hago más joven. Me he demorado demasiado en este asunto y lo quisiera ver resuelto. Un hombre debe aprovechar el momento en que las Parcas favorecen su camino."

"Tú tienes un plan." Alexander no dejó que su mano se cerrara sobre el dinero, todavía no.

"No quisiera demorarme en cortejos y bodas"

"¿Entonces qué?"

Nicholas frunció el ceño, luego se inclinó hacia adelante, apoyando los codos sobre la mesa. Sus ojos brillaban de un azul vehemente, lo que le decía a Alexander el vigor de su intención. "Yo capturaría a mi prometida por la noche, consumaría nuestro matrimonio y luego me casaría por la mañana."

Alexander dejó el dinero sobre la mesa con fuerza y lo empujó hacia el otro hombre. Se deslizó por la madera pulida hasta que Nicholas lo atrapó. "¡Es vulgar robar una novia! Aunque otros toleran el secuestro y la violación como algo conveniente, ¡eso no se hará en Kinfairlie! "

"Ese curso es necesario."

"Ningún hombre de honor se niega a cortejar a su esposa."

Nicholas se echó hacia atrás, se tocó la herida de su propio rostro con la yema del dedo y no dijo más.

"Los Lammergeier[1] se casan", insistió Alexander, temiendo que Nicholas ofreciera alguna convención pagana en lugar del matrimonio. "Nosotros intercambiamos nuestros votos honorablemente y ante testigos."

"Tengo toda la intención de casarme con Vivienne como sugieres. Simplemente quisiera celebrar la noche nupcial antes de hacer esos votos."

Alexander entendía que el otro hombre temiera que su herida pudiera auyentar a su prometida, pero aun así él estaba preocupado. Uno oía hablar de tales arreglos, aunque por lo general la doncella se dejaba seducir porque su padre protestaba por el matrimonio. "¿Por qué tanta prisa?"

Los labios de Nicholas se tensaron en una línea dura. "Mi primo tiene la intención de impugnar mi soberanía sobre Blackleith sobre la base de que no tengo novia. Necesito una esposa y un hijo, necesito ambos pronto y yo elijo a Vivienne." Él miró a Alexander a los ojos. "No hay tiempo para demorarse, porque un niño no sale a la luz en una noche y un día. Yo deseo casarme con Vivienne, y deseo asegurarme de que ella no pueda negarse a mi petición debido a mi herida." Él lanzó la bolsa de monedas sobre la mesa y Alexander la atrapó.

Esta vez, Alexander dejó que sus dedos se cerraran sobre las duras monedas. Aunque a él no le gustaban los medios, Alexander no podía encontrar ningún defecto en el resultado final. Y supuso que si él rechazaba el plan de Nicholas, el hombre dejaría Kinfairlie y buscaría otra novia.

Alexander no podía decepcionar tanto a Vivienne. Él sabía que si alguna vez había una mujer que podía mirar más allá del rostro de un hombre hasta su corazón, era su hermana Vivienne. Y él supuso que la razón por la que ella no encontraba el favor de ningún otro pretendiente era que ese era el hombre con el que ella deseaba casarse.

"Es jueves", dijo Alexander pensativo. "Y sería inapropiado que una boda se celebrara un viernes, a pesar de tu deseo de apresurarse, porque ese día está destinado a la penitencia. Dejemos entonces que tu unión con Vivienne sea mañana por la noche, y que sus votos nupciales se intercambien inmediatamente después, el sábado por la mañana. Las nupcias del sábado son un buen augurio para la felicidad futura, después de todo. Me aseguraré de que Vivienne duerma sola en la habitación más arriba en la torre."

"¿Cómo?"

Alexander sonrió, sabiendo precisamente la historia que contaría para animar a su hermana a hacer su voluntad por propia disposición. "Déjame el asunto a mí. Ella estará ahí. Solo insisto en que le concedas todas las cortesías que se le deben a una dama."

Su invitado inclinó la cabeza en señal de acuerdo. "El muro de tu torre mira hacia el mar, y hay ventanas en la cima."

"Hay tres ventanas grandes y todas conducen a esa habitación. Tendrás que escalar el muro, sin duda, y fue labrado fino a propósito para desafiar tal hazaña", dijo Alexander. "¿Seguramente tu deseo es suficiente para que tengas éxito en tal prueba de valor?"

Los ojos de Nicholas se entrecerraron mientras consideraba ese plan. De repente él parecía peligroso y de mala reputación, un hombre al que no le preocupaba la perspectiva de escalar un muro para seducir a su novia.

Pero claro, a Vivienne le encantaban los cuentos antiguos. Si su verdadero amor se esforzaba tanto por ganar su mano, sin duda ella estaría encantada. Alexander se tranquilizó al saber que Nicholas comprendía tan bien a Vivienne.

"¿Y los centinelas?" preguntó Nicholas, resuelto mientras comenzaba a ponerse de pie.

Alexander reflexionó un momento, luego supo lo que haría. "Puedo asegurarme de que miren hacia otro lado, aunque su falta de atención no durará mucho. Apresúrate cuando la campana de la iglesia del pueblo suene a medianoche."

Nicholas asintió y se cubrió la cabeza con la capucha una vez más. Él estrechó la mano de Alexander con vigor. "Te agradezco tu ayuda en esto. No puedes adivinar su importancia para mí."

"Te advierto que me quedaré con tu pellejo si no tratas a mi hermana con honor."

Los hombres intercambiaron una fuerte mirada, luego Nicholas se dio la vuelta, su capa ondeando detrás de él. Cuando Anthony regresó con dos jarras de cerveza, el invitado de Alexander se había ido.

VIVIENNE ESTABA POSEÍDA por una nueva inquietud desde su regreso de la nueva morada de Madeline en Caerwyn. Era más que el rigor de la rutina después de la aventura de perseguir a Madeline y a Rhys por Inglaterra con varios de sus hermanos. Era más que extrañar a Madeline, aunque las dos habían compartido más secretos que con sus otras hermanas.

Era la sonrisa que Madeline había ganado en su viaje lo que estaba en la raíz de la insatisfacción de Vivienne. Era una sonrisa curiosa, tanto contenta como burlona, una sonrisa que Madeline le dedicaba a su esposo en los momentos más inesperados, una sonrisa que se apoderaba de los labios de Madeline cuando su mano se deslizaba sobre la curva de su vientre, una sonrisa que se volvía misteriosa cuando Vivienne preguntaba sobre asuntos de la cama.

Era una sonrisa que perseguía a Vivienne, incluso después de que ya no estaba en presencia de su hermana. Madeline sabía algo, y Vivienne tenía una idea clara de lo que implicaba ese algo, que Vivienne no. Eso creaba un nuevo abismo entre las hermanas, y uno más grande que la distancia que las separaba.

Vivienne nunca había sido de las que se tomaban bien los misterios o los asuntos que no se discutían. Ella nunca había podido guardar un secreto y, por lo general, no sorprendía a sus hermanos, ya que no podía evitar compartir los detalles de cualquier plan o regalo por adelantado. Y ella nunca había tenido la capacidad de tener paciencia.

Ella quería saber lo que sabía Madeline y quería saberlo de inmediato, si no antes.

Vivienne sabía que Alexander también deseaba verla casarse y ella estaba dispuesta a hacer votos ante el altar. Sin embargo, quería comprometerse con un hombre al que ella amara, como amaban las doncellas y los caballeros en sus cuentos favoritos.

No había tantas mujeres que sonrieran como Madeline. Vivienne pretendía ser una de ellas. Ella había asistido a todos los eventos sociales de los que había oído hablar, le había rogado a Alexander que la acompañara a York, a Edimburgo y a Newcastle, y había conocido con optimismo todos los hombres elegibles.

En vano. Ninguno de ellos la había hecho desear saber más sobre él. De hecho, Vivienne se sentía poco más que desesperada. Ella sabía que Alexander no sería paciente para siempre; después de todo, ya ella había visto veintiún veranos. El tiempo y el derecho a elegir se le escapaban, como la arena que fluye a través de un reloj de arena.

Vivienne tenía la certeza de que había momentos cruciales para hacer elecciones en la vida de cada persona, momentos que llevaban irrevocablemente desde la decisión más mínima a acontecimientos de gran trascendencia. El momento en que sus padres decidieron comprar un pasaje en un barco específico fue una decisión de enormes consecuencias. Una vez que abordaron el barco y zarparon, poco o nada pudieron haber hecho para evitar el hundimiento de ese barco y la pérdida de sus vidas.

El momento en el que Madeline había decidido huir de su prometido, Rhys, había sido otra de esas elecciones, aunque esa había puesto en marcha una secuencia de acontecimientos más felices. Vivienne sabía que debía haber uno de esos momentos en su propia vida, pero a medida que pasaban los días y ningún hombre llamaba su atención, ella comenzaba a temer estar perdiendo su oportunidad.

¿Y si la felicidad conyugal solo la pudieran encontrar mujeres como Madeline? Como su hermana mayor, Madeline siempre había marcado un estándar imposible de cumplir para Vivienne. Madeline no solo hacía todas las cosas primero, sino que su naturaleza siempre había sido más tranquila que la de Vivienne. Madeline estaba menos inclinada a tomar decisiones impulsivas que Vivienne y rara vez tenía motivos para disculparse con otro miembro de la familia.

Y lo que era peor, Madeline siempre había estado impecablemente arreglada. Su cabello permanecía en su trenza, su velo nunca se deslizaba, su dobladillo nunca se rasgaba. Vivienne estaba plagada de los tres defectos, solo su cabello rebelde había provocado suspiros en todas las sirvientas que alguna vez se habían visto obligadas a servirla. Madeline nunca había perdido un guante, un zapato o una media, mientras que Vivienne había perdido tantos que los que quedaban a menudo formaban nuevos pares. Madeline había sido el eco de su madre, serena incluso cuando era niña, mientras que Vivienne parecía descuidada por mucho que lo intentara.

¿Podría ser que el amor fuera solo para aquellas mujeres tan compuestas como Madeline y su madre, Catherine? ¿Y si los hombres solo encontraran atractivas a las mujeres ordenadas? La perspectiva era aterradora para Vivienne.

La esperanza es un elixir potente, especialmente para aquellos como Vivienne, que han bebido con entusiasmo de su taza, pero incluso la esperanza de Vivienne comenzaba a flaquear cuando las tardes de agosto adquirían el frío del invierno.

¡Si ella tan solo tuviera la oportunidad de tomar su decisión!

COMO RESULTADO DE ESTA INQUIETUD, Vivienne tuvo tan poco apetito en la mesa el viernes por la noche que su estado de ánimo no pasó desapercibido. Incluso la ausencia de Ross y Malcolm no había disminuido las burlas entre los hermanos que permanecían en Kinfairlie, y Vivienne estaba convencida de que sus tres hermanas menores tenían una visión como halcones.

"¿No quieres tu pescado?" dijo Isabella. Ya tan alta como Vivienne, Isabella había comenzado recientemente a crecer con vigor, y su apetito mostraba una fuerza similar. "La salsa es deliciosa. Podría comerme otro trozo, si tienes la intención de desperdiciarlo."

Vivienne empujó su plato hacia su hermana. "Considéralo tuyo." Isabella atacó el pez con tal entusiasmo como si quizás no hubiera comido en una semana.

"¿No te gustó?" preguntó tranquilamente Annelise, su preocupación era evidente. Annelise era la siguiente hermana menor después de Vivienne, los dos hermanos ausentes entre ellas en edad. "Yo le sugerí a la cocinera que usara eneldo en la salsa, ya que sería un cambio. No era mi intención disgustarte."

"La salsa es deliciosa, como dijo Isabella", dijo Vivienne con una sonrisa. "No tengo hambre esta noche, eso es todo."

"¿Estás enferma?" preguntó Elizabeth, la más joven de todas.

Vivienne luchó contra su frustración mientras todas las almas en el salón la miraron con compasión. ¡Nada escapaba de los comentarios en esa casa! "Estoy lo suficientemente bien." Ella se encogió de hombros, sabiendo que no apartarían la mirada hasta que ella les diera una razón para su estado de ánimo. "Simplemente extraño a Madeline."

Las hermanas suspiraron como una y miraron sus platos. Incluso Isabella dejó de comer por un momento.

—Quizá necesites un cuento —dijo Alexander con tanta cordialidad que Vivienne sospechó de inmediato. Su hermano mayor, ahora Señor de Kinfairlie, había gastado tantas bromas a sus hermanas a lo largo de los años que cualquier gesto de buena voluntad de él provocaba desconfianza.

"Él te contará el triste destino de una doncella que se negó a casarse por mandato de su hermano", dijo Elizabeth sombríamente.

"Al menos Malcolm y Ross no están aquí para ayudar en cualquier broma que Alexander pueda planear", dijo Isabella. La sirvienta que compartían las muchachas chasqueó la lengua, ya que Isabella había hablado con la boca llena de pescado.

"Ross regresará a casa de Inverfyre en Navidad", dijo Alexander con entusiasmo. "Sin duda traerá saludos desde la casa de nuestro tío."

"Malcolm es demasiado estudioso para aventurarse la corta distancia desde Ravensmuir, incluso para visitarnos," se quejó Elizabeth.

"El tío Tynan es un tutor exigente", dijo Alexander en voz baja. "Puedes estar segura de que Malcolm está demasiado exhausto cada noche para pensar en mucho más que complacer mejor a su señor al día siguiente."

Vivienne lanzó una mirada furtiva a Alexander, porque él rara vez hablaba de su experiencia de ganarse las espuelas bajo la mano de Tynan. Él captó su mirada y le concedió una sonrisa tan encantadora que ella parpadeó. "¿Qué deseas de mí para que me galantees así?" preguntó ella abruptamente.

Alexander se rió. "Solo deseo verte sonreír de nuevo, Vivienne. No soy el único que ha notado tu tristeza en las últimas semanas."

"Sin duda, aunque eres el único que piensa que un bebé en el vientre de Vivienne y un anillo en su dedo verían el asunto resuelto", dijo Isabella. Las hermanas menores pusieron los ojos en blanco ante esa idea, su respuesta solo hizo que Vivienne se sintiera más sola.

"Él contará la historia de una doncella que se alegró con la llegada de su primer hijo", sugirió Elizabeth y las hermanas se rieron de lo absurdo que era eso.

Vivienne no se rió. Después de todo, ella era la única que pensaba que el plan de Alexander tenía algún mérito.

"Sabes cuánto me gusta escuchar un cuento", le dijo ella a Alexander, sintiendo que quizás sus motivos eran uno solo. "Aunque no puedo imaginar que conozcas uno que yo no conozca."

"Ah, pero sí lo conozco, y es una historia sobre la propia Kinfairlie."

"¿Y eso que es? ¿Y nunca lo contaste antes? gritó Vivienne con fingida indignación.

Alexander se rió de nuevo. "Lo escuché esta semana, en el pueblo, y he esperado el momento adecuado para compartirlo." Él se aclaró la garganta y apartó su plato.

Él era un hombre finamente formado, ese hermano de ellas, y Vivienne ya veía el efecto de su reciente responsabilidad en sus modales. Alexander ahora pensaba antes de hablar, y hablaba con nuevo cuidado, considerando sus palabras antes de lanzarlas a la compañía. Él trataba a los sirvientes con justicia y se respetaba su autoridad. Sus tribunales tenían fama de estar entre los más justos de la zona, y su reputación ya rivalizaba con la de su padre. Él era más alto y era más hombre de lo que había sido hacía un año cuando sus padres murieron.

Sin embargo, sus hermanas menores estaban menos encantadas del cambio en él. Una vez Alexander había sido el compañero de juegos favorito de todas, y Vivienne sabía que su hermana menor, Elizabeth, en particular, estaba resentida por el nuevo papel de Alexander, no menos por sus demandas de que todas se comportaran con decoro. Ese era un cambio notable en el que menos se había preocupado por el comportamiento adecuado entre los ocho hermanos.

Pero Vivienne sabía que no había sido un desafío pequeño al que Alexander se había enfrentado desde la repentina muerte de sus padres, y ella sentía un repentino y feroz orgullo por el logro de su hermano. Ella no dudaba de que hubiera mucho que él había resuelto o asumido sin compartir nunca la totalidad de la verdad con sus hermanos.

"Todas ustedes conocen la habitación en la cima de la torre de Kinfairlie", comenzó Alexander, tranquilo, con todos los ojos en el salón sobre él. "Aunque es posible que no sepan la razón por la que está vacía, excepto por las telarañas y el viento."

"La puerta siempre ha estado cerrada", dijo Vivienne. "Mamá se negaba a cruzar su umbral."

"Fue papá quien hizo que cerraran la puerta", asintió Alexander. "Solo tengo el más mínimo recuerdo de haber visto esa puerta abierta en mi infancia. Me imagino, dados los detalles de esta historia, que fue sellada después del nacimiento de Madeline, cuando yo tenía sólo dos veranos de edad."

Las hermanas se inclinaron hacia Alexander como una sola. A Elizabeth le brillaban los ojos, porque a ella le encantaba un cuento casi tanto como a Vivienne. Isabella, que había acabado con la segunda pieza de pescado, se limpió los labios con la servilleta y dejó la tela blanca a un lado. Annelise estaba sentada con las manos cruzadas sobre su regazo, característicamente quieta, aunque su mirada ávida revelaba su interés. Incluso los sirvientes flotaban en las sombras, prestando atención al relato de Alexander.

Alexander apoyó los codos en la mesa y contempló a sus

hermanas con un brillo de alegría en los ojos. "Quizás no debería compartir la historia con ustedes. Se trata de una amenaza para doncellas inocentes..."

"¡Debes decirnos!" gritó Isabella.

"¡No te burles de nosotras con una parte del cuento!" Dijo Vivienne.

"¿Qué tipo de amenaza, Alexander?" Preguntó Elizabeth. "¿Seguramente tenemos derecho a saberlo?"

Alexander fingió preocupación y las miró con ceño fruncido. "Quizás exigen el cuento porque no todas son doncellas tan inocentes como yo creo..."

"¡Oh!" Las hermanas gritaron al mismo tiempo y Alexander sonrió con la maldad que todos conocían tan bien. Annelise, que estaba sentada a un lado de él, lo golpeó repetidamente en un brazo. Elizabeth, al otro lado, lo golpeó en el hombro con tanta fuerza que él hizo una mueca. Isabella le arrojó un trozo de pan y lo golpeó en la frente. Alexander clamó por piedad, riendo todo el tiempo.

Vivienne no pudo evitar reír. "¡Deberías saber que es mejor no lanzarnos tales calumnias!" Ella lo señaló con un dedo. "Y deberías saber que es mejor no molestarnos con la expectativa de un cuento."

"Me rindo. ¡Me rindo!" gritó Alexander. Él se acomodó el abrigo y se pasó la mano por el pelo, luego tomó un reconstituyente sorbo de vino.

"Te demoras demasiado en el principio", acusó Elizabeth.

"—Mozas impacientes" —bromeó Alexander, y luego comenzó— "Todas saben que Kinfairlie fue arrasada en la juventud de nuestra bisabuela". Él pellizcó la mejilla de Elizabeth y esa hermana se sonrojó. "Te pusieron el nombre de nuestra intrépida antecesora, Mary Elise de Kinfairlie."

"Y la propiedad fue devuelta por la corona a Ysabella, que se había casado con Merlyn Lammergeier, Señor de Ravensmuir", instó Vivienne, porque conocía un poco de su historia. "Roland, nuestro padre, era hijo de Merlyn e Ysabella, y hermano de Tynan, su hijo mayor que ahora gobierna Ravensmuir, donde Malcolm entrena para ganarse sus espuelas. Nuestro abuelo Merlyn reconstruyó Kinfairlie desde el suelo, para que Roland pudiera convertirse en su señor cuando fuera mayor de edad." Ella puso los ojos en blanco. "¡Cuéntanos algún detalle que no sepamos!"

"Y así, el sello de Kinfairlie pasó a Alexander, el hijo mayor de Roland, cuando Roland y su esposa, nuestra madre Catherine, abandonaron esta tierra", añadió Annelise en voz baja. Los hermanos y los sirvientes se santiguaron en silencio y más de un alma miró al piso al recordar su dolor reciente.

"Mi historia se refiere a tiempos más felices", dijo Alexander con alegría forzada. "Porque parece que cuando Roland y Catherine llegaron a Kinfairlie recién casados, ya se contaban historias sobre esta propiedad y sobre esa habitación."

"¿Qué tipo de historias?" Preguntó Vivienne.

Alexander sonrió. "Se ha susurrado durante mucho tiempo que Kinfairlie besa los labios del reino de las hadas."

Elizabeth se estremeció de alegría y le dio un codazo a Vivienne.

"Tonterías", murmuró Isabella, pero las hermanas le dieron un codazo para que se callara.

Alexander continuó, ignorándolas a todas. Aunque Merlyn e Ysabella no habían vivido demasiado en este salón, había sirvientes dentro de los muros y un castellano que se ocupaba de su administración en su ausencia.

"Y así fue que el castellano tuvo una hija, una hermosa doncella que era sumamente curiosa. Dado que sólo había sirvientes en el torreón, dado que se había resuelto que ella no podría encontrar muchas travesuras en un lugar forjado tan recientemente, y dado que, —hay que decirlo—, ella poseía un poco de encanto que utilizaba para lograr lo que quería. A diferencia de las doncellas que conozco", las hermanas rugieron en protesta, pero un sonriente Alexander levantó un dedo pidiendo silencio. "... A esta damisela se le permitía vagar donde quisiera dentro de los muros.

"Y así fue que ella exploró la habitación en lo alto de la torre.

Hay tres ventanas en esa habitación, según me han dicho, y todas ellas miran al mar."

"Se pueden ver tres ventanas desde el puesto del centinela abajo", dijo Vivienne.

Alexander asintió. "Aunque la vista es buena, la habitación es malditamente fría, porque las aberturas eran demasiado grandes para el vidrio, y las contraventanas de madera no suponen una barrera contra el viento, especialmente cuando hay tormenta. Por eso es que nadie había pasado mucho tiempo en la habitación. Sin embargo, esta doncella, lo hacía, y ella notó que una ventana no daba la vista que debería haber tenido."

"Las nubes cruzaban el cielo en esa ventana, pero nunca eran vistas desde las otras ventanas. Pájaros poco comunes podían ser vistos solo en esa ventana, y el mar nunca parecía ser el mismo visto desde esa ventana que visto desde las otras. La diferencia era sutil, y una mirada de pasada no hubiera revelado ninguna diferencia, pero la doncella estaba convencida de que esa tercera ventana era mágica. Ella se preguntaba si miraba hacia el pasado, o hacia el futuro, o hacia el reino de las hadas, o hacia cualquier otro de lugar."

"Y así ella decidió que descubriría la verdad."

"¡Era una portal hacia el reino de las hadas!" dijo Elizabeth con entusiasmo.

"No existe tal lugar", dijo Isabella poniendo los ojos en blanco.

"No es más que un cuento, Isabella", respondió Annelise. "¿No puedes disfrutarlo por lo que es?"

Vivienne se deslizó hacia adelante en la silla, fascinada por la historia de Alexander, e impaciente por escuchar más. "¿Qué pasó?"

"Nadie lo sabe con seguridad. La doncella durmió en esa habitación durante varias noches y cuando le preguntaban lo que había visto, ella solo sonreía, su sonrisa escondía un millar de misterios."

La atención de Vivienne era más urgente ahora, porque ella sospechaba que sabía porque había sonreído la doncella.

Alexander continuó. "Y en la mañana siguiente, ya cuando ella había dormido tres noches en esa habitación, la doncella no pudo ser encontrada."

"¿Y eso por qué?" preguntó Isabella.

"Ella no fue a la mesa." Alexander se aclaró la garganta. "La esposa del castellano estaba segura de que la muchacha se había quedado dormida hasta tarde, así que ella subió las escaleras para regañar a su hija. Ella encontró que la puerta de la habitación estaba cerrada y cuando ella la abrió, el viento era amargamente frío. Ella temió entonces que la doncella se hubiera resfriado, pero ella no estaba en la habitación. La madre fue en cambio hasta cada ventana y miró hacia abajo, temiendo que se hija se hubiese caído y hubiese muerto, pero no había señal de la muchacha."

"Alguien se la llevó" dijo Isabella said, siempre pragmática.

Alexander negó con la cabeza. "A ella nunca más se le volvió a ver. Pero en el borde de la ventana—Sospecho que se cual—en la mañana de la desaparición de la doncella, la esposa del castellano encontró una rosa. Parecía ser roja, tan roja como la sangre, pero tan pronto como la ella la cogió en sus manos empezó a palidecer. Para cuando ella la llevó al salón, la rosa era blanca, y tan pronto como la vio el castellano, empezó a derretirse. Estaba hecha de hielo, y en cuestión de segundos, no era más que un charco de agua en el suelo."

Alexander se levantó de su silla y se dirigió al centro del salón. Él señaló a un punto en el piso, una marca que Vivienne no había notado antes. Brillaba, como si hubiese sido manchada por una sustancia que nadie podía nombrar.

"Fue aquí que el agua cayó", dijo Alexander suavemente. "Y cuando una anciana que trabajaba en la cocina vio la marca y escuchó la historia de la rosa, gritó con consternación. Parece que hay un viejo cuento de amantes hadas reclamando novias mortales, que el portal entre su mundo y el nuestro está en Kinfairlie. Un pretendiente de del mundo de las hadas puede pasar por el portal, aunque todos saben que no deberían, y podría enamorarse de una doncella mortal que vea aquí."

Alexander sonrió a sus hermanas. "Y el precio que deja por la novia el escurridizo pretendiente cuando reclama la novia para sí mismo, es una sola rosa, una rosa roja, que no es verdaderamente una rosa, sino una rosa de las hadas hecha de hielo." Él tocó el suelo con su dedo del pie. "Aunque su forma no dura, la marca de su magia nunca se borra realmente."

El silencio reinó en el salón por un momento, la luz de las velas hacía que la marca en el piso parecía resplandecer más brillantemente.

Alexander se aclaró la garganta. "No puedo imaginar que papá creyera esas historias, pero indudablemente después que tuvo una hija, él no tenía ningún deseo de verla intercambiada por una rosa hecha de hielo."

"Alguien debería descubrir la verdad", dijo Isabella con resolución. "Sin duda algún ruin engaño estás detrás de eso."

Annelise tembló. "¿pero y si la historia es cierta? ¿Quién sabe a dónde fue la doncella? ¿Quién correría tal riesgo como para seguirla?"

Vivienne entrelazó sus manos y contuvo su lengua con esfuerzo. Ella sabía quién correría ese riesgo. Ella sabía, con absoluta certeza, que esa historia había salido a la luz ahora porque era un mensaje para ella.

¡Ahí estaba el momento que ella había estado esperando! Un esposo hada le vendría bien a ella, de eso ella no tenía duda, no menos que la aventura de una vida en otro reino. Las hadas, cualquier persona que creyera lo sabía, eran una especie rebelde y menos elegante. Ella encajaría perfectamente en sus filas.

Así que lo decidió: Vivienne dormiría en la habitación de la torre esa noche. Ella solo tenía que averiguar cómo hacerlo sin levantar las sospechas de sus hermanas.

# CAPÍTULO 2

La tarea de Vivienne resultó ser más fácil de lo que ella había temido.

Ella estaba sentada con sus hermanas esa noche, inclinada sobre su costura y luchando por ocultar su impaciencia. Ellas trabajaban en un gran tapiz para el salón, cada una bordando un solo panel. El trabajo terminado nunca sería tan fino como los bordados traídos de Francia y Bélgica, pero había un encanto en que lo hiciera la familia.

Annelise había creado el diseño, porque era la más hábil con un carboncillo. Criaturas míticas saltaban por la superficie, cada una tomando forma lentamente con hilo y color. A Vivienne le encantaba el diseño y disfrutaba más trabajando en él de lo que solía disfrutar con la costura, pero esta noche ella no encontraba ningún placer en la tarea. De hecho, sus hilos parecían enredarse y anudarse con voluntad propia.

El tiempo pasaba con tanta lentitud que Vivienne pensaba que podría gritar y, por una vez, le envidió a Alexander la necesidad de retirarse para revisar los libros de contabilidad de Kinfairlie. El dedo del pie de Vivienne parecía mecerse por su propia voluntad.

Ella metió los pies debajo de las faldas, esperando que nadie notara su inquietud.

—Estás enredando las cosas más de lo habitual, Vivienne —observó Isabella, que era tan ordenada como Madeline.

"No tengo talento para el bordado, eso está claro", dijo Vivienne.

Isabella reclamó el nudo de lana de los dedos inquietos de Vivienne y se dispuso tranquilamente a zafarlo, hilo por hilo. "No tienes paciencia para el bordado", dijo ella sin censurar. "Es diferente."

"Aun así, normalmente tú eres más hábil que esto", señaló Annelise, estudiando a Vivienne con cierta preocupación. "¿Te encuentras mal?"

Vivienne bostezó y se frotó los ojos en respuesta, como si estuviera demasiado exhausta para permanecer despierta, luego fingió luchar para concentrarse en su costura.

"Te ves cansada, Vivienne", dijo Isabella, sonando como su madre para todo el mundo.

"No es propio de ti que te canses tan pronto", comentó Annelise. "Usualmente eres la última de nosotras en ir a la cama."

Vivienne se encogió de hombros. "Estuve cansada todo el día."

"Y no comió su cena", les recordó a todos una Elizabeth de mirada aguda.

"Quizás dormir sea lo mejor para ti", dijo Isabella. "Y la mañana te encontrará sana de nuevo."

Vivienne dejó a un lado su trabajo con aparente desgana. "Admito que la idea tiene un atractivo."

"¡Vete!" Instó Annelise. "Puedes trabajar en tu panel otro día."

Isabella sonrió. "La costura aguarda nuestra atención con mucha paciencia." Las otras hermanas se rieron y Vivienne no necesitó más insistencia para dejar su compañía.

Ella subió las escaleras lentamente mientras la podían ver, tan lentamente que ella podría haber tenido dificultades para levantar el peso de sus propios pies. Ella escuchó a Isabella hacer sonidos de desaprobación y sonrió para sí misma, luego corrió en el piso de arriba para buscar y encender una vela. La luna era nueva, por lo que no habría luz en las habitaciones de arriba.

El torreón de Kinfairlie era nada más y nada menos que una única torre cuadrada forjada de piedra. Era alta, tan alta que el padre de Vivienne la había llamado una vez un dedo apuntando al cielo, tan alta que podía verse desde tan lejos como la fortaleza de de su tío, Ravensmuir.

Kinfairlie no se había reconstruido exactamente con el diseño anterior después de que fuera arrasada. Por ejemplo, ahora se creía que los muros cortina eran demasiado difíciles de defender, por lo que los muros circundantes de Kinfairlie no se habían reconstruido. Los restos de los viejos muros aún marcaban la propiedad, aunque estaban derrumbados en algunos lugares, asfixiados con espinas en otros y habían desaparecido en otros.

A pesar de esto, la fortaleza podría ser defendida fácilmente por unos pocos hombres corpulentos. Sólo había una entrada a la torre, marcada por un rastrillo, y una amplia puerta de madera tachonada con hierro. La entrada había sido diseñada astutamente para que un intruso fuera engañado para que escogiera lo que parecía ser el camino más grande, aunque ese camino solo conducía a la mazmorra. Una vez allí, el intruso quedaría atrapado y quedaría a merced del Señor. Además, el pasillo que conducía al salón sí ofrecía muchas oportunidades para sorprender a cualquier asaltante que lograra atravesar esa puerta fuertemente asegurada.

Más allá de esa entrada, la torre tenía un diseño simple. El interior estaba marcado por una escalera, que serpenteaba hacia arriba, dando un cuarto de vuelta alrededor del perímetro de la torre en cada piso sucesivo. Había cuatro pisos en total, el más alto caracterizado por un techo elevado definido por la punta del techo. El estandarte de Kinfairlie, adornado con un orbe brillante, ondeaba desde el pináculo de la torre.

Vivienne conocía la torre y sus secretos tan bien como su propia mano. Ella sabía, como sospechaba que sabían la mayoría de sus hermanos, qué escalón chirriaba cuando se caminaba sobre él, qué esquina estaba lo suficientemente oscura como para esconder a alguien que escuchara a escondidas. Ella se detuvo en el rellano del segundo piso, el que estaba encima del salón propiamente dicho, escuchando el paradero de su hermano. Ella pasó junto a la única habitación vacía del segundo piso, que una vez había sido compartida por sus hermanos, y se preguntó fugazmente cómo les iría a sus dos hermanos menores en sus respectivos entrenamientos en Ravensmuir e Inverfyre. ¿Extrañaban ellos a sus hermanas tanto como Vivienne los extrañaba a ellos? Ella pasó por la habitación más grande que compartían ella y sus hermanas y luego continuó subiendo las escaleras.

El siguiente piso comprendía las habitaciones del señor de la propiedad, incluido un solar grande y una pequeña habitación en la que Alexander guardaba los libros de contabilidad de la propiedad. Ambas habitaciones podrían asegurarse desde las escaleras y el pasillo cercano. Desde sus habitaciones, el señor podía mirar en tres direcciones por encima de su propiedad. No había ni una vela encendida en el solar del señor, aunque un rayo de luz marcaba el borde inferior de la puerta a la habitación más pequeña. Vivienne supuso que Alexander todavía estaba trabajando.

Ella pasó en silencio por su puerta, luego continuó en silencio hasta el último piso de la torre. La escalera emergía en el centro de ese nivel, con una habitación a cada lado debajo del techo elevado. Una escalera conducía a la cima del techo, una trampilla que permitía el acceso a la bandera. La puerta a la izquierda de Vivienne estaba entreabierta, y ella sabía que la habitación estaba llena de objetos que habían parecido útiles y, por lo tanto, se habían salvado, solo para haber sido olvidados y abandonados al polvo.

La puerta de la derecha estaba bloqueada y cerrada. Vivienne acababa de inclinarse para observar la cerradura cuando escuchó voces de hombres detrás de ella. Ella apagó la vela y se deslizó hacia las sombras protectoras de la segunda habitación. La luz de una linterna se hizo visible en las paredes de la escalera con tanta rapidez que ella temió que la hubieran visto. Ella sintió cosquillas en la nariz por el polvo que había removido y luchó contra el impulso de estornudar.

"El viejo cuento me ha hecho pensar en esta habitación", dijo Alexander, como si explicara su permiso a otra persona. Su sombra fue arrojada sobre la pared cuando él se acercó y Vivienne volvió a entrar en la habitación detrás de ella. "No puedo pensar por qué no lo usamos."

—Quizá porque tienes una casa llena de doncellas —sugirió Anthony, claramente algo molesto por ser llamado para ese recado a esa hora.

¡No es más que un cuento! Un simple capricho", se burló Alexander. Entonces hizo una pausa y olfateó audiblemente. "¿Hueles una vela apagada?"

Anthony olisqueó obedientemente mientras Vivienne luchaba contra el cosquilleo de su nariz. "Debe haber salido del salón, porque nadie ha subido a estas habitaciones en años."

"Hmm", dijo Alexander. Vivienne contuvo el aliento, segura de que él abriría la puerta de la segunda habitación y la revelaría allí. "Debe ser como tú dices", dijo él y ella suspiró aliviada.

"Ni siquiera deberíamos estar aquí, mi señor", dijo Anthony.

"¿Y qué daño puede haber?" exigió Alexander. "Me gustaría al menos ver la habitación más allá. Quizás sería un lugar más alegre para estudiar los libros de contabilidad."

"Si me perdona mis palabras sinceras, mi señor, sospecho que pasaría más tiempo mirando el mar, si esa distracción estuviera disponible."

Alexander se rió. "Quizás no sería tan malo tener una distracción de esos libros aburridos. Dijo: una libra de mantequilla, tres libras de puerros, dos gallinas, una ponedora, todo debido al señor en Michaelmas por Cornelius Smith por el precio de las acciones en su parcela. Pagado y presenciado. Artículo: dos chelines adeudados por el maestro cervecero de Kinfairlie por vender menos de la medida en la Fiesta de la Anunciación, no pagados debido a la falta de dinero antes del verano." Vivienne escuchó la risa en la voz de su hermano. "En verdad, un hombre podría perder el juicio al verificar el flujo interminable de tales entradas."

"Y un hombre que no se tomara el tiempo y la molestia para hacerlo bien podría verse a sí mismo robado sin saberlo", dijo el castellano con rigidez. Vivienne podía imaginarlo fácilmente señalando a Alexander con un dedo mientras lo regañaba. "Tu padre pasaba todas las mañanas en los libros de contabilidad, mi señor, y era conocido en todas partes como un hombre justo al que no se podía engañar."

Alexander exhaló un suspiro. —Eso me lo has dicho mil veces, Anthony. Me temo que nunca me encontrarás a la altura de mi padre."

"Puedo intentarlo, mi señor."

Vivienne se asomó y encontró a los dos hombres de espaldas a ella: Anthony sostenía la linterna, que iluminaba la línea de desaprobación de sus labios. Él también llevaba varias herramientas. Alexander se inclinó y miró la cerradura. Él hizo tintinear un anillo de llaves de latón y trató de meter una en la cerradura.

El castellano se aclaró la garganta. "¿Crees que esto es sabio, mi señor?"

Alexander le dedicó una sonrisa al hombre mayor. "¿No tienes al menos curiosidad? Esta habitación ha estado cerrada por más de veinte años. Como está dentro de mi soberanía, es mi derecho y mi deber explorarla."

Anthony suspiró.

Alexander probó cada llave por turno, tantas de ellas no encajaban que Vivienne comenzó a perder la esperanza. Ella sintió telarañas contra su mejilla y no se atrevió a limpiarlas para que su movimiento no hiciera ruido. El polvo parecía arremolinarse a su alrededor y rápidamente se frotó la nariz que le picaba.

Para su deleite, la penúltima llave del anillo de Alexander hizo que los cerrojos se abrieran de manera audible.

"¡Ah!" Alexander dio un paso atrás y estudió las vigas de madera clavadas cruzando la puerta. Vivienne miró por la rendija entre la puerta y el marco para verlo tomar una formidable herramienta del castellano.

—Podríamos hacer que uno de los hombres del establo la abriera mañana, mi señor. No sería apropiado que te lesionaras en tal tarea."

Alexander se rió. "¡No soy tan viejo y débil para eso!" Él apartó el extremo de una viga y luego quitó las otras con rapidez. Él arrojó las vigas en la esquina opuesta a las escaleras y luego sonrió. A la luz de la linterna, Alexander parecía travieso e impredecible, como ella siempre lo había visto antes. "¿Qué crees que encontraremos dentro, Anthony?"

Los labios del castellano se tensaron increíblemente más. "No podría empezar a adivinar, mi señor."

"Entonces miraremos." Alexander movió la manija y abrió la puerta. Un viento frío se arremolinó de inmediato alrededor de los tobillos de Vivienne y ella se estremeció incluso mientras miraba hacia la oscuridad de la habitación más allá. La necesidad de estornudar se hizo aún más fuerte y ella contuvo la respiración para detenerlo.

Alexander reclamó la linterna y desapareció en la habitación, sus pisadas sonoras en el suelo.

"¡Es grande!" dijo él, su voz resonando. "Estas ventanas son enormes. No es de extrañar que el costo del vidrio fuera tan alto. Pero la vista es una maravilla. ¡Ven y mira!"

El castellano se mantuvo firme. "Yo esperaré hasta mañana, mi señor".

Una risa resonó en la voz de Alexander. "¿Seguramente no puedes tener miedo? Son las doncellas inocentes las que se dice que están en peligro por el afecto de los cortesanos de las hadas."

Anthony resopló. "Por supuesto, no tengo miedo, mi señor. Simplemente soy cauteloso ".

"No hay nada aquí, salvo un viejo camastro de paja. ¿Crees que es en el que durmió la doncella?

"Yo no podría empezar a especular, mi señor." Anthony se irguió.

"De hecho, le sugiero que no lo toque, mi señor, ya que puede estar lleno de alimañas."

"¡Ah! Serían unos bichos intrépidos los que lograran trepar a esta habitación y subsistir sin comida en absoluto."

Anthony se mantuvo firme, claramente convencido de que esos bichos audaces existían y de hecho ocupaban esa habitación.

"¿Y qué ventana, me pregunto, es la que está en la historia?" reflexionó Alexander. "No es que probablemente haya algún mérito en la historia, por supuesto. Esto no es más que una gran habitación en desuso." Él se detuvo en el umbral, radiante de placer. La limpiaremos mañana. Quizás le pregunte a mi tío Tynan si el precio del vidrio es menor de lo que era."

Anthony se aclaró la garganta. "Si puedo recordarle, mi señor, el tesoro de Kinfairlie no está tan bendecido con monedas como debería."

"Ahora va mejor", dijo Alexander misteriosamente. Vivienne solo vio el destello de su sonrisa antes de que él volviera a mirar a la habitación. "De hecho, esto vendrá muy bien." Luego le concedió a Anthony la sonrisa confiada que solía hacer sospechar a las hermanas de que tenía un plan. Antes de que Vivienne pudiera preguntarse cuál era la plan, Alexander bajó las escaleras y llamó al anciano castellano para que se apresurara.

Vivienne se quedó sola, frente a la habitación que contenía un portal a algún otro reino. Aunque ella estuvo tentada de entrar de inmediato, se deslizó hacia el salón de nuevo. Ella se quejó con sus hermanas de un feroz escalofrío y fingió un temblor con mucha facilidad. Ella soltó su estornudo y sus tres hermanas se apresuraron a declarar que ella necesitaba una bebida caliente.

Una vez que Vivienne tuvo la taza humeante en la mano, ella regresó a la habitación de las hermanas y cogió sus botas favoritas. Habían sido un regalo de su tía Rosamunde y su cuero rojo estaba profusamente adornado con bordados justo debajo de sus rodillas. También estaban forradas con piel de conejo y eran muy abrigadas. Su mejor camisola de lino puro era una elección obvia, ya que deseaba impresionar a su amante de las hadas con sus mejores galas. Era una pieza de corte completo y cerrada en el cuello con un cordón, como era típico, pero se distinguía por mangas ajustadas desde el codo hasta la muñeca y aseguradas con docenas de pequeños botones hechos de conchas.

No era poca cosa ponerse la camisola sin la ayuda de una de sus hermanas o de su doncella, pero Vivienne se las arregló.

Luego ella se puso su kirtle favorito, también un regalo de Rosamunde, que estaba hecho de seda tejida en dos tonos de esmeralda. Las mangas se deslizaban hasta los hombros para revelar la camisola y se arrastraban hasta el suelo, mientras que el dobladillo llegaba al piso. El dobladillo, el escote y los bordes de las mangas estaban adornados con intrincados bordados dorados. Los hombres de su familia la habían calificado como prenda muy poco práctica, mientras que sus hermanas la codiciaban abiertamente. Luego, Vivienne hizo un bulto sobre su colchón, para que sus hermanas pensaran que ella se había hundido profundamente en sus mantas.

Para la suerte, ella se echó la capa forrada de piel sobre los hombros, porque Madeline había cogido esa misma capa y la había usado en su aventura. El viaje de Madeline había terminado bien, y a Vivienne le gustaba la idea de que la capa traía buena suerte a quien la usaba.

Siempre era así en los cuentos antiguos.

Tan preparada para una búsqueda en el reino de las hadas como podía estar, Vivienne tomó su bebida caliente y una linterna y subió las escaleras.

La llave brillaba en la cerradura de la puerta donde Alexander la había dejado. La enorme puerta se abrió con el más pequeño toque de la mano de Vivienne; las bisagras ni siquiera chirriaron. Los dedos fríos del viento la rodearon y el cielo nocturno era visible a través de las tres grandes ventanas de la pared opuesta. Vivienne apagó la llama de su linterna, dejando que las estrellas iluminaran su camino. Ella tenía una piedra y guardaría el aceite en caso de que tuviera una necesidad urgente de luz.

Vivienne respiró hondo y cruzó el umbral. Cerró la puerta detrás de ella y se apoyó contra la puerta. Ella podía oír el mar y oler su sal en el viento, y podría haber estado sola en un precipicio. Los sonidos y olores familiares de la fortaleza se perdieron detrás de ella, como si ella estuviera muy por encima de las preocupaciones y el reino de los mortales. Fácilmente ella podía creer que ese era un lugar entre dos reinos, que esa habitación silenciosa era un umbral a la aventura.

Aunque ella observó detenidamente cada una de las tres ventanas, no pudo descubrir cuál era diferente. En verdad, parte del problema era que ella no se atrevía a acercarse a ninguna de ellas. Vivienne nunca había tenido tolerancia por las alturas, ella nunca había sido capaz de saltar del escalón más alto, o de saltar al mar con sus hermanos. Ella conocía demasiado bien la altura de esa torre como para arriesgarse siquiera a echar una mirada hacia abajo desde sus ventanas.

Vivienne se sentó en el colchón, tomó un sorbo de su brebaje y estudió las ventanas con mucha atención, incluso mientras deseaba que el ritmo errático de su corazón se desacelerara.

Era una noche sin luna, la noche perfecta para un acto nefasto. El hombre oculto cambió el peso de su pierna dañada por la fuerza del hábito, asegurándose de que estuviera lo más descansada posible cuando llegara el momento de moverse, y permaneció quieto y en silencio. Su plan estaba perfectamente elaborado.

A pesar de su determinación, la culpa se apoderó de él mientras esperaba. No estaba en su naturaleza engañar, ni siquiera vengarse, aunque las circunstancias lo habían llevado a hacer ambas cosas.

Él le había dicho a Alexander la verdad, aunque de ninguna manera le había confesado todo, y la verdad no era del todo suya. Y de hecho, no todo lo que había dicho era la verdad. Él no tenía un primo ambicioso, por ejemplo, aunque su hermano era lo suficientemente ambicioso para toda una familia. Él no tenía intención de casarse con Vivienne ante un sacerdote y testigos a la mañana siguiente.

Sin embargo, él necesitaba un hijo.

Las campanas de la capilla de la aldea de Kinfairlie sonaron y luego dieron la hora. Las doce de la noche. Él se puso tenso mientras escuchaba, temeroso de que no todo fuera como había prometido Alexander.

Pero sí era. Un sonido y un grito se elevaron desde el otro lado del torreón, y él escuchó a los centinelas correr hacia ese punto.

Sin apenas un momento que perder, salió de la oscuridad y lanzó su garfio hacia el cielo con facilidad practicada. El garfio se enganchó y quedó sujeto al parapeto en el primer intento, y el rasguño de su movimiento a través del techo se perdió en el estruendo de la distracción de Alexander.

Él respiró hondo y se lanzó en el aire, haciendo una mueca cuando su bota izquierda chocó contra la pared. Él apretó los dientes, ignoró el dolor y trepó, con el corazón latiendo con fuerza por la ansiedad.

Porque verdaderamente, la parte más difícil de su tarea estaba por delante de él. Él no había seducido a ninguna mujer más que a su difunta esposa, y Beatrice había estado dispuesta.

Vivienne podría no estar dispuesta. Después de todo, el hombre que escalaba la torre de Kinfairlie, sin ser observado en esa noche sin luna, no era Nicholas Sinclair.

Y la mujer a la que él se proponía acostar y secuestrar esa noche era la única persona en Kinfairlie que sabía la verdad.

A TRAVÉS de la bruma de los sueños, Vivienne escuchó las campanas de la aldea de Kinfairlie dar la medianoche. Su brebaje caliente la había hecho dormir, ya fuera por su calor o por sus ingredientes, ella no podía decirlo. Ella estaba abrigada dentro de su capa y cómoda en su colchón, y sólo dirigió una mirada somnolienta a las ventanas.

Y luego él entró.

Ella sintió su presencia, como un cosquilleo a lo largo de su columna. Ella sabía que había llegado, ella sabía con una certeza que debería haber sido alarmante por su vigor. Ella se giró y abrió los ojos y vio su silueta contra la ventana. Él estaba envuelto en la luz de las estrellas, su cabello rubio brillaba con una luz antinatural.

Él había venido por ella. Vivienne no se atrevía a respirar.

Él se detuvo por un momento, el cielo nocturno encuadrando su silueta dentro del marco de la ventana, contra la oscuridad mucho mayor de la habitación. Ella sabía que los ojos de él se estaban acostumbrando a las sombras, ella sabía que él buscaba algún indicio de su ubicación, o incluso de su presencia. Él era grande, más grande que los hermanos de Vivienne, más grande que cualquier hombre que ella hubiera conocido.

A ella le gustaba que él fuera alto. Vivienne era alta y no encontraba consuelo en estar al lado de un hombre más bajo que ella. Eso era insignificante, sin duda, porque la medida de un hombre está en su espíritu, pero aun así ella se alegraba de encontrar más alto que ella a su compañero destinado. A ella le gustaba que sus hombros fueran anchos y sus caderas ágiles. A ella le gustaba que él fuera delgado pero musculoso, y le gustaba el brillo dorado de su cabello.

Nicholas tenía el pelo rubio, el Nicholas que la había abandonado tan cruelmente cuando ella se negó a entregarlo todo a cambio de otra de sus promesas vacías.

Quizás ella había encontrado a Nicholas atractivo porque ella sabía que su amante destinado tendría el pelo como lino hilado. Quizás algún conocimiento de su destino la había llevado tan cerca de hacer el ridículo.

No importaba, ya no.

Vivienne se movió sin intención de hacerlo y la paja del colchón crujió. Él se giró, escuchando, y ella sintió el peso de su mirada con tanta intensidad como un toque. Sin duda, él podía ver claramente a través de su corazón palpitante, ya que se decía que las hadas tenían una visión extraordinariamente aguda.

No importaba, Vivienne no tenía nada que ocultar.

"¿Vivienne?" preguntó él, su voz baja y rica.

Ella se estremeció de alegría de que él supiera su nombre, de que se hubiera anticipado a su presencia. Él debía haberla visto a través del portal entre los reinos. Su piel hormigueó con un nuevo reconocimiento, sus otros sentidos se despertaban en la oscuridad que frustraba su vista. La noche era aterciopelada contra su piel, el forro de piel de su capa era suave contra su barbilla.

"Te he estado esperando", susurró ella, su voz extrañamente ronca. Ella cogió la linterna y derramó el aceite en su prisa, luego buscó a tientas la piedra.

Él estuvo a su lado en un abrir y cerrar de ojos, el calor de su mano cubriendo la de Vivienne. "No enciendas ninguna luz en esta noche", instó él. Su mano era fuerte, mucho más grande que la de ella, tan grande que sus dedos casi se perdieron en su agarre.

Sin embargo, su agarre era suave. El calor se filtró al lado de Vivienne, el aroma de su piel hizo que el pulso de Vivienne se acelerara. Su pulgar se deslizó por el dorso de su mano en una caricia y Vivienne estaba segura de que su corazón no podría latir más fuerte.

"Es la piedra y la lima", adivinó ella, apenas capaz de razonar bajo su toque desarmador. En todos los cuentos que ella conocía, las hadas despreciaban el metal.

"No puedes soportar su presencia, por supuesto."

"Es la luz", murmuró él. "Te quisiera explorar con sentidos más agudos que la simple vista." Y entonces la besó, él reclamó sus labios con una exigencia que la sobresaltó por su vigor. Vivienne jadeó y su mano revoloteó contra su pecho.

Por supuesto, él la había anhelado. Él la había observado desde el otro lado del umbral, su pasión aumentaba con cada vistazo. Ella no era una extraña para él, como él lo era para ella. Aunque ella estaba lejos de tener experiencia en tales hechos, Vivienne abrió la boca debajo de la de él incluso mientras temblaba.

Y luego la actitud de él cambió. Era como si la incertidumbre de Vivienne hubiera suavizado su deseo, como si la respuesta cautelosa de ella despertara una ternura dentro de él. Sin duda, luego él cortejó su respuesta. Ella lo sintió en su beso, cómo él esperaba a que ella se acostumbrara a la presión de él contra ella, cómo esperaba a que ella respondiera antes de profundizar su beso de nuevo.

Vivienne estaba encantada. Solo un amante verdadero dominaría su pasión para que su dama no tuviera miedo.

Los dedos de él se deslizaron por su cabello, ahuecando su nuca para poder deleitarse con los labios de Vivienne. Él la hizo ponerse de pie y la capa que ella solo se había echado sobre los hombros cayó al suelo. Él la abrazó contra él antes de que ella pudiera sentir el frío de la noche y oyó el trueno de su corazón tan cerca del suyo.

Vivienne sintió su otra mano deslizarse sobre ella, tocando sus curvas con un toque ligero como una pluma, como si él la encontrara maravillosa. Su corazón se aceleró cuando las yemas de los dedos de él bajaron por su garganta, su pezón se volvió duro como una perla cuando su mano pasó sobre su pecho, su vientre se tensó cuando la mano de él descansó sobre su cintura. Algo caliente y rebelde despertó dentro de ella, algo que Vivienne tuvo el ingenio de reconocer como deseo. Había humedad entre sus muslos y hambre en su beso, y ella sabía exactamente lo que deseaba de él.

Poco importaba si se amaban primero o se casaban primero, porque ambos se lograrían con el tiempo. No podía ser de otra manera, porque estaban destinados a estar juntos.

Cuando él rompió su abrazo, ella estaba sin aliento pero ansiosa por más de ese nuevo placer. Ella pensó que podía ver el brillo de sus ojos y le sonrió, preguntándose si él le devolvería la sonrisa. "Eso fue maravilloso", dijo ella.

"Más maravilloso de lo que cualquiera tendría derecho a esperar", dijo él, aunque Vivienne no pudo entender completamente lo que él quería decir. ¿Era más potente hacer el amor entre amantes destinados? Él se quitó la capa, dejándola girar en un arco antes de arrojarla sobre el áspero colchón con un gesto elegante.

Cuando él la abrazó de nuevo, la alegría se apoderó de Vivienne. Ella no pudo hacer nada más que aceptar, porque esa era la gran pasión que deseaba más allá de todo lo demás.

Fue Vivienne quien se estiró hasta los dedos de los pies para exigir más de él, fue Vivienne quien dejó que sus manos ahuecaran su rostro para acercarlo más. Su mandíbula era suave, como la de un hombre mortal que acaba de cortarse los bigotes. Vivienne sabía que las hadas eran eternamente jóvenes. Quizás sus hombres ni siquiera tenían bigotes.

Las puntas de sus dedos inquisitivos encontraron el pulso en su garganta, y ella se sorprendió al encontrarlo corriendo tan rápido como el suyo.

"¿Seguramente no puedes tenerme miedo?" preguntó ella.

Él hizo una pausa, como si la mirara, aunque Vivienne no podía distinguir su rostro en la oscuridad. "¿Cómo podría haber esperado una bienvenida así?" Sus palabras fueron tan roncas que Vivienne sintió su aliento atrapado en la garganta.

"¿Cómo podría no darte la bienvenida completamente?" Vivienne tocó sus labios con los de él y se deleitó con su jadeo de sorpresa. Ella dejó que sus manos se deslizaran sobre él, como él había movido las suyas sobre ella, y Vivienne supo que lo había sorprendido una vez más. Él la atrapó con fuerza y Vivienne dejó que sus manos se deslizaran por el sedoso cabello de él. Ella se arqueó contra él, audaz en su nueva pasión, y escuchó su aguda inhalación.

Él susurró algo, luego la tomó en sus brazos. La mantuvo cautiva contra su pecho por un momento embriagador, y su beso dejó a Vivienne mareada y caliente. Entonces él se puso sobre una rodilla, con el peso de ella acunada en su regazo, y su mano se deslizó por debajo del dobladillo de su camisola y su kirtle.

Vivienne jadeó en su beso cuando el calor de su mano aterrizó sobre su rodilla. Su lengua bailaba con la de ella, enviando chispas a lo largo de sus venas, y Vivienne casi olvidó el peso de su mano.

Luego, su mano se deslizó por su muslo, las yemas de sus dedos contra su carne desnuda, aunque su beso no paró. Ella jadeó cuando sus dedos se movieron en el calor que nadie más que ella había tocado, luego ella gimió ante la sensación. Él le mordió la oreja, le besó el lóbulo de la oreja, trazó un camino ardiente de besos por su garganta y Vivienne se perdió.

Las sensaciones que la asaltaban eran mágicas, seguramente iban más allá de lo que saboreaban los simples mortales, eran el regalo de él para ella. Vivienne aceptaba todo lo que él le concedía y anhelaba más.

Los dedos de él se movían, tentando, provocando, haciendo que Vivienne se retorciera de deseo. Él desató el lazo de la falda y la camisola con los dientes, apartó la tela con la nariz y la lengua. Su cabello caía sobre la piel de Vivienne como una suave cortina, y ella gimió porque sus dedos la incitaban a aumentar su calor con cada caricia.

Él besó suavemente su pezón hinchado y luego lo lamió con la lengua. Vivienne gritó suavemente y él se rió entre dientes. Vivienne sonrió ante su deleite, luego gimió cuando él se amamantó. Sus dedos se sumergieron en el calor de Vivienne en ese mismo momento, su pulgar se movía contra ella con tanta seguridad que ella se aferró a sus hombros. Un remolino se levantó dentro de ella, creciendo en intensidad bajo su abrazo. Vivienne cabalgaba sobre la cresta del deseo, sin saber adónde conducía.

Y de repente, mil luces destellaron en el ojo de su mente, un calor de placer la recorrió, chamuscándola desde la sien hasta los dedos de los pies. Vivienne gritó de placer ante esta nueva sensación, hasta que él se tragó su grito con su beso.

Aunque ella respiraba con dificultad, aunque ella sabía que su carne debía brillar de sudor, su amante no le concedió ningún respiro. Él la acostó sobre el colchón, le quitó el atuendo con suavidad mientras ella recobraba el aliento, luego dejó a un lado su propia camisola y sus pantalones. Vivienne gimió y hundió el rostro en la espesa piel de su capa, cuando él se arrodilló y probó el diluvio que acababa de crear.

El deseo se agitó de nuevo mientras él la acariciaba con la lengua. Ella se retorcía y se giraba, pero él la sujetó con fuerza, sin dejarla escapar del placer que él estaba decidido a conceder. Vivienne se retorcía, el clímax llegó más rápido esta vez, ella agarró puñados de la capa porque su amante estaba fuera de su alcance. Ella sabía que había llegado el momento, mordió la piel para ahogar su grito de liberación, sabía que cerraba las rodillas alrededor de él y se estremecía como una hoja en el viento.

Eso era lo que había hecho sonreír a Madeline, ella lo sabía bien.

Él estuvo tendido a su lado antes de que el ritmo errático de su corazón se desacelerara y Vivienne lo abrazó cerca. Ella pasó sus manos sobre él tan posesivamente como él la había tocado, exhausta pero deseando que él compartiera el placer que le había otorgado. Ella sintió los músculos debajo de su suave carne, sintió de nuevo la fuerza que él mantenía bajo control.

"Mi dama", murmuró él, incluso mientras le daba un beso en la oreja.

Vivienne se inclinó, sabiendo muy bien lo que encontraría, y dejó que su mano se cerrara alrededor de su erección. Ella quería devolverle las caricias de la misma manera, aunque se sorprendió cuando él jadeó ante su toque atrevido. Él se relajó y ella movía los dedos como él indicaba, gustándole que ella despertara la misma tensión de deseo en él que él tenía en ella. De hecho, ella sintió su propia pasión encenderse cuando su respiración cambió. Era potente poder concederle tanto placer como él le había dado a ella, y ella se deleitaba con cada aliento y gemido de placer que él contenía.

Vivienne lo sintió estremecerse, vio un destello de intención en sus ojos, sintió que sus músculos se tensaban. Su respiración se aceleró y ella apoyó la mejilla en su pecho para escuchar su corazón acelerado. Ella lo tocó con mayor seguridad, aprendiendo rápidamente lo que más le gustaba, saboreando su efecto sobre él.

Él murmuró algo y la agarró por la cintura con las manos. La fuerza de sus manos casi la rodeó, haciéndola sentir pequeña y femenina. Él la acomodó sobre su espalda, y luego estuvo encima de ella. Él apoyó su peso en los codos y el vello de su pecho le hizo cosquillas en los senos. Su cabello dorado tocó su mejilla y Vivienne inhaló su aroma, el sabor del viento que se aferraba a su cabello. Ella sintió la longitud de él contra ella, su carne tan diferente a la de ella, y se estiró debajo de él, arqueándose contra su calor.

Él entrelazó sus dedos con los de ella y ella pensó que había visto su sonrisa antes de que su boca reclamara la de ella una vez más. Su beso era tierno pero posesivo, él la besó a fondo y con una facilidad cansada. Las lágrimas tocaron los ojos de Vivienne, porque ella nunca había esperado tanta dulzura entre ella y su pareja, y seguramente no tan pronto.

Él se acomodó entre sus muslos mientras la besaba, el calor de él presionando contra ella. Vivienne separó las piernas, sabiendo muy bien lo que tenía que pasar. Ella cerró los ojos con fuerza, esperando que no fuera tan doloroso como insinuaba el rumor, y se obligó a sí misma a darle la bienvenida a su amante.

Él la penetró con un cuidado que le dijo que había escuchado los mismos rumores. Vivienne contuvo el aliento ante su tamaño, luego lo agarró por los hombros mientras se acostumbraba a esa nueva sensación. Pero el dolor fue solo fugaz.

De hecho, mientras él se movía, ella se asombró ante la repentina sensación de que los dos eran uno. Ella aprendió su ritmo y lo emparejó con el suyo, incluso cuando sentía que el calor aumentaba dentro de ella una vez más.

Él deslizó una mano entre ellos y tocó a Vivienne una vez más, las yemas de sus dedos la hicieron retorcerse debajo de él. Su cuerpo respondía a su toque con tanta seguridad que podrían haberse encontrado así mil veces antes, y Vivienne sabía que ésa era la marca de su enredado destino. Una alegría salvaje se apoderó de su corazón, porque ella había ganado el destino que deseaba más que cualquier otra cosa.

Incluso mientras ella se maravillaba con ese regalo, el calor se elevó entre ellos hasta un implacable punto. Ella puso su mano sobre su pecho y sintió su corazón tronar con un eco propio. Dos corazones que latían como uno, dos bocas que saboreaban profundamente el uno del otro, dos cuerpos que sentían la chispa del avivamiento en el mismo momento, dos voces que gritaron juntas en extasiada liberación.

Y cuando Vivienne se durmió en el cálido abrazo de su verdadero amante, en verdad sonreía con la sonrisa que había anhelado tener.

~

ÉL SE DESPERTÓ con el sonido del grito de un gallo en el pueblo, tan repentinamente alerta y lleno de una extraña sensación de bienestar que, por un momento, no pudo nombrar dónde estaba. Aún estaba oscuro, aunque había una mancha rosada a lo largo del horizonte oriental. Esa luz fue suficiente para revelar los rasgos de la mujer que dormía a su lado, una sonrisa curvaba la plenitud de sus labios.

Entonces él recordó.

El cabello rojizo de Vivienne estaba esparcido entre ellos como una red de pescador. Él la miró fijamente, saboreando la oportunidad de estudiarla sin ser visto. Era alta y con curvas, aunque él había sentido eso la noche anterior. Ella tenía los labios carnosos, los ojos con pestañas espesas y la tez clara. Él pudo distinguir algunas pecas en el puente de su nariz y otras en la clavícula, lo que la hacía parecer joven y vulnerable.

Y la sangre de su virginidad manchaba la camisola de lino enredada en sus caderas. La culpa lo apuñaló una vez más, aunque no se atrevió a permitírselo. Él se levantó abruptamente, poniendo distancia entre ellos, sabiendo que la verdad haría poco para aliviar lo que necesariamente debía seguir.

En verdad, era su propia debilidad lo que lo atormentaba. Él no había sido forzado a utilizar a otras personas para sus propios fines, por muy justificados que pudieran ser sus objetivos. Él se vistió con movimientos bruscos, su mirada fija en la mujer que se acurrucaba en el hueco de calor que había dejado su cuerpo, recordándose a sí mismo lo que estaba obligado a hacer.

Él no estaba realmente sorprendido de encontrarse odiando en lo que se había convertido, aunque esperaba con todo su corazón y alma que la recompensa valiera el precio.

Después de todo, sus hijas no se merecían menos que todo.

# CAPÍTULO 3

*V*ivienne se despertó sintiéndose un poco helada y se acurrucó más en el forro de piel de su capa. Ella estaba muy complacida, porque había aprendido el significado de la sonrisa reservada de Madeline. Ella se sonrió y le tendió una mano a su verdadero amante, más que dispuesta a sentir su caricia una vez más.

Los dedos de Vivienne se cerraron ante el vacío y sus ojos se abrieron de golpe. ¿Seguramente él no había regresado a su reino de las hadas sin dedicarle una palabra?

Solo el primer toque del amanecer iluminaba el alféizar de la habitación y las sombras aún acechaban en los rincones. El frío de la noche emanaba de las paredes de piedra. Las formas eran visibles como sombras contra las sombras, incluida una gran silueta masculina frente a la ventana. Vivienne suspiró aliviada.

Él estaba de pie con los brazos cruzados y los pies apoyados en el suelo, el cielo detrás de él era una rosada perla luminiscente. Él llevaba la capucha sobre la cabeza y eso proyectaba sus rasgos en una sombra más profunda, aunque Vivienne sabía que él la miraba con avidez. Ella podría haber tenido miedo de su tamaño y quietud, si él no la hubiera presentado con tanta ternura a los placeres del lecho matrimonial.

Pero ella sabía lo suficiente de ese hombre como para no sentir ese miedo. Ella le dedicó una sonrisa, aunque no pudo ver si él respondía de la misma manera.

Ella se sentó, sabiendo que su cabello se habría soltado de su trenza y que su camisola estaba enredada alrededor de su cintura, sabiendo que parecía una doncella completamente experimentada y saciada. Por una vez en su vida, a ella no le importaba no ser tan ordenada como Madeline.

"¿Seguramente no puedes tener la intención de irte tan pronto?" preguntó ella. "Todavía está oscuro. Seguro que todavía puedes volver a mi lado por unos momentos." Ella se echó hacia atrás, dejando espacio para él en el colchón, pero él no se movió.

"Es lo suficientemente tarde", dijo él, sus palabras fueron concisas. Él echó un vistazo a la ventana y su tono no se suavizó. "Vístete. Nos iremos de inmediato."

Vivienne luchó por encontrarle sentido tanto a sus palabras como a sus modales. "¿Irnos? Pero solo hemos pasado una noche en la cama."

"Y es suficiente para requerir nuestra partida oportuna." Él cruzó la habitación y levantó del suelo el kirtle desechado de Vivienne, sacudiéndolo con impaciencia antes de ofrecérselo.

Vivienne se apartó el pelo de la frente. "Pero esto no es lo que yo esperaba", argumentó ella. "El cuento declaraba claramente que habría tres noches de noviazgo, no una, y una rosa roja como precio de la novia antes de las nupcias."

"Tu precio como novia fue considerablemente más alto que el de una sola rosa", dijo él con aspereza y trató de entregarle el kirtle de nuevo.

Vivienne lo miró asombrada y una sensación espantosa la asaltó. ¿Había confundido un cuento con otra verdad?

¿Qué había hecho Alexander?

"Date prisa. No hay tiempo que perder."

Vivienne se puso de pie a regañadientes y le quitó la prenda, esperando que sus temores fueran infundados. Ella trató de tocar su mano en la transacción, pero él apartó los dedos. Ya fuera por accidente o intencionalmente, su gesto hizo que la confianza de Vivienne flaqueara aún más.

"No puedes querer decir que ya pagaste el precio por la novia", dijo ella, con el corazón en la garganta. "Seguramente tú conoces su valor y tienes la intención de pagarlo dentro de dos días."

"Está pagado, y sin duda ya se gastó la mitad."

"¿Cuánto pagaste?" Ella pensó que él podría no responderle, así que continuó, su tono firme. "¿Seguramente tengo derecho a conocer mi propio supuesto mérito?"

"Una bolsa de monedas de plata, una que tu hermano se apresuró a reclamar como suya."

Vivienne hizo una mueca ante su tono áspero y se dispuso a defender a su hermano. "¡Alexander no aceptó monedas por mi mano!"

"Ciertamente lo hizo." Su amante señaló el suelo con impaciencia. "Tu cinturón está en ese lado del colchón, tus botas en este lado. Dije que teníamos necesidad de darnos prisa."

Vivienne trató de ver los rasgos ocultos con su capucha. "No eres un pretendiente del reino de las hadas", dijo ella, aunque ya sabía la respuesta.

Eso hizo que él se detuviera y ella supuso que la observaba de nuevo. "Por supuesto que no. ¿Por qué vas a creer semejante extravagancia?"

Capricho. Demasiado tarde, la verdad estaba perfectamente clara. Vivienne se quedó mirando el kirtle en sus manos y se sentía como una tonta incomparable. La historia de Alexander no había sido más que una artimaña para persuadirla de que durmiera en la torre. No había sido una coincidencia que Alexander hubiese abierto la puerta anoche.

Su hermano le había gastado una broma, como tantas veces lo había hecho. Vivienne había sido engañada y le habían robado su capacidad de elegir en ese asunto. Peor aún, su propia naturaleza impulsiva la había traicionado, porque su virginidad estaba perdida.

Peor aún, se había perdido, y ella había sido vendida, a un hombre cuyo nombre no conocía.

"¡Alexander es un miserable increíble!" declaró ella, sin molestarse en disimular su ira. Era mejor que revelar su miedo. "¿Cómo se atreve a vender mi mano? Él le prometió a Rhys que no repetiría su error..."

"Así que conocemos el mérito de su palabra", señaló secamente su amante. "Parece que hay una plaga de engaño en nuestra tierra."

Pero a Vivienne no le importaba lo que él pensara de su hermano. Ella pensó en su tía Rosamunde, que se negaba a seguir los dictados de los hombres, y levantó la barbilla desafiante.

"No complaceré a Alexander, ni a ti, cediendo a este arreglo", dijo ella con firmeza. Su amante volvió a quedarse quieto, tan atento y cauteloso como un halcón en la caza. "Yo no estaba al tanto de este acuerdo y no cumpliré los términos que se acordaron."

"¿Qué significa eso?"

"No te acompañaré." Vivienne fulminó con la mirada al hombre que había considerado oportuno comprarla, y a ella no le gustaba que él le ocultara la cara. ¿Era en verdad un extraño o un hombre que no deseaba que ella lo reconociera antes de abandonarse a su protección?

"No tienes otra opción", dijo él. "Tu hermano te ha vendido como posesión, y como posesión, no tienes elección de cuándo ni adónde vas."

¿Posesión? ¡Él no podría haber elegido una palabra menos atractiva!

"Sólo una mujer tonta dejaría la morada de su familia con un extraño que no entrega ni su nombre ni su destino, un hombre que ni siquiera revela su rostro."

Cuando él no se movió ni habló para calmar sus dudas, Vivienne tiró de su hermoso kirtle por encima de su cabeza y entrelazó los costados con gestos salvajes. "No importa el precio que hayas pagado, te sugiero que te marches de Kinfairlie antes de que llame a los centinelas a capturarte."

Él acortó la distancia entre ellos con un paso decisivo y tomó su barbilla en su mano. Su toque no fue contundente, a pesar de la ira que ella podía sentir latiendo a través de él, y Vivienne sintió un debilitamiento peligroso de su voluntad bajo su toque. Era demasiado fácil recordar cómo él la había acariciado, cómo había persuadido su respuesta, cómo había engatusado su participación en el acto sexual.

Ella se dio cuenta de que solo ese acto o estas palabras debían reflejar su carácter, no ambos. La ternura y la aspereza no podían ser ambas su naturaleza.

Pero, ¿cuál era la verdadera medida de ese hombre? Vivienne sabía que las mentiras se forjaban más fácilmente con palabras que con hechos, pero eso era una certeza débil sobre la que apostar su futuro.

"¿Quién te ayudará, ahora que tu hermano ha tenido lo que le corresponde?" Exigió él y había una verdad poco atractiva en sus palabras. "Eres mía, mía desde que tu hermano aceptó mi dinero como suyo."

¡Ella no era una posesión! "No pertenezco a ningún hombre y nunca lo haré." Vivienne miró con furia las sombras de su capucha. "No puedes obligarme a hacer tu voluntad en esto, porque no hay ningún vínculo entre nosotros."

La mano de él se cerró alrededor de su brazo y él la levantó ligeramente del suelo. Ella no podía obviar la verdad de lo mucho más grande que era él y su confianza flaqueó.

"¿No puedo?" murmuró él, aparentemente consciente de su incertidumbre. Su pulgar comenzó a moverse contra su carne en círculos lentos, e incluso a través de la manga fruncida de su camisola, Vivienne sintió un deseo traicionero despertar dentro de ella.

Pero no se podía confiar únicamente en el deseo.

"No te lo pondré fácil", dijo ella. "¡No seré complaciente!"

"Y no tienes por qué estar atada como un cordero destinado al matadero", dijo él con impaciencia. "Está claro que nuestros caminos están juntos, y más claro que nuestro rumbo será más fácil si aceptas la verdad."

Vivienne soltó su brazo del agarre y se alejó, desconfiando del poder de su toque.

"Muéstrame tu cara. Dime tu nombre."

Entonces él dio un paso atrás, asegurándose de que ella no pudiera alcanzar su capucha. Su determinación de ocultarle la cara solo hizo que Vivienne estuviera más decidida a verlo de verdad.

¡Él podría cederle eso, al menos!

"Es mejor que me acompañes", dijo él, hablando con más suavidad. "¿Qué pasa si das a luz a mi hijo?"

"¿Después de una noche? ¡Eso sería poco probable!" Aunque Vivienne se burló, su espíritu se acobardaba.

El tono de él se endureció de nuevo. "Tú tienes siete hermanos, todos nacidos de la misma mujer, y tu hermana concibió rápidamente después de sus nupcias. Escuché hablar de eso en el pueblo. No sería tan raro que su útero diera frutos rápidamente, especialmente en una familia tan vigorosa como la tuya."

Vivienne cruzó los brazos sobre el pecho. "Entonces aceptaré esa perspectiva en lugar de partir con un extraño. El peor precio sería una vergüenza."

"Tu destino podría ser peor que la mera vergüenza, aunque es más difícil de soportar de lo que crees", dijo él con tranquila persistencia. "Tu hermano se apresuró a vender tu mano, ¿por qué no debería hacerlo de nuevo?" Él se inclinó más cerca, sus palabras persuasivas. "¿Qué tipo de esposo ganarás sin tu virginidad? ¿Y qué creería un hombre así si tu vientre creciera demasiado pronto? ¿Qué hará cuando le ofrezcas el hijo de otro hombre?"

Para horror de Vivienne, él tenía una razón peligrosa. Ella regresó al colchón, se abrochó el cinturón, se anudó las ligas y se puso las botas. Las lágrimas nublaron su visión, pero ella no le dejaría ver cómo la había decepcionado con sus preguntas duras esa mañana.

Ella prefería por mucho la magia que habían realizado la noche anterior. ¿Había soñado ella que el hombre que la había seducido se había acostado con ella con tanto respeto y cariño? Ella echó una mirada al hombre silencioso y encapuchado que tenía detrás. Vivienne deseaba poder estar segura de cuál era su verdadera naturaleza.

Completamente vestida con la capa echada sobre el hombro, ella se giró para mirarlo e hizo una oferta impulsiva. "Si tus objetivos son tan nobles, cásate conmigo entonces, y no tendré más remedio que acompañarte."

Él sacudió la cabeza. "No habrá nupcias entre nosotros."

Vivienne se sorprendió de que él pudiera considerar tratarla con tanta deshonra. "No soy una cortesana y no me convertiré en una."

"Y yo no cruzaré el umbral de ninguna capilla antes de que todo lo que es mío sea mío una vez más", dijo él. Vivienne no tuvo oportunidad de preguntarle por sus pérdidas, ya que él le ofreció su mano derecha. "Te haré una promesa como antes, por un año y un día. Si alguno de nosotros encuentra faltas en el otro en ese tiempo, seremos libres de separarnos y sin compromiso desde ese momento en adelante."

"¿Y si tengo un hijo?"

"Será verdaderamente mi hijo, criado en mi casa y con todas las ventajas que yo le pueda ofrecer."

Era una oferta escasa en comparación con el matrimonio, pero como había desaparecido su virginidad, Vivienne temía que le quedara poco con qué apostar. Ella miró su mano, su fuerza dorada por un rayo de sol. No era así como ella había imaginado unir su camino con el de un hombre, y ella aún no estaba preparada para creer que esa era su única opción.

Vivienne puso tentativamente su mano en la de él, y se asombró de nuevo por la forma en que sus dedos envolvieron los de ella. Cuando él ofreció su mano izquierda, cruzándola sobre la derecha y luego girando la palma hacia arriba, Vivienne fingió estirar la mano hacia ella. Luego alcanzó rápidamente su capucha, tan rápido que él apenas le tomó la mano a tiempo.

"Yo quisiera ver tus ojos mientras haces ese voto", protestó ella. "Ningún hombre de mérito teme tanto."

"No me mirarás."

"¿Por qué no?"

"Porque lo prohíbo", dijo él, su tono no permitía discusión.

Vivienne decidió discutir a pesar de eso. "Puede que seas un forajido o un hombre cuya reputación conozco bien", dijo ella. "Podrías ser un hombre que me ha atacado en el pasado, o un hombre al que detesto."

"Te aseguro que no soy ninguno de esos."

"Tu palabra no será suficiente. No puedes esperar tanto de mí a cambio de tan poco." Vivienne sintió su vacilación y se aprovechó de ello, apartando su mano de la de él y abriendo rápidamente su capucha.

Él la miró fijamente, su expresión impasible, sus ojos de un asombroso azul.

Para su alivio, él era un extraño, no un demonio cuyos avances ella había rechazado antes. Ella supuso que no debería sentirse tan aliviada de que su nombre siguiera siendo un misterio para ella, pero su mirada firme le infundió confianza.

Su rostro lleno de cicatrices debería haber hecho lo contrario. Su capucha colgaba alrededor de su cuello como una capa, dejando sus rasgos desnudos. La luz temprana del sol tocó la carne arrugada de una cicatriz. Esa línea marcada comenzaba en su sien, obligando a que el extremo de su ceja se inclinara hacia arriba, pasando por poco el rabillo del ojo, cortaba a través de su mejilla, tiraba de la comisura de su boca, luego terminaba en medio de su barbilla, tal vez profundizando un hoyuelo que siempre había estado ahí.

Vivienne estaba obsesionada por la sensación de que él le era vagamente familiar, como si hubiera conocido a algunos de sus parientes antes, pero incluso esa sensación estaba lejos de ser fuerte.

Él ni siquiera parpadeó mientras ella examinaba la herida, y

Vivienne sintió que él esperaba que ella retrocediera horrorizada. Vivienne le otorgó a la herida una ojeada pausada, luego lo miró a los ojos sin desviarse una vez que la vio por completo. Ella disfrutó su convicción de que estaba sorprendido por su respuesta.

"Pensaste que te rechazaría solo sobre la base de esta herida", lo acusó ella en voz baja. "Pero yo tengo suficiente ingenio para saber que el rostro de un hombre no es la medida de su valor."

Él la miró durante un largo momento, incrédulo o escéptico. Sus ojos se volvieron de un azul más vehemente y Vivienne se preguntó qué estaría pensando. Ella era muy consciente de que su mano se cerraba protectoramente alrededor de la suya y tragó saliva cuando capturó su otra mano una vez más. Su pulgar se movió a través de su carne en una lenta caricia, aunque ella no podría haber dicho si lo hacía con ese mismo propósito o no. La habitación de la torre pareció calentarse a su alrededor.

Incluso su presencia cambiaba el aire, incluso el sonido de su respiración hacía que la carne de Vivienne hormigueara. Ella era consciente de su presencia como nunca había sido consciente de otra persona en todos sus días. Su mirada firme suavizaba su resistencia hacia él de la manera más inquietante.

"Entonces, ¿cuál es la medida de un hombre?"

"Sus actos", dijo ella en voz baja. "Aunque los tuyos muestran poco mérito esta mañana."

Una sombra tocó los ojos de él y ella sabía que no era imaginación que su expresión se oscureciera por un momento. "Entonces que esto sea un mejor acto." Él le estrechó las manos con gentil resolución y luego la miró a los ojos con tanta firmeza que ella no pudo apartar la mirada. "Y por eso te juro, Vivienne Lammergeier, que te trataré con todo honor durante un año y un día, que te defenderé y honraré, que cualquier hijo mío que tengas será criado como si fuera mío, que al final de ese año y un día ambos tendremos la opción de permanecer juntos o no."

Él soltó la mano derecha de Vivienne y las yemas de sus dedos aterrizaron en su mejilla. Eran cálidos, su toque tan ligero como el de una mariposa sobre una flor. Vivienne se encontró girando el rostro, de modo que sus labios tocaron la palma de él, ella se encontraba nuevamente seducida por la reverencia en su toque. Las yemas de sus dedos se deslizaron sobre la curva de su mejilla, a través de su labio inferior, luego tomó su barbilla en su mano. Vivienne lo miró a los ojos y lo último de su resistencia se disolvió.

La verdad era que ese hombre podría haberla violado la noche anterior, pero él le había mostrado ternura. Él se había asegurado de que ella encontrara placer en su primera experiencia de hacer el amor. Incluso ahora, él estaba preocupado por el futuro de cualquier hijo que pudiera tener, y había señalado con razón que Alexander podría encontrar una pareja peor para ella ahora que su virginidad se había ido. Entonces, él se acercó más, sus ojos se oscurecieron con su intención de besarla.

Y Vivienne era lo suficientemente débil como para no querer menos.

Él era cauteloso, sin duda, pero ningún hombre podría soportar una cicatriz tan violenta y fresca sin tener algún miedo a sus compañeros. La herida había sido forjada con una espada, eso estaba claro, y ella se estremeció por dentro por lo que él debió haber soportado.

Sus labios se cerraron sobre los de ella, su beso resuelto mientras reclamaba lo que creía que era lo que le correspondía. Vivienne sabía que una doncella más sensata habría rechazado su abrazo, se habría alejado de él hasta que todos sus misterios fueran revelados. Pero Vivienne se encontró dándole la bienvenida a su abrazo, ella encontró sus propios brazos entrelazados alrededor de su cuello, ella se encontró deleitándose con la maravilla de su beso.

Ella se puso de puntillas, porque aunque ella era alta, él era más alto. Su mano se deslizó en la maraña de cabello en su nuca, sus manos aterrizaron en sus hombros, sus senos chocaron con su pecho. Ella cerró los ojos y no hubo nada más que su beso, nada más que él y su deseo de que ella se fuera con él.

Nada más que el deseo que él despertaba dentro de ella. Él la atrapó más cerca y Vivienne casi se olvidó de todo lo que sabía que era verdad.

Pero no del todo.

~

VIVIENNE APARTÓ los labios de los de él y él la soltó, con la mirada quieta, fija en ella. Ella se retiró, su pensamiento se volvía menos confuso con cada paso que ponía entre ellos. Ella apartó la mirada de él y luchó por encontrar la razón.

Los besos y las promesas no deberían ser suficientes, no de un hombre que ni siquiera le entregaría su nombre, un hombre que había intentado ocultarle el rostro.

Vivienne deseó no haber visto nunca su cicatriz. Ella conocía demasiadas historias de hombres traicionados que buscaban justicia, de un rostro temible que enmascaraba un corazón de oro. Ella conocía demasiadas historias en las que una mujer valiente y su amor eran la salvación de un hombre que lo había perdido todo. Era demasiado simple verse a sí misma dentro de una historia así, demasiado simple para olvidar que el impulso a menudo la había traicionado.

Después de todo, había sido una historia y su fe en ella lo que había llevado a Vivienne a esa circunstancia.

"Date prisa", dijo él en voz baja. "Debemos partir de inmediato."

"No. No puedo ir." Las palabras de Vivienne cayeron rápidamente en su determinación de tomar una decisión sensata. "No puedo irme contigo, no tan pronto. Debes mostrarme más razones para confiar en ti que esta. Debes reunirte conmigo aquí de nuevo esta noche."

"No tengas miedo, Vivienne", dijo él.

¡Incluso con usar su nombre, él hacía que la convicción de Vivienne se desvaneciera! Ella levantó tres dedos, odiando cómo le temblaba la mano. "Tres noches prometió el cuento."

Él negó con la cabeza y se acercó un paso. "La historia, cualquiera que fuese, no era cierta. Partimos de inmediato."

"Tendré tres noches de noviazgo y una rosa roja hecha de hielo", insistió Vivienne obstinadamente. Ella sabía que era una exigencia loca, pero ella necesitaba un tiempo alejada de él para considerar su curso. Ella necesitaba hablar con Alexander, para averiguar por qué él había hecho ese trato, ella necesitaba pensar sin la cautivadora mirada azul de su amante clavada en ella.

"No hay tiempo", dijo él.

"Debe haber tiempo." Vivienne se apresuró a llegar a la puerta, con la única intención de huir. ¿Ella elegía bien? Ella no lo sabía, no podía razonar con el sabor de él en sus labios. ¿Seguramente la precaución nunca era mal recompensada? Ella tenía tan poca experiencia con él que no podía estar segura.

Sin embargo, ella sabía que ese impulso podía aconsejarla mal.

Entonces cantó un gallo en la aldea de Kinfairlie, aunque ella lo ignoró tanto a él como a la maldición murmurada de su compañero. Vivienne no escuchó sus pasos, ella no advirtió que él se había movido hasta que su brazo se cerró alrededor de su cintura. Ella gritó, pero él la echó sobre su hombro con peligrosa facilidad.

"¡Aún no!" Vivienne luchó contra él, pero él no le concedió ninguna posibilidad de escapar.

"Me he comprometido contigo, te has rendido a mí y tu hermano ha aceptado su pago." Él cruzó la habitación, imperturbable ante la protesta de Vivienne. "El compromiso está hecho, para bien o para mal, por un año y un día."

"¡Dije que todavía no!"

"Y yo dije que no tenías otra opción", dijo él, incluso mientras se acercaba al alféizar de la ventana. "Ya hemos perdido demasiado tiempo esta mañana."

Vivienne vio el suelo muy por debajo de ellos y volvió a entrar en pánico. "¡No!" gritó ella, plenamente consciente de lo que él se proponía hacer.

Sin inmutarse, él agarró la cuerda que aún colgaba fuera de la ventana y los lanzó a ambos al aire de la madrugada con una confianza audaz de la que Vivienne no podía hacer eco.

De hecho, ella enterró la cara en el abrigo de él, se agarró a su hombro y rezó mientras su estómago se revolvía en protesta. Él plantó ambos pies en el muro con seguridad.

"Agárrate fuerte, porque necesito ambas manos para la cuerda", ordenó él.

Vivienne tenía pocas opciones, porque ella no deseaba lanzarse a la muerte. Ella lo agarró, sabiendo que sus dedos se clavaban en él como garras, y a ella no le importaba. Ella no se quedó callada, aunque supuso que él hubiera preferido eso.

"¡Ayuda!" gritó ella. "¡Despierten, centinelas de Kinfairlie! ¡Ayúdenme!"

"¡Cállate!" gruñó su captor, pero Vivienne no estaba más dispuesta a escuchar sus palabras de lo que él había estado a escuchar las de ella. Ella gritó con vigor y estuvo encantada cuando un grito de respuesta llegó desde el patio de Kinfairlie.

Un centinela gritó desde su puesto y una flecha pasó volando junto a ellos, incrustándose en la pared.

El amante de Vivienne maldijo y descendió con mayor prisa.

"¡Ayúdenme!" gritó Vivienne. "¡Soy la hermana del señor, Vivienne y este hombre quiere capturarme!"

Su captor detuvo su descenso el tiempo suficiente para hacerla girar y meter uno de sus guantes de cuero en su boca. "Despertarás a toda la aldea", dijo él, la ira hizo que sus ojos se iluminaran con fuego color zafiro.

Vivienne protestó, pero sus palabras fueron amortiguadas por el guante. Ella no se atrevió a soltar su mano de él para quitárselo. Ella fue arrojada por encima de su hombro una vez más, aparentemente sin causar más problema que un saco de grano.

Afortunadamente, los centinelas ya la habían visto y ella había dejado clara su circunstancia.

Su captor no llegaría muy lejos.

Pero, para sorpresa de Vivienne, no hubo una segunda flecha que siguiera a la primera. Ella se atrevió a mirar y vio a un trío de centinelas de Kinfairlie conferenciando en la niebla de la mañana. Ellos no hacían nada para intervenir, aunque no podían estar a cuarenta pasos de distancia.

De hecho, ellos se apoyaron en sus arcos para mirar.

¿Qué era eso?

Su captor llegó al suelo y la hizo girar en sus brazos. Él apretó las rodillas de Vivienne con fuerza y sus codos contra su costado, y ella vio la molestia en su expresión. Él caminó por el pueblo con determinación y ella notó ahora que él cojeaba. Aun así él marcaba un ritmo impresionante y su protesta hacía poco para disuadirlo. Aun así, los centinelas no hicieron nada para ayudarla.

Él miró hacia abajo y debió haber notado su sorpresa, y también debió haber adivinado el motivo.

"Has sido comprada", le informó él mientras caminaba hacia uno de los muros destruidos. "Y tu destino está sellado con eso. Tu hermano se aseguró de que yo pudiera escalar la torre sin ser observado y está claro que a sus hombres se les ha ordenado que no intervengan. No necesitas más señal de su acuerdo que eso."

Vivienne dejó de luchar ante sus palabras. De hecho, ella no podía pensar en otra explicación para los eventos. Alexander debía haber dado instrucciones a los centinelas para que no interfirieran con su captura.

Su lúgubre captor no dijo otra cosa que Vivienne también sabía que debía ser verdad: Alexander no habría hecho tal arreglo sin una completa confianza en el futuro de ella con este hombre.

Alexander debía haber sabido algo en favor de su captor para aceptar su proposición poco común. Ella no podía imaginar que Alexander la casaría con un hombre que pretendiera hacerle daño. A su hermano le encantaban las bromas, pero él no era cruel.

¿Quién era ese hombre?

Su captor no estaba dispuesto a confiarle sus secretos en ese momento. Él la arrojó sobre la silla de un caballo escondido junto al muro derrumbado. Vivienne apenas logró incorporarse antes de que él se colocara detrás de ella, él la abrazó rápidamente contra él y le dio al caballo sus espuelas.

Vivienne no era tan tonta como para saltar de la espalda de un caballo a la carrera, aunque su captor la abrazaba con tanta fuerza que ella tenía pocas posibilidades de hacerlo. Las gallinas de Kinfairlie estaban dispersas ante ellos, un par de cabras balaban y los centinelas de Kinfairlie se inclinaron sobre sus espadas para observar con indiferencia la partida del caballo.

"¡Todo está bien!" gritó uno cuando las campanas de la iglesia sonaron la primera hora, aunque Vivienne seguramente no habría estado de acuerdo. Ella deseaba con repentino vigor saber todo lo que Alexander sabía.

Sin embargo, ella dudaba que el hombre detrás de ella le dijera mucho.

ELIZABETH, la menor de los hermanos de Kinfairlie, se despertó temprano por un alboroto en el patio. Ella había escuchado a los centinelas gritar que todo estaba bien, así que se acomodó en el calor de su colchón. Ella intentó desesperadamente volver a dormirse y fracasó.

Elizabeth estaba maldita con la habilidad de ver hadas. En realidad, Elizabeth se sentía maldecida por poder ver a un hada en particular, una spriggan llamada Darg, que tenía talento para el emparejamiento y había desarrollado un cariño por Elizabeth desde que esa doncella le había salvado la vida.

Esa mañana en particular, Elizabeth no compartía ese afecto, porque era Darg quien la mantenía despierta. Darg estaba emocionada por algún asunto e insistía en bailar sobre el pecho de Elizabeth.

De hecho, Elizabeth se preguntaba qué la había obligado a salvar al spriggan de ahogarse en esa jarra de cerveza. En esa mañana, parecía que haberla dejado arreglárselas sola habría sido una mejor opción.

Sorprendentemente, esa casi desaparición no había disminuido el gusto de Darg por la cerveza. Era cierto que Darg tenía un gusto impío por la cerveza mortal, aunque la afectaba aún más de lo que afectaba a los mortales. Quizás esa era la raíz de su afición por el brebaje.

"No deberías haberte terminado toda la cerveza anoche", dijo Elizabeth, su actitud gruñona. "Siempre te inquieta, lo que significa que yo no descanso en absoluto."

Darg se reía y bailaba sobre el pecho de Elizabeth. "Grandes hazañas en marcha en Ravensmuir; este día nos apresuramos a cruzar el páramo."

"No iremos a Ravensmuir hoy, por mucho que lo desees."

Darg gritó como si algo le doliera. Elizabeth hizo una mueca, no en lo más mínimo agradecida de ser la única en su familia que podía ver u oír a la spriggan.

"En la colina, en el valle, en la rosa y la espina, así los afortunados encontrarán su camino por la mañana."

Elizabeth acomodó su almohada y se dio la vuelta, cerrando los ojos ante la conversación de la spriggan. Después de una noche de sueño interrumpido, no le importaba mucho lo que Darg deseaba o adónde quería ir el hada. El cielo estaba apenas rosado. Elizabeth podía oír el cacareo de las gallinas y las cabras balando para ser ordeñadas, pero era demasiado temprano para levantarse.

Ella se tapó la cabeza con las sábanas con resolución y trató de volverse a dormir, incluso mientras ignoraba a la spriggan que se movía dando vueltas.

Darg bailaba con mayor vigor, clavando pequeños tacones en la carne de Elizabeth como pequeños martillos. *El hada es de una raza, el mortal de otra; ningún alma inteligente ve una en la otra*", proclamó el hada. "*Carne, sangre, muerte y hueso; este hombre mortal se casará con una de su raza.*"

Elizabeth estaba intrigada a pesar de sí misma. Ella tenía doce veranos, había sido repentina (y alarmantemente) dotada de grandes pechos, y encontraba el tema de los hombres más atractivo que antes.

Ella se asomó por encima del dobladillo de las mantas y susurró, para no despertar a sus hermanas. "¿Qué hombre?"

Darg rió triunfante. En verdad, Darg no era una criatura muy atractiva y no siempre tenía los motivos más amables. Elizabeth la miró con su habitual medida de sospecha.

Con un salto final, el hada se dejó caer para sentarse con las piernas cruzadas en las nuevas curvas de Elizabeth y susurró alegremente. *Se contó una historia, parte cierta; un trato hecho, el precio pagado. El verdadero nombre del hombre, nadie lo sabe; ¿Qué se podrá hacer cuando él no deje ninguna rosa?*

Entonces la spriggan chasqueó la lengua con desaprobación, sonando como un pájaro agitado.

¡Darg debía de referirse a la historia que Alexander había contado la noche anterior! Una de las hermanas de Elizabeth debió de sentirse seducida por ella, y Alexander debía de estar haciendo una de sus bromas. La hermana no sería reclamada por un amante de las hadas, como cuenta el cuento, sino por un hombre mortal.

Elizabeth se sentó tan apresuradamente que el hada cayó de la doncella al suelo duro. Darg maldijo mucho después de detenerse, boca abajo sobre la madera desnuda, pero a Elizabeth no le importó. Ella miró alrededor de la habitación y se sintió aliviada al ver los cabellos caídos de Annelise e Isabella, castaños y rojos ardientes a su vez. Vivienne, sin embargo, se había escondido debajo de sus mantas y solo se veía el montículo de su cuerpo.

Segura de que Vivienne la maldeciría por su acción, esperando que Darg estuviera equivocada, Elizabeth se arrastró hacia el colchón de Vivienne y abrió bruscamente las mantas.

Luego jadeó consternada, porque el montículo en la cama no era Vivienne. Era una capa vieja, envuelta para que pareciera un cuerpo en la cama.

Ella se giró para enfrentarse al hada. "Darg, ¿Dónde está Vivienne? ¿Qué le ha pasado?"

La spriggan arqueó una ceja, luego se cepilló su atuendo en obvia y elaborada referencia a su rudo desalojo de la cama de Elizabeth. Ella tuvo mucho cuidado en alisarse las ropas antes de responder, sin duda consciente de que Elizabeth hervía de impaciencia. *"Los mortales maleducados se mostrarían sabios al mirar a los mensajeros con ojos bondadosos."* Darg levantó la nariz y se alejó de Elizabeth.

La niña corrió tras ella, sabiendo que solo un halago excesivo haría que su pregunta fuera respondida. Darg, lamento haberte despertado tan bruscamente. Yo tenía miedo por mi hermana." Elizabeth inclinó la cabeza ante la mirada indignada del hada. Aunque eso no es excusa para ser grosera con alguien tan sabio como tú. Pido disculpas, de verdad que lo hago."

Darg resopló, aunque se detuvo para arreglarse un poco.

"Por favor, dime qué le ha pasado a Vivienne. Solo tú eres lo suficientemente inteligente para saber la verdad de esto, mientras que nosotros, los mortales, en cambio, tropezamos en la oscuridad."

"Ni más, ni menos de lo que ella deseaba", se rió Darg y el sonido fue un poco cruel. "Las espadas no se conocen hasta que se tocan para atacar."

Elizabeth tenía miedo de esas noticias, aunque su conversación con Darg se vio interrumpida por la llegada de Vera, la doncella de más edad que despertaba a las hermanas cada mañana.

Vera atravesó ruidosamente la puerta, dejó caer sus cubos de agua humeante con una maldición y luego se frotó la frente con una mano pesada. "¡Despierten, señoritas! Suenan las campanas de la iglesia y el propio señor insiste en que todos se apresuren a la misa temprano."

Darg escupió en el suelo, comunicando su opinión sobre la misa temprana con bastante claridad, luego desapareció por una grieta en la pared. Elizabeth gruñó bastante disgustada, luego se volvió para encontrar los ojos brillantes de Vera sobre ella.

"Hablando con las hadas de nuevo, ¿verdad, muchacha?" Vera se rió entre dientes ante el capricho en eso y Elizabeth sintió que le ardían las mejillas. Cualquier inclinación que ella tuviera a confesar la ausencia de Vivienne se desvaneció ante los modales escépticos de la criada.

Quizás Vivienne tenía una buena razón para irse tan temprano esa mañana. Quizás Darg estaba equivocada. Quizás Vivienne tenía una cita, o un pretendiente secreto, o una misión que no deseaba que nadie supiera. Ciertamente, parecía como si Vivienne hubiera tenido la intención de engañar a las demás acerca de su presencia, lo que solo podía significar que se había marchado voluntariamente.

"Despierten, mis queridas muchachas, el señor no hace concesiones con esos de nosotros que tenemos que velar por ustedes, no, no, no lo hace. Él levanta la voz, y da órdenes y espera que todo sea exactamente como él ordena."

"Alexander es señor ahora, Vera" puntualizó Elizabeth, y se ganó una mirada dura de la sirvienta por su comentario.

"¡Él puede ser el señor, pero él no es rey!"

Isabella rugió y se dio la vuelta, enterrando la cara en la almohada. "Yo en cambio iré a la misa del mediodía" murmuró ella, porque ella no estaba en sus sentidos temprano en la mañana.

Un brillo se encendió en los ojos de Vera, uno que no le parecía nada bien a Isabella. "Su señoría insistió" declaró la desfachatada criada con enérgico entusiasmo. Ella caminó a través de la habitación y quitó las sábanas de Isabella con un victorioso movimiento de la mano.

Isabella gritó y trató de alcanzar las sábanas. "¡Hace frío!"

Vera sonrió mientras danzaba hacia atrás. "Y dejarte con frío es la única manera de hacerte levantar, mi señora."

"¡Dame esas sábanas y dámelas ahora!"

"El señor ordenó que ninguna debía quedarse en la cama esta mañana, ni siquiera tú."

Isabella tembló elaboradamente. "Vera, eres cruel más allá de toda expectativa." Ella se sentó y examinó la habitación con lo que era claramente mal humor, envolviendo sus brazos a su alrededor mientras temblaba. "Y Alexander es malvado hasta la médula."

Vera se rió por lo bajo. "Mientras que tú eres perezosa por la mañana, mi señora. Levántate, levántate, y date prisa para ir a misa como la buena damisela que eres. Todos debemos tener alguna falta, y esta seguramente es la tuya." Ella le dio a Isabella una mirada impía. "Si te levantas y vas a misa, podrías decirle a nuestro señor lo que piensas de sus edictos."

Isabella resopló. "Si yo fuera la Dama de Kinfairlie, yo emitiría un edicto prohibiendo los servicios de la iglesia antes del mediodía." Ella volvió a intentar insatisfactoriamente coger sus sábanas.

Vera se alejó con las sábanas, triunfante, "Pero tú no eres la Dama de Kinfairlie, y nunca lo serás. No te puedes casar con tu propio hermano." Ella movió un dedo ante Isabella, claramente disfrutando su juego matutino. "Y el señor mismo ha demandado su presencia. Será mejor que te levantes, porque eres la que más demora con su cabello."

"¡Porque es demasiado rojo!" gimió Isabella y cayó hacia atrás contra sus almohadas con aparente desesperación. Ella miró al techo. "Es incivilizado ordenar a otros asistir a misa tan temprano, Alexander es un bárbaro por ordenar una cosa así."

"Difícilmente pienso que sea bárbaro estar tan preocupado por el destino de tu alma" dijo dulcemente Annelise. Ella se había levantado y aseado mientras Isabella se quejaba.

Isabella esbozó una sonrisa y luego habló oscuramente. "Él no se preocupa por nuestras almas."

"Pienso que él está imposible desde que se convirtió en señor", añadió Elizabeth. "¡Y pensar que una vez me agradó mi hermano mayor!"

Isabella asintió. "Recuerda mis palabras, hay alguna broma detrás de esta orden. Alexander tampoco se da prisa por salir de la cama en las mañanas."

Las hermanas se detuvieron a intercambiar miradas, porque Isabella había dicho la verdad. "¿Crees que él nos hace levantar temprano para jugarnos alguna broma?" preguntó Annelise, su escepticismo era claro.

"¿Qué más puede ser?" dijo Isabella. Ella se puso de pie con un gruñido. "Nosotras tendremos que jugarle una broma a él a cambio, y tendrá que ser una buena."

"Parece improbable que cualquier broma de Alexander sea hecha en una iglesia", dijo Annelise, un tanto sensible. Ella ya se había puesto las medias y se ataba el lazo de su camisola.

Las hermanas se calmaron como una sola ante su comentario.

"¡La Iglesia!" susurró Elizabeth y su mirada cayó sobre la cama vacía de Vivienne. "Quizás era ahí a donde Vivienne fue tan temprano esta mañana. ¿Crees que Alexander pretende obligarla a casarse?"

Vera cruzó la habitación y quitó las sábanas de Vivienne con un movimiento de su muñeca. Las hermanas y la sirvienta miraron la cama con abatimiento, porque claramente todas ellas pensaban que Vivienne todavía dormía. "¿Qué sabes de esto?" Le demandó Vera a Elizabeth.

"Nada, excepto que ella no está."

Annelise se lamió los labios. "Los votos matrimoniales son intercambiados en la iglesia", dijo ella en una voz mucho más baja.

"Si Vivienne hubiese adivinado su intención, ella sería de nosotras la que sería suficientemente valiente para escapar de los planes de Alexander." Dijo Isabella.

Las hermanas intercambiaron miradas de horror, recordando con fatídica claridad la determinación de su hermano mayor de casarlas a todas. Vera se congeló y las observó con abierta agitación.

Isabella agarró a la criada y sacudió la manga de su vestido. "¿Qué escuchaste en las cocinas, Vera?"

"¡Ni una palabra, te lo juro! Aunque se dice que el señor está muy complacido consigo mismo esta mañana y está demandando que la comida del mediodía sea digna de un banquete."

"Un banquete de bodas", dijo Isabella agriamente y le dio una patada a su cama. "¡La sabandija!"

Una lágrima asomó a los ojos de la anciana. "¿Oh, seguramente el señor no casaría a la dulce Vivienne con un esposo peligroso como hizo con Madeline? Yo escuché de esa locura de una subasta, aunque yo no estaba aún aquí, porque era la conversación en todo Kinfairlie."

"La conversación en toda Escocia, probablemente." Dijo Elizabeth. "Fue una locura sin comparación."

"Alexander le juró a Rhys que él no subastaría la mano de ninguna de nosotras como hizo con Madeline." Puntualizó Annelise. Vera entrelazó sus manos, muy preocupada de no realizar sus quehaceres habituales."

"Pero él tampoco nos había mandado a llamar a todas a la misa." Dijo Isabella de forma cortante.

"¡Y con sus mejores ropas!" gimoteó Vera. "Eso fue lo que él ordenó."

"Seguramente él no pretende casarnos a todas esta mañana" dijo Isabella, con duda en su voz. "Eso sería una conquista, incluso para Alexander."

"Seguramente él solo nos juega una broma, como solía hacer", sugirió Annelise.

"Él ha olvidado como bromear", dijo Elizabeth sombríamente. "Todo lo que tiene mérito para él es la autoridad."

"¿Pero entonces, donde está Vivienne?" demandó Vera. Ellas miraron otra vez a la cama vacía.

Elizabeth comenzó a temer que Darg hubiese dicho la verdad.

"Solo hay una manera de saberlo con seguridad", dijo Isabella con resolución. "Debemos comportarnos como Alexander espera y encontrarlo alegremente en la misa matutina."

Elizabeth asintió. "Y si el pretende casar a Vivienne contra su voluntad—"

"¡O a cualquiera de nosotras!" interpeló Annelise.

"—O a cualquiera de nosotras," continuó Elizabeth, "entonces nosotras debemos de alguna manera asegurarnos de que los votos no sean intercambiados. Es tiempo de que él aprenda que todos sus decretos no serán cumplidos."

Las hermanas asintieron, la resolución brillando en sus ojos, luego se pusieron rápidamente a ponerse sus mejores ropas para ir a la iglesia.

# CAPÍTULO 4

n poco tiempo, la aldea de Kinfairlie se desvaneció detrás de ellos y el captor de Vivienne le sacó el guante de la boca. Al retirarlo, ella escupió una vez, se aclaró la garganta y no dijo nada. Ella se sentó firme ante él, su columna recta le decía más claramente que cualquier palabra que ella estaba disgustada.

O que no deseaba tocarlo demasiado.

Él mismo estaba algo descontento, después de haber perdido una buena cantidad de tiempo tratando de persuadirla, solo para que ella insistiera en alguna locura femenina. Las tres noches de noviazgo que ella había esperado eran más que razonables, pero él esperaba algo mejor de ella que la demanda de una rosa roja, una rosa roja hecha de hielo.

Su plan pragmático no tenía margen para una virgen caprichosa decidida a ver el romance en todo lo que la rodeaba. Su necesidad de concebir un hijo de paternidad incuestionable requería que él encontrara una doncella para reclamar como suya, aunque la pasión de Vivienne había sido una sorpresa. Había una dulzura en ella que lo hacía sentirse un canalla por ofrecerle menos que la plenitud del matrimonio y la seguridad.

Pero él no tenía esa seguridad para ofrecerle. Él había pagado un buen dinero por ella, y si su hermano había estado tan dispuesto a venderla, entonces él era un tonto al sentir algún escrúpulo.

Incluso si ella no se había estremecido al verlo.

"Parece que no tienes nada más que decir", dijo él, sintiendo su silencio con demasiada intensidad.

"No tiene mucho sentido. No sé tu nombre, tu destino o tu intención, y no estás dispuesto a confesar ninguno de ellos." Ella hizo un gesto hacia la costa abierta. "No hay nadie aquí para escuchar mi grito, si es que no han recibido ya instrucciones para abandonarme a mi destino, sea el que sea."

"No tuve elección", dijo él con brusquedad. "Era hora de que nos diéramos prisa."

Ella se burló. "No puedo entender ningún motivo para darse prisa, dado que nadie tenía la intención de ayudarme."

Había poco que él pudiera responder a eso. Era el anonimato de la oscuridad lo que él había deseado, por costumbre y por el hecho de que su hermano pensaba que él era alguien diferente.

Él todavía no estaba preparado para discutir eso con la dama. Él dejó que el caballo marcara su propio paso, porque nadie los perseguía. La mañana estaba despejada, el cielo se tornaba lentamente de un plateado lechoso y el viento era fresco. El caballo que le había prestado el conde de Sutherland estaba descansado y se movía con una gracia característica.

Él era consciente de más placeres sensoriales que ese. El cabello de Vivienne era una nube suelta, porque ella no se lo había trenzado esa mañana, y una maravilla de ricos zarcillos castaños bailaban en el viento a su alrededor. Él no protestó por el suave cabello, aunque le soplaba contra la cara y se enroscaba contra su hombro. Su asalto era descaradamente femenino, un lujo suave como ninguno que hubiera conocido en los últimos años y él se admitió a sí mismo cuánto lo disfrutaba.

Él casi podía olvidar la incomodidad de ese atuendo sureño,

puesto únicamente para asegurarse de poder pasar desapercibido. A él le disgustaban profundamente las limitaciones de las calzas.

Él era particularmente consciente de esa restricción en ese momento en el que estaba asediado por el encanto de Vivienne. Él podía oler la dulzura de su piel, podía ver la curva cremosa de su mejilla y su garganta. Él sentía la curva madura de sus nalgas contra él y disfrutaba la dureza en ella. A él le gustaba que ella fuera alta, le gustaba que fuera delgada pero lo suficientemente curvada como para tentar su toque.

Era demasiado fácil pensar en encontrarse con ella en la cama una vez más. Después de todo, se necesitaría más de una noche para asegurarse de que ella concibiera un hijo y no había oportunidad para demorarse.

Entonces él decidió saborear cada noche en el abrazo de Vivienne hasta que ella supiera con certeza que estaba embarazada de su hijo. Él estaba tan perdido en la anticipación de lo que podrían hacer juntos que el tono brusco de Vivienne lo sorprendió.

"Montas en un caballo, como si fueras un caballero", dijo ella. "Sin embargo, tu abrigo es de cuero, no una cota de malla."

Él inclinó la cabeza, lo suficientemente intrigado por su demostración de intelecto como para permitirle sacar sus propias conclusiones.

"¿Es realmente tu propio caballo o lo robaste?"

"Yo solo robo mujeres", dijo él, sorprendido de escuchar un hilo de humor en su tono. Había pasado mucho tiempo desde que él había hecho una broma, pero el suave asalto de su cabello le aliviaba el humor. "Y hasta ahora solo una, únicamente porque las circunstancias lo exigían."

Ella se giró para encontrarse con su mirada, sus propios ojos verdes brillaban con curiosidad. Él parpadeó, sorprendido de que ella no le tuviera miedo, asombrado por la claridad del tono de sus ojos. "¿Qué circunstancia podría exigir mi captura?"

Él frunció el ceño. "Es una larga historia."

Una sonrisa se dibujó en la esquina de sus labios. "Ya no le das espuelas a tu caballo. Parece que tenemos mucho tiempo."

Él la estudió, incapaz de apartar la mirada de esa alegre doncella. Lo notable era que ella no asumía que ningún cuento lo haría quedar mal. Ella asumía lo mejor de él, ella no había tenido miedo de exigir más de él. Para un hombre a menudo condenado por su rostro e igualmente a menudo privado del beneficio de la duda, eso era realmente poderoso.

Pero los sentimientos tiernos lo habían llevado por mal camino antes. Él no se atrevía a preocuparse por esta mujer, que sólo cabalgaba a su lado hasta que, y si, su útero resultaba fértil.

Él dejó que su expresión se volviera sombría. "Yo necesito un hijo, un hijo cuya paternidad esté fuera de toda duda. Por eso necesito una mujer, una mujer que fuera doncella hasta que me encontrara en la cama, una mujer de una familia que se supiera que es fértil, una mujer que no tenga la oportunidad de acostarse con otro hasta que me dé ese hijo."

"Tú necesitas una esposa", dijo Vivienne, con una pequeña sonrisa.

"Yo tengo una esposa", dijo él secamente y vio su sonrisa desaparecer tan completamente que podría nunca haber ocurrido. Él sabía que debería haberse alegrado de haber abierto una brecha entre ellos, él sabía que debería haberse alegrado de que ella le diera la espalda una vez más y lo liberara del hechizo de esos ojos magníficos.

Pero en cambio él se sentía un canalla y un bribón además, porque solo él había atenuado el brillo de la sonrisa de la dama. Parecía una pequeña ventaja haber detenido las preguntas de la dama.

"Aunque Beatrice está muerta", agregó él en voz baja.

La postura de Vivienne no cambió, ni su curiosidad aparentemente volvió a despertar. Mientras cabalgaban en un doloroso silencio, él tuvo dificultades para persuadirse a sí mismo de que era mejor así, y menos aún de que ese silencio era su elección.

~

ELIZABETH NOTÓ que la mejor plata se había colocado sobre el altar en la capilla de Kinfairlie, y el mismo Alexander estaba vestido tan regiamente como un príncipe. Él llevaba su abrigo favorito, el del zafiro más profundo con bordados dorados, el que hacía que sus ojos fueran más sorprendentemente azules. Sus botas estaban lustradas y la empuñadura de su espada relucía. Todo el pueblo parecía estar reunido a esa hora improbable, sus expresiones brillaban con expectación.

Elizabeth no se animó con lo que vio cuando miró a través de la puerta. Ella y sus hermanas se retiraron como una sola e intercambiaron miradas sombrías.

"Lo hemos adivinado correctamente", dijo Isabella. "Lo conozco bien."

"No puedes saberlo con certeza hasta que tengamos pruebas de ello", dijo Annelise, con una actitud bastante razonable. "No hay hombres en el altar excepto Alexander."

Elizabeth echó un vistazo e hizo una mueca. "Aunque su acicalamiento no puede ser un buen presagio para nadie más que para él mismo."

"Oh, mis muchachas", dijo Vera, su voz era temblorosa. "Rezaré por todas ustedes, eso haré." Ella apretó las manos de cada una por turno. "Recuerden, sin embargo, que un buen matrimonio a menudo comienza mal. Un comienzo no hace un final." La criada miró entre las tres doncellas y pareció decepcionada al no escuchar ningún sentimiento salir de sus labios. Ella acarició la mejilla de Elizabeth y luego se volvió para entrar en la iglesia.

"Nunca me casaré con un hombre tan tonto como para pensar que puede comprar mi mano", declaró Isabella. Ella se enderezó y agitó los bordes de su reluciente velo verde. "Si Alexander tiene la intención de casarme este día, no lo tendrá fácil."

Con eso, Isabella abrió la puerta, sus modales llamativos por la falta de su habitual aplomo, y caminó por el pasillo de la iglesia.

Annelise y Elizabeth vieron como su hermana miraba con severidad a su hermano mayor.

Alexander, con exquisitos modales, se inclinó sobre la mano de Isabella y le dio un casto beso en los nudillos. Ella lo fulminó con la mirada, pero él sonrió tan inocentemente como un ángel.

"Pero yo soy la mayor, si Vivienne se ha ido", dijo Annelise, la vacilación en su voz revelaba su miedo.

"Odiaré a Alexander para siempre si hace que te tratan mal", dijo Elizabeth y apretó la mano de Annelise, deseando poder ofrecer un mayor consuelo que ese.

Annelise cuadró los hombros y forzó una sonrisa valiente en sus labios, luego entró a la iglesia a su vez. Elizabeth contuvo la respiración mientras miraba, pero Alexander saludó a Annelise con tanta cortesía como a Isabella.

Sin embargo, no había dudas, la luz expectante en sus ojos cuando miró hacia la puerta. Aunque Elizabeth sabía que era la más improbable para casarse a continuación, su corazón seguía latiendo. Ella sentía que le ardían las mejillas cuando abrió la puerta de madera de la iglesia y mantuvo la mirada baja bajo la revisión de cada alma en la capilla.

Ella llegó al lado de Alexander y se sintió tan aliviada cuando él le besó los nudillos y luego miró de nuevo hacia la puerta que sus rodillas casi cedieron.

Entonces era Vivienne. Las hermanas se agarraron de las manos mientras Alexander miraba la puerta con una mezcla de impaciencia y orgullo.

Ninguna otra sombra tocaba la puerta.

Pasaron minutos y nadie vino.

Alexander frunció el ceño y miró al sacerdote que se encogió de hombros. Elizabeth interpretó eso como una mala señal.

"Si esperamos a Vivienne, debes saber que ella se fue esta mañana", le susurró.

Alexander asintió una vez, y no con sorpresa. Elizabeth sentía que sus ojos se ensanchaban al saber que su hermano sabía que Vivienne se iría.

Lo que significaba que probablemente él sabía adónde había ido ella.

Alexander hizo una seña a su castellano y el anciano Anthony se acercó rápidamente a su lado. Los aldeanos movían los pies, claramente asombrados por la demora, y observaron con interés cómo Anthony partía con rapidez.

El sacerdote encendió las velas del altar en los interminables minutos que siguieron.

Justo cuando Elizabeth pensó que no podría soportarlo más, Anthony regresó. Él se detuvo justo dentro de la puerta y negó con la cabeza minuciosamente.

"¿No está en la habitación?" gritó Alexander.

Anthony volvió a negar con la cabeza.

"¿Ni en el patio?" exigió Alexander, su agitación clara cuando Anthony negó con la cabeza. "¿Ni en la posada?" El joven señor comenzó a caminar por el pasillo de la iglesia. "¿No te acercaste a las puertas?"

"Lo siento, mi señor, pero no hay señales de la pareja."

"¡Canalla!" Alexander giró sobre sus talones. Maldijo y se llevó el puño a la palma de la mano. El sacerdote lanzó un grito de recriminación, pero Alexander estaba claramente tan furioso que no le importó.

Él levantó el puño en medio de la capilla, su voz resonante llegó a todos los oídos. El anillo de plata que llevaba el sello de Kinfairlie brillaba en su dedo índice. "Se iba a celebrar una boda esta mañana en esta capilla, ¡pero el canalla al que le prometí la mano de mi hermana ha roto la palabra que me dio!"

Los aldeanos susurraban consternados, aunque Elizabeth no podía apartar la mirada de la furia de Alexander. Él nunca se había parecido tanto a su padre como ese día.

"Y pongo un precio sobre su cabeza por su traición. Si alguien lleva hasta Kinfairlie a un tal Nicholas Sinclair, esté vivo o muerto, ¡le pagaré cuatro soberanos de oro!

La multitud se quedó sin aliento ante la suma y los susurros comenzaron de inmediato. Annelise comenzó a recitar una oración en voz baja, mientras Isabella miraba a Alexander.

¿Nicholas Sinclair? Elizabeth lo recordaba bastante bien, porque él había tenido suficientes palabras dulces para adular a todas las mujeres de la cristiandad. A ella nunca le había gustado y había disfrutado enormemente enfadarlo mientras él cortejaba a Vivienne años atrás. Eso había sido antes de que ella entendiera que los hombres tenían algún atractivo, y Nicholas había soportado muchas bromas pesadas debido a ella.

Ella ni siquiera sabía que él había regresado a Kinfairlie y no podía imaginar que él pidiera la mano de Vivienne con sinceridad.

Tampoco imaginaba que Vivienne lo aceptaría.

Pero Alexander buscó en su bolsa y sostuvo las monedas relucientes ante la jadeante multitud. Los aldeanos estiraron el cuello para ver más monedas en la mano de ese hombre de lo que la mayoría de ellos vería en total en todos sus días y noches.

"Mi señor, es inapropiado hacer tal oferta en la casa de Dios…" el sacerdote comenzó a protestar pero Alexander lo silenció con una mirada mordaz.

"Y cualquier alma que traiga noticias de mi hermana Vivienne", continuó Alexander, "tendrá cuatro soberanos", los aldeanos inhalaron como uno ante la perspectiva de tanto dinero ", ocho si es devuelta a Kinfairlie ilesa."

Él miró a la multitud, como si quisiera que las confesiones salieran de sus labios reacios, y luego se volvió hacia su castellano cuando no hubo ninguna. "Anthony, asegúrate de que mi proclamación se envíe a todas las regiones circundantes de inmediato. Ellos no pueden haber huido muy lejos." El hombre mayor asintió y se inclinó.

Con eso, Alexander Lammergeier, Señor de Kinfairlie, salió de la capilla, su frente tan oscura como el trueno, sin participar en la misa que había ordenado para tan temprano en el día. Las hermanas no tuvieron que mirarse para saber que su hermano mayor temía el destino de Vivienne.

"¿Qué ha hecho él?" susurró Isabella, pero nadie le respondió.

"¡Oremos por la dama y su regreso sano y salvo!" gritó el sacerdote y todas las voces se alzaron para unirse a la suya.

Elizabeth, por su parte, rezó para poder encontrar a Darg de nuevo, porque la spriggan podría ser su mejor oportunidad de ayudar a Vivienne.

VIVIENNE TAMBIÉN ESTABA PENSANDO en cómo podría ganar ayuda, cuando no estaba luchando contra su decepción. Cada detalle que su captor le confiaba hacía que sus circunstancias parecieran más espantosas. Él la había elegido únicamente para que ella le diera un hijo, aunque no era un deseo poco común entre los hombres.

Y había estado casado antes. Su tono lacónico indicaba que él estaba muy decidido sobre el asunto; sin duda, su esposa había poseído tan plenamente su corazón que su muerte le había dejado una gran sombra de su antiguo yo. Vivienne sabía que era así en la mayoría de los cuentos y ella sintió cierta simpatía por su captor debido a su pérdida.

Pero esas eran malas noticias para su propio futuro. Vivienne había pensado que la insistencia de su captor en un compromiso se debía simplemente a que él era de las Tierras Altas, donde las viejas costumbres dominaban más, y que no era más que un precursor de un matrimonio más duradero. Ella había pensado que la pasión que habían encendido en la cama, desde el primer momento juntos, había sido motivo de optimismo para el futuro entrelazado que tenían por delante.

Pero él amaba a su difunta esposa.

Al menos, Vivienne había esperado ser deseada por algo más que cualquier hijo que su útero pudiera entregar.

A pesar de todo eso, Vivienne era dolorosamente consciente del hombre detrás de ella, ella sentía cada aliento que él tomaba, ella era consciente de la fuerza de sus manos donde él sostenía las riendas. Ella imaginaba que podía oír el latido de su corazón y deseó no recordar el sabor de su beso.

¿Qué tan tonta era ella?

Cabalgaron en silencio hasta que el sol pasó su cenit, luego se acercaron a una estructura abandonada en la costa. Las paredes de piedra se estaban derrumbando en el suelo y la espesa vegetación insinuaba que pocos habían ido por este camino últimamente. Vivienne supuso que alguna vez había sido la cabaña de un ermitaño, ya que estaba ubicada lejos incluso de las tentaciones de ese día. La costa era rocosa debajo de la punta, el techo de madera sobre la estructura en sí estaba podrido, aunque parte de él había sido reparado últimamente.

Su captor dio una orden al caballo que se detuvo y se mantuvo firme, agitando las orejas. Entonces él desmontó y bajó a Vivienne al suelo. Él se llevó al caballo a un parche de hierba donde podría pastar. Él se tomó su tiempo para cuidar el caballo, quitarle la silla y cepillarlo, evidentemente seguro de que ella no huiría.

Y, en verdad, no había ningún lugar al que ella pudiera correr y no ser primero atrapada otra vez. Ella había visto lo rápido que podía moverse su captor, incluso con su cojera, y él era mucho más alto que ella. Vivienne era muy consciente de la alta torre de la fortaleza de su tío, Ravensmuir, todavía al norte, pero estaba lo suficientemente distante como para que ni la mirada más aguda en lo alto de esa torre los viera allí. Ella pensaba que podía ver cuervos dando vueltas sobre ella, los más simples puntos negros contra el cielo azul del verano, pero ella no se atrevió a mirar demasiado en la dirección de esa torre para que su interés no despertara sospechas.

Vivienne cruzó los brazos sobre el pecho y miró a su captor, notando cómo se subía la capucha una vez más, como si estuviera acostumbrado a ocultar sus rasgos desfigurados. ¡Quizás él tenía la intención de ocultarle sus pensamientos!

No es que sus expresiones fueran fácilmente interpretadas. Él había estado impasible la mayor parte del tiempo, más impasible cuando estaba molesto. Vivienne se mordió el labio, recordándose a sí misma recordar ese detalle.

Él llevaba un atuendo oscuro poco distinguido, nada de los cual estaba confeccionado con tela fina o adornado con un símbolo o un hilo de bordado. Sus calzas eran oscuras, sus botas más oscuras, su camisola áspera y sin teñir. A él parecía no importarle el tono o el estado de sus prendas. Quizás no era vanidoso. Quizás él era pragmático. Él no debía ser pobre si le había dado a Alexander una bolsa de monedas a cambio de ella.

Quizás él no deseaba que le robaran mientras viajaba. Vivienne no podía adivinar cuál era la verdad.

Su camisa era de cuero hervido, su capa oscura era de lana gruesa y toscamente tejida. La prenda le caía hasta las rodillas y era una pieza completa. Su cinturón era grueso y pesado, una espada envainada colgando de un lado y una daga envainada del otro. Las empuñaduras de ambas hojas relucían con meticuloso cuidado, aunque eran de diseño sencillo. Lo mismo ocurría con la silla del caballo, que era robusta pero sin adornos. Él se había metido los guantes de cuero en el cinturón.

El único adorno que él llevaba era un alfiler de plata que se abrochaba al cuello de su capa. Era del tamaño de la palma de su mano y tenía la forma de una cuerda enrollada, aunque Vivienne sabía que no debía pedir verlo más de cerca.

Después de todo, él parecía estar de mal humor. Él cepillaba al caballo con cuidado, dando todas las señales de que no estaba al tanto de su observación, aunque Vivienne dudaba que esa fuera la verdad.

Ella se preguntó cómo él había encontrado tan fácilmente ese refugio. Ellos habían cabalgado sin ver ni un ápice de otra alma viviente. Vivienne sabía que aquello era una hazaña, porque ese rincón de Escocia estaba bastante poblado de monjes y sacerdotes viajeros, de campesinos y pastores y de nobles viajeros, y los páramos no ofrecían muchos lugares para esconderse.

Su captor conocía esa tierra, supuso ella, aunque se preguntaba si él se había enterado de ella recientemente o si se había criado por allí. Ella no se dignó entablar una conversación con él para averiguarlo. Ella decidió que huiría, a la primera oportunidad, y lo haría creer en su complacencia hasta que llegara ese momento.

Que él encuentre otra doncella con un útero fértil. No había futuro para ella con un hombre que amaba a su difunta esposa, un hombre que solo necesitaba su útero y que tenía la intención de abandonarla después de reclamar su fruto. Ella escaparía, mientras su familia aún estuviera a su alcance.

Él le dirigió una mirada penetrante en ese momento y Vivienne se preguntó si él podría escuchar sus propios pensamientos. ¿Alguna vez él se volvería complaciente? Ella dudaba que él confiara plenamente en otra alma viviente.

Salvo su caballo. La bestia pastaba, claramente acostumbrada a tales cuidados, y verdaderamente su pelaje castaño relucía de buena salud. Era un caballo, un caballo de caballero, con una estrella blanca en la frente.

Vivienne observaba con poco interés cómo su captor localizaba un saco de cuero escondido entre las sombras de la estructura que ella creía abandonada.

Entonces, él había estado ahí antes.

"¿Tienes hambre?" preguntó él. Sin esperar su respuesta, como si hubiera adivinado que ella no tenía intención de concederle una, comenzó a poner una comida sencilla sobre las piedras planas fuera del pequeño recinto. A Vivienne le hubiera gustado haber rechazado cualquier cosa que él quisiera ofrecerle, solo por principio, pero su estómago gruñía. Ella se acercó, atraída por el penetrante aroma de un queso añejado, y ella vio que él tenía también pan y manzanas.

"El pan se pone duro", dijo él sin mirarla. "Pero como es pan oscuro, no era demasiado blando en primer lugar. Sospecho que nunca has comido algo así."

Vivienne no pudo resistir la oportunidad de sorprender a ese hombre. "Al contrario, en Kinfairlie comemos pan oscuro todos los días excepto los domingos. Mi padre siempre prefirió vender la harina fina y dijo que el pan más burdo no nos haría daño."

Su captor miró hacia arriba. "Entonces el dinero siempre debe haber escaseado en Kinfairlie."

"¿Qué quieres decir?"

"Pocos nobles elegirían comer el pan de los campesinos. Quizás no te sorprenda que tu hermano haya aceptado mi dinero con tanta facilidad."

"Quizá me sorprenda." Mi padre era como la mayoría de los nobles y mi hermano sigue su ejemplo." Vivienne decidió que tenía poco que perder provocándolo. "Quizás Alexander aceptó tu oferta fácilmente porque fue engañado en cuanto a tu intención." Ella mordió el pan y lo miró a los ojos, desafiándolo bastante a que la corrigiera.

Él la observó en silencio durante un largo momento, luego miró al otro lado del mar sin decir nada más. Difícilmente era una admisión de culpabilidad, pero tampoco era un argumento en contra de la conclusión de Vivienne. De hecho, una vez que él desvió la mirada, la ignoró tan a fondo que ella podría no haber estado presente.

Quizás él no pensaba que su noche juntos hubiera sido tan maravillosa.

Quizás su amada esposa había sido más ardiente que ella.

Vivienne comió, asombrada de lo hambrienta que estaba y de lo bien que sabía la comida sencilla. Cuando terminó, notó que él no comía más, Vivienne enrolló el resto del queso en su trozo de tela. Él devolvió los restos de su comida a la bolsa de cuero en silencio, luego le dirigió una mirada brillante.

"Viajaremos de noche y solo de noche. Te sugiero que duermas ahora." Sin esperar su respuesta o asentimiento, él se puso de pie y se paseó por la pequeña zona. Él miró al cielo y al mar, luego estudió la franja de tierra vacía entre ellos y Kinfairlie.

Vivienne no tenía ganas de dormir, pero no lograría mucho más mientras él estuviera tan atento. Ella se retiró a las frías sombras de la estructura que se derrumbaba y se arropó con la capa mientras se sentaba contra una pared con algo de descontento.

¡Muy lejos del amor predestinado había demostrado ser eso! Ella se levantó la capucha y entrecerró los ojos, esperando dar la apariencia de estar dormida.

De hecho, Vivienne solo tenía la intención de esperar hasta que su captor aliviara su vigilia. Entonces ella robaría su caballo y huiría de regreso a Kinfairlie, y obtendría la verdad de Alexander.

AL FINAL, Vivienne sí se adormeció, porque su captor no mostró signos de descansar él mismo. Él caminaba y se paraba, se apoyaba contra la pared y la observaba, él contemplaba el mar. Él se movía en silencio, con la gracia de un guerrero, pero estaba realmente tranquilo. Vivienne reprimió el impulso de burlarse de él, como hubiera hecho con uno de sus hermanos, diciéndole que debía estar atormentado por la culpa.

Ese hombre bien podría estarlo. Él mantenía su capucha levantada y su capa oscura enrollada a su alrededor, como si ocultara su rostro marcado de los mismos pájaros.

Agotada por los acontecimientos recientes, Vivienne sintió que sus ojos se cerraban poco a poco cuando el sol se elevaba. El sonido de las olas la arrullaba hacia el sueño, aunque todavía estaba medio consciente de lo que la rodeaba.

Ella se sobresaltó al oír el grito de una alegre voz acercándose.

"¡Hey, muchacho, ahí estás!"

Los ojos de Vivienne se abrieron de golpe y ella vio a su captor girar ante el grito y desenvainar su espada. La tensión en sus hombros se alivió levemente cuando evidentemente reconoció a quien lo había llamado, aunque todavía estaba desconfiado.

Vivienne miró alrededor de la pared y vio a un hombre anciano y fornido que se acercaba, conduciendo un caballo moteado. El caballo era más bajo que los de los establos de su familia y su pelaje era más largo.

"¡Qué bueno encontrarte, muchacho!" gritó el hombre, levantando la mano a modo de saludo. Su rostro era tan alegre como su voz. "Aunque me concediste una feliz persecución, sin duda."

"Ruari Macleod", dijo el joven. Él colocó la punta de su espada contra el suelo y apoyó las manos en la empuñadura. "Nunca pensé en volver a verte."

El recién llegado sonrió. "—Ah, no hay forma de evadirme cuando tengo una misión, muchacho. Mi misión era buscarte, así que, ya ves, lo he hecho." Él se inclinó con aire extravagante y Vivienne se preguntó si ese hombre corpulento rompería la hebilla del cinturón por el esfuerzo. Ella estuvo tentada a sonreír, tan encantador era su comportamiento, aunque su captor habló con frialdad.

"¿Cómo me encontraste?"

Ruari resopló. "—Dejas un rastro bastante marcado por tu paso, muchacho. Si tienes la intención de viajar sin ser notado, tendrás que hacerlo mejor de lo que lo has hecho cuando estoy tras tu rastro. ¿No aprendiste nada de mí? Todas esas lecciones que te di acerca de seguir a algún alma por el desierto podrían haber caído en oídos sordos por todo el bien que te han hecho." Vivienne escuchaba el tono de las Tierras Altas en su voz, más pronunciado que en las palabras de su captor.

¿Él de verdad había perseguido al joven hasta ahora?

¿Por qué?

Para su sorpresa, su captor parecía desconcertado por esto. "Yo fui cauteloso", insistió él.

"No lo suficientemente cauteloso," declaró Ruari con un movimiento de su dedo. "Los hombres tienen ojos en la cabeza y en estos días todo lo que han presenciado puede ser desatado de sus lenguas con la moneda más pequeña que se pueda imaginar. Estos son tiempos oscuros, muchacho, en eso puedes confiar, y lamento que nos veamos obligados a soportarlos."

Ruari extendió una mano a modo de saludo, que el joven deliberadamente ignoró. Entonces se encogió de hombros y enganchó el pulgar en un poco de espacio detrás de su cinturón, entrecerrando los ojos al hombre más joven mientras lo observaba. "No puedo decir que te culparía por guardarme un pequeño rencor."

"Cualquier rencor que yo guarde está lejos de ser pequeño."

Ruari entrecerró los ojos a las sombras en esa capucha. "Te has vuelto más duro desde la última vez que nos vimos."

"Quizás me he vuelto más sabio."

Vivienne se apoyó contra la pared de piedra y vio a su captor alejarse de su invitado. Él empujó su espada de nuevo en su vaina, ese gesto y su pose demostraban que confiaba en el recién llegado, a pesar de sus duras palabras.

Vivienne estaba intrigada y escuchaba a escondidas sin vergüenza.

"¿Más sabio? ¿Es esa tu palabra para tu circunstancia? Exigió Ruari, con escepticismo en su tono.

"Mi circunstancia no es solo culpa mía."

"¿Qué hay del precio por tu cabeza en la aldea de Kinfairlie? ¿Eso se debe a la acción de otro?"

El joven miró por encima del hombro ante eso, pero no dijo nada. El corazón de Vivienne se estremeció con estas noticias. ¡Su familia no la había abandonado por completo! Incluso si Alexander hubiera aceptado algún trato, su partida esa mañana no había formado parte de él.

¡Ah! Ella sabía que Alexander se preocupaba por su bienestar.

Ruari señaló al joven con un dedo, como si lo regañara, aunque Vivienne no podía imaginarse a un hombre menos propenso a ser regañado. "Cuatro soberanos de oro es la suma ofrecida por el mismísimo Señor de Kinfairlie por tu lamentable pellejo."

Vivienne se mordió el labio. ¿Podría Alexander permitirse tal recompensa?

Su captor se burló. "¿Me buscaste para poder cobrar lo que te corresponde?"

Ruari resopló con desdén. "Deberías saberlo mejor que eso, muchacho, aunque no seré el último en seguirte hasta aquí." Él levantó un dedo carnoso como un predicador que pronuncia la moraleja de su sermón. "Vivo o muerto fueron las palabras del Señor. ¡Vivo o muerto! Cualquier hombre sensato sabe que muerto es más fácil. Tú tientas al destino al quedarte tan cerca. Si tuvieras el ingenio que te concedió tu padre, estarías a medio camino de Irlanda a estas alturas en lugar de pasear junto al mar."

El captor de Vivienne se volvió para enfrentarse al mar una vez más, el dobladillo de su capa ondeando al viento. "Te agradezco tu consejo, Ruari. Te deseo buena fortuna."

Ruari continuó, sin inmutarse por ese despido. "Y cuatro soberanos más por el regreso de la hermana del señor", agregó Ruari en voz baja. Ocho, si la devuelven sin heridas. ¿Qué sabes de la desaparición de esa muchacha, Vivienne?

"Nada que tú necesites saber."

"Vivienne Lammergeier es su nombre, Vivienne Lammergeier de Kinfairlie. No puedo ser el único de nosotros dos que ha escuchado ese nombre antes."

Los oídos de Vivienne se aguzaron ante eso. ¿Cómo podía alguno de ellos haber escuchado su nombre antes? Ella no sabía nada de ninguno de esos hombres.

"Tus recuerdos no tienen importancia aquí, Ruari."

"¿No? No sirve de nada utilizar a una doncella inocente como herramienta de venganza. ¡Deberías saber la verdad de eso!"

"Ella ya no es inocente, Ruari."

El hombre mayor maldijo. Él giró y caminó a cierta distancia, luego se volvió para enfrentarse al joven una vez más. "¿Y qué piensas hacer al respecto? ¿Te has casado con la muchacha?

"No y no lo haré."

El corazón de Vivienne se hundió hasta los dedos de los pies ante su convicción. De modo que ella no debía ser mejor que una cortesana.

"¿Es esa la raíz de la proclamación del Señor de la fortaleza?" Exigió Ruari. "¡Él tendrá tu miembro por ese crimen, en eso puedes confiar! Algún hombre astuto te arrastrará de regreso allí por el precio que tiene tu cabeza, en eso puedes confiar, y la herramienta que usaste para hacer esa hazaña será el primer sacrificio que se te exigirá."

"Entonces será mejor que no me capturen." El joven le dio la espalda a Ruari una vez más.

Por primera vez, el anciano parecía a punto de perder los estribos. Él respiró hondo, se enrojeció su rostro y luego bramó. — ¡No fue un capricho lo que me hizo perseguirte ahora, muchacho, ni fue la perspectiva de una recompensa por parte del Señor de Kinfairlie y los de su clase! No necesito tus secretos ni tu confianza, pero estoy decidido a acompañarte de ahora en adelante de todos modos."

"No lo harás."

"Sí, lo haré, y te diré por qué es así. No, no discutas conmigo. No es porque hagas un enredo tan maldito de lo que queda de tus días, aunque eso sería razón suficiente. Es porque tu padre vio la verdad al final, y por eso me envió a tu lado. Debo ayudarte, muchacho..."

"La época en que tú y mi padre podrían haberme ayudado ya pasó." El captor de Vivienne estaba erguido y firme, su tono le decía que a él no le agradaba la oferta de Ruari.

"¿Nunca te has equivocado y te has arrepentido de tu elección?"

"Por supuesto."

"Entonces también lo hizo tu padre, y no tienes derecho a acusarlo de eso. El pasado no se puede cambiar, solo el futuro se puede forjar con un nuevo diseño", dijo Ruari con severidad. "Así me enseñó tu padre, y sé que eso te enseñó a ti."

"Qué desafortunado que no instruyera a mi hermano de manera similar."

Ruari escupió al suelo. "No puedes decir que tu hermano no cambió su futuro para adaptarse mejor a él de lo que lo había hecho su pasado. Había otras lecciones a las que él no prestó atención, sin duda, pero esa fue su elección."

Cuando el joven pudo haber hablado, Ruari levantó una mano. "Estamos de acuerdo, muchacho, en cuanto a la verdadera naturaleza de Nicholas y el peso de sus crímenes. Aunque llego tarde en tu ayuda, mi intención no es menos fuerte." Él ofreció su mano una vez más. "¿Nos encontramos en paz, entonces?"

"No necesito tu ayuda. Vete, Ruari."

"¡Necesitas toda la ayuda que puedas reunir!"

"Tengo la ayuda del conde de Sutherland, y eso me vendrá bastante bien."

"¿La tienes?" Ruari arqueó una ceja tupida. "¿Y cuánto conoces del Conde de Sutherland que estás tan inclinado a confiar en su palabra? ¿Qué obtendrá él de ti a cambio? Estos son tiempos traicioneros para esos demasiado rápidos en otorgar su confianza, y ambos sabemos que tú estás en esas filas."

"Yo conozco poco del conde y su intención, pero no tengo otra opción. Al menos él me ofreció ayuda cuando mi propia gente me dio la espalda."

"¿Y bajo qué precio?"

El hombre más joven se mantuvo firme y cruzó los brazos sobre el pecho. "¿Por qué viniste tú entonces, Ruari?" No te irás sin contar tu historia, así que cuéntala entonces, luego monta tu caballo y vete."

Ruari desvió la mirada, su expresión adolorida, y dio unos pocos pasos lentos. Él miró hacia atrás, su mirada brillante, y tomó un calmado suspiro. "Por muchos años, yo serví a un hombre, leal y verdaderamente. Yo le serví dispuesto, yo le serví incansablemente. Yo lo seguí a cada batalla, yo le di mi mejor consejo, yo lo quise como el padre que nunca tuve. Él me trató bien, mejor de lo que alguien de nacimiento tan pobre como yo tenía derecho a esperar, y él nunca me pidió nada más que mi lealtad y mi confianza." Él tragó visiblemente. "Hasta hace un mes."

"No", dijo el captor de Vivienne, su voz ondulando ligeramente.

Ruari inclinó su cabeza. "Sí, muchacho, el fin llega para todos nosotros, tarde o temprano, y así llegó para el hombre al que yo había servido la mayor parte de mi vida. Y cuando el yacía muriendo, cuando él confesó sus pecados, y ordenó sus recuerdos, él vio que había cometido un terrible error en sus días. Y porque le quedaba poco tiempo, él me encomendó arreglar las cosas en su nombre."

Ruari se dio vuelta y apeló a al captor de Vivienne. Ella escuchaba avariciosamente, saboreando cada detalle. "Él me rogó que buscar a su hijo mayor, él me pidió que me asegurara que los crímenes contra ese hijo fueran corregidos—" Ruari buscó debajo de su capa y ofreció una daga envainada en la palma de su mano. El gran zafiro incrustado en el pomo de la daga brilló a la luz del sol. Vivienne observó la daga, luego notó que su captor la miraba fijamente como un hombre transfigurado.

Ruari continuó con calmada resolución. "Él me encargó entregarle este talismán a su hijo, junto con su sincera disculpa."

"¡No!" gritó el hombre más joven y dio la espalda, camino al borde del acantilado. "No puede ser."

Vivienne juntó sus propias manos muy apretadas, sin que le agradaran a ella misma las palabras de Ruari. Ella misma había perdido a sus padres hacía menos de un año y ella sabía que esa era un herida que no sanaba fácilmente. Ella sintió una súbita simpatía por su captor, así como una urgencia por consolarlo. Que terrible que él hubiera perdido a su padre, que él no hubiera estado presente en sus momentos finales, que él hubiera estado separado de su padre cuando el hombre muriera. Esa era una herida que nunca podría ser curada.

"Así es", dijo Ruari, su tono no dejaba espacio para la duda. "Tan seguro como que estoy parado frente a ti, William Sinclair dio su último suspiro. Tan seguro como te ofrezco el legado que es tuyo para que lo reclames, William Sinclair decretó que tú deberías poseer Blackleith una vez más por todos los días y las noches mientras vivas. Tan seguro como que mi nombre es Ruari Macleod, tú padre me encargó ayudarte en esta búsqueda, él me encargó enmendar sus errores. "

El captor de Vivienne no giró. "Te agradezco por tus molestias y tus noticias, Ruari, pero no permanecerás conmigo. Buen suerte y adiós.

# CAPÍTULO 5

Ruari soltó las riendas, dejó su caballo y dio un paso hacia el joven. "¡Tu padre sabía que se había equivocado! Él sabía que te debía más de lo que te habían concedido, él sabía al final que nunca debería haber creído las historias contadas en tu contra. A él le habría matado saber que te viste obligado a pedir un favor al conde de Sutherland."

"Eso dices tú. La sombra de esos días es larga y el testamento de un muerto me sirve mucho menos que el de uno vivo." El captor de Vivienne se volvió entonces para enfrentarse a Ruari y ella deseó haber podido ver su expresión. "Si mi padre de verdad se arrepentía de su juicio, entonces podría haberlo hecho antes. Su perdón me sirve de poco ahora."

"—Te has vuelto más que duro, muchacho. ¡Has perdido tu corazón!"

"Todo lo que perdí me lo han robado. Adiós, Ruari." Y el captor de Vivienne marchó hacia el caballo de Ruari, tomó las riendas y se las ofreció al otro hombre.

Los labios de Ruari se tensaron con gravedad. Él metió la daga envainada en su cinturón y caminó tras el otro hombre, con los ojos brillando y la voz alzándose. "¡Cómo te atreves a hablarme así! ¡He pasado un mes buscando tu lamentable pellejo, muchacho! He estado en cada choza y en cada posada entre Blackleith y York, he dormido en lugares con ratas tan grandes que la carne blanca podría haber sido cortada en la oscuridad, he pasado días sin comida decente y he pasado noches luchando contra pulgas tan grandes como mi puño. ¿Y por qué, por qué hice eso?"

Su voz se convirtió en un rugido. "¡Hice esto por amor a tu padre, ni más ni menos! Hice esto porque no podía soportar verlo tan angustiado, porque era muy inapropiado que un hombre de su calaña me suplicara, ¡a mí!, que me asegurara de que él pudiera encontrar la paz eterna."

El captor de Vivienne no respondió, ni su postura se suavizó.

Sin inmutarse, Ruari acechó al joven y lo agarró del brazo. "Yo hice esto porque tu padre exigía más que mi palabra, más que mi promesa. Él me exigió que prometiera la salvación de mi propia alma sobre la reliquia en la empuñadura de esta daga, que me cortara el dedo y derramara mi propia sangre sobre la hoja que se sabe que cumple todos los juramentos que haya hecho algún hombre de tu familia. ¡Esta daga!"

Él volvió a arrojar la daga envainada al joven, que aceptó a regañadientes su carga. Vivienne podía ver la reverencia de su captor por el arma en la forma en que la manejaba, y ella sabía que la pieza no significaba tan poco para él como él le hubiera hecho creer a Ruari.

"Hice esto porque la sangre de los reyes corre por tus venas, muchacho, y juré que si estabas demasiado desanimado para luchar por lo que mereces, entonces yo lo haría por ti. ¿Y qué recompensa recibo?"

Ruari cogió ágilmente las riendas de su caballo del agarre del joven. "Ni siquiera una palabra de gratitud. Ni siquiera un saludo. Ni siquiera un apretón de manos entre hombres. Oh, el mundo se ha convertido en un lugar lamentable cuando los hombres ni siquiera pueden permitirse la cortesía entre ellos."

El joven miró hacia arriba. "—Todo bien dicho, Ruari, aunque no recuerdo que me ofrecieran una gran cortesía cuando todo salió mal en Blackleith."

Ruari tragó, luego asintió lentamente con la cabeza. "Es bastante justo, pero debes perdonar el pasado, muchacho, para verte despojado de su carga."

El captor de Vivienne acortó la distancia entre los dos hombres con pasos rápidos, su postura amenazante, luego deliberadamente se quitó la capucha. Su cicatriz parecía más cruel a la luz del sol de la tarde, y la dureza de su expresión hizo poco para suavizar su efecto. "Nunca me veré privado de esta marca del pasado."

El hombre mayor hizo una mueca, miró hacia otro lado, luego se encontró con la mirada del joven nuevamente con un esfuerzo obvio. "No lo sabía", dijo él en voz baja.

"El pasado se perdonará cuando haya sido vengado, Ruari. No debes dudar que será así."

La expresión de Ruari se iluminó ante este sombrío pronunciamiento. "¿Quieres pelear, entonces? ¿No te has rendido por completo?"

"Nunca quise dejar en paz la injusticia. Sin embargo, una herida como esta debe sanar, y no es la suma de mis heridas. Alabado sea el conde de Sutherland que me acogió en su propia morada, o yo estaría sangrando en una zanja sin la ayuda de mis propios parientes."

El captor de Vivienne se alejó, girando la daga en sus manos. Los labios del hombre mayor se apretaron con gravedad cuando obviamente notó la cojera de su captor.

Vivienne no podía creer del todo lo que había oído. ¡Su captor había sido estafado de su propiedad de alguna manera y su familia no había hecho nada para ayudarlo! Era una traición indignante y ella no podía culparlo por estar amargado y enojado. De hecho, ella estaba dispuesta a discutir con ese Ruari en su nombre, porque ningún hombre debería ser tan traicionado por sus propios parientes.

Pero espera. El hermano de su captor se llamaba Nicholas.

Vivienne hizo una pausa para reconsiderar lo que había escuchado. Y la propiedad en cuestión se llamaba Blackleith. ¿Por qué ese nombre le resultaba familiar?

El padre de su captor había sido William Sinclair.

Vivienne jadeó al darse cuenta repentinamente de cómo su captor y Ruari Macleod podrían haber escuchado su nombre antes. Nicholas Sinclair tenía un hermano mayor, un hermano mayor que heredaría la propiedad familiar, Blackleith.

¿Podría ser su captor Erik Sinclair?

Ese hombre hizo una pausa y miró hacia la estructura medio caída donde supuestamente ella dormía, tal vez habiendo escuchado su grito ahogado de consternación. Vivienne instintivamente trató de ocultarse, pero Ruari debió haberla visto.

"Hay alguien allí", declaró él. "¿Es la hermana del señor en verdad?"

Vivienne se acurrucó más bajo su capa, esperando parecer como si aún durmiera. Ella oyó el crujido de unas botas que se acercaban y, al saber quién caminaba con un paso tan irregular, su pulso comenzó a latir con fuerza. Ella seguía fingiendo dormir, esperando contra toda esperanza que no la sorprendieran escuchando a escondidas.

Ella lo escuchó detenerse ante ella, olió su piel, supo que él estaba a un brazo de distancia de ella. Ella mantuvo los ojos cerrados resueltamente.

"Vivienne", dijo su captor, con un hilo de humor en sus palabras. "No engañas a nadie cuando tu respiración es tan rápida."

Ella abrió los ojos para encontrarlo ofreciéndole su mano enguantada. Ella no pudo leer la expresión de sus ojos.

"Vivienne", respiró Ruari. Él miró más de cerca a Vivienne. "No es de extrañar que Nicholas estuviera tan enojado porque ella se le negara. Sin duda, es una belleza."

"Tú eres Erik Sinclair", le dijo Vivienne a su captor, y él tuvo la gentileza de no negar su conclusión. Él simplemente inclinó la cabeza en reconocimiento, su mirada brillante mientras la miraba.

"¿Por qué yo? ¿Por qué recorrer toda Escocia para reclamarme? preguntó ella suavemente. "Debe haber muchas doncellas entre aquí y Blackleith." Para su asombro, fue Ruari quien le respondió.

"Pero eres la única doncella que alguna vez se le negó a Nicholas Sinclair", dijo ese hombre. "Y, oh, eso le molestó muchísimo, aunque debo decir que él no hizo justicia a tus bellos rasgos en el relato de su fracaso."

"Fue una maravilla que él incluso lo admitiera", dijo Erik.

Ruari resopló. "No fue ni el primero ni el último en admitir más de lo que era prudente después de consumir demasiada cerveza. No dudo que él hubiera preferido guardarse la historia para sí mismo, pero la cerveza le soltó la lengua y cometió el error de hablar en público, por lo que la historia llegó muy lejos." El hombre mayor le sonrió a Vivienne. "Se burlaron profundamente de él por su incapacidad para seducirte, de eso puedes estar segura."

"Pero aun así, no entiendo..." Vivienne hizo una pausa y miró a Erik con horror. "¿Me elegiste simplemente para molestar a tu hermano, simplemente para reclamar lo que él no había podido poseer? ¿Me elegiste por venganza?"

Un músculo se contrajo en la mandíbula de Erik y su expresión se volvió aún más sombría. Sin embargo, él encontró la mirada indignada de Vivienne sin parpadear y asintió con la cabeza una sola vez. "Esa sería la explicación simple."

"¡Porque es verdad, no hace falta otra más elaborada!" Los pensamientos de Vivienne volaron. "Tú debes haberle dicho a Alexander que eras Nicholas. Entonces él habría pensado que organizaba un matrimonio que me complacería."

Erik se encogió de hombros. "Yo solo sabía que Nicholas te había cortejado y que tú lo habías despreciado. Cuando me enteré de que aún no estabas casada, pensé que era probable que tu familia hubiera encontrado mayor favor con el matrimonio que tú."

"Nicholas propuso un apareamiento, no un matrimonio", replicó Vivienne.

Erik se encogió de hombros de nuevo.

"¡Pero entonces, tú no has hecho nada diferente! ¡Y yo fui lo suficientemente tonta como para aceptar tus progresos!"

Erik simplemente la miró, dejándola sacar sus propias conclusiones. Su complacencia enfureció a Vivienne como pocas otras cosas podrían haberlo hecho. Erik la había elegido, él la usaría, la dejaría de lado cuando tuviera a su hijo de ella, y ni siquiera tenía la gracia de avergonzarse de sus actos.

¡Era difícil estar segura de qué hermano era el menos honorable!

"Entonces es cierto que ninguna buena acción queda impune", dijo Vivienne, sin preocuparse por ocultar su ira. "Yo no le conté a mi familia sobre los malos modales de Nicholas Sinclair, porque no vi ninguna razón para difamar a un hombre cuando era poco probable que regresara. ¿Y qué recompensa tengo por tal cortesía? Mi hermano, por ignorancia de los hermanos Sinclair y sus oscuros planes, creyó que Nicholas vendría a cortejarme. ¡Peor aún, él pensó que yo podría darle la bienvenida a ese pretendiente!"

Ruari chasqueó la lengua con desaprobación y se pasó una mano por la frente. El hombre mayor se sentó pesadamente, como si estuviera abrumado por lo que había descubierto.

Vivienne miró a Erik. "¿Y cuál será mi destino en esto? Ya me despojaste de mi virginidad y me secuestraste. ¿Quieres darme por muerta en algún rincón olvidado de la cristiandad una vez que hayas cumplido tu propósito? ¿Me quedaré para ganarme el sustento como ramera en algún salón distante una vez que haya tenido a tu hijo? ¿O me devolverás a Kinfairlie para cobrar el rescate ofrecido por mi hermano? ¡Después de todo, eres tú quien me ha llamado una propiedad!"

"Ya te lo he dicho", dijo Erik secamente. "Pretendo a concebir un hijo contigo, un hijo cuya paternidad no pueda ser cuestionada, y yo tengo la intención de criar a ese hijo como si fuera mío. El conde de Sutherland garantizará su seguridad mientras crezca, así él y yo ya lo hemos acordado. Tú serás recompensada más generosamente de lo que jamás se haya pagado a ninguna cortesana por sus molestias, y todo lo que hagas después de eso es asunto tuyo."

Él se las arregló para no decir más, porque Vivienne le dio una bofetada en la cara con todas sus fuerzas. "¡Desgraciado!" gritó ella. "¡Ningún hombre de honor trata a una mujer así!" Sus palabras más su golpe provocaron el silencio entre los tres.

Entonces Ruari silbó entre dientes. "Ella está lejos de ser dócil, esta moza".

"¡No soy una moza!" gritó Vivienne, luego le dirigió a Erik su mirada más feroz. "Tendrás que atarme para tener un niño dentro de mí, y asesinarme para arrancarlo de mis brazos. No entregaré nada a personas como tú, sin importar el costo para mí."

Los ojos de Erik eran de un azul profano mientras la miraba, sus palabras pronunciadas con suave amenaza. "Si eso es lo que se requiere, que así sea", dijo él, luego giró sobre sus talones y la dejó furiosa.

"Nunca superarás a un Sinclair, muchacha, en eso puedes confiar", aconsejó Ruari en voz baja. "Es mejor concederle su deseo fácilmente y terminar con él."

"Al contrario, he superado a un Sinclair antes", replicó Vivienne, volviéndose hacia el hombre mayor. "Y lo haré de nuevo, Ruari Macleod, en eso puedes confiar."

Erik miraba fijamente el oleaje del mar, luchando contra su deseo de calmar a Vivienne. Ella estaba furiosa, como lo estaría cualquier mujer razonable. Era cierto que él la había elegido porque ella había rechazado a Nicholas, aunque no solo por venganza. Ella había sido la única persona que él había conocido que tenía inmunidad al encanto de Nicholas. Dado todo lo que él había soportado por instigación de Nicholas, esa le había parecido una razón lo suficientemente convincente para elegirla a ella como suya.

La dama, sin embargo, podría ver las cosas de otra manera. En su opinión, era mejor decir menos que echar leña a las llamas de su furia. Beatrice había sido capaz de volver sus propias palabras en su contra con tanta habilidad que hacía mucho tiempo que él había aprendido a decir menos a una mujer enojada en lugar de más.

Erik lanzó una mirada de lado en dirección a Vivienne, su postura dejaba claro que ella todavía estaba enojada. Ella estaba de pie con la barbilla en alto y los brazos cruzados sobre el pecho mientras miraba a Kinfairlie. El sol poniente bailaba en su cabello, los zarcillos sueltos ondeaban en el viento que se levantaba.

"Ahora entiendo por qué no te casaste con ella", dijo Ruari desde una repentina proximidad. "No puedes saber que ella te traerá un hijo hasta que lo haga."

"Y si es así, y si ella está dispuesta, me casaré con ella, pero no antes."

"¿Y si no?"

Entonces llevaré a otra doncella a mi cama. No tengo muchas opciones, Ruari, porque el conde de Sutherland ha decretado que me ayudará solo si hay una clara sucesión para Blackleith.

"Él no es el único que se cansa de la guerra, entonces." Ruari negó con la cabeza. "Pero es una mala manera para que el hombre y la mujer estén juntos, eso es seguro."

"Me comprometí con ella", ofreció Erik, queriendo que el leal sirviente de su padre pensara algo mejor de él.

"¿Lo hiciste entonces?" Ruari asintió con aprobación. "Eso es mejor que nada y, dadas las circunstancias, una sabia elección."

Los dos hombres miraron como uno hacia la dama, todavía erguida como una espada y pareciendo ignorarlos por completo.

"Sin embargo, un compromiso es una medida escasa para la mayoría de las mujeres en estos días", reconoció Ruari. "Ellas quieren la bendición de un sacerdote, como sospecho que esta quiere."

"Si todo va bien en un año, entonces lo tendrá." Erik le lanzó otra mirada a Vivienne. Él se tocó la mejilla, que aún le dolía por el golpe, y se preguntó cómo la encontraría en la cama esa noche. "Aunque se necesitará una medida de encanto que tal vez yo no posea para convencerla de que vuelva a la cama."

Ruari se rió entre dientes. "Puede que te sorprendas, muchacho. Ella no podría estar tan enojada contigo si no tuviera un poco de cariño por ti." El le dio una palmada a Erik en el hombro. "Y hay quien le tiene cariño a una mujer que dice lo que piensa, nada menos una tan dispuesta a exigir que todos cumplan con un alto código moral.

"Ella bien podría ser una buena compañera para ti en esta búsqueda."

Erik no estaba seguro de que el hombre mayor hablara correctamente, pero él se sintió un poco animado. Y sólo había una manera de crear un hijo, hasta donde él sabía, por lo que tenía que arreglar las cosas con Vivienne esa misma noche. Si nada más, él podía asegurarse de que estuvieran sin audiencia durante un intervalo.

Señaló hacia el norte. "Si cabalgas a lo largo de la costa, Ruari, encontrarás un bosquecillo de árboles antes de que el sol se ponga mucho más bajo. Me reuniré contigo allí en breve."

"¿Y esto qué es?" —preguntó el anciano, claramente indignado de que lo despidieran. "¡No te librarás de mí tan fácilmente! Me comprometí con tu propio padre..."

"No pretendo evadirte, Ruari," dijo Erik, interrumpiendo lo que probablemente se convertiría en una larga discusión. "De hecho, dudo que se pueda hacer."

"¡Eso es verdad, sin duda! Estoy obligado por el honor a ayudarte, muchacho..."

"Entonces ayúdame ahora y sigue adelante." Erik sacó un rollo de cuerda de su alforja y le dirigió a su compañero una mirada fija. "Hay algo que debo hacer antes de que cabalguemos esta noche, y no quiero tener un testigo."

El hombre mayor frunció el ceño. "No puedes tener la intención de herir a la muchacha. Puede que ella sea franca, pero no es mala, y en verdad hace poco para herirte." Ruari miró a Erik con los ojos entrecerrados. "Ahorra decir la verdad cuando no sea bienvenida."

"Necesito un hijo, y ella misma nombró los términos. Mi intención es persuadirla por medios menos espantosos. Para cuando la oscuridad caiga por completo, te encontraré en ese bosquecillo de árboles."

"Con la dama, por supuesto."

"Por supuesto, esté dispuesta o no."

Ruari parecía escéptico cuando le dio a Vivienne otra mirada. Su pose no se había suavizado ni un poco. "Rezaré por ti, muchacho, para que no sufras más daño del que ya tienes."

Erik inclinó la cabeza. "Te doy las gracias por ello."

Mientras Ruari asentía y se alejaba, Erik se giró para encontrar que Vivienne ahora lo miraba. Ella lo miraba con ojos cautelosos, serena como una cierva con la intención de huir, con el pelo agitado por el viento. Él esperaba que ella no hiciera eso difícil, luego se recordó a sí mismo que no le importaba.

Un hijo era todo lo que él necesitaba para arreglar las cosas.

Y él necesitaba a ese hijo pronto.

VIVIENNE TRAGÓ cuando Erik comenzó a caminar hacia ella. Su expresión era sombría y la cuerda que llevaba no era un buen presagio de su intención. Ella dio un paso hacia atrás y se dio cuenta de que estaba de pie sobre el mismo borde, nada más que una caída de rocas hacia el mar detrás de ella. El paso de Erik hacia ella era implacable, y ella notó con pavor que su compañero se estaba yendo.

El lamentable hecho era que Ruari había revelado una serie de detalles intrigantes, hechos que podrían haberla hecho más dispuesta a las atenciones de Erik si él hubiera confesado alguna noble intención con respecto a ella. Ella estaba escéptica de que Erik le confiara alguna verdad esa noche, dado ese trozo de cuerda.

Erik se detuvo a tres pasos de distancia. Él descansó su peso sobre su pierna sana, como ella lo había visto hacer antes, y la observó. "Me saludaste con entusiasmo anoche", dijo él en voz baja. "¿Harías eso en esta noche?"

"Anoche, yo pensé que eras mi amante destinado", declaró Vivienne. "Aunque ahora sé que eres un hombre decidido a vengarse de su hermano a cualquier precio."

Ella podría haber jurado que un brillo le iluminó los ojos. "¿Un amante destinado? Seguramente no. Pensé que eras demasiado sensata para semejante locura."

El rostro de Vivienne se sentía en llamas mientras ella asentía, tan avergonzada estaba por lo que había creído. "Fue por la historia de Alexander, por supuesto."

"¿Qué historia?"

"¿No sabes lo que él dijo para animarme a dormir en esa habitación?"

Erik negó con la cabeza. "Él solo prometió que estarías allí. No me dijo cómo ni por qué." Se quedaron en silencio por un momento, luego él relajó su postura. Cuéntamela. ¿Cómo te habría encontrado allí un amante tan destinado, según la historia?

Vivienne miró la cuerda y decidió que contar esa historia era la posibilidad menos preocupante para sus próximos momentos. "Viéndome a través de algún portal entre los reinos..."

"¿Qué reinos?"

"Los reinos de las hadas y de los mortales." Lo que podría haber pasado por una sonrisa asomó a sus labios y Vivienne respiró temblorosamente. "La historia que contó Alexander fue la de una doncella, seducida cada una de las tres noches seguidas por un hada amante enamorado de sus encantos, luego capturada como su esposa por toda la eternidad. Se dice que una de las ventanas de esa habitación se abre al reino de las hadas, según su historia, y la doncella, una vez que fue ahí, nunca más se le volvió a ver.

"Ella fue robada entonces, como tú."

"Ella fue cortejada por su verdadero amante", corrigió Vivienne con firmeza. "Y fue reclamada por el precio de una rosa roja, una rosa de las hadas que resultó estar hecha de hielo. La marca de su derretimiento permanece en el piso de la sala de Kinfairlie, aunque el evento ocurrió hace años."

"Ah, entonces esta es la raíz de tu demanda de un noviazgo de tres noches y una rosa roja."

Vivienne solo se sonrojó más profundamente.

Erik la miró con una diversión que suavizó sus rasgos de la manera más seductora. Vivienne deseaba que él volviera a parecer severo, porque entonces era más fácil desconfiar de él por completo. "¿Y creíste en esa historia, solo con la prueba de un destello en el suelo?"

"Eso fue cierto. Es verdad. Todavía lo creo." Vivienne encontró su mirada escéptica. "No es raro en estas partes que los mortales encuentren su camino hacia el reino de las hadas, ni mucho menos que los lleven allí. No hace cien años, Tomás de Erceldoune hizo exactamente lo mismo, aunque regresó brevemente para contar la historia.".

"Sin duda, él se alejó de casa y, a su regreso, inventó una historia mejor que la verdad."

"Él demostró dónde había estado al predecir eventos futuros con presteza", argumentó Vivienne. "Las hadas pueden ver el futuro, así que él demostró su visita allí cuando sus predicciones resultaron ciertas."

"Pero no existe el reino de las hadas. No hay nada en toda la creación salvo lo que un hombre puede ver y sostener en sus manos."

"Sé que eso es menos que la verdad."

"Sin embargo, no conociste a un amante de las hadas, mucho menos a uno destinado."

Y Vivienne no podía presentar ningún argumento en contra de eso. De todos modos, sus miradas se cruzaron y se mantuvieron durante un largo momento, un momento en el que el viento pareció calmarse a su alrededor y el aire se calentó. Vivienne recordó su deseo instintivo de darle la bienvenida a ese hombre, y no menos la magia que habían hecho juntos en la habitación de la torre con tanta facilidad. Ella lo miró a los ojos y recordó su curiosa sensación de que se amaban como si se hubieran amado miles de veces antes y ella se preguntó entonces si sin saberlo ella había dicho una verdad.

¿Y si Erik era su amante destinado, aunque fuera mortal? Ella se preguntó si él pensaba lo mismo, porque sus ojos se oscurecieron a un índigo rebelde. No era la primera vez que ella sentía que sus pensamientos eran uno solo, lo que sin duda era una marca de aquellos destinados a estar juntos.

La perspectiva la mareó bastante. ¿Y si le hubieran concedido la oportunidad de cumplir todos sus deseos?

Erik se aclaró la garganta y frunció el ceño, apartando la mirada de ella. Su mano se flexionó sobre la cuerda, como si de repente se diera cuenta de su carga y su importancia. "¿Así que dormiste en esa habitación, buscando el mismo destino que este Tomás de Erceldoune o la doncella del cuento de Alexander?"

"Y tú entraste por la ventana, y me sedujiste dulcemente", dijo Vivienne, porque ella sabía que no era tonta incluso si se había comportado impulsivamente. "Por lo tanto, creí que la misma historia se hacía realidad para mí como para la doncella perdida."

Erik la estudió con los ojos entrecerrados. "Mi verdad mortal debe ser una decepción para alguien que esperaba un príncipe de las hadas."

"Tu plan para mi futuro ciertamente lo es." Vivienne vio incertidumbre en su expresión y ella se atrevió a creer que él había sido impulsado a hacer lo que no estaba en su naturaleza. Ella se arriesgó y lo encontró cara a cara, luego le dio unos golpecitos en el pecho con un dedo. "¿Qué pensaría tu padre de este hecho en el que insistes? ¿A él le alegraría saber que estabas dispuesto a amarrar a una mujer para conseguir un hijo?

Los ojos de Erik brillaron. "¡Mi padre y sus opiniones no tienen importancia en esto!"

Vivienne insistió a pesar de sus modales, pues ella sospechaba que él no la lastimaría. Ella necesitaba saber qué lado de él era la verdad de su naturaleza. "¿Se alegraría tu padre de saber que elegiste a una mujer simplemente porque ella negó a tu hermano?"

"¡Probablemente sí! Si hay una sola persona en la cristiandad que no se deja seducir por el encanto de mi hermano, es muy sensato aliarse con esa persona para recuperar lo que me ha robado."

Vivienne lo miró sorprendida. "No dijiste eso antes."

Erik se pasó una mano por el pelo y se volvió con el ceño fruncido. "Por qué yo tomo una decisión no es importante para ti."

"¿No es así, aunque eso de forma a mi propio destino?"

Él le dedicó una mirada penetrante. "Solo una cosa determina tu destino, y es tu capacidad para concebir a mi hijo." Él levantó la cuerda. "Cómo se logre eso es tu elección."

"¡Qué buen sentimiento es ese!" replicó Vivienne, sintiéndose nuevamente molesta porque él veía solo una ventaja en su presencia y dudando más a cada momento de que él usaría la cuerda. "Tu padre ha muerto, acabas de escuchar las noticias y no lo lloras. De hecho, solo piensas en tu placer."

La ira llevó a Vivienne a decir más de lo que debería haber hecho, pero ella dudaba que Erik la lastimara y sentía que le quedaba poco que perder. "Mi padre lleva muerto casi un año y lo lloro a cada momento de todos los días. El día que llegó la noticia, lloré como un bebé todo el día y toda la noche. ¿Qué mérito hay en dar a luz al hijo de un hombre que no lamenta la pérdida de su propio padre? ¡Quizás sea mejor para todos si el traicionero clan Sinclair ya no exista!"

Ella se echó el pelo por encima del hombro y lo miró furiosa, diciéndose a sí misma que no debía dejarse sacudir por la luz sombría que había reclamado sus ojos. "Hazme lo que quieras", lo desafió ella. "Hablas bien. Soy tu prisionera. No soy más que tu propiedad. Me han vendido y comprado, y no tengo voto sobre cuál podría ser mi destino."

Vivienne se apuntó con el dedo a su propio pecho. "Pero yo puedo creer todo lo que quiera, y elijo creer que cada alma tiene un destino, que cada alma tiene un amante destinado, que la injusticia será enmendada. Y sé que un hombre que no llora la muerte de su padre no tiene ningún mérito en ningún ámbito. Apenas me convencerás de lo contrario. Pon a tu hijo dentro de mí y podrás amamantar a esa víbora de tu propio pecho."

Vivienne se alejó de su asombrado captor, sin creer realmente que llegaría muy lejos. Sin embargo, pasó mucho antes de que sus pasos resonaran detrás de ella, incluso más antes de que su mano se cerrara sobre su codo. Su agarre fue suave y ella cerró los ojos contra su propia debilidad, sabiendo que si él decidía tratar de seducirla con su toque, lo lograría.

"Hablas con justicia", dijo él con voz ronca. "Aunque nadie puede saber lo que otro sufre sin ver en el corazón de ese otro."

Vivienne sabía que no debía girarse, ella sabía que no debía mirarlo a los ojos, pero lo hizo de todos modos. Su silueta se recortaba contra el cielo del atardecer, tan quieto y atento que su corazón rebelde dio un vuelco.

El cielo estaba manchado de naranja y rosa, algunas nubes oscuras estropeaban el espléndido color. Las estrellas habían emergido por encima de ellos, aunque el sol todavía ardía rojo en el horizonte. A la luz del sol poniente, el cabello de Erik se veía más rubio de lo que ella conocía y su cicatriz estaba iluminada con dureza.

Pero había dolor en sus ojos, un dolor que ella sabía que no era fingido. "¿Por qué un hijo?" susurró ella.

Él miró al otro lado del agua, su expresión sombría. Sus palabras fueron suaves cuando habló, un dolor acechaba debajo de cada una de ellas. "Porque mis hijas están perdidas a menos que yo pueda engendrar un hijo, mío más allá de toda duda, para reclamar Blackleith." Él bajó la mirada hacia ella. "Y debe ser mayor que cualquier hijo que engendre mi hermano. Estas son las condiciones del conde de Sutherland, que haya una línea de sucesión asegurada antes de que él me ayude a recuperar Blackleith."

"¿Hijas?" susurró Vivienne, sintiendo que su ira se desvanecía con tanta seguridad como la luz del sol.

"Dos", admitió él, inclinando la cabeza con un dolor que hizo que Vivienne anhelara consolarlo. "No las he visto en un año, no puedo saber su destino. No me atrevo a creer que Nicholas tratará a mis hijas con más amabilidad que a mi esposa."

"¿El la mató?"

Él sacudió la cabeza y se volvió, abrumado por las noticias que compartía. De hecho, una lágrima solitaria recorrió su mejilla bronceada y, aunque no se la secó, su expresión se volvió feroz.

Esa única lágrima hizo más para desafiar las conclusiones de Vivienne que un torrente. De hecho, le recordaba a una roca que finalmente se resquebrajaba bajo cierta presión, a una fisura que aparecía donde no había ninguna antes.

Por eso Erik la había buscado a ella y a su vientre, porque su esposa muerta no podía producir el hijo que vería a sus hijas a salvo. Y como esas dos vidas pendían de un hilo, él no se atrevía a casarse con ella, no fuera que ella no pudiera concebir un hijo, no fuera que tuviera que encontrar otra doncella que le proporcionara el hijo que tan desesperadamente necesitaba.

Vivienne no podía negar que su elección no podía haber sido una decisión fácil. Ella veía cómo le preocupaba confesar lo que había hecho, y supo que no estaba en su naturaleza engañar. Ella no podía luchar contra el atractivo de un hombre que hacía lo que estaba en contra de su propia naturaleza por el bien de sus hijos.

"Deberías habérmelo dicho antes."

Su mirada azul se fijó en ella. Entonces, ¿hubieras aceptado mi propuesta entonces? ¿Habría aceptado tu hermano mis términos? Yo creo que no. La única forma de perseguir mi objetivo era con el engaño."

"Has arriesgado mi alianza al hacerlo."

Él sacudió la cabeza. "Hay mucho más en juego que eso. Entiende que no les fallaré, independientemente del costo. Puede que tenga una sola oportunidad, pero la perseguiré hasta mi último aliento. Ya seas tú u otra, una doncella dará a luz a mi hijo. La vida de mis hijas no depende de menos. Te elegí a ti, pero si me rechazas, simplemente elegiré a otra."

Él la miró fijamente, sus ojos de un azul intenso y sus palabras se suavizaron. "Preferiría que no lo hicieras, aunque reconozco que es el riesgo de confesarte la verdad."

Él no se habría sentido obligado a ser honesto, a menos que sintiera algún respeto por ella, y Vivienne lo sabía bien.

Siguiendo un impulso, ella se estiró y tomó el rostro de Erik entre sus manos. Ella se estiró y tocó fugazmente sus labios con los de él, solo queriendo consolarlo. Ella probó su asombro, luego se echó hacia atrás un poco. Ella se encontró queriendo ayudarlo, queriendo ayudar a esas dos niñas, aunque sabía que no debería haberlo hecho sin el beneficio de un voto nupcial entre ellos.

"¿Cuáles son sus nombres?"

"Mairi", dijo él con brusquedad. Y Astrid. Mairi es oscura y ha visto seis veranos, mientras que la bella Astrid solo ha visto tres." Él medía sus alturas con una mano mientras hablaba, la dureza de sus rasgos parecía derretirse cuando hablaba de ellas.

Fue su afecto manifiesto lo que hizo que Vivienne eligiera. Después de todo, ella ya no era una doncella, por lo que el daño estaba hecho. Pero la pérdida de Vivienne podría resultar beneficiosa, si ella no se alejaba de Erik ahora, si ella aún trataba de concebir a ese hijo.

El impulso guió su lengua e incluso mientras hablaba, ella se preguntaba si se había equivocado, aunque realmente parecía que no tenía otra opción.

"No sé si puedo hacer lo que deseas de mí", susurró Vivienne, su corazón latía con fuerza ante su propia audacia. "No puedo adivinar el futuro. Pero si me tratas con honor, entonces, por el bien de tus hijas, intentaré darte ese hijo."

Erik se volvió y tiró la cuerda. Él se encontró con la mirada de Vivienne, determinación en sus ojos junto con algo más que hizo que su corazón saltara. "Entonces tenemos un compromiso de verdad, mi dama", dijo él y reclamó sus labios con un beso posesivo.

Y la alegría de ese beso le decía a Vivienne gran parte de su medida. Ella saboreó su alivio y su miedo, saboreó su dolor y su desesperada esperanza. Ella respondió a la demanda de su caricia sin inmutarse, sabiendo que ahora le ofrecería todo para ayudarlo. Ella no sabía si había elegido bien, no sabía si todo se resolvería bien, pero no podía arrepentirse de que él la besara con tan pausada pasión. Ella se sentía parte de una gran historia, de la corrección de un enorme error, y seguramente eso sería una recompensa suficiente.

~

HABÍA PASADO tanto tiempo desde que alguien le hubiera hecho una concesión a Erik que la oferta de Vivienne lo asombró. Sin embargo, él no podía permitirse el lujo de maravillarse con ello, porque no se atrevía a concederle tiempo para cambiar su forma de pensar. Él no tenía la intención de dejarla quitar su oferta, él no tenía la intención de darle un motivo de arrepentimiento.

Ese encuentro debía ser tan maravilloso como el anterior.

La abrazó contra él, saboreando de nuevo cuán gustosa ella lo recibía, cuán prontamente confiaba en él. La confianza de otro era un elixir olvidado para Erik y él estaba casi viciado de que Vivienne lo diera con tanta generosidad.

Su beso era a la vez dulce y salvaje, diferente a cualquiera que hubiera probado antes, y despertaba un anhelo inesperado dentro de él. Él deseó poder ser el último hombre que saboreara los muchos encantos de Vivienne, él deseó que el modo en el que se habían conocido fuera obra del destino y no de sus engaños. Él deseaba que esa aventura pudiera probar ser una victoria para ambos.

Por esa noche, él puso sus preocupaciones a un lado, él decidió soltarse con ambos, Vivienne y la mágica historia que ella le había contado.

Él la besó profundamente, encantado de que ella no tuviera miedo. Las manos de Vivienne se deslizaron al cabello de Erik y ella impacientemente lo urgió a acercase más. Ella arqueó la espalda y se estiró hasta estar de puntillas, ofreciendo más de festín de su beso de lo que lo había ofrecido antes. Él se quitó los guantes con una medida de su propia impaciencia, sabiendo que las medias tintas no le servirían a ninguno de los dos esa noche. Él la quería desnuda, él quería verla completamente a la luz del sol, él quería ser testigo de su placer.

Las manos de Erik cayeron hasta los lazos en los lados de su falda, y él los zafó sin romper su beso. Vivienne jadeó, quizás ante el escalofrío del viento a través de su camisola, pero él deslizó sus manos por los lados de su falda, dejando que sus manos la calentaran. Ella era tan delgada que sus manos casi se cerraban alrededor de su cintura.

Incluso con la barrera de la ropa entre ellos, él sintió el pulso de Vivienne debajo de sus palmas y su rápido paso le recordó que ella era nueva en hacer el amor. No queriendo asustarla, él soltó sus caderas para finalmente capturar sus senos. Cuando él tocó sus endurecidos pezones, Vivienne rompió su beso con un gemido.

Erik la sostuvo rápidamente frente a él, una mano en la parte de atrás de su espalda, y la miró directamente a los ojos mientras acariciaba su pezón. Ella tragó y sus ojos se abrieron en estanques color esmeralda, pero ella no retrocedió. Él observaba mientras su pulgar se deslizaba sobre su pezón, lo sentía ponerse más tenso, notó como ella inhalaba cuando la punta áspera de su pulgar se movía por la tierna piel.

Ella sonrió y él quedó hechizado. "Me gusta eso", susurró ella, él mismo no pudo evitar sonreír.

"Me di cuenta."

Ella se sonrojó ante su comentario, pero quitó su mano. Él repetía la caricia, disfrutando como los ojos de Vivienne se hacían más oscuros. "Brujería" susurró ella.

Erik negó con la cabeza. "Es una fuerza mucho más confiable, más allá de cualquier hechizo", dijo él y ella se rio. Era un sonido tan alegre que él sentía que el peso de su carga se aligeraba.

Él eligió olvidar sus responsabilidades esos instantes. Él dejó que una mano se curvara sobre la desnudez de su seno, y levantó la otra hasta el nudo de su capa. Él la desató, dejando que su capa cayera en un bulto alrededor de sus tobillos. Ella estaba ataviada con una riqueza poco familiar para él, las telas deslizándose por sus manos en una caricia sedosa.

Él le sacó el vestido por la cabeza y lo arrojó a un lado con cuidado, sus manos volviendo a sus senos. Su camisola era de un lino tan fino que él podía ver la oscuridad de sus aureolas a través de la tela, y estaba tan finamente tejida que sus pezones hacían picos en la tela.

Él la abrazó más cerca y la besó otra vez, desatando el lazo que cerraba el cuello de su camisola mientras lo hacía. Incluso mientras él profundizaba su beso, él dejó que su mano se deslizara sobre la piel de Vivienne, apartando la tela de su cuello. Él levantó su cabeza, descubrió que ambos estaban sin aliento y estuvo tentado una vez más, sonreír.

Erik se dio cuenta de que él no había estado tan tentado en años, aunque no era la primera vez que él sentía sus labios curvarse en presencia de Vivienne. Ella era un bálsamo para su infelicidad, un rayo de sol que iluminaba los rincones más oscuros.

Él miró hacia el tesoro en sus brazos y devoró la vista que la oscuridad le había negado la noche anterior. Ella era sin dudas una belleza, más exquisita de lo que él había empezado a adivinar. La piel de Vivienne era más suave que la suavidad, su tono como ese de los pétalos de las rosas blancas. Las encantadoras pecas sobre su nariz eran un eco de una artística variedad de pecas más claras sobre sus clavículas. Sus senos eran lo suficientemente carnosos para llenar las palmas de sus manos, lo suficientemente suaves para tentar sus caricias. Él levantó uno de sus senos luego se inclinó y besó el pezón con no poca reverencia.

El aroma de la piel de Vivienne convirtió su beso en un ardiente deseo. Él encontró sus labios cerrándose sobre ella con urgencia, su lengua lamiendo el pezón, sus dientes agarrando la punta que hacía poco había acariciado su pulgar.

Vivienne jadeó, luego llenó sus puños con el cabello de Erik y se elevó hasta estar en la punta de sus pies. Ella besó su oreja, su garganta, su hombro con un fervor que él bien podía entender. La pasión de Vivienne alimentaba suya con asombrosa facilidad. Él aparte su camisola, maldiciendo la docena de botones que mantenían las mangas apretadas. Ella se rio y se zafaron de su ropa con impaciencia. Entonces él la agarró por el trasero y la levantó hacia sí mismo, dejándola sentir el efecto que ella tenía sobre él. Él ardía por ella, como nunca lo había hecho por ninguna mujer.

Vivienne movió sus caderas hacia él en silenciosa demanda. Él podría haberla reclamado entonces, pero temió apresurarla demasiado. En cambió él la tomó en sus brazos pretendiendo seducirla más lentamente en las ruinas de ese lugar.

Vivienne, sin embargo, negó con la cabeza con inesperada vehemencia cuando vio a donde se dirigía él. "Ahí no", dijo ella, arrugando su nariz de la manera más hermosa. "Aquí, con los últimos rayos de sol, es mejor." Su mano se deslizó hacia el rostro de Erik, la punta de su dedo sobre los labios de él. "Yo quiero verte completamente esta noche. Yo no quiero sombras entre nosotros."

Él estaba asombrado de que sus deseos fueran tan similares. Los últimos años le habían enseñado a tener precaución, esos asuntos que eran demasiado buenos para ser creídos, eran a menudo dignos de desconfianza. Él se preguntó brevemente si él era un tonto como para creer su inesperada petición, si ella lo estaba engañando deliberadamente por alguna misteriosa razón de su conveniencia.

Entonces Vivienne lo besó, su lengua jugando tan valientemente con la suya que él no podía negarle nada, especialmente una cosa que él mismo quería tan ardientemente. Y así, Erik, una vez más, se rindió al encanto de Vivienne.

# CAPÍTULO 6

En unos instantes, Erik había creado un nido para ellos con las dos capas, la forrada de piel en la parte superior, la dama reluciente como el marfil mientras se sentaba encima.

Él se arrodilló, con la intención de soltarle las ligas, pero Vivienne le dio una patada en broma. "Tú todavía estás completamente vestido. Me gustaría ver tanto de ti como tú has visto de mí, antes de continuar."

Erik hizo una pausa, no queriendo atenuar el ardor de Vivienne con la verdad de sus cicatrices. "No hay necesidad..."

"Hay todas las necesidades", argumentó ella, poniéndose de rodillas con gracia. "Y como eres tímido, te ayudaré." Sus manos se aferraron a la hebilla del cinturón de Erik y su mirada se encontró constantemente con la de él. Erik tomó sus manos entre las suyas para detenerla, luego notó la determinación de sus labios. Vivienne levantó la barbilla, su mirada brillante con desafío. Él vio que ella sabía que él no era tímido, que ella sabía lo que él temía mostrarle.

Él vio que ella no tenía miedo de ver lo que fuera que él mostrara.

De hecho, ella no se había inmutado ante la cicatriz de su rostro.

Él levantó las manos y la dejó continuar con lo que había comenzado.

Ella sonrió, muy complacida con su triunfo, y le desabrochó el cinturón. Sus armas fueron dejadas a un lado con el cuidado que debían mostrarles, luego ella regresó para desatar su abrigo de cuero hervido. Ella se movía con una prisa eficiente y él simplemente la miraba, queriendo presenciar cada matiz de su respuesta en el momento que él temía. Su abrigo fue dejado a un lado, sus botas se unieron a él. Su camisola se agitaba con el viento y los dedos de Vivienne temblaron levemente cuando ella agarró cordón del cuello de la camisa.

Ella sostuvo su mirada mientras aflojaba el cordón de cada ojal, hasta que finalmente lo zafó, mientras sus elegantes manos se cerraban sobre el dobladillo de la prenda y se lo pasaban a él por la cabeza. Él se liberó de ella con impaciencia y la observó mientras ella miraba.

El lado izquierdo del cuerpo de Erik estaba más estropeado que su rostro, la evidencia del asalto contra él escrita en su propia carne. Él sabía que no era fácil de mirar, él sabía que todavía era de un rojo lívido en algunos lugares.

Erik no debería haber esperado que Vivienne vacilara, porque ella no lo hizo. Ella levantó una mano, incluso mientras su mirada corría com interés sobre él, y ella levantó las yemas de los dedos hasta el peor nudo de carne estropeada. "¿Nicholas hizo esto?" preguntó ella en un susurro.

"Él envió a los que lo hicieron."

Ella contemplaba las cicatrices y trazaba las peores con la yema del dedo con suavidad. "Él quería verte muerto", dijo ella y no era una pregunta. Erik no respondió y ella le dirigió una mirada tan brillante como la de un pájaro. "¿Todavía duele?"

Él negó con la cabeza y sintió un nudo en la garganta al verla. Él vio el brillo de las lágrimas en sus pestañas, las vio caer como joyas mientras ella negaba con la cabeza por lo que él había soportado.

"Deberías dejar que el sol las toque", dijo ella en voz baja.

"Porque su caricia cura mucho." Él tragó, luego miró incrédulo mientras ella se inclinaba y tocaba su cicatriz con los labios.

Erik se sintió humillado por su gesto. Él le había dado tan poco, le había ofrecido menos y, sin embargo, Vivienne le concedía otro regalo invaluable.

Cualquier duda que tuviera de ella era una locura, sin duda.

Antes de que Erik pudiera hablar, Vivienne pasó las manos por él con una naturalidad propietaria. Ella pareció sentir que él estaba abrumado porque habló con descaro. "Mis hermanos no son tan fornidos como tú", dijo ella. "Tampoco tienen mis hermanos menores tanto pelo en el pecho."

Él encontró sus labios obligados de nuevo para formar esa curva desconocida de una sonrisa. "¿Debo estar animado por esto?"

Ella rió. Creo que sí, porque te encuentro mucho más atractivo que mis hermanos. ¿No es eso mejor?

"Lo es en mi opinión."

"Y no puede ser poca cosa estar de acuerdo tan fácilmente", dijo ella, incluso cuando las yemas de sus dedos se deslizaron hasta su pezón y lo empujaron a un pico como él lo había hecho con el de ella. Erik respiró hondo, pero Vivienne no terminó sus caricias.

"¿Seguramente puedo atormentarte con placer en cambio?" susurró ella. Había pura picardía en sus ojos cuando ella besó su pezón, moviendo su lengua contra el pico sensible como él le había hecho momentos antes.

Él susurró su nombre y la atrapó más cerca. Él acercó su rostro al suyo y la besó profundamente, sintiendo la curva de su sonrisa debajo de su boca. Ella estaba tan feliz como un rayo de sol, tan valiente por cualquier cosa que la confrontara que uno no podía evitar alegrarse en su presencia.

Erik decidió alegrar a la dama con sus caricias. Él la acostó sobre sus capas amontonadas y le sujetó los pies con las manos para que no pudiera apartarse. Entonces él se inclinó y desató sus ligas con los dientes, besando el interior de sus rodillas mientras lo hacía.

"¡Hace cosquillas!" se quejó ella, incluso mientras reía y se retorcía. Él no le concedió piedad ni pausa, sino que la liberó de medias, ligas y zapatos con deliberada lentitud. Él metió la lengua en el hueco detrás de sus rodillas y besó sus espinillas. Le bajó las medias, primero una pierna, luego la otra, con la punta de la nariz, deteniéndose una y otra vez para mordisquear, besar y provocar.

Vivienne se retorcía en la capa de piel con tanta fuerza que su cabello estaba completamente suelto de sus trenzas. Ella suplicó clemencia pero él no le concedió ninguna, ella se rió hasta quedarse sin aliento, pero el alegre brillo de sus ojos lo alentó a seguir. Él acarició la suave carne alrededor de su tobillo con los dientes, besó su arco, deslizó la lengua entre los dedos de sus pies. Él solo hizo una pausa cuando sus medias fueron quitadas, y luego, solo para saborear lo ruborizada y despeinada que ella se había puesto.

Luego él trazó besos por el interior de sus piernas, abriendo un camino hacia su dulce calor. Cuando su boca se cerró sobre ella, ella se arqueó y gimió, luego abrió los muslos en señal de bienvenida. Él sintió su excitación y aumentó la suya. Él saboreaba cómo ella respondía a su caricia y sentía que su propio deseo se redoblaba. Él la abrazó fuerte y la convenció para que llegara a mayores alturas, deteniéndose justo antes de que ella encontrara su placer y comenzaba de nuevo. Ella gimió, se retorció, anudó sus manos en su cabello.

"Juntos", gritó ella, y él no pudo resistir más. Él dejó a un lado sus calzas y mantuvo su peso sobre ella, fue capturado por completo por su ávido abrazo. Ella lo sostuvo por los hombros mientras él entraba en su calor, luego ella lo abrazó más cerca y lo acarició dentro de sí misma. Él se movió dentro de ella y sintió que no había otro lugar o tiempo que importara.

Vivienne abrió los ojos y le sonrió, sus mejillas sonrojadas y sus ojos brillando, su respiración se aceleró. Ella lo agarró por los hombros y envolvió sus piernas alrededor de él, ella hizo coincidir su movimiento con el de él y él vio su propia maravilla resonando en sus maravillosos ojos.

Ellos compartían el momento, como él nunca antes lo había

compartido con una mujer. Beatrice siempre había apartado la mirada, incluso antes de que su rostro se hubiera sonrojado, como si ella solo soportara su obligación matrimonial con él. Pero Vivienne estaba encantada con su pareja, ella poseía un deseo tan grande como él, ella no se avergonzaba de su pasión. A él le gustó bastante su sincero abrazo de placer y él descubrió que su alegría en la cama solo aumentaba la suya.

Él podía confiar en su pasión, porque no era fingida.

Erik no podría haber expresado su admiración, no mientras se movía dentro de ella y ella lanzaba un hechizo alrededor de ellos más potente que cualquier poción. No había nada en todo su mundo salvo Vivienne. Ellos se miraron el uno al otro, desafiando al otro a soportar más tiempo. Erik pensó que su propia carne podría estallar en llamas, con tanto ardor perseguían el pico más alto. Él notó cómo se ella ruborizaba, cómo se movían sus caderas, cómo la apretada cuenta de ella se apretaba contra él, pero él esperó hasta que ella gritó de éxtasis.

Solo entonces él dejó que la pasión lo atrapara por completo, solo entonces rugió con su propia liberación.

Solo cuando él puso su ceja sobre el hombro de Vivienne momentos después, asombrado por la magia que habían forjado juntos, él lamentó esa situación. Erik deseaba haber sabido lo que un hombre y una mujer podían compartir, y haberlo sabido antes de tomar a su esposa. Erik lamentó que él y Beatrice nunca hubieran encontrado tanto placer juntos.

Además, Erik deseaba haber conocido a Vivienne sin restricciones, él deseaba haberla cortejado antes de que su vida se convirtiera en lo que era.

Él deseó haber conocido a Vivienne cuando él era tan joven de corazón y tan alegre como ella. Él deseó que ella pudiera haber visto lo mejor de él, no lo peor. Beatrice había reclamado ese premio, aunque él sabía que nunca se había alegrado de eso como Vivienne agradecía la escasa oferta que él podía hacerle ahora.

Había tantos asuntos que no se podían deshacer. Erik se había casado para satisfacer las ambiciones de su padre, no las suyas. Él había entregado lo mejor de sí mismo a una mujer que no se preocupaba por él y sólo ahora, cuando podría ser demasiado tarde para arreglar las cosas, veía la plenitud del precio que había pagado.

Agotado hasta la médula, contento con el abrazo de Vivienne, Erik dejó que una sola palabra de arrepentimiento saliera de sus labios, una palabra que le costaría caro.

"Beatrice", murmuró él, luego suspiró ante la promesa vacía de sus votos nupciales.

Entonces se durmió, pero no estaba destinado a dormir por mucho tiempo.

～

¡BEATRICE!

Los ojos de Vivienne se abrieron de golpe y ella miró al hombre que dormía medio encima de ella. ¡Beatrice! ¿Cómo podía Erik confundirla con cualquier otra mujer, después de haber conjurado tal placer juntos?

¿Él había estado pensando en Beatrice mientras hacían el amor?

¿Él había imaginado que ella era Beatrice?

La perspectiva misma era increíblemente repugnante. ¿Cómo se atrevía él?

Erik dormía ahora, su frente sobre el hombro de Vivienne, un hombre que no se preocupaba por sus acciones. El cabello de Erik se abanicaba sobre sus hombros, el vello de su pecho hacía cosquillas contra los senos de Vivienne. Ella podía sentir el peso de sus piernas sobre las suyas, y también el cosquilleo del vello sobre ellas. Aunque él todavía apoyaba la mayor parte de su peso sobre sus antebrazos, Vivienne estaba atrapada debajo de él.

Ahí era precisamente donde ella no deseaba estar.

En circunstancias normales, ella podría haber deseado dejarlo dormido, pero Vivienne no estaba dispuesta a considerar los deseos de Erik en ese momento. Ella colocó sus manos sobre los hombros de él y empujó, sin ningún efecto posible.

Él ni siquiera se movió.

Vivienne empujó más fuerte y Erik suspiró, luego él rodó a su lado con una disculpa murmurada. Su pierna todavía estaba apoyada sobre la de ella, su calor rápido a su lado. La mano de Erik se entrelazó en su cabello y había una rara satisfacción en su expresión.

Vivienne se negó a dejarse engañar. ¡Probablemente él soñaba con su amada esposa muerta! Ella le arrebató el pelo de las yemas de los dedos y le apartó la pierna. Él parpadeó porque ella se había movido tan abruptamente y finalmente se movió, su manera de ser la de un hombre que despierta de un sueño.

"¡Bribón!" gritó Vivienne mientras se ponía de pie de un salto. "¡Bribón, canalla y desgraciado!" Erik la miró parpadeando, aparentemente confundido. "Sabes lo suficientemente bien lo que has hecho", dijo ella, sacudiendo su dedo hacia él. "No finjas lo contrario. No me dejaré influir por tu astucia."

Ella encontró su camisola y rápidamente se la puso, viendo ya un destello de deseo en los ojos de Erik. Ella dejó desabrochados los botones de las mangas y, como resultado, las mangas colgaban cómicamente largas. "Sueña toda la noche con tu esposa, si así lo deseas", le ordenó ella. "Porque nunca más volverás a ponerme la mano encima."

Ella le dio la espalda a su sorpresa y recogió su ropa desparramada. El cielo nocturno era índigo ahora, las estrellas brillaban en el firmamento y el viento se había vuelto helado. Las manos de Vivienne temblaban tanto de ira que ella tuvo problemas para abrocharse las ligas de las medias. Las malditas mangas de la camisola se interponían en su camino y ella deseó de todo corazón que una de sus hermanas se la hubiera robado. Ayudaba poco que ella sintiera que Erik miraba sus torpes intentos de vestirse, ayudaba aún menos que él pareciera confundido por sus modales.

Al menos él podría haber protestado por su inocencia, ella se enfureció en silencio. Aunque ella supiera que fuera una mentira, la habría tranquilizado que él se preocupara por su molestia.

"¿No quedaste satisfecha?" preguntó él finalmente y Vivienne le tiró un zapato enfadada.

"¿Cuán complacido estuviste tú de invocar a tu esposa?" exigió ella. "¡Beatrice!" ella imitó, luego giró en un barrido de faldas. "Qué dulce saber que soy indistinguible de tu esposa en la cama."

Erik se puso de pie con una prisa poco común en él. "No hice eso."

Vivienne apoyó las manos en las caderas. "Ciertamente lo hiciste. ¡No seas tan tonto como para acusarme de sorda! Yo sé lo que escuché, y escuché el nombre de tu esposa escaparse de tus labios."

Erik se pasó una mano por el pelo y frunció el ceño, luego se puso su propio atuendo con gestos eficientes. Parecía que él no diría más, la sola perspectiva de eso hacía hervir la sangre de Vivienne. Ella lo miró, enfurecida más allá de lo creíble y sin querer dejar el asunto en paz.

Erik parecía tener un cuidado poco común al abrocharse el cinturón y asegurarse de que sus armas estuvieran como él deseaba.

"Esta es una excelente recompensa la que le concedes a quien se ha comprometido a ayudar en tu búsqueda", dijo Vivienne cuando ya no pudo permanecer en silencio.

Él le dedicó una mirada. "Te ves tan atractiva como debe ser la Valkiria", dijo él. "De hecho, es un premio el que me entregas solo con esa vista." Un brillo inesperado iluminó sus ojos y, aunque Vivienne parpadeó, se quedó allí. "Podría valer la pena molestarte de nuevo en el futuro."

"¿Qué significa eso?"

"Que pareces una doncella guerrera a la que no se le negará lo que se merece." Él inclinó levemente la cabeza y negó. "Aunque tu precio no es pequeño."

Vivienne no sabía si sentirse insultada o halagada. Ella miró a Erik con recelo, sintiendo el atractivo de una historia que ella no conocía. "No sé nada de estas Valkirias", dijo ella, con tanta frialdad como pudo.

"Son las sirvientes de Odin, el gran dios, y enviadas por él para guiar a los guerreros caídos a su recompensa eterna en Valhalla." Erik estudió a Vivienne por un momento. "Ellas recolectan las almas de los hombres, aunque te advierto que todavía no estoy dispuesto a entregar la mía."

Vivienne negó con la cabeza. "No tengo ningún deseo por tu alma."

¿No es así? Yo pensaba que el deseo de todas las mujeres era reclamar el alma de los hombres, y no pareces ser una mujer dispuesta a aceptar la mitad de lo que le corresponde." Él se echó la capa sobre el hombro con ese gesto elegante que ella tanto admiraba, y Vivienne no supo si él pretendía desafiarla o halagarla. "Seguramente al menos deseas infectar el pensamiento de un hombre, persuadiéndolo de que reconozca fuerzas invisibles, por ejemplo, cuando sabe que no las hay." Él le ofreció la mano a Vivienne, aunque ella todavía no la tomó.

"¿Y qué tipo de fuerza fue Beatrice?"

"Una de la que necesitas saber poco." Erik miró al cielo, a su caballo, que ahora estaba expectante, luego volvió a mirar a Vivienne. "Es hora de cabalgar."

Vivienne cruzó los brazos sobre el pecho y no dio un paso hacia su mano extendida. "¿Por qué dijiste su nombre?"

Erik desvió la mirada. "No es de importancia."

"Yo digo que lo es."

"No tendrás respuesta de mi parte."

"Entonces no viajaré contigo."

"Hemos hecho un compromiso", dijo él, con un tono algo más agudo. "No tienes elección."

Esta vez él tuvo el ingenio de no llamarla una propiedad, aunque Vivienne supuso que él lo pensaba.

"Siempre hay una opción", afirmó ella. "Aunque algunas opciones son más difíciles que otras, y siempre hay compromisos rotos. Yo podría demostrarte eso, como también la existencia del reino invisible de las hadas, si yo quisiera contarte la historia de Tomás de Erceldoune.

"¿Y tú quieres contarme?"

Vivienne lo fulminó con la mirada, pensando que la consulta no merecía respuesta.

Erik pasó una mano por su cabello y frunció el ceño hacia la costa, luego la empaló con una mirada brillante. "La mía fue una expresión involuntaria."

"¿Cómo puedo saber yo eso?"

"Porque yo te lo juro." Entonces él le sostuvo la mirada, la suya brillando con seguridad, y Vivienne descubrió que su determinación flaqueaba. "Y pido disculpas por ello, aunque lo hice sin saberlo."

"No debe volver a suceder."

"Ten la seguridad de que no sucederá." Él bajó la voz a la intimidad de un susurro, él la miró como si sola ella existiera en todo el mundo para él. Sus ojos brillaron con intención y algo más, algo que hizo dar un salto al corazón traidor de Vivienne.

"Cabalga conmigo, Vivienne", instó Erik, su nombre una caricia en su lengua. "Cabalga conmigo, da a luz a mi hijo a su debido tiempo, y mientras tanto, cuéntame de este Thomas de Erceldoune."

La oportunidad de contar un cuento favorito era una invitación que Vivienne no podía rechazar, o eso se decía ella a sí misma.

La verdad era que Erik Sinclair, con una súplica en los ojos, era difícil de resistir.

Antes de considerar su elección, ella puso su mano sobre la de Erik. El corazón le dio un vuelco por el calor de su carne, por la forma en que sus dedos se cerraron posesivamente alrededor de los suyos. Él se llevó la mano a los labios y le besó los nudillos, una disculpa tan elocuente como ella podía desear, y ella se reconoció impotente ante su encanto.

Era peligroso dejar que él la convenciera de su inocencia, era peligroso cabalgar presionada contra su fuerza, era traicionero en verdad haber prometido dar a luz a su hijo. Pero ella había hecho ese voto y lo mantendría.

Mil historias le habían enseñado que, sin importar las consecuencias de una promesa, romper la palabra tenía consecuencias mucho peores. Esos cuentos también le habían enseñado una serie de otras lecciones y ella se atrevía a esperar que, en cambio, Erik pudiera ser persuadido de algunas de las creencias que ella apreciaba tanto.

~

Erik todavía estaba conmocionado por el precio cercano de su error. Cuando ella se volvió hacia él con ojos centelleantes, él estaba seguro de que Vivienne lo rechazaría, él pensó que ella le daría la espalda para siempre. La perspectiva le había causado miedo hasta la médula.

Él estaba dispuesto a decir casi cualquier cosa, a hacer cualquier promesa, para asegurarse de que ella cabalgara con él. Él no se atrevía a considerar por qué estaba tan decidido a que esa mujer pensara bien de él, aunque se recordó con severidad que no debía permitirse sentimientos tiernos por ella todavía. El cariño por Vivienne sólo haría que cualquier elección que él pudiera verse obligado a hacer fuera aún más difícil.

En lugar de preocuparse por su propio miedo de perderla, Erik sintió una cierta satisfacción por haber persuadido a Vivienne para que continuara su viaje. Él disfrutaba la dulce curva de ella en su regazo y también una sensación de triunfo. Él razonó que solo había sido la posibilidad de que ella ya hubiera concebido a su hijo lo que había provocado sus rápidas palabras.

No podía haber otra razón sensata para su deseo de tranquilizarla.

Vivienne le dedicó una mirada por encima del hombro, sus ojos ya brillaban con la perspectiva de compartir su historia, y él se maravilló de nuevo de la facilidad con que ella podía mejorar su estado de ánimo. Aunque le aguardaban desafíos formidables, él no había sentido cosas tan prometedoras en años.

Hasta entonces él nunca había sentido que su búsqueda tuviera alguna posibilidad de éxito, simplemente que era un deber que él no podía eludir. Él pensaba ahora en Mairi y Astrid, en volver a verlas, en escuchar sus risas una vez más, y su corazón se hinchó ante la perspectiva.

"Se dice que esta historia es cierta, que hubo un Thomas de Erceldoune, pero hace cien años", dijo Vivienne. "Él tenía fama de haber sido señor de la propiedad de Erceldoune, que estaba entonces cerca de la unión de los ríos Leader y Tweed. Melrose Abbey también está en esa vecindad."

"He oído hablar de esa abadía", reconoció Erik. Vivienne se abrochaba los botones de las mangas con cuidado, con la cabeza agachada. Él deseó poder ver sus rasgos y observar la curva de sus labios mientras ella contaba la historia. Erik se complació, por el momento, colocando su mano en la hendidura de la cintura de Vivienne.

Ella no tomó nota aparente de su gesto, como si su mano perteneciera justamente ahí, lo que le sentaba muy bien.

"Él también era llamado Thomas The Rhymer y True Thomas, tanto por las rimas de sus cuentos como por la veracidad de sus profecías. Él vio el futuro mientras estaba en el reino de las hadas y lo contó a su regreso al mundo de los mortales. Después de su segunda partida y con el paso del tiempo, sus profecías fueron probadas acertadamente. En eso, creo, está tu prueba de que las cosas que no se ven también son verdaderas."

Una sombra se separó de la oscuridad que tenían delante, ahorrándole a Erik la necesidad de debatir esta afirmación. Él no se dejaría convencer tan fácilmente de un capricho como ese, pero tampoco deseaba estropear la camaradería entre él y Vivienne.

Erik reconoció la robusta silueta de Ruari. "No llegué tan lejos como tú me pediste", dijo ese hombre con brusquedad, la forma en que torcía las riendas en sus manos revelaba que no estaba del todo seguro de qué respuesta merecería su desobediencia. Él se aclaró la garganta cuando Erik no dijo nada. Verás, pensé que sería mejor girar hacia el oeste aquí, en lugar de pasar por delante de la torre alta. Pensé en mantener fresco al caballo, esperándote aquí, en lugar de seguir adelante y tener que volver."

Erik no estaba realmente sorprendido de encontrar a Ruari tan cerca. Él había sabido incluso mientras discutía con el hombre mayor que no se libraría fácilmente de su presencia. Su padre había comentado a menudo sobre la inquebrantable fiabilidad de Ruari.

"Tu consejo es bueno, Ruari, como suele serlo", dijo él y observó cómo la tensión del hombre mayor se calmaba. "Uno nunca puede estar seguro de qué ojos están abiertos."

"Especialmente en Ravensmuir", dijo Vivienne.

"Sí, Ravensmuir", murmuró Ruari, echando una mirada por encima del hombro al torreón. "No puede ser un buen presagio invocar el nombre de esa fortaleza con tanta frecuencia, y menos bueno es quedarse en su proximidad. He oído decir que el Señor de Ravensmuir puede oír el pedo de un ratón en el otro extremo de la cristiandad, ni menos que podría ordenar a un halcón peregrino que le trajera ese mismo ratón para la cena, si así lo deseara, y que se haría su voluntad."

"Tonterías, seguramente", dijo Erik, reprimiendo una sonrisa.

"Tonterías, de hecho", convino Vivienne. "Mi tío tiene un oído agudo, aunque no tanto. Y los pájaros bajo su mando son cuervos, no halcones peregrinos. Es en la morada de mi otro tío, en Inverfyre, donde se encuentran halcones bajo el mando del señor."

Ruari se detuvo en el acto de montar su caballo para mirar a Vivienne con horror. ¡Tanto Inverfyre como Ravensmuir! ¡Seguramente no puedes ser pariente de todos ellos!"

"Seguro que lo soy."

"¡Pero se dice que son hechiceros con poderes sacrílegos, hombres que pueden convocar la marea e invocar demonios para que sirvan a su voluntad!"

Vivienne se rió. "¡Qué locura!"

Ruari luego acercó más su caballo. "Erik, muchacho, sobre la tumba de tu padre, me siento obligado a advertirte que este camino solo puede conducir al dolor..."

"Todos los caminos me llevan al dolor en este momento, Ruari", dijo Erik, su tono ligero contradecía sus palabras. "Solo intento elegir el destino menos terrible."

"Y lo haces mal, muchacho, eso es seguro."

"Te agradezco tu consejo." Las palabras de Erik fueron tan desagradables que Ruari dejó escapar un suspiro. "¿Estás preparado para seguir adelante? Tomaremos el camino hacia el oeste siguiendo tu consejo."

Era evidente que Ruari no estaba contento ni siquiera de haber aceptado su sugerencia. Los caballos igualaron el paso, estableciendo un galope constante, pero el hombre mayor negó con la cabeza con pesar. "Historias he escuchado de Ravensmuir que sirven para cuajar la sangre de un hombre y congelar su propia médula. Sí, he oído hablar de los cuervos sueltos de la torre de Ravensmuir, y no menos de que son enviados como espías para el señor o para arrancar los ojos de sus enemigos."

"¡Qué locura!" dijo Vivienne, la risa rebosando en su voz. "Hasta donde yo sé, ningún cuervo le ha arrancado los ojos a un enemigo."

"Y aún más brujería", declaró Ruari con un dedo levantado. "¡He oído que el señor habla con esos pájaros!"

Vivienne se rió entre dientes. "¿De qué otra manera podría reunir noticias de lejos?"

"Con mensajeros y enviados, tal vez, como hacen la mayoría de los hombres de propiedad", sugirió Erik y Vivienne le dedicó una brillante sonrisa.

Sin embargo, sus siguientes palabras le helaron el corazón. "Es cierto que el conocimiento del idioma de los cuervos se transmite de padres a hijos", dijo ella, claramente a gusto con ese detalle poco común. "Y que los secretos se intercambian entre señor y ave." Ella volvió a mirar a Erik, los ojos brillando. "Pero seguramente un hombre que no concede ningún crédito a asuntos invisibles simplemente no creería que esto es una fábula y, por lo tanto, no es preocupante en lo más mínimo."

Una mirada a la torre alta en sombras que se alzaba detrás de ellos reveló pequeñas motas contra el cielo nocturno. Bien podrían ser cuervos, dando vueltas alrededor de la torre, y su mera presencia era inquietante.

"Seguro que sí", dijo Erik con una resolución que él no sentía del todo.

La mirada de Vivienne brilló con alegre picardía. "Creo que crees más en esta historia de lo que admites, y te lo demostraré."

Erik se burló. "No puedes hacer eso."

Vivienne arqueó una ceja rojiza, luego le dio la espalda una vez más. Para asombro de Erik, ella emitió un grito desgarrador y levantó el puño hacia el cielo.

"¿En el nombre de Dios, que es esto?" -Preguntó Ruari, santiguándose con vigor. "¡Podrías detener el corazón de un hombre con un grito así, muchacha, en eso puedes confiar! ¿Crees que tenemos la necesidad de despertar a todas las almas de los alrededores a nuestro paso?

Vivienne lo ignoró, ella miraba el cielo con mucha avidez. Erik estaba seguro de que ella simplemente se burlaba de él, pero luego se oyó un batir de alas. Un grito de respuesta sonó desde los cielos arriba, uno tan fuerte que casi les desgarró los oídos. El caballo de Erik se asustó y luego él centró su atención en calmar a la bestia. Él acarició el costado de Fafnir y le habló con firmeza, sujetando las riendas con fuerza mientras calmaba al caballo.

Una sombra más oscura que el cielo nocturno descendió con asombrosa gracia y Vivienne gritó de nuevo, casi asegurándose de que el caballo saliera disparado en verdad. Erik maldijo en voz baja y sujetó las riendas con fuerza, pero ella no se daba cuenta del peligro. Su rostro se iluminó de alegría mientras se enrollaba la capa sobre el brazo y, contra toda expectativa, la extendía en una intrépida invitación.

"¡Madre de Dios!" Gritó Ruari.

El cuervo aterrizó con tanta fuerza que el brazo de Vivienne se hundió bajo la carga de su peso. Fafnir relinchó de terror ante el extraño susurro de las plumas tan cerca detrás de su cabeza, dobló las orejas hacia atrás y comenzó a correr. Erik rodeó la cintura de Vivienne con el brazo y centró su atención en calmar al caballo.

El caballo no estaba dispuesto a prestarle atención.

Media eternidad y varios campos después, Fafnir se acomodó más o menos a su paso anterior. El caballo todavía sacudía la cabeza y trotó hacia los lados durante unos pasos, descontento con la incorporación a su séquito. Erik sabía que el nerviosismo en el paso del caballo significaba que si el pájaro no se quedaba quieto, Fafnir saldría disparado de nuevo.

Vivienne soltó un suspiro tembloroso. "¿Seguramente tu caballo está entrenado?"

"Seguramente estás loca por haber convocado a este pájaro", espetó Erik. "¿No ves que nos has puesto a todos en peligro con esta locura?"

Ella parecía un poco culpable. "No era mi intención hacer eso. Todos los caballos que he montado se han acostumbrado bien a los pájaros."

"¡Porque probablemente fueron criados en Ravensmuir e Inverfyre, y criados para soportar una alianza tan sacrílega!" contribuyó Ruari, galopando detrás de ellos.

Vivienne le dirigió una mirada de desprecio. "Todo noble de la cristiandad caza con halcones y lo hace desde la silla de montar de su caballo. No hay nada raro en esto, y mucho menos una alianza sacrílega."

"Entonces, la experiencia de Fafnir se ha visto limitada por mis propias acciones", dijo Erik. "Porque no una gran cantidad de forajidos cazan con halcones y sabuesos."

Él miró al pájaro y quedó asombrado por su tamaño, porque nunca había visto un cuervo tan cerca. Su plumaje relucía de negro, excepto por un mechón de plumas blancas sobre su ojo izquierdo que le daban un aire quejumbroso.

Él estaba aún más inquieto por sus modales, porque lo que podría haber sido intelecto brillaba en sus ojos oscuros. El cuervo ladeó la cabeza y miró a Erik con una mirada tan inquietante que parecía conocer sus propios pensamientos. De hecho, la criatura ni siquiera parpadeaba, sus ojos brillaban mientras lo miraba fijamente.

"¡Locura y demencia!" Gritó Ruari, señalando al pájaro. "Los hombres pueden cazar con halcones, pero un halcón está muy lejos de un cuervo tan dispuesto a aterrizar en el puño de una mujer. ¿Has llevado a una hechicera a tu cama, muchacho? ¿Qué precio nos exigirá si puede convocar a un pájaro salvaje? Sin duda, ella puede soplar un viento o matar a un hombre con una mirada. ¡Ay de esta elección, de eso puedes estar seguro! "

"Tales cuentos de brujas son una tontería, Ruari", dijo Erik, forzando a su voz a sonar más tranquila de lo que él sentía.

¿Él se había imaginado que el pájaro le sonreía?

"De hecho, Erik está convencido de que la única verdad es lo que un hombre puede sostener en sus propias manos", dijo Vivienne con dulzura. "Seguramente debe ser una coincidencia y nada más lo que atrajo a Medusa a mi puño cuando la llamé."

Quizás Vivienne tenía la intención de provocarlo a cambio de que él pronunciara el nombre de Beatrice. Erik decidió no dejar que ella percibiera la efectividad de su estratagema. "Es de buen sentido ser escéptico ante tales habilidades invisibles y no probadas."

"¡Buen sentido!" Ruari resopló su escepticismo. "¡No es más que una locura! De hecho, muchacho, dejas fuera de esa contabilidad a la mitad de las fuerzas de la cristiandad, y eso es para tu propia desventaja. ¿Qué hay de los milagros realizados por los santos y sus reliquias? ¿Qué hay de la maravilla de la misa misma? ¿El pan y el vino comunes se convierten en el cuerpo y la sangre de Cristo? Por qué, si no hubiera más en este mundo de lo que un hombre podría ver por sí mismo, entonces quedaría mucho por explicar, sin duda."

Erik era muy consciente de que el cuervo miraba entre ellos, como si escuchara su conversación.

Como si pudiera recordar y relatar esa conversación a otra persona, tal vez al tío de la dama en Ravensmuir.

¡Pero eso era una tontería!

"Estás demasiado seguro, Ruari, de estas fuerzas de las que no tienes pruebas", dijo Erik.

Ruari extendió una mano. "¿Sin evidencia? ¿Qué hay de los ojos en tu propia cabeza, muchacho? ¿Qué hay de tu propio destino en estos momentos? ¿Puedes negar que la maldad, una fuerza invisible, sin duda, no es responsable?"

"Mi hermano es apenas una fuerza invisible", dijo Erik, con no poca dosis de humor. Para evitar demorarse en los detalles de su situación, señaló al pájaro y deliberadamente cambió de tema. "¿Entonces este sería un pájaro de Ravensmuir?"

"Es Medusa", dijo Vivienne. El pájaro pareció arquear esa ceja de plumas blancas en reconocimiento silencioso. "¿Y qué le dirás a mi tío de esto, la próxima vez que vueles por las altas ventanas de Ravensmuir?" Preguntó Vivienne al pájaro. Él ladeó la cabeza, aparentemente considerando su pregunta. "¿Y qué preguntará él de lo que has visto esta noche?"

"¡Hechicería y locura!" Ruari se enfureció. "Dejas que la maldad se monte en tu propia silla, muchacho, y será en tu propio daño. ¡No dejes que ella envíe una misiva con el pájaro!"

"Ruari, no es más que un pájaro. No puede hablar con ningún hombre".

"¡Patrañas! ¡Es más que eso!" Ruari acercó su caballo. Él trató de ahuyentar al pájaro sin éxito.

Vivienne se inclinó para susurrarle al pájaro. "Te confío, Medusa, que nuestro probable destino es Blackleith." El cuervo ladeó la cabeza, como si absorbiera ese bocado de información, luego miró a Erik, pareciendo buscar confirmación.

¿Él era tan transparente? Erik no había dicho nada de su intención, pero Vivienne lo había adivinado tan fácilmente que él se sintió expuesto.

Entonces se le heló la sangre. ¿Quién más podría haber adivinado su plan? ¿Nicholas todavía pensaba que él estaba muerto? ¿O alguna alma le había confesado la verdad a él? ¿Habían sus hijas conocido algún oscuro destino en su ausencia, debido a su propia locura?

"¡No puedes hacer eso!" protestó Ruari. "¿Cómo puedes adivinar el futuro tan acertadamente? Te lo digo, Erik, la muchacha es una bruja en verdad."

"Simplemente tiene sentido," respondió Vivienne agriamente. "¿Cómo más podría un hombre que perdió su propiedad, recuperarla, sino volviendo a ella? ¿Cómo más podría un hombre recuperara a sus hijas, salvo volviendo a la fortaleza donde ellas pueden ser encontradas?"

"¿Le dijiste sobre tus hijas?" demandó Ruari con obvia incredulidad. "¿Qué locura te ha alcanzado, muchacho, que le confías tus secretos a cada alma que se cruza en tu camino? ¿Pretendes el fracaso? ¡Yo pensaba que tú pretendías el triunfo! ¡Tu propia insistencia en confiar en otros, para tu daño, hará que falles otra vez!"

Erik maldijo entonces, maldijo con vigor mientras lanzaba su puño enguantado hacia el ave. Medusa graznó de indignación y salió volando, las pesadas alas del cuervo batiendo el aire con fuerza.

Fafnir relinchó con no poca indignación él mismo. Erik no tuvo más que un instante de advertencia antes de que el caballo se encabritara y girara rápidamente a la derecha, lejos del batir de las alas del ave.

Y Erik y Vivienne fueron empujados a la izquierda, justo fuera de la silla, de tan abruptamente que se movió el caballo. Erik gritaba con fastidio mientras arrojados al suelo, pero el caballo no se detuvo. Él atrapó a Vivienne en sus brazos y amortiguó el golpe de la caída.

Él aterrizó sobre su cadera herida e hizo una mueca de dolor, incluso antes de que el ligero peso de Vivienne aterrizara sobre él.

Medusa voló en círculos sobre su pequeño grupo una vez, gritando en disgusto mientras los cascos de Fafnir a la carrera se desvanecían en la distancia. Ruari gritó y dio persecución al caballo, un hecho que solía haría que un ahuyentado Fafnir galopara más lejos antes de detenerse por completo. Sin embargo, había poco que lograr gritando detrás de Ruari, porque él probablemente no escucharía las advertencias de Erik. Y verdaderamente, el ruidoso Ruari habría levantado a cada monje y granjero de cama.

Erik inclinó su cabeza hacia atrás hacia la fría y dura luna, luego exhaló. Su cadera dolía, él estaba exhausto. Lo que había parecido un simple plan para asegurar la supervivencia de sus hijas no estaba probando ser ni simple ni provechoso, hasta el momento.

# CAPÍTULO 7

"¿*E*stás lastimado?" Preguntó Vivienne y Erik la sintió inclinarse sobre él. Tanto si su solicitud era genuina como si no, era bienvenida. De hecho, la presión de sus senos contra su pecho y el cosquilleo de su cabello en su rostro, no menos la respuesta de su cuerpo a ambos, lo persuadían de que él no estaba tan cerca de la muerte como podría haber pensado.

Él abrió los ojos y la miró, notando que ella estaba despeinada y pálida. Inmediatamente él se preocupó. "¿Lo estás tú?"

Ella negó con la cabeza, soltando esa nube de cabello sobre él. "Por supuesto que no, porque tú te llevaste la peor parte de la caída."

"¿Pero?"

"Pero me sorprendió. He montado caballos toda mi vida y nunca me han tirado de la silla." Ella hizo una mueca mientras se sentaba, luego se frotó una rodilla. "No es una experiencia nueva que sea bienvenida."

Erik se dio cuenta entonces de cuán enteramente Vivienne había tenido una vida de privilegios y seguridad. Ella no había conocido el miedo, ella no se había enfrentado a ningún peligro. Ella había sido mimada por una familia numerosa y acomodada, que se aseguraba de que ella no montara ningún caballo que no fuera completamente manso, uno que viera que ningún peligro tocara su vida.

Él quería ferozmente dar el mismo regalo a sus hijas. Ese deseo lo hizo sentarse, revitalizado una vez más.

"No me respondiste", dijo Vivienne, mirándolo con una mueca de dolor que podría haber nacido de la culpa, la simpatía o ambas cosas.

"No estoy más herido que antes", dijo Erik, esperando que fuera cierto. Vivienne lo miró con ansiedad mientras él se levantaba y probaba sutilmente si su pierna soportaría su peso. "Fue una sorpresa, nada más."

"No sabía que a tu caballo no le gustaban los pájaros."

"Yo tampoco, en realidad."

"Lo siento", dijo Vivienne, sus mejillas se tiñeron de color. "Nunca he conocido a ningún caballo que no esté familiarizado con las aves. Ahora veo la locura de asumir que todos los caballos serían indiferentes a su presencia."

A Erik le gustó que Vivienne no tuviera miedo de reconocer su culpa, que ella se disculpara por su error con tanta facilidad. Aunque ella estaba sonrojada de la vergüenza, aún se encontró con su mirada fija. Su educación privilegiada le había dado una confianza que le sería de gran utilidad en cualquier circunstancia.

"¿Cómo podías haber anticipado lo que nunca antes habías conocido?" preguntó él, no dispuesto a condenarla por un error de cálculo, incluso uno que había provocado una protesta en su cadera. "La morada de tu familia es difícilmente parecida a la mía, incluso en su mejor momento."

Ella asintió con la cabeza, tan arrepentida que él se sintió un perro por haber estado molesto con ella aunque fuera por un momento. "Yo ni siquiera lo había adivinado", dijo ella en voz baja, luego suspiró. "Y mi madre solía decirme que tenía mucho ingenio."

Había poco que Erik pudiera decir a eso. Vivienne se levantó entonces y fue a buscar el contenido derramado de una alforja, que evidentemente no estaba completamente abrochada. Las provisiones estaban en esa bolsa, aunque él no le dijo que dejara el pan y el queso en el polvo. Era posible que se sintieran lo suficientemente hambrientos como para quererlo de todos modos.

Él se preguntó si la capacidad de Vivienne para aceptar cambios radicales en su situación se extendería a comer alimentos adornados con tierra. Él esperaba que no tuvieran que averiguarlo.

Erik aprovechó su mirada desviada para estirar la pierna con cautela. Él hizo una mueca ante la vigorosa punzada de dolor que resultó de eso.

"¡Estás lesionado!" Dijo Vivienne, mirando por encima del hombro precisamente en el momento equivocado.

"No más que un hematoma."

Ella parecía escéptica a su vez, apoyando una mano en su cadera mientras lo miraba con severidad. "Entonces será grande, apuesto."

"No encontrarás a nadie que apueste lo contrario en este grupo", murmuró él.

"No deberías haberte llevado la peor parte de nuestra caída, no sobre esa cadera."

Había pasado bastante tiempo desde que una mujer se había preocupado lo suficiente por Erik como para regañarlo, y él se encontró disfrutando de su intercambio. "En verdad, no tenía ningún plan para hacer eso, como tampoco tenía ningún plan para dejar la silla de montar de esa manera", dijo él y fue recompensado por la risa de Vivienne. "Eso no fue una broma." Él le dirigió una mirada sombría, y ella simplemente sonrió, tan impávida estaba por su expresión.

"No hay necesidad de mirarme con el ceño fruncido", dijo ella. "No puedes ocultarme que tienes impulsos nobles, y mucho menos que la valentía te hizo asegurarte de que yo no tuviera ninguna herida como resultado de mi propia locura. Ninguna mujer sensata condena a un hombre por su caballerosidad, aunque yo podría recordarle a un hombre así que un cuerpo sólo puede soportar hasta cierto punto." Con eso, ella volvió a su tarea de recoger los bienes esparcidos.

Erik parpadeó. De hecho, había pasado mucho tiempo desde que alguien lo había considerado caballeroso, más aún desde que se le habían atribuido impulsos nobles. Él observó a Vivienne, desconcertado porque ella hubiera vislumbrado secretos que él pensaba que estaban ocultos, y receloso de sus expectativas de todos modos.

Afortunadamente, él escuchó los cascos de un caballo acercándose en ese mismo momento y se evitó la necesidad de considerar el asunto más a fondo. Él giró para encontrar a Fafnir trotando hacia él. El caballo había corrido en un gran círculo y ahora regresaba desde la dirección opuesta, aunque a un ritmo mucho más lento. El caballo se detuvo a media docena de pasos y miró a Erik con aparente perplejidad, luego bajó la cabeza como disculpándose mientras se acercaba lentamente.

"¡Él se ve tan sorprendido!" Dijo Vivienne.

"Como si él no tuviera nada que ver con que no estemos más en la silla", refunfuñó Erik.

Fafnir olisqueó a Erik, él parecía confundido porque ya no estaba tirado en el suelo. Aparentemente tranquilizado por haber encontrado a su jinete errante, el caballo mordisqueó el cabello de Erik. Fafnir metió la nariz en el cuello de Erik con descarado entusiasmo, como si Erik estuviera dispuesto a llevar manzanas en su camisola.

Vivienne se rió. Ella limpió una manzana recuperada del suelo y luego se acercó para ofrecérsela al caballo.

"Él no necesita una recompensa por lanzarnos al suelo", dijo Erik.

Vivienne no se dejó intimidar por sus modales bruscos. "Él se merece una por volver con nosotros." Ella frotó la nariz de la bestia mientras devoraba la fruta, luego volvió a mirar a Erik con esa mirada chispeante.

Antes de que ella pudiera hacerle alguna pregunta, Erik habló.

"No era más que un pájaro", le dijo él al caballo con afectuoso disgusto, luego le frotó la nariz a su vez. Él flexionó la pierna mientras estaba allí, evaluando el daño de la caída. Él tenía la cadera rígida y dolorida, sin duda estaría negra y azul, pero sobreviviría. Él dobló la pierna una o dos veces y se sintió aliviado cuando se volvió más ágil.

"Debes pensar que no soy más ingeniosa que una niña", dijo Vivienne. Ella lo miraba, aunque él no se había dado cuenta de eso, ella entrecerró los ojos.

"Creo que eres una mujer que ha vivido con privilegios", dijo Erik, sin querer castigarla cuando claramente ella se estaba juzgando a sí misma con dureza. "También creo que tu madre lo dijo correctamente, y que eres una mujer muy ingeniosa, aunque eso no significa que puedas saberlo todo."

"Lo siento. Nunca tuve la intención de que te lastimaras."

"Yo tampoco" Erik se sintió arrepentido de inmediato, porque ella parecía muy abatida. Él extendió la mano y le tocó la mejilla con la yema del dedo, instándola a que lo mirara a los ojos. "Si confieso que creo que puedes convocar a un cuervo, aunque eso desafía la razón de que tal habilidad debería existir, ¿prometes no volver a hacerlo?"

Vivienne sonrió entonces, su sonrisa tan radiante como los primeros rayos del amanecer. De hecho, la vista calentó a Erik hasta los dedos de los pies. "Tal promesa debería sellarse con un beso, ¿no crees?" dijo ella, luego rodeó al caballo y se estiró para besarlo en la boca.

Su abrazo espontáneo era un placer poco común. De hecho, ningún hombre sensato podía discutir su razonamiento, así que Erik le devolvió el beso.

Vivienne se maravilló de que el beso de Erik se volviera más seductor con tamta familiaridad. Ella apoyó las manos sobre su pecho y se estiró hasta la punta de los dedos de los pies, solo deseando besarlo completamente.

Y verdaderamente, un beso parecía la disculpa más apropiada por lo que ella había hecho tan tontamente. Lo que había comenzado en la forma de una broma que ella le habría gastado a uno de sus hermanos había salido mal más allá de sus expectativas. En retrospectiva, Vivienne se sentía como una tonta.

Había sido fácil concluir de su experiencia que todos los caballos estaban acostumbrados a los pájaros, por ejemplo, mientras que ahora ella se daba cuenta de que todos los caballos que ella había montado habían sido entrenados con cuidado de antemano. Solo en retrospectiva ella vio y apreció las muchas manos que se habían asegurado de que ella y sus hermanos no sufrieran ningún daño.

No era así para todas las mujeres, ni tampoco para todos los hombres. Vivienne comprendió que ciertamente no había sido así para Erik. Como resultado, él tenía una habilidad más aguda para anticipar el peligro, porque hacía menos suposiciones que ella.

Entonces, a pesar de que ella los había puesto en peligro sin saberlo, él no solo se había asegurado de que no pagaran un precio más alto, sino que la había perdonado. Una vez que su enfado hubo pasado, él no le reprochó su error, y Vivienne deseaba recompensarlo por su confianza.

Ella lo besó con ardor y sintió su respuesta contra su vientre. Ella sonrió cuando él la atrajo más resueltamente contra él, saboreando la pasión de su beso. Ella se preguntó si podrían sellar ese acuerdo con algo más que un simple beso.

Entonces Ruari exhaló con obvio disgusto por su proximidad. Erik murmuró una maldición mientras levantaba los labios de los de ella y Vivienne ocultó su sonrisa.

Ruari los fulminó con la mirada, con las manos apoyadas en las caderas. "Y aquí estoy, cabalgando por toda Escocia en busca de un caballo, un caballo que ha regresado a ti por su propia voluntad, y los dos están tan consumidos el uno con el otro a solas que no podrían molestarse en llamarme con noticias del regreso de ese caballo"

"Yo sabía, Ruari, que no estarías muy por detrás de Fafnir, ya que tienes tanto talento para la persecución", dijo Erik, todavía sosteniendo a Vivienne contra su pecho. Ella inclinó la frente sobre él y ocultó su diversión en su capa.

Ruari carraspeó. Él no desmontó, se limitó a mirar fijamente al cielo y luego a la pareja que se abrazaba. "¿Quieres seguir cabalgando esta noche? ¿O debo volver a estar ausente mientras trabajas para crear un heredero masculino para Blackleith?"

Estaba claro por su tono que Ruari aún estaba descontento, aunque él no le dio a Erik la oportunidad de protestar.

"Yo pensaba que tendrías ganas de apresurarte en este viaje", resopló y guñó Ruari. "Viendo que nadie sabe lo que ocurre bajo la mano de Nicholas, pero puedo haber entendido mal tu entusiasmo por la búsqueda de la justicia."

"Tu consejo es extraordinariamente sabio, Ruari, y de hecho tengo la intención de cabalgar hacia el norte a toda prisa", dijo Erik con suavidad.

Ruari frunció los labios y él podría haber discutido más, pero Erik se movió para irse de inmediato. Él cerró las manos alrededor de la cintura de Vivienne y la subió a la silla de Fafnir.

Ella se dio cuenta de que Erik puso su pierna sana en la silla para subirse detrás de ella, y notó que todavía se movía rígidamente, y ella temió que estuviera más herido de lo que le había hecho creer. Sin embargo, él hizo girar al caballo e instó a la bestia a que adoptara su velocidad anterior, como si no estuviera preocupado.

Él parecía tan tranquilo que Vivienne entendía lo contrario. Ella ya sabía que Erik parecía más impasible cuando las cosas eran menos de su agrado.

A ella le preocupaba que el hecho de montar le hiciera más daño a la cadera, pero ella no se atrevía a sugerir eso en presencia de Ruari. Ella podía sentir cómo Erik se acomodaba, cómo periódicamente recuperaba el aliento de dolor, y ella se mordió el labio consternada. Ella no solo era responsable de su lesión, sino que poco podía hacer para asegurarse de que no empeorara.

"Y también es ya tiempo suficiente", refunfuñó Ruari, su caballo galopando junto a Fafnir con fácil gracia. "La noche se ha ido a medias y Ravensmuir está todavía en el horizonte. De hecho, seremos afortunados si ponemos suficiente distancia entre nosotros y los familiares de la dama antes de que ese pájaro maldito despierte sus sospechas."

"No debes temer eso, Ruari," Vivienne sintió la necesidad de admitir. "Realmente no puedo hablar con los cuervos. Solo quise gastarles una broma a los dos."

Erik hizo un sonido que podría haber sido de diversión, pero Vivienne no se volvió para ver la expresión de su rostro.

"¡Una broma!" Gritó Ruari. "¿Y qué tiene de divertido infundir terror en las entrañas de un anciano? Pensaba que eras una muchacha hermosa, pero parece que tu corazón está ensombrecido." Ruari señaló a Vivienne con un dedo. "Se dice que no hay viento más frío que el corazón de una hermosa doncella. ¿Quieres probar la verdad?"

"¡Me equivoqué!" protestó Vivienne. "No era mi intención hacerles daño a ninguno de los dos. Tú y yo estamos de acuerdo sobre cosas que no se ven: yo solo pretendía desafiar las convicciones de Erik."

"Ruari, no ha habido ningún daño", dijo Erik con firmeza.

"No hay daño", resopló el hombre mayor. "¿Crees que no tengo ojos en la cabeza? Vi cómo montabas tu caballo. Puede que no desees que la dama piense que estás herido, pero yo entiendo la verdad. Sería mejor que estuvieras lejos de esta tierra inmunda, en el norte, donde los amigos y enemigos no solo son conocidos por nosotros, sino que están desprovistos de poderes sacrílegos..."

"Ruari, dejemos el asunto en paz y cabalguemos", dijo Erik.

"Cabalgar, de hecho deberíamos cabalgar. Aconsejo que vayamos directamente a Queensferry, ya que tú tienes en muy alta estima mi consejo, y que no debemos detenernos hasta que estemos en un barco y sus velas estén desplegadas y la marea nos lleve lejos de estas tierras. Que haya la anchura del Firth of Forth entre nosotros y Ravensmuir antes de dormir, es lo que digo. Encontrémonos en un país más familiar, y menos transitado, antes de que descansemos nuestro cansado cuerpo, mejor que no tengamos que despertar con cada sonido. Fife me vendría bastante bien. Aberdeenshire sería mejor."

"Queensferry está demasiado lejos", argumentó Erik, su tono revelaba que su paciencia estaba agotada. "Los caballos se forzarán demasiado."

"Son dos días de viaje", dijo Vivienne, queriendo agregar peso a la visión de Erik. "Incluso si viajáramos sin cesar, no podríamos llegar antes del lunes por la mañana."

Ruari negó con la cabeza, indiferente. "Los caballos están bastante frescos, si se me permite decirlo, y son valientes caballos capaces de correr largas distancias cuando las circunstancias lo exigen. Si alguna circunstancia lo exige, muchacho, ¡es esta noche! Hay un escalofrío en mi propia médula, que es un presagio de mala suerte tan confiable como jamás haya conocido un hombre. Sentí ese escalofrío la noche que te llamaron para ayudar a Thomas Gunn y lo volví a sentir la noche que tu padre dio el último suspiro. Un hombre debe escuchar las advertencias de sus propios huesos."

"Pero los míos no ofrecen tal advertencia", dijo Erik.

Ruari negó con la cabeza. "Sería desafortunado permanecer en este lado del Firth más tiempo del necesario, en eso puedes confiar, muchacho."

"No montaremos durante el día, Ruari", dijo Erik. Vivienne lo sintió ajustar su pose en la silla de montar. Su cadera no estaría bien acomodada por más tiempo en la silla de montar.

"Mañana habrá mucha actividad en el camino a Edimburgo para el mercado", dijo ella, sin estar segura de tal cosa. "No avanzaremos a buena velocidad entre una multitud."

"Razón de más para dejar descansar a los caballos", concluyó

Erik. "Porque ninguno de los dos está acostumbrado a una avenida concurrida."

"¡Es una locura, muchacho!" Ruari extendió las manos. "¿Cómo puedo aclararte el asunto?"

"No puedes", dijo Erik finalmente y para gran disgusto del hombre mayor. Luego él se inclinó hacia Vivienne, sin darle a Ruari la oportunidad de quejarse más. "¿No ibas a contar un cuento? A Ruari le gustan los cuentos, según recuerdo, y la narración hará que él tiempo pase más rápido."

"Por supuesto." Vivienne notó que Ruari se instaló en un descontento silencio, sabiendo que su consejo no sería escuchado y él no estaría satisfecho con eso en lo más mínimo. Queriendo solo dejar el descontento detrás de ellos, ella se aclaró la garganta y comenzó a cantar.

> *"Es cierto que Thomas yacía en la orilla del Huntlie,*
> *Cuando vio a una dama de las hada;*
> *Esta dama era vivaz y audaz,*
> *Y ella cabalgaba hasta el árbol de Eildon.*
> *Su falda era de seda verde hierba;*
> *Su brida de oro muy fino;*
> *Y entretejidas en la crin de su caballo,*
> *Habían cincuenta y nueve campanas de plata."*

"¿Un cuento de hadas, entonces?" Preguntó Ruari, su expresión se iluminó por su interés. "Me gusta un cuento con mujeres hermosas, sin duda." Él le lanzó a Vivienne una mirada reveladora. "Sin embargo, sin duda ella tiene un corazón de hielo."

> *"Es cierto, Thomas, se quitó el sombrero,*
> *Y lo inclinó hasta la rodilla.*
> *¡Salve, María, poderosa Reina del Cielo!*
> *Nunca vi a tu par en la tierra."*

` *Oh no, oh no, True Thomas* ", dijo ella,
"*Ese nombre no me pertenece.*
*Yo soy la reina del reino de las hadas*
*Ven a cazar con tres galgos.*"
*Thomas luego le habló audazmente:*
*La perfección de ella desplegó sus palabras:*
"*Señora, has reclamado mi corazón,*
*Ven a recostarte y escucha a los pájaros.*"

"¡Un cuento de un hada llevada a la cama por un hombre mortal!" Ruari se rió entre dientes. Él le guiñó un ojo a Vivienne. "Tienes más de una sorpresa, muchacha, eso es seguro."

Vivienne no supo qué responder a eso, así que cantó.

"*Thomas, no sabes lo que pides;*
*Solo te importa tu voluntad.*
*Porque si yo me acostara contigo,*
*Mi belleza se perderá.*"
"*Señora encantadora, apiádate de mí,*
*Tienes que saber que te serviré bien.*
*Ven conmigo, acuéstate conmigo*
*Viviré contigo para siempre.*"

"La persistencia es la clave", murmuró Ruari. "Ahí radica el camino hacia el éxito en cualquier esfuerzo. Este Thomas, se niega a aceptar que ella rechace su proposición y creo que verá una recompensa por su obstinada consideración."

"Ni siquiera pienses en discutir en este momento por viajar directamente a Queensferry", dijo Erik. "Ese asunto está resuelto, y su persistencia solo será molesta."

"Es como arrojar perlas a los cerdos", declaró Ruari a nadie en particular. Él se golpeó el pecho con el puño. "Doy consejos por el peso de mi experiencia, insto a tomar decisiones sabias a través de la bondad de mi corazón, hago esto únicamente para asegurarme de que aquellos de quienes dependo no se equivoquen por ignorancia."

Ruari hizo un gesto como si ofreciera riquezas a los pobres. "Y sin embargo, y sin embargo, mi sabio consejo, extraído de décadas de experiencia entre hombres tontos y justos, es descartado", él extendió las manos, "como el estiércol de las gallinas". Él suspiró con indulgencia, volviendo la mirada hacia el cielo como si buscara la fuerza para soportar sus cargas terrenales. "No se enoje, mi señor William", dijo él, aparentemente apelando al fantasma del padre de Erik. "Un hombre mortal sólo puede intentar hacer que los demás vean la razón."

"—En cambio, tú podrías romper tu palabra a mi padre y abandonarme en mi locura"—sugirió Erik, ganándose una mirada siniestra de su compañero por atreverse a burlarse de él de esa manera.

"¡Nunca!" Declaró Ruari.

"Entonces tomaremos el barco el martes."

Ruari apretó los dientes visiblemente.

Vivienne cantó.

> *"Thomas, Thomas, hablas tonterías,*
> *Hay un precio por este viaje.*
> *Tu lujuria nos lleva por mal camino hoy,*
> *Pero veré que no te sea negada."*
> *Luego fue esa dama brillante*
> *Hasta debajo del árbol de Eildon.*
> *Como la historia cuenta completamente la verdad,*
> *Siete veces con Thomas ella estuvo."*

"¡SIETE VECES!" Ruari se rió entre dientes ante eso, la historia claramente lo distrajo de su decepción con Erik. "Esa es una doncella lujuriosa, sin duda, aunque se dice que las hadas tienen apetitos sacrílegos. ¡Y Thomas! Él silbó entre dientes. "Siete veces. ¡Siete! Ese era un hombre de perseverancia y una fortaleza poco común, sin duda."

Vivienne se ruborizó. Ella había olvidado la naturaleza terrenal de esos primeros versos, o tal vez no los había entendido completamente cuando los había escuchado por última vez. Sin duda, ella había aprendido mucho en las últimas dos noches. Peor aún, ella tenía curiosidad por saber si ella y Erik podrían estar juntos siete veces en rápida sucesión. Ella sintió una indicación contra sus nalgas de que sus pensamientos podrían estar siguiendo un curso similar y su corazón dio un vuelco de anticipación.

Luego ella recordó el siguiente verso y no supo si podría cantarlo en esa compañía o no.

"¿No hay más?" Preguntó Erik. "De lo contrario, parece un cuento corto, con poca evidencia de que Thomas realmente visitara el reino de las hadas, como tú insististe que demostrarías."

"Simplemente tenía que recordar las palabras", mintió Vivienne, luego volvió a alzar la voz. Ella trató de prepararse para la respuesta de Ruari, porque esperaba que él se riera alegremente de ese verso.

> *"Ella dijo 'Thomas, te gusta este juego.*
> *¿Qué dama podría saciarte?*
> *Estarías en lujuria todo este día*
> *Te lo ruego, Thomas, ahora déjame ir."*

DE HECHO, Ruari soltó una carcajada. De hecho, él se rió hasta que las lágrimas corrieron por sus ojos, pero Vivienne siguió cantando, sin darle la oportunidad de hacer un comentario obsceno.

> *"Tomás miró entonces con alegre corazón,*
> *A esa dama que había sido tan hermosa;*

*Pero su cabello colgaba apagado sobre su rostro,*
*Su carne ahora se había vuelto gris.*


*"Thomas gritó '¡Ay, ay!*
*¡Es un espectáculo triste!*
*La belleza se ha desvanecido de tu rostro*
*Lo que una vez brilló como el sol tan brillante."*
*La dama se puso de pie, su actitud seria,*
*"¿No es esto lo que predije?*
*Un precio que ambos debemos pagar por esto*
*A tu lujuria se ha vendido mi belleza."*


"¿Y no es eso a menudo la verdad?" dijo Ruari y luego negó con la cabeza ante la triste forma de las cosas. "La doncella más bella parece menos hermosa después de su conquista, en eso puedes confiar. Muchos hombres se han despertado después de reclamar una doncella cuyos méritos lo dejaron cegado por la lujuria, solo para percibir sus defectos a la mañana siguiente."

Vivienne guardó silencio, sorprendida por las similitudes entre esa historia y la suya. Ella había pensado que Erik provenía del reino de las hadas y él la había persuadido para que lo encontrara en la cama. Él había sido brusco la mañana siguiente. ¿Él se había sentido decepcionado al verla? ¿Él veía ahora defectos en su naturaleza, después de que su broma había salido tan mal? ¿Tenían algún mérito sus temores de que ella no fuera tan compuesta como Madeline?

No se podía negar la similitud entre su compromiso de acompañarlo durante un año y un día y el trato que había hecho Thomas con su reina de las hadas.

Vivienne, sintiendo cierta inquietud, cantó.


*"'Ahora debes viajar conmigo', dijo ella;*

*True Thomas, debes venir conmigo;*
*Porque tienes que servirme siete años,*
*En el bien o la aflicción como sea."*
*Luego ella montó su caballo blanco como la leche,*
*Y subió a True Thomas detrás;*
*Con cada sonido de su brida,*
*Su caballo corría más rápido que el viento.*


*Era una noche oscura, oscura, sin luz;*
*Pasaron a través sangre roja hasta las rodillas:*
*Porque toda la sangre que se derrama sobre la tierra;*
*Corre por los ríos del reino de las hadas.*
*Luego ella lo llevó a una hermosa glorieta;*
*Donde la fruta crecía en abundancia.*
*Peras y manzanas, maduras estaban,*
*Dátiles, rosas, higos y baya.*


*"Desmonta ahora, mi Thomas True,*
*Y pon tu cabeza sobre mi rodilla*
*Y verás la vista más hermosa*
*Que alguna vez haya visto un hombre."*

Ruari se rió. "¡Sí, se puede ver una hermosa vista cada vez que un hombre apoya la cabeza sobre la rodilla de una dama!"

Vivienne jadeó, sin haber entendido nunca esa interpretación del cuento. La mano de Erik se curvó alrededor de su cintura como para tranquilizarla. "Él es feliz", le susurró al oído. "Eso es todo lo que esperaba al escucharte contar tu historia. No te tomes en serio sus comentarios. Ya debes haber notado que él habla demasiado y que es más feliz cuando habla."

Vivienne se giró para concederle una sonrisa a Erik y encontró aliento en su mirada fija. Él mismo sonreía levemente y la expresión lo hacía parecer menos temible.

"Deberías sonreír más a menudo", le dijo ella, luego se giró cuando él se puso serio por la sorpresa. Esa era la parte del cuento que a ella le encantaba y cantó con entusiasmo las palabras de la reina de las hadas.

> *"Oh, ¿ves ese camino estrecho?*
> *Tan espeso rodeado de espinas y zarzas*
> *Ese es el camino de la justicia,*
> *Aunque después detrás de eso, pocas preguntas.*
> *¿Y ves ese camino ancho ancho,*
> *que se encuentra al otro lado del pequeño lago?*
> *Ese es el camino de la maldad,*
> *aunque algunos lo llaman el camino al cielo."*

"ELLA CONCEDE BUENOS CONSEJOS, esta reina de las hadas", declaró Ruari. "Uno no debe tener miedo de encontrarse con una multitud en el camino a la justicia, para estar seguro."

> *"¿Y ves ese camino hermoso,*
> *que serpentea por la ladera de los helechos?*
> *Ese es el camino a la corte de las hadas,*
> *donde tú y yo iremos esta noche*
> *Pero Thomas, debes callar*
> *A pesar de todo lo que puedas oír o ver;*
> *Porque si alguna palabra pudieras decir,*
> *Nunca volverás a tu propio país."*

*"Todo lo que te digan los hombres,*
*Te ruego que no respondas a nadie más que a mí.*
*Yo diré que yo tome un sirviente,*
*Y que te arranqué tus palabras."*
*Thomas miró alrededor,*
*Y vio a su dama alegre una vez más.*
*Ella era de nuevo muy hermosa y buena*
*Ricamente adornada en su caballo."*

"¿Y CÓMO PUEDE SER ESTO?" Exigió Ruari. "¿Fue el regreso a su propia morada lo que restauró su belleza?"

"Yo pregunté lo mismo y me dijeron que hay otra variante del cuento", explicó Vivienne. "Y en ese cuento, la reina estaba casada y su esposo la había hechizado para que cualquier infidelidad le costara su belleza."

"Ah, para que se pudiera decir la verdad con una mirada." Ruari asintió. "Ese sería un hechizo útil para un hombre mortal con una esposa hermosa", dijo él, sin dar más explicaciones. Él lanzó una mirada a Erik, que no dijo nada.

Vivienne no entendía lo que quería decir Ruari. Si él le hablaba de algún matrimonio suyo en el pasado, sería de mala educación que ella le pidiera detalles, así que cantó.

*"Ella sopló el cuerno, tomó las riendas,*
*Y al castillo cabalgaron.*
*Ella entró directamente en el salón;*
*Thomas la seguía a su lado.*
*Arpa y violín allí encontraron,*
*El gittern y el salterio;*
*Allí sonaron el laúd y el rabel,*
*Y todo tipo de juglares."*

"ME RECUERDA A UNA BODA, ESO SÍ", dijo Ruari con un suspiro. "—Tu boda fue una celebración alegre, muchacho, sin duda. Casi bailé hasta tener agujeros en mis zapatos, los juglares estaban muy bien."

Una vez más, Erik no respondió, aunque Vivienne estaba segura de que sentía que él se enderezaba detrás de ella. ¿Y por qué no? Erik aún lloraba a su esposa, estaba claro para cualquier alma que prestara atención a sus modales cada vez que la mencionaban. Sin duda, él mismo recordaba ese feliz evento y la tristeza de perder a su amada esposa después.

De hecho, Vivienne pensó que Ruari mostraba falta de tacto al hacer una referencia tan fácil a la boda de Erik. Después de todo, él tenía que saber que Erik lloraba profundamente a su esposa perdida. Para ella, era cruel recordarle a Erik días más felices, aunque Ruari claramente pronunciaba las palabras que asomaban a sus labios. No había ningún maldad en él, pero no era un alma demasiado discreta.

Ella cantó para que él no eligiera decir más.

*"Una mañana, su dama le habló;*
*Thomas, ya no puedes quedarte aquí.*
*Apresúrate con fuerza y brío,*
*Te llevaré al árbol de Eildon."*
*Thomas dijo con gran alegría,*
*"Hermosa dama, déjame quedarme,*
*Porque apenas he disfrutado este lugar;*
*Solo siete días y siete noches."*


*Sinceramente, Thomas, te digo la verdad:*
*¡Has bailado siete años y más!*
*No debes vivir más aquí;*

*Por lo tanto, te llevaré a casa."*
*Ella lo llevó al árbol de Eildon,*
*Debajo del follaje de madera verde;*
*Pero Thomas no quería que ella se alejara:*
*"Concédeme un premio, dama hermosa."*

*"Arpa o carpa, Thomas, tú eliges .."*

"¿ARPA O CARPA? ¿QUÉ ES ESO?" Exigió Ruari.

"Seguramente debes saberlo", dijo Erik, su tono inesperadamente burlón. "Tú con tal afición por los cuentos."

"¡Seguro que no! ¿Qué opción le concede ella? ¿Un arpa o un pez?

Vivienne se rió. "Él puede elegir la capacidad de tocar música o la capacidad de hablar. Él se destacará en lo que elija."

"¡Ah! Una lengua plateada o dedos plateados. Sí, es cierto que las hadas a menudo otorgan el don de la música, aunque nunca había oído que ofrecieran un don para contar cuentos." Ruari asintió. "Me parece que aquellos que a los que eligen capturar a menudo ya tienen ese don y en abundancia, si entiendes lo que quiero decir."

"Sí, lo entiendo bien", dijo Erik. "Quizás tienes tanta fe en asuntos que no se ven porque tú también has sido capturado por las hadas."

Ruari se rió de esa perspectiva y Vivienne comprendió que ninguno de los dos creía la veracidad de su historia. Ella siguió cantando resueltamente, sabiendo que las profecías de Thomas cambiarían sus conclusiones.

*"Arpa o carpa, Thomas, tú eliges,*
*Tendrás lo que quieras que sea."*

*"La carpa, elijo yo", dijo Thomas True.*
*"Porque la lengua es el jefe del juglar."*


*"Entonces, cuando hables, desde este día en adelante,*
*Y en los cuentos que elijas contar*
*Nunca soltarás una mentira*
*Ya sea que camines por el bosque o por la ciudad."*
*"Mi lengua es mía", gritó True Thomas;*
*"¡Un buen regalo que me harías!*
*Con ella, yo podría ni comprar ni vender,*
*No podría estar ni en una feria ni en una cita."*
*"Yo no podría hablar con el príncipe o con mis compañeros;*
*Ni pedir la gentileza de las bellas damas."*


Ruari se rió con ganas de la protesta de Thomas y Vivienne cantó.


*"¡Ahora, cállate! dijo la dama;*
*Porque, como te digo, debe ser.*
*Adiós, Thomas, sin trucos;*
*Ya no puedes quedarte conmigo."*
*"Hermosa dama, espera un rato,*
*Y cuéntame una buena historia."*


"Ah, y esas serían sus profecías", dijo Erik cuando Vivienne hizo una pausa para respirar.

"De hecho, lo son", convino Vivienne. "Ella hizo muchos comentarios sobre el destino de Escocia, todos los cuales han demostrado ser ciertos." Ella podría haber vuelto a alzar la voz, pero Erik la detuvo con un dedo sobre su hombro.

"Entonces es un buen lugar para dejar el cuento para mañana", dijo él. Él señaló el cielo del este y Vivienne notó con sorpresa que estaba aclarando. Habían pasado junto a Haddington cerca del comienzo de su canción y ahora el perfil oscuro de Edimburgo se alzaba ante ellos. Ella había estado tan concentrada en cantar el cuento que no se había dado cuenta de que los kilómetros pasaban.

"Hay un barranco al sur de la carretera aquí, bien escondido de los ojos curiosos", dijo Erik, y ella se sorprendió nuevamente por su conocimiento de esa área. "Me gustaría detenerme allí por un día y haré que continúes tu historia esta noche."

Ruari pareció disgustado ante esa perspectiva. "Al menos acepta mi consejo de que no nos apretemos todos. Entonces podríamos ser sorprendidos con demasiada facilidad, y seríamos arrinconados."

"No habrá persecución, Ruari", dijo Erik con firmeza. Después de todo, el hermano de la dama hicimos un trato.

Ruari resopló. "Lo que explicaría, por supuesto, por qué ese hombre puso precio a tu cabeza en el mercado de Kinfairlie. No estoy convencido del mérito de ese trato, muchacho, como tampoco estoy convencido de que la dama realmente no haya convocado a su familia con nosotros, pero seguiré tus órdenes, de obediente sirviente que soy. Al menos podrías seguir mi ejemplo para asegurarte de que no seamos descubiertos fácilmente."

Erik inclinó la cabeza en señal de acuerdo, y Ruari los condujo por un camino tortuoso al norte del bosquecillo que Erik había indicado. Él hizo marchar a los caballos a través de un arroyo, saliendo de un lado y el otro repetidamente y luego viajó río abajo antes de dejar que los caballos treparan por la orilla nuevamente. Vivienne no dudaba que él eligiera deliberadamente la orilla rocosa. Aun así, él arañó el suelo detrás de ellos con un puñado de helechos, aunque Vivienne no veía ninguna evidencia de su paso.

Finalmente, caminaron en círculos hacia el tojo y Ruari señaló un trío de pajares, que debían haber sido recién cosechados. "Mantendré una vigilia desde allí." Sin mirar atrás, desmontó y se llevó su caballo.

Él está molesto contigo, a pesar de mi historia.

"Él se preocupa demasiado", dijo Erik suavemente, luego desmontó a su vez. "Aunque no hay duda de su lealtad." Él intentó bajar a Vivienne, pero ella le apartó las manos de la cintura y se bajó de la silla.

"Tú estás más malherido de lo que admites", lo regaño ella suavemente. El césped era denso y verde ahí, y ella podía escuchar el repiqueteo de donde empezaba el arroyo. Los árboles se juntaban más espesamente alrededor del arroyo, y Vivienne imaginó que ellos estarían bien ocultos en ese refugio sombrío.

Ella observó a Erik llevar el caballo hasta las sombras reverdecientes y vio de nuevo su cojera. Ella debía asegurarse de que él descansara verdaderamente ese día, no caminando mientras durara como él solía hacer, y ella tuvo súbitamente una buena idea de cómo lograr eso.

Ella se apresuró detrás de él y agarró su manga con la punta de sus dedos. "¿Crees que es verdad, lo que dijo Ruari?"

" ¿A qué de lo que dijo Ruari te refieres? Él dice muchas cosas." Erik quitó las alforjas mientras hablaba, luego zafó la silla de Fafnir y la puso en el suelo. Él arrojó las riendas sobre la cabeza del caballo y Fafnir agachó la cabeza para pastar de la verde hierba.

Vivienne agarró el cepillo que él usaba en el caballo y se lo entregó, asegurándose de darle una caricia en la transacción. "Que sería poco común para un hombre mortal tener sexo siente veces, en rápida sucesión, por supuesto", dijo ella, sintiendo que se sonrojaba mientras hacía la sugerencia. "Me parece que sería un buen plan para concebir a un hijo con prisa."

Para deleite de Vivienne, un destello se encendió en los ojos de Erik y esa sonrisa elusiva tocó sus labios. "Te parece eso, ¿no es así?"

Las mejillas de Vivienne se calentaron más mientras ella asentía.

"Entonces, yo solo puedo ofrecer mi mejor esfuerzo. Después de todo, ningún hombre de mérito, deja sin saciar la curiosidad de una dama."

"¡No es mi curiosidad, a mí gustaría verte saciado!" dijo Vivienne descaradamente y fue recompensada con la fugaz sonrisa de Erik.

Entonces Erik puso un dedo en los labios de ella. "Yo nunca diría eso, aunque bien podría ser verdad."

Vivienne no tuvo oportunidad de responder porque él rápidamente remplazó la calidez de su dedo con el calor de su beso, y verdaderamente, ella no tenía quejas a eso.

# CAPÍTULO 8

Vivienne se despertó con el ladrido de un perro. No era simplemente el ladrido de un perro de un campesino local, pues numerosos perros ladraban al mismo tiempo y con cierta ansiedad. Vivienne se dio cuenta de que había perros de caza cuando escuchó el trueno de los cascos de los caballos junto con los aullidos de los perros.

¿Quién cazaría tan cerca de Edimburgo?

Ella echó una mirada al cielo que se oscurecía y se acurrucó en el abrazo de Erik una vez más, reacia a moverse. Él se alejó, para su sorpresa, con gestos bruscos.

"Levántate", le ordenó él. Vivienne pudo haber protestado, pero él se volvió hacia ella, sus ojos de un azul resplandeciente. "¡Inmediatamente!"

Temerosa de cualquier cosa que él pudiera anticipar, Vivienne encontró sus botas. Ella se las había arreglado para ponerse solo una antes de que los arbustos que los rodeaban comenzaran a romperse con vigor. Los sabuesos ladraban cada vez más cerca, aves de caza gritaban en lo alto.

Ella miró hacia arriba con miedo. Los dos estaban rodeados de perros que gruñían y caballos que pateaban. Una buena docena de caballeros estaban de pie con sus espadas desenvainadas y dirigidas a Erik y Vivienne, sus visores cerrados.

Ella y Erik eran la presa que cazaban. Las armaduras relucientes y las espadas brillantes de los hombres revelaban que ellos esperaban una batalla.

El corazón de Vivienne latía con tanta fuerza que ella pensó que podría saltar de su pecho. Erik la colocó detrás de él, sacando su espada mientras lo hacía. Con la otra mano, deslizó algo frío en su cinturón.

Era la daga de su padre. Ella sintió la piedra fría en la empuñadura y supo que era eso.

¿Pero por qué?

Vivienne estaba confundida, aunque se cerró la capa para que no se viera el arma. Ella se atrevió a ponerse la otra bota. ¿Erik esperaba que ella luchara a su lado? ¿Él conocía a esos hombres? ¿Qué había hecho él la última vez que había pasado por allí?

"Dejen a la dama en paz y no lucharé contra su intento de capturarme," dijo Erik, su voz resonando con autoridad. "No hay ninguna razón para que ella sea lastimada."

Entonces se puso de pie con orgullo, con la espada levantada mientras se enfrentaba al grupo. Lo superaban en número enormemente y Vivienne anhelaba ayudarlo, pero ella sabía que debía mantener su daga oculta hasta que pudiera sorprender a un asaltante.

Los caballos de los hombres, que obviamente habían corrido con fuerza, exhalaban nubes en las sombras de la tarde. Entonces, una espada brilló cuando el hombre que la portaba instó a su caballo a acercarse.

Vivienne aterrorizada siguió la brillante longitud de la espada hasta el hombre que la empuñaba. Él se echó la visera hacia atrás, su expresión era dura pero sus rasgos familiares.

"¡Alexander!" Vivienne estaba tan aliviada que sus rodillas se debilitaron. Cualquiera que fuera el destino que Erik hubiera temido, no se había cumplido.

Su hermano, sin embargo, no compartió su placer ni reconoció sus palabras. Erik no aflojó su postura y el aire crujió entre ellos.

Fue entonces cuando Vivienne recordó que Alexander había puesto precio a la cabeza de Erik.

"¡Sin duda ella ya ha sido lastimada!" le dijo Alexander a Erik, su enojo era claro. "Rompiste tu promesa conmigo, Nicholas Sinclair, y vengaré a mi hermana."

Vivienne parpadeó confundida antes de recordar que Alexander pensaba que Erik era su hermano, Nicholas. ¡Claramente había muchos malentendidos por resolver! Ella dio un paso adelante y levantó un dedo para explicar la verdad a todos los involucrados, porque seguramente esa era la mejor manera de quitar la tensión.

Erik la empujó detrás de él con tal vigor que ella estuvo a punto de tropezar con el dobladillo. "Y tendrás que derribarme para recuperar a tu hermana, a menos que prometas su seguridad."

"—Deja tu espada a un lado" — Alexander le ordenó a Erik con gravedad. "La dama está a salvo con nosotros y no puedes luchar contra todos nosotros. Ahórrate lesiones y ven en paz."

"No hay necesidad de tal hostilidad, porque ya ves, todo está resuelto", dijo Vivienne alegremente, pero los hombres la ignoraron. "Puedo explicarlo, si simplemente enfundan sus espadas de nuevo."

Alexander no hizo tal cosa. Él desmontó, luego movió la espada de Erik a un lado con la punta de su espada. "Ella es mi hermana", dijo él en voz baja cuando Erik podría haber protestado. "Es mi intención defender su honor, por lo que puedes estar seguro de que ella estará más segura en mi compañía que en la tuya." Luego le ofreció a Vivienne su propia mano, sin desviar la mirada del silencioso Erik. "¿Estás herida, Vivienne?"

"No, claro que no."

En todo caso, Alexander parecía más severo. Sus dedos se cerraron con fuerza alrededor de los suyos. "¿Y has estado en una capilla para intercambiar tus votos nupciales, como Nicholas y yo acordamos que harías?"

Vivienne miró entre los dos hombres que se miraban con expresión dura. "No", admitió ella. "Pero nos hemos comprometido con un apretón de manos..."

"¡Los Lammergeier no hacen compromisos con un apretón de manos!" rugió Alexander, sus ojos brillaron de ira. "Nosotros nos casamos, en capillas, con la bendición de los sacerdotes, y así nuestros hijos son legítimos a los ojos de Dios y de los hombres." Él apuntó con su espada en dirección a Erik. "¡Nuestro acuerdo fue que tú y mi hermana se casarían!"

"Y así era", dijo Erik en voz baja. "La dama y yo elegimos otro curso."

Alexander se enderezó, aunque todavía era más bajo que Erik, y habló con los dientes apretados. "Te concedí la oportunidad que me pediste, te mostré el honor de mi confianza y, a cambio, me has traicionado tanto a mí como a mi hermana. Has abandonado mi hospitalidad, has arruinado mi apellido y has tratado a mi hermana con deshonra."

"Hice lo que sé que es correcto", dijo Erik.

"Esto no está bien. Le debes compensación a Kinfairlie, eso es lo que sé que es correcto."

Era evidente que ninguno de los dos resolvería ese asunto por sí mismos. Vivienne se interpuso entre la pareja y levantó las manos. "Alexander, no lo entiendes del todo y estoy segura de que una vez que todo esté explicado, tú ..."

"¡Entiendo todo lo que necesito entender!" Dijo Alexander, y tiró a Vivienne bruscamente a su lado.

"¡Pero, Alexander!" Vivienne estaba decidida a intervenir. "Se han producido injusticias..."

Alexander la miró con frialdad. "¡La injusticia, en este caso, se ha producido contra ti!" Él todavía estaba furioso, y el hecho de que estuviera furioso por ella hacía poco para tranquilizar a Vivienne.

Él respiró temblorosamente y luego estudió su rostro. "Solo me preocupo por tu futuro, Vivienne", dijo él más tranquilamente y ella asintió, sabiendo que eso era cierto. Su voz bajó más. "Es una injusticia que no puede quedar impune, porque no haré nada para alentar el descenso de nuestra tierra al caos sin ley." Él sostuvo su mirada. "A menos que, contra todo pronóstico, todavía seas una doncella."

Vivienne se sonrojó y no encontró ni una palabra en su lengua. De hecho, toda la compañía pareció contener la respiración, tan interesados estaban en su respuesta. A pesar del tono bajo de Alexander, todos parecían haber escuchado sus palabras. Una docena de hombres, familiares y desconocidos, la miraban con fascinación manifiesta.

Vivienne se volvió para encontrarse con el vivo brillo de la mirada de Erik. Él no dijo nada, su mirada sin pestañear y sin juzgarla. ¿Qué deseaba él que ella dijera? Ella sentía la empuñadura de la daga del padre de Erik presionando contra sus costillas y supuso que él no confiaba en sus parientes.

Y había buena razón para eso. La verdad condenaría a Erik a los ojos de su hermano, y ella temía que Alexander tuviera su venganza antes de que su temperamento se enfriara.

"¿Qué le harás?" preguntó ella, sin apartar la mirada de Erik.

"Yo no ensuciaría los oídos de una mujer con los detalles", dijo Alexander, su manera despiadada. "Pero ningún hombre que deshonre a una hermana mía volverá a deshonrar a una doncella."

Vivienne sintió que el color desaparecía de su rostro, porque ella creía que Alexander haría lo que amenazaba. Su reputación como juez competente y firme defensor de la ley se había ganado con justicia y ella sabía que él no vacilaría en el estricto cumplimiento de la ley.

Y Erik había roto su promesa.

Pero a menos que ella ya hubiera concebido, lo que parecía poco probable, el castigo de Alexander aseguraría que Erik no pudiera concebir al hijo necesario para recuperar a sus hijas y a Blackleith.

Ella tenía el destino de Erik en sus manos. Y él simplemente le devolvía la mirada, sin exigir nada de ella, sin esperar nada de ninguno de ellos.

Después de todo, era lo que él había aprendido a esperar de

quienes lo rodeaban. El corazón de Vivienne se apretó porque ella, ella, que deseaba tanto ayudarlo, podía ser la que asegurara su fracaso simplemente diciendo la verdad.

Ella podría mentir. Estaba en contra de su naturaleza decir una falsedad y ella sabía que lo haría mal, pero Vivienne se negó a traicionar a Erik.

"Todavía soy una doncella", declaró ella con vigor, sintiendo sus mejillas arder incluso mientras mantenía la cabeza en alto. "Porque he estado sin asear estos últimos días."

Otro hombre se echó la visera hacia atrás y Vivienne reconoció a su tío Tynan. ¡Habla claro, Vivienne, porque hay mucho en juego! ¿Quieres decir que tus cursos mensuales han comenzado?"

Vivienne asintió con la cabeza, dispuesta por el bien de Erik a soportar la vergüenza de confesar tal cosa ante una compañía de hombres.

"Júralo", exigió Alexander.

Vivienne tragó. "Te juro que todavía soy una doncella."

Los hombres comenzaron a susurrar de inmediato, aunque los ojos de Erik se entrecerraron. Vivienne se apartó de la censura en su mirada, adivinando que a él no le gustaba que ella mintiera.

Sin embargo, él seguramente entendía que un pequeño engaño en esa circunstancia era menos costoso de lo que podría ser la verdad.

Alexander no fue tan fácilmente persuadido como Vivienne había esperado, su duda era más que clara. Él la estudió, su escepticismo era claro, y ella supo que le hubiera gustado haber pedido a sus hermanas que verificaran el momento de su sangrado.

Vivienne temía que él pudiera exigir ver la sangre, ahí y ahora, y se apresuró a hablar para evitar que hiciera tal solicitud. Después de todo, solo un bárbaro se habría acostado con una mujer en tal estado.

Los labios de Erik se tensaron en una delgada línea y él desvió la mirada. Vivienne esperaba que él fingiera un disgusto con ella mayor del que sentía.

"¿Y tú qué? ¿Te acostaste con la dama? Alexander le exigió a Erik.

Erik parecía haber estado tallado en piedra, tanto tiempo permaneció en silencio vigilante. "Estoy de acuerdo con la palabra de la dama, por supuesto", dijo finalmente, sus palabras tensas.

Sin embargo, él ni siquiera miró a Vivienne. Quizás él creía su mentira y se sentía decepcionado de que aún no hubieran concebido a su hijo. Ella anhelaba confesarle la verdad, que ella aún no abandonaba su búsqueda, que ella no sangraba, que la promesa que le había hecho de tener a su hijo era más vinculante que esa mentira que ella había jurado a propio hermano que era verdad.

Ella tenía la terrible sensación de que tal vez él no le creyera.

"Todo el mundo sabe que solo se forjan monstruos durante el periodo de una mujer", dijo Alexander.

Erik le dirigió a Alexander una mirada desdeñosa. "E incluso los bárbaros como yo no tienen ningún deseo de tener niños deformes."

Alexander chasqueó los dedos y se movió con decisión. "¡Agárrenlo entonces!" Él agarró el codo de Vivienne y se volvió para marchar hacia su caballo. "¡Cabalgamos hacia Kinfairlie sin demora!"

"¡Pero, Alexander!" Vivienne luchó contra el agarre de su hermano, y solo logró liberarse cuando quedó atrapada entre el caballo de Alexander y el caballo negro de Tynan.

Tynan la estudió, su mirada tan ávida como la de uno de sus cuervos, y Vivienne luchó contra el impulso de inquietarse. "Si este hombre no ha herido a Vivienne, entonces no hay razón para continuar con el asunto", dijo él con cuidado.

"Él ha roto una promesa conmigo y debe enfrentar las consecuencias de eso", insistió Alexander.

"A menos que Vivienne decida casarse con él ahora", sugirió Tynan. "De hecho, tal curso podría garantizar que ningún relato malicioso manche su reputación."

Alexander exhaló un suspiro y luego centró su atención en Vivienne. "Si insistes en ello, no pondré objeciones a este matrimonio", dijo él y su corazón dio un vuelco. Aunque seguramente debes saber que te aconsejaría que no lo hicieras. Puedes casarte mejor, Vivienne, que con un hombre cuya lengua pronuncie una mentira tan fácilmente, mejor que casarte con Nicholas Sinclair.

Una vez más, la compañía centró su atención en Vivienne.

~

¡Ahí estaba la oportunidad de Vivienne de casarse con Erik honorablemente!

Pero Vivienne no quería un matrimonio sin amor, y una mirada en dirección a Erik era toda la evidencia que necesitaba de que él todavía amaba a su difunta esposa Beatrice. Él la miraba con frialdad, casi con certeza dudando de su capacidad para proporcionarle a su hijo.

Estaba claro que Vivienne no había soltado las garras de esa mujer sobre su corazón, aunque ella admitía que había tenido poco tiempo para hacerlo. Ella supuso que debería haberse alegrado de que Erik hubiera conocido un amor tan poderoso, uno que perduraría para siempre como lo hacía el amor en todos los grandes cuentos, pero ella estaba avergonzada de encontrarse decepcionada.

Vivienne se giró, luchando contra las lágrimas que le asomaban a los ojos. El hecho era que ella no podía soportar la perspectiva de que su elección le costara a Erik todo lo que quería. Las razones de Erik para desear un compromiso eran de tan buen juicio que ella no quería, no podía, obligarlo a abandonarlas.

Sus hijas se merecían algo mejor.

Pero Vivienne tampoco abandonaría su compromiso con Erik. Ella había jurado tratar de tener a su hijo y ella tenía la intención de cumplir su palabra. Si hacerlo significaba que no podía casarse de forma honorable, a Vivienne le parecía un pequeño precio a pagar por la seguridad de dos niñas.

Lo que la dejaba con varias tareas. Primero, ella tenía que asegurarse de que Erik quedara sano, para que pudiera concebir un hijo, y luego ella tenía que asegurarse de que él fuera libre para hacerlo.

Por mucho que odiara engañar a su hermano y a su tío, Vivienne no podía condenar a las hijas de Erik a cualquier destino que Nicholas pudiera encontrarles.

La triste verdad era que Vivienne tendría que contarle a su propia familia otra falsedad. Su madre siempre había dicho que una mentira necesitaba otra, y no era un consuelo descubrir que ese consejo era cierto.

Aunque en verdad, la convicción de Alexander de que Erik era Nicholas podría resultar muy útil.

Vivienne ni siquiera miró en dirección a Erik, para que Alexander no adivinara su intención. Ella negó con la cabeza y se encogió de hombros. "Él no me ha lastimado ni me ha devuelto para pedir rescate, por lo que sus hechos le dan más crédito del que le das, Alexander."

Su hermano se sonrojó. "Dices la verdad en eso", admitió él con brusquedad.

"Y tú estás lejos de ser inocente en este asunto", continuó ella, ganándose el asentimiento de su tío.

"Yo sugeriría que es prudente que Vivienne esté al tanto de cualquier discusión futura sobre su matrimonio", sugirió Tynan.

"Yo pensé que lo amabas", dijo Alexander en un susurro. "Cuando él vino a mí y afirmó su ardor, yo pensé que la razón por la que encontrabas inaceptables a todos los demás pretendientes era porque aún amabas a Nicholas Sinclair. Parecía perfecto que él ahora tuviera Blackleith, y yo solo quise asegurar tu felicidad."

"Pensaste mal, Alexander", dijo Vivienne, aliviada de poder responder sin realmente mentir. "Yo nunca podría amar a Nicholas Sinclair, porque él es astuto y engañoso. Solo lamento no haberlo denunciado ante todos ustedes por sus actos cuando terminó nuestro noviazgo." Ella miró a su hermano y a su tío, esperando que su expresión se resolviera. "Yo no me casaré con Nicholas Sinclair."

Alexander y Tynan asintieron aprobando este sentimiento y Alexander hizo un gesto con el dedo, indicando que sus hombres debían atrapar a Erik. "¡Cabalgamos hacia Kinfairlie a toda prisa!" repitió él.

"Recomiendo una parada en Ravensmuir esta noche", dijo Tynan con su habitual actitud tranquila. "Los caballos están cansados por este día, y eso está más cerca y mejor provisto para alimentar a la compañía."

"Y yo seguiré adelante", dijo Erik. Él tenía los ojos entrecerrados y la expresión impasible. "No necesitas mi presencia ya que todo se ha resuelto tan amablemente."

Vivienne sabía que ella no se imaginaba el peso que él le había dado a esa última palabra. Entonces ella comprendió que él tenía la intención de encontrar otra doncella para que le proporcionara su hijo.

¿Y si ella ya lo había concebido? Pasarían meses antes de que ella pudiera estar segura, a menos que sangrara. Ella sabía que Erik solo estaba dispuesto a dejarla porque creía su propia mentira. ¡Oh, su falsedad ya causaba problemas incomparables!

"Seguramente, tú también deberías descansar en Ravensmuir..." comenzó ella, aunque Alexander la interrumpió.

"Esto no está resuelto en absoluto, no en lo que respecta a ti", dijo él secamente, llevando su caballo hacia Erik. "Aun así, rompiste tu palabra conmigo, aún me mentiste acerca de tu intención, y aún debes responder por tu transgresión en mis tribunales."

Erik lo miró con gravedad. "Aún tienes mi dinero, que debería ser suficiente para que el asunto se resuelva."

Alexander se enderezó y Vivienne supo que a él no le gustaba que lo desafiaran tanto ante sus propios hombres. "En mis dominios, se hace mi voluntad", dijo él con tranquila autoridad. "Y yo he declarado que comparecerás en mi tribunal para responder a los cargos en tu contra."

"Y como hombre libre, digo que no lo haré."

"Tengo derecho a perseguirte y tengo derecho a asegurarme de que te enfrentes a la justicia en mis tribunales."

El labio de Erik se curvó. "Y yo tengo derecho a negar el

capricho de un noble que vendería a su hermana por un precio tan insignificante."

Alexander levantó un dedo con ira, pero Erik desenvainó su espada tan rápido que el hombre que estaba a su lado resultó herido antes de que Alexander emitiera un sonido.

¡Atrápenlo! rugió Alexander.

La espada de Erik silbó cuando se enfrentó a sus asaltantes y los hombres de Alexander cerraron filas a su alrededor. Las espadas chocaban cuando el pacífico claro estalló en una furiosa batalla. Vivienne jadeó cuando vio que no escatimaban esfuerzos para derrotar a Erik.

"¡Él será herido sin una buena razón!" gritó ella y se lanzó hacia la pelea. Ella no llegó muy lejos, porque su tío la agarró por la cintura y la subió a la silla delante de él. "¡Debo ayudarlo!" gritó ella, luchando contra su agarre. "¡Esto es realmente injusto!"

"No se puede ayudar a un hombre que se condena a sí mismo", dijo Tynan con gravedad, luego giró su caballo hacia Ravensmuir. "Una noche en la mazmorra de Ravensmuir lo verá curado de su locura."

De repente, Vivienne se alegró mucho de que Erik le hubiera confiado la daga de su padre, aunque ella estaba desanimada ante la perspectiva de liberarlo de la morada de su tío. Ravensmuir era una fortaleza formidable, con un muro cortina completo, múltiples puertas y una mazmorra temible.

"Alexander hizo el trato con él", argumentó Vivienne, la furia alimentando sus palabras. "Y él recibió su pago por sus condiciones. Este hombre me ha tratado con honor y tú lo recompensas con brutalidad."

"No escucharé ninguna protesta." Alexander encontró su mirada, la suya propia de acero. "La fortuna te ha sonreído y deberías estar agradecida por tu indulto. Déjame los detalles a mí."

Vivienne estaba indignada porque Erik era sometido a la fuerza. Él fue atado y arrojado sobre la espalda de un caballo con indignidad. Verlo, golpeado y sangrando, redobló su determinación de ayudarlo, incluso desafiando a toda su familia si era necesario.

Ella debería haberse mordido la lengua, pero no pudo evitar hacer un comentario. "Y entonces haces atar a un hombre inocente como un criminal sin ninguna razón más allá de tu orgullo herido", le dijo ella a Alexander y su expresión de satisfacción desapareció de inmediato. "¿Quién en este caso es el bárbaro?"

"La justicia debe ser dictada con mano firme", dijo Alexander, aunque se sonrojó mientras defendía su propio mando. "Gran parte del dolor en Escocia en estos días se debe a que los hombres no cumplen su palabra y a que los que tienen responsabilidades no defienden la justicia. Yo no me contaré entre ellos." Con eso, giró su caballo.

"Debes entender, Vivienne", le murmuró Tynan. "La autoridad de Alexander es tenue sobre los hombres que lo sirven en Kinfairlie. Ellos lo consideran joven y no está probado en la batalla; algunos de ellos buscan la oportunidad de desafiarlo. Él no se atrevería a arriesgarse a dejar en libertad a su agresor, no fuera a ser desafiado más tarde por los hombres de sus propias filas. Él no se atreverá a arriesgar la seguridad de sus otras hermanas al no abordar este asunto con resolución. Él tenía que elegir y eligió hacer cumplir su autoridad en los tribunales de Kinfairlie. Él podría haber hecho justicia aquí y ahora, al menos esa justicia de un tipo menos respetable."

Vivienne decidió no responder, porque ella ya había dicho demasiado. Ella se asombró de esas noticias, porque ella no había adivinado que Alexander tuviera problemas con los hombres a su servicio, aunque el comentario de Tynan tenía sentido.

Alexander, de todos ellos, había tenido que hacer el mayor cambio después de la repentina muerte de sus padres, ya que se había visto obligado a convertirse inmediatamente en Señor de Kinfairlie. De todos modos, ella no podía tolerar que Erik hubiera sufrido por los problemas de Alexander.

El hermano de Vivienne, Malcolm, instó a su caballo a trotar junto al de Tynan. Él no dijo nada, evidentemente habiendo asumido algunos de los modales tranquilos de Tynan en los días transcurridos desde que había jurado lealtad a ese hombre. Él llevaba una versión de los colores de Ravensmuir, que lo marcaban como el heredero de esa propiedad, y montaba otro de los caballos negros de Ravensmuir. Malcolm ya parecía mucho mayor y más severo de lo que ella recordaba.

Fue solo cuando el grupo se alejó del claro cuando Vivienne se dio cuenta de que Ruari no estaba entre la compañía. Los perros de Alexander no debían haberlo encontrado, o Alexander no se había dado cuenta de que el hombre solitario viajaba con ella y Erik. La insistencia de Ruari en que él durmiera separado de ellos había demostrado ser un buen consejo.

Como había sido claramente su consejo viajar a Queensferry sin detenerse. Vivienne lamentó no haber respaldado su plan. Ella había temido por el bienestar de Erik, aunque detenerse por el día solo había resultado en que él sufriera todavía más lesiones. Ella tragó saliva al pensar en la escalofriante mirada que él le había concedido antes y esperaba fervientemente que él pudiera perdonarla por los hechos de su familia.

Vivienne también esperaba que Ruari fuera lo suficientemente intrépido como para seguir al grupo de regreso a Ravensmuir. Después de todo, ella necesitaría toda la ayuda que pudiera reunir para liberar a Erik.

RUARI MACLEOD TENÍA la convicción de que las mujeres no eran más que problemas y, lo que era peor, que las mujeres hermosas eran un problema increíble. Él había pensado que el plan de Erik para reclamar a Vivienne había sido un mal engendrado desde la primera vez que lo había escuchado, pero la escritura ya estaba hecha cuando él encontró al muchacho. Él también había creído que era una locura descartar los talentos de cualquier mujer de la familia con los de Ravensmuir, en particular su capacidad para hablar con los cuervos de esa fortaleza. Él no se sorprendió en lo más mínimo al comprobar que sus sospechas eran acertadas en todos los aspectos.

Él tampoco estaba contento con el resultado. Él observó cómo el gran grupo regresaba a la fortaleza maldita, con sus modales alegres ahora que habían capturado a su presa. Él se había acercado y escuchado con atención, sin gustarle ninguna palabra que llegaba a sus oídos. El muchacho había tratado a la doncella con honor y ella lo había recompensado con traición.

Su único favor para Erik había sido su insistencia en que su virginidad estaba intacta. Ruari no dudaba de que ese reclamo era solo para su propio beneficio, ya que ella aún podría casarse bien si nadie creía que ella ya había sido deshonrada, pero su voto podría tener el beneficio de asegurar que Erik no quedaría sin herencia.

Aunque estaba claro que, de todos modos, que él iba a ser tratado con rudeza. Quizás el hermano de la doncella no había creído realmente en sus palabras.

Importaba poco. Ruari seguía a la compañía, sus miembros triunfantes no se mostraban en lo más mínimo cautelosos por el ruido que hacían. Un par de pájaros oscuros volaban en círculos sobre el frente del grupo, donde la muchacha cabalgaba con sus parientes, y Ruari podría haber adivinado fácilmente qué clase de pájaros eran.

Él mantuvo la capucha levantada y holgazaneaba tan lejos detrás de la compañía que podría haberlos perdido si no hubiera sabido su destino.

Ravensmuir. El pavor subió a la garganta de Ruari como bilis negra, pero él no podía abandonar la promesa que le había hecho a William Sinclair. El muchacho era su responsabilidad y él no se atrevía a fallarle.

El sol se ponía como un ojo rojo lívido sobre las tierras altas, el cielo se llenaba de nubes. Las nubes se oscurecían siniestramente mientras cabalgaban hacia el este, la oscuridad envolviendo los últimos rayos del sol como si los extinguiera. Un viento frío hirió el rostro de Ruari, y él no encontró ningún presagio bueno en el hecho de que viniera del mar.

Había problemas por delante y también mal tiempo. A Ruari no le gustaba ninguno de los dos, y ahora se preguntaba por qué él, de joven, no se había contentado con permanecer junto al fuego de su madre por la noche, pastoreando cabras durante el día. Él todavía podría estar allí, contento y un poco gordo, tal vez con una esposa que pudiera hacer una jarra de cerveza de vez en cuando. No habría sido tan mala la vida.

Entonces Ruari recordó a William Sinclair, un gran hombre mucho más allá de cualquiera que él pudiera haber encontrado en su pequeña aldea, un hombre que le había enseñado mucho y él sabía por qué se había ido.

Demasiado rápido, Ravensmuir se asomó al frente, una sombra masiva contra el torbellino del mar y el cielo. Ruari se estremeció al verla, incluso cuando detuvo su caballo. Él se sintió aliviado cuando esos pájaros desaparecieron detrás del alto muro cortina y no volvieron a volar hacia el cielo.

No había ninguna aldea en Ravensmuir, solo páramo vacío durante la última media milla más o menos antes de las puertas. Esas puertas se abrieron para dar paso a la compañía, luego se la tragaron, como un demonio devorando a los hombres en sus fauces codiciosas. Ruari se detuvo detrás del último seto espinoso que ofrecía una sombra rocosa y consideró su curso. Las primeras gotas de lluvia fuertes empezaron a salpicar sobre él y a su alrededor.

Ruari se envolvió en su capa y se enderezó el abrigo. Él entrecerró los ojos ante el rostro melancólico de Ravensmuir y se estremeció ante lo que se veía obligado a hacer para mantener la promesa que había hecho.

Pero él conocía a William Sinclair lo suficientemente bien como para saber que su difunto señor no aceptaría excusas. William nunca había sido de los que se acobardaban ante una acción que había que hacer, por desagradable que pudiera haber sido la tarea.

Ruari no era tan audaz como para adivinar si su destino cuando dejara esta tierra sería el cielo o el infierno, pero él sabía que fuera lo que fuera, William Sinclair lo estaría esperando allí. Ruari sabía que cualquier omisión que él pudiera haber hecho al ver cumplida la última exigencia del hombre, él no la olvidaría por toda la eternidad.

Ruari se levantó la capucha, cuadró los hombros y comenzó a cabalgar hacia las puertas de Ravensmuir. Él bien podría morir en el intento de ayudar al muchacho esta vez, pero no había ningún honor en alejarse de la misión de uno. Él mantuvo la cabeza en alto, aunque él temía entrar de lleno en la locura.

Él podría encontrarse con William antes de lo que cualquiera de ellos había previsto.

Después de todo, Ruari no podía hacer malabares y no podía cantar. El Señor de Ravensmuir no parecía necesitar mercenarios, ni desearía información sobre sus vecinos con una horda de pájaros espías para cumplir sus órdenes. Sin duda, Ruari no conocía esas noticias, pero él podría haber inventado algunas si al hacerlo hubiera ofrecido alguna posibilidad de éxito. Ruari podía contar una historia, aunque solo conocía una y no era nada extravagante.

Él solo podía esperar que eso fuera suficiente.

Las dudas lo asaltaban a cada paso que se acercaba a esas puertas oscuras, como si una sombra cayera cada vez más sobre su corazón. Ruari esperó con repentino vigor que Medusa se hubiera olvidado de mencionar su presencia cuando el pájaro le hubiera dicho al señor dónde encontrar a Vivienne y a Erik.

De lo contrario, su llegada y su intención podrían anticiparse.

Ruari tragó saliva pero no aminoró el paso, incluso ante esa perspectiva desalentadora. Él podría estar cayendo en una trampa —él no dejaría saber eso a los hechiceros de Ravensmuir—, pero un hombre que hacía una promesa en el lecho de muerte de otro no tenía realmente otra opción.

Ruari esperaba que esa oportunidad no fuera la última.

Él también esperaba que William Sinclair le otorgara crédito por tratar de cumplir su promesa, incluso si fallaba en hacerlo.

~

TYNAN PIDIÓ que se sirviera cerveza en el salón de Ravensmuir cuando regresara la compañía. Su llegada había sido claramente anticipada, tal vez por algún comando anterior de Tynan, porque las mesas de caballete estaban listas en el pasillo y el tentador olor a carne asada provenía de las cocinas.

Vivienne no estaba de humor para decirle a Alexander lo maravilloso que era, aunque claramente él estaba orgulloso de su hazaña. Él le tomó la mano y la sostuvo en alto, reconociendo el aplauso de la casa de Tynan. "¡Vivienne ha vuelto, sana y sin tocar!" gritó él. Toda la compañía, así como los de la casa de Tynan, aplaudieron.

Vivienne sonrió, aunque sus pensamientos se agitaron con el problema que tenía ante sí. ¿Cómo se las arreglaría ella para liberar a Erik? Cada puerta que se cerraba con estrépito detrás de ellos parecía hacer la hazaña más imposible.

¿Y si fuera imposible?

¿Y si ella no podía ayudar a Erik?

Malcolm, que una vez había sido su aliado en muchas bromas, ahora se cernía tan cerca de Tynan y se hacía eco de los modales sombríos de ese hombre tan bien que su alianza no podía estar en duda. Ni habría ayuda de él para Erik.

"Déjame atender al prisionero", dijo Vivienne a su hermano en un impulso. "Tus hombres lo hirieron y es responsabilidad de un buen señor cuidar a sus prisioneros."

" —Entonces el tío Tynan verá que otro lo haga, puedes estar segura —dijo Alexander con desdén—." Ven a la mesa, para que todos puedan ver que estás sana."

"Quisiera ofrecerme a ayudarlo." Vivienne había pensado que eso podría darle la oportunidad de ver a Erik, pero Alexander negó con la cabeza.

"Necesitas un baño, una comida caliente y un sueño largo", dijo él con cariño. "No más responsabilidades".

"Pero…"

"No harás eso, Vivienne", dijo Alexander con determinación. "Te lo prohíbo." Vivienne fulminó con la mirada a su hermano, que nunca le había hablado con un tono tan duro, y él le devolvió la mirada, claramente sin disculpas.

"Es común", intervino Tynan, "que alguien que ha pasado por un calvario sienta cariño por la parte responsable de ese calvario".

"Eso no tiene sentido", dijo Alexander.

"No obstante, es cierto." Tynan miró a Vivienne con ojos sabios y ella se preguntó de nuevo cuánto veía él en sus inclinaciones. Él negó con la cabeza, luego tomó su codo en su mano. Él estaba tan tranquilo, tan seguro de sí mismo, que era fácil dejar que la guiara. "Ven a la mesa, Vivienne, y revívete con cerveza y carne. Olvidarás mañana lo que has experimentado."

Tal era la actitud de Vivienne hacia los suyos que sus palabras la hicieron preguntarse si el rumor contenía un germen de verdad. ¿Había dicho Ruari una verdad al llamar hechicero a su tío? ¿Se aseguraría Tynan de que ella se olvidara de Erik, metiendo un poco de hierba en su cerveza? No podía haber mayor burla, en su opinión, porque ella era posesiva de sus recuerdos de su tiempo juntos.

Y ella crearía más recuerdos de ese tipo.

"No tengo hambre, la verdad", protestó ella. "Tampoco tengo sed."

Alexander se rió. "Apuesto a que tendrás un hambre increíble una vez que dejes que un bocado cruce tu lengua. La comida en Ravensmuir es muy buena y pareces estar pálida por falta de comida, Vivienne.

"No obstante, no tengo ganas de comer."

"¿Qué comiste este último día?" Preguntó Alexander.

Vivienne miró hacia abajo. "Un poco de queso y pan. Una manzana o dos. Tarifa sencilla pero suficiente."

Alexander resopló.

"Debes sentarte en la mesa por un tiempo", instó Tynan con suavidad. "Lo mejor para que todos vean que estás bien. Sin duda, has tenido una terrible experiencia y la alegría aliviará tu estado de ánimo."

Parecía que lo que Vivienne deseaba no iba a ser. Ella siguió su guía hasta la mesa y levantó una copa con falsa alegría, esperando contra toda posibilidad que ella pudiera escapar pronto d su hermano y su tío.

Fue ver a su hermana más pequeña lo que calmó a Vivienne. Elizabeth se abrió camino a empujones entre la multitud del salón, sus ojos bailando de placer.

"¡Vivienne!" gritó Elizabeth mientras llegaba a la mesa principal. Vivienne saltó de su silla sin importarle lo que su hermano tenía que decir al respecto.

Elizabeth la atrapó en un estrecho abrazo y le dio vueltas alegremente. Su saludo era más del agrado de Vivienne. "Todos teníamos miedo por ti. ¿Estás bien?"

"Lo suficientemente bien." Vivienne escuchó la influencia de Erik en su corta respuesta, pero ella no tenía el corazón para decir más.

"Quizás ella tiene más necesidad de la compañía de sus hermanas que de una cena en la mesa." Alexander le sugirió a Tynan, quien sonrió con afecto hacia el par. Como siempre, Elizabeth tenía el talento para persuadir a Alexander de suavizar su postura, algunas veces, incluso sin intentarlo. Sin embargo, por una vez, Vivienne no encontró eso molesto.

Elizabeth echó a Vivienne hacia atrás y la estudió. "Tú no luces tan bien."

"Estoy cansada, no más que eso." Vivienne forzó una sonrisa. "¿Dónde están Annelise e Isabella? ¿Ellas no te acompañaron hasta aquí?"

Elizabeth sonrío con picardía, luego bajó su voz a un susurro. "A ellas se les prohibió acompañarnos. A mí solo me dejaron venir hasta aquí debido a Darg."

"¿Darg?"

"Esa hada nos ayudó a buscarte", dijo Alexander. Él frotó el cabello de Elizabeth, aunque ella se echó hacia atrás huyendo del peso de su mano, luego puso los ojos en blanco..

"¡Enredarás mi cabello!"

"¿Mientras tú preferirías tentar a un pretendiente?" bromeó Alexander.

Elizabeth se sonrojó y cruzó los brazos sobre el pecho, fallando completamente en disfrazar la plenitud de sus senos. Ella había estado avergonzada de sus nuevas curvas desde su reciente y repentina aparición, aunque ella era ahora más consciente de que los hombres la miraban. Ella lanzó una mirada desconfiada sobre su hombro a la mayoría de los hombres presentes, luego se giró completamente hacia Vivienne.

"Darg dijo que serías encontrada esta noche. De hecho, ella me dijo un verso especialmente para Alexander. *Cabalga hacia el oeste, cabalga hacia el oeste, con prisa y brío, una doncella será salvada esta misma noche. Entre el río y el mar, una docena de pasos desde el almendro; cerca del valle de Elphinstone, ahí encontrarás a la que extrañan en casa.*"

"¡Y tú estabas ahí en verdad!" dijo Alexander, levantando su cáliz bien alto.

Mientras la compañía brindaba, Elizabeth bajó su voz para que solo Vivienne pudiera escuchar eso. "Yo no le dije el resto, porque Alexander habría estado furioso. No confíes en Malcolm con ninguna palabra que desees mantener en secreto." Le aconsejó ella, lanzando una mirada de disgusto hacia su hermano. "Él es la mano izquierda de Tynan desde que vino aquí."

Podría haberse discutido que había no poca ventaja en la elección de Malcolm, porque él se preparaba para heredar Ravensmuir si le servía bien a Tynan y se permitía así mismo ser tan obediente. Dos años más joven que Vivienne, Malcolm tenía el ingenio de saber que se le había concedido una rara oportunidad. Ella no dudaba que él nunca la arruinaría y le habría dicho eso a Elizabeth.

Pero fue imposible para las hermanas hablar más. La compañía estalló en ruido ante la vista del prisionero. La compañía gritó, pateó y estalló mientras Erik era llevado al salón. Vivienne se giró, porque ella era incapaz de mirarlo tan golpeado y maltratado. Él era aún inconsciente de su situación y Vivienne se culpó a sí misma por las muchas heridas que él había soportado.

" ¿Ese es Nicholas Sinclair?" susurró Elizabeth en shock. " Y él una vez fue un hombre apuesto. ¡Mira la cicatriz en su cara!" Ella le lazó una mirada aguda a Vivienne. "¿Su encanto ha disminuido tanto como su apariencia? Ella arrugó la nariz. "A mí nunca me agradó, aunque podría haber sido porque él robaba tu atención de nuestros juegos. Yo siempre pensé que él tenía demasiado encanto, que él estaba demasiado seguro de su propio mérito."

Erik fue llevado al calabozo mientras los hombres se sentaban satisfechos a comer su cena. Estaban emocionados después de su satisfactoria captura del supuesto villano y estaban ansioso por compartir sus historias. Una canción comenzó incluso mientras Erik era arrastrado y Tynan repitió su petición de cerveza.

Vivienne no quería pasar tiempo en su compañía.

" ¿No podemos comer solas en el solar como solíamos hacer?" preguntó ella, dándole una mirada a su hermano. "Me gustaría tener la oportunidad de hablar contigo, Elizabeth sin Alexander escuchando cada palabra."

"¡Yo no escucho cada palabra!" protestó Alexander.

"Tú verdaderamente haces eso" respondió Elizabeth. "Y eres mucho menos entretenido desde que te volviste señor de la fortaleza." Le informó ella con la honestidad de la juventud. "Tú solías bromear con nosotras y eras una compañía agradable, ahora demandas esto y lo otro más seriamente de lo que papá lo hizo alguna vez. No es de extrañar que Vivienne no extrañara tu compañía."

Vivienne vio como las palabras casualmente pronunciadas lo

asombraron, porque él lucía repentinamente golpeado, pero Elizabeth parecía ajena a eso. Ella se giró para sonreírle a Tynan, obviamente consciente de que podría obtener lo que quería de él. "Tío Tynan, no puedes hacer que Vivienne se quedé aquí con todos tus hombres después de lo que ella ha soportado. Yo aseguraré su bienestar, de eso puedes estar seguro."

"Entonces ve", dijo Tynan con diversión. Él puso una mano sobre el hombro de Alexander. "Y que Dios nos juzgue más amablemente de lo que lo hacen las doncellas valientes, especialmente cuando nosotros hemos dejado de ser entretenidos."

Alexander sonrió ante el comentario de su tío, pero Vivienne vio que ninguna alegría tocó sus ojos. Ella se sintió desgarrada entonces, porque ella supuso que su hermano pasaba más dificultades con la carga de Kinfairlie de lo que ella había entendido.

Ella y Alexander siempre habían tenido cierta camaradería, y le dolía que él nunca le hubiera confiado la verdad, mientras sentía el deseo de preguntarle ahora.

Por el otro lado, él estaba poco inclinado incluso a escuchar la versión que ella tenía de los hechos y eso era sin duda decepcionante. Estaba claro que cualquier vínculo que ellos hubieran compartido estaba ahora cortado, aunque Vivienne se preguntó si solo ella estaba triste por eso.

Importaba poco, porque tenía la intención de cumplir su compromiso con Erik, Así, ella siguió a Elizabeth fuera del salón, solo apenas ocultando la conversación alegre de su hermana.

¿Cómo escaparía ella de esa severa fortaleza sin ser atrapada? Que Madeline se las hubiera arreglado para lograr eso debería haber sido más alentador de lo que era, pero Vivienne sabía que ella no podía igualar el mérito de su hermana mayor.

De cualquier forma, ella tenía que intentarlo.

# CAPÍTULO 9

Elizabeth tiró de la mano de Vivienne y la condujo hacia las escaleras. "Puedo estar mejor que en este ruidoso salón, sin duda. Le agrado a la esposa del castellano, porque Darg se ha enamorado de ella y le gusta escuchar los versos de Darg. ¡Yo podría ser la Dama de Ravensmuir con tanta influencia! "

"Pensé que ese puesto aún estaba ocupado para la tía Rosamunde."

Elizabeth negó con la cabeza con vehemencia ante eso, luego miró a su tío con consternación. "Ni siquiera pronuncies su nombre", aconsejó ella en un susurro. "El tío Tynan se enoja mucho con la sola mención de ella."

"¿Por qué? Él fue quien la rechazó", Vivienne no estaba dispuesta a conceder comprensión a su hermano y a su tío en ese momento. "Escuché las cosas crueles que él le dijo y no la culpo por irse."

Elizabeth hizo una mueca. "Creo que él la ama todavía. Y Darg dice que sus cintas están entrelazadas, al menos por el momento."

Vivienne recordaba ahora ese curioso asunto de las cintas. Cuando Rhys cortejaba a su hermana mayor, Madeline, Darg le mostró a Elizabeth las cintas que se desplegaban de cada persona en el salón. Las cintas de aquellas almas destinadas a vivir y amar juntas, según Elizabeth, estaban entrelazadas.

La spriggan Darg podía hacer muchas travesuras, según Elizabeth, anudando cintas o destrozándolas, una hazaña que creaba obstáculos para los amantes en cuestión. Elizabeth afirmó que Darg había atacado las cintas de Tynan y Rosamunde con venganza, como resultado de su disgusto por Rosamunde, y ciertamente la pareja mortal había discutido más allá de las expectativas.

"Eso suena siniestro", dijo Vivienne.

Elizabeth asintió. "No me gusta cómo lo dice Darg. Ella todavía le guarda rencor a Rosamunde, de eso estoy segura.

Vivienne no pudo evitar mostrarse escéptica. "Darg podría estar mintiendo."

Elizabeth se encogió de hombros. "Sospecho que no en este asunto. Ella quiere vengarse de tía Rosamunde y espera su regreso con tanta vehemencia que no puedo soportar oír más sobre eso. Ella está muy emocionada de estar en Ravensmuir, te lo puedo asegurar, y sus payasadas salvajes me han impedido dormir en absoluto." Elizabeth bostezó ampliamente. "Aunque, por supuesto, fue el miedo por tu bienestar lo que me mantuvo despierta en verdad."

"Yo estaba lo suficientemente a salvo".

Elizabeth le dirigió a Vivienne una larga mirada pero no dijo nada más al respecto. "Darg está absolutamente convencida de que Rosamunde llegará a Ravensmuir en cualquier momento, a pesar de que le he dicho que la propia Rosamunde juró no volver nunca. Hemos discutido tanto sobre el asunto que me duele la cabeza, pero aun así Darg insiste."

Vivienne dejó que su hermana la llevara por las escaleras hasta las habitaciones sobre el salón, escuchando sólo a medias su charla.

"¿Sabes lo que Darg deseaba hacer anoche, en la oscuridad de la noche?" Preguntó Elizabeth.

Vivienne negó con la cabeza, no realmente interesada.

Elizabeth extendió las manos. "¡Ella quería descender a las

cavernas debajo de Ravensmuir! ¿Puedes imaginar una locura mayor? Alexander tendría mi cabeza ..."

Vivienne se detuvo a medio paso cuando la inspiración la golpeó. "Darg conoce las cavernas", dijo ella, dándose cuenta de la importancia de eso. Ella se había olvidado del laberinto que se abría debajo de Ravensmuir. ¿Se podría ir de las mazmorras a las cavernas y de allí a otro lugar?

Vivienne no lo sabía, pero ella pensó que pronto lo descubriría.

"¡Por supuesto que Darg las conoce! Ella ha vivido allí durante siglos," dijo Elizabeth con tranquilidad. "Puede incluso que ella las conozca mejor que el tío Tynan, o que nuestros hermanos, que tanto jugaban allí cuando éramos niños." Elizabeth se estremeció. "A mí no me gustan, en lo más mínimo, y me negué a acompañarla allí. Sin embargo, temo que pueda irse sin mí, porque está muy concentrada en el asunto."

"¿Dónde está ella ahora?"

"Sentada sobre tu hombro izquierdo, asintiendo con su alegría habitual y contando el resto de sus versos."

Vivienne había olvidado momentáneamente que había más. "¿Qué decía el resto?"

"*Cabalga hacia el oeste, cabalga hacia el oeste con fuerza y brío; una doncella se salvará esta misma noche. Entre el río y el mar, una decena de pasos desde el almendro; cerca del valle de Elphinstone, allí encontrarás a la que se extraña en casa.*"

"Esa fue la parte que le dijiste a Alexander."

"En efecto." Elizabeth sonrió. "*Y esta es la parte que le oculté: ella será un reflejo de sí misma, aunque pocos tendrán la habilidad de ver. Aunque liberada de un pretendiente de lo más improbable, esta doncella cambiará para siempre.*"

Vivienne sintió que sus labios se abrían ante la verdad de eso. "¿Qué dice Darg sobre las cintas?"

"Importa poco lo que ella diga, porque puedo ver la tuya con mis propios ojos." Elizabeth miró por encima del hombro de Vivienne. "Es de una plata reluciente, como forjada con el polvo de los ópalos."

"¿Y hay otra?"

"Una harapienta, de un azul oscuro como el cielo de medianoche", Elizabeth hizo una mueca. "Está manchada y su apariencia es de muy mala reputación, aunque el azul es de un tono maravillosamente vivo. Ha sido una cinta preciosa, aunque ahora menos atractiva que antes." Ella le sonrió a Vivienne, quien apostaba a que la cinta azul también podría ser más fuerte ahora de lo que había sido. "Esa es la cinta de Nicholas, ¿no?"

Vivienne se negó a responder, porque el malentendido de su familia sobre la verdadera identidad de Erik podría resultar útil nuevamente. "¿Están entrelazadas?"

"Lo estaban, aunque la azul está rota. Un simple hilo continúa y no puedo ver si hay más o no." Elizabeth frunció el ceño. "Qué curioso. Me pregunto qué significa eso."

Vivienne supuso que eso significaba que Erik estaba en peligro, ya fuera por la justicia de Alexander o simplemente por sus heridas. Ella tendría que ayudarlo esta misma noche.

¡Cómo deseaba ella poder ver a Darg por sí misma! La ayuda del hada sería invaluable en eso. Ella echó una mirada a su hombro, pero no vio nada raro.

"Ella está allí ahora", dijo Elizabeth, señalando las vigas del techo. "A ella le gusta expulsar a los pájaros lo suficientemente tontos como para pararse allí."

Vivienne estudió cada viga en la dirección general que señalaba Elizabeth, pero no vio ninguna spriggan.

Elizabeth se arrojó sobre los cojines apilados en una esquina de la habitación en lo alto de las escaleras, luego volvió su mirada chispeante hacia Vivienne. "Entonces, ahora que estamos solas, debes contármelo todo. ¿En verdad te acostaste con Nicholas? ¿Fue maravilloso? ¿Dolió tanto como Vera insiste? Creo que ella solo nos dice eso para asegurarse de que no seamos demasiado curiosas. Quizás incluso Alexander le ha ordenado que lo haga, porque si alguna vez un hombre perdió su capacidad para saborear la diversión, ese fue Alexander el año pasado."

"Todavía soy una doncella", mintió Vivienne de nuevo. "Mis cursos comenzaron el viernes, así que he estado impura estos días y noches."

Elizabeth hizo una mueca, luego suspiró. "Qué lamentable. Yo sabía que me dirías cómo es si lo supieras, porque nunca has tenido miedo de decir la verdad." Vivienne trató de no inmutarse ante la certeza de su hermana al respecto. Entonces Elizabeth frunció el ceño. "¿Pero no sangraste hace unas semanas?"

Vivienne negó con la cabeza. "Debes haberme confundido con Annelise."

Elizabeth negó con la cabeza. "No, recuerdo claramente que te quejaste, y Annelise nunca se queja. Es de lo más antinatural, ¿no crees, y hace que el resto de nosotros parezcamos descontentas?"

Vivienne sonrió y se sentó. "Quizá tú estés descontenta."

"Sin sombra de duda", convino Elizabeth alegremente. Sin embargo, debes tener algunos detalles que confesar. ¿Puede Nicholas contar un cuento? Él debe tener algún mérito. Tú nunca podrías amar a un hombre que no compartiera tu afecto por los cuentos."

"Él habla poco", admitió Vivienne. Erik no contaba historias, ella se había dado cuenta, pero su búsqueda sería una buena historia.

Especialmente si lo lograba, con su ayuda. Ella lo vio en su mente, nombrando a sus hijas y midiendo sus alturas, y su mirada se empañó con lágrimas.

¡Tenía que haber una forma de salir de las mazmorras de Ravensmuir!

"Yo no recordaba que Nicholas guardara silencio", reflexionó Elizabeth. "Su único afecto parecía ser por los besos robados y enumerar sus propios méritos a cualquier alma lo suficientemente tonta como para escucharlo."

Vivienne no dijo nada.

"¡Oh, pero debes tener hambre!" Elizabeth se puso de pie de repente y se apresuró hacia la puerta. Ella se movía con la misma resolución que su difunta madre y el inesperado parecido entre

Elizabeth y Catherine hizo que a Vivienne se le hiciera un nudo en la garganta. De repente ella vio de dónde había heredado Elizabeth sus curvas maduras, porque ella tenía la misma altura y la misma forma, su cabello era del mismo tono que el de Catherine. Las otras hermanas eran más delgadas, tal vez más como las mujeres del lado paterno de la familia.

Nunca estaba lejos, ese dolor por la pérdida de sus padres, aunque ahora asaltaba a Vivienne en los momentos más extraños. Entonces ella pensó en Erik y se preguntó si él sentía lo mismo por la muerte de su padre.

Ella habría apostado a eso, tan segura estaba de que debían estar de acuerdo sobre cuestiones tan fundamentales, aunque ella sabía que su convicción estaba forjada por poco más allá del instinto.

"Le prometí al tío Tynan que te vería alimentada, después de todo", continuó Elizabeth. "Regresaré en un momento, no temas, ¡la esposa del castellano se asegurará de que tengamos una comida maravillosa aquí!"

Con eso, Elizabeth se fue y la habitación quedó en silencio.

Vivienne se hundió en un montón de cojines, sus dedos acariciando la rica tela mientras pensaba. El desafío que tenía ante sí parecía realmente insuperable. Sin la ayuda de Darg, incluso si Vivienne lograba liberar a Erik y llevarlo al laberinto, probablemente no encontrarían la salida antes de que el tío Tynan los encontrara.

Lo que significaba que Elizabeth tendría que ayudar a Erik a escapar. Vivienne se mordió el labio, sabiendo que Elizabeth se ganaría así la ira de Alexander. Ella no quería causar problemas entre sus hermanos y hubiera preferido dejar a su hermana en la inocencia y la ignorancia.

¿Dónde se encontraba un hada?

Vivienne levantó la barbilla, estudiando cuidadosamente las vigas del techo y cada rincón de las paredes. "¿Darg?" preguntó ella, luego repitió la pregunta más fuerte. "¿Darg? ¿Estás aquí todavía?

¿Puedes elegir qué mortales pueden verte? Si es así, ¡te ruego que me elijas!"

No hubo una respuesta que se eacuchara. Vivienne esperó y observó, esperando algún destello de la presencia del hada, pero no vio nada raro. Por lo que ella podía decir, estaba sola.

Ella llamó de nuevo, merodeó por el perímetro de la habitación, pero todo fue en vano. Todo lo que ella podía oír era la alegría de los hombres en el salón de abajo, sus risas estridentes y sus canciones para beber.

O Darg no estaba ahí o Vivienne no podía verla.

Vivienne se sentó a esperar el regreso de su hermana y decidió que simplemente le diría a Elizabeth la verdad, toda la verdad, y luego esperaría que su hermana decidiera ayudarla.

Poco más podía hacer.

Mientras esperaba, sacó de su cinturón la daga que Ruari le había traído a Erik desde el lecho de muerte de su padre. No era una hoja larga, aunque la vaina estaba ricamente ornamentada. La empuñadura era una elaborada pieza de metal. La empuñadura estaba retorcida como los pliegues de una cuerda enrollada y el pomo sostenía una piedra azul de notable tamaño. Cuatro puntas, con forma de garras, mantenían cautiva la piedra, aunque captaban la luz de una forma muy poco común.

Vivienne se acercó a la lámpara y vio que había una palabra y una imagen grabadas en la gema, que era un rectángulo tan largo como las dos primeras articulaciones de su dedo índice.

"ABRAXAS" era la palabra inscrita en la gema, por lo que Vivienne sabía, no era una palabra que ella conociera y se preguntó si la había leído incorrectamente. Quizás eran iniciales o una palabra en otro idioma.

Encima de las letras había una figura diminuta que parecía ser un hombre, hasta que Vivienne miró más de cerca y vio que su cabeza era la de un pájaro y sus piernas tenían una extraña forma en espiral. ¿Eran esos errores del grabador o eran de alguna importancia?

Vivienne no podía decirlo. Ella sacó la hoja de su vaina por curiosidad y se alegró de que el acero brillara incluso en la poca luz de esa habitación. Había sido pulida muchas veces y estaba adornada con algunas mellas, pero el borde estaba terriblemente afilado. Esa daga había sido atesorada, sin duda, y ella se preguntó cuántos años tendría, o qué poderes se suponía que tenía.

Luego se preguntó cómo podría persuadir a Elizabeth para que la ayudara, ella frunció el ceño y guardó la daga. Había acertijos más importantes ante ella que cualquier leyenda relacionada con la daga heredada de Sinclair.

Erik se despertó en una celda oscura y húmeda, y podría haber adivinado en qué torre se encontraba. Había una lámpara parpadeante en el suelo en el rincón más alejado y la danza salvaje de la llama formaba sombras siniestras. Su espada y su daga habían desaparecido, aunque eso no era de extrañar, y apretó los dientes al recordar que voluntariamente le había otorgado la daga de su padre a Vivienne.

Sin duda, ninguna buena acción quedaba impune. Vivienne había dicho eso y en ese momento, él no podía encontrar fallas en su pensamiento. Él supuso que debería haberse alegrado de que ninguno de esos rudos mercenarios hubiera podido apoderarse de su daga heredada, pero saber que estaba en posesión de la mujer que lo había engañado no era un consuelo.

Porque Vivienne lo había engañado y lo había hecho tan bien que Erik nunca había sospechado de sus motivos. Él había creído que ella estaba convencida de su razonamiento cuando había aceptado su compromiso con un apretón de manos en lugar de un matrimonio. Él le había creído cuando ella había profesado su preocupación por su bienestar y había estado de acuerdo con su plan de detenerse por la noche.

En realidad, ella solo se había asegurado de que no se alejaran demasiado para que su familia pudiera rescatarla mejor.

Ella no lo había perdonado realmente, sino que simplemente le había fingido. Ella se las había ingeniado para que se detuvieran lo bastante cerca de Ravensmuir para que sus parientes los descubrieran. Y no cabía duda de sus motivos, porque ella se había negado a casarse con él cuando se le concedió la oportunidad.

La promesa de Vivienne de ayudarlo era una mentira, al igual que su aparente deseo por él. Erik Sinclair y sus magros encantos claramente no serían suficientes para una dama como Vivienne Lammergeier.

Lo que sólo significaba que él, una vez más, había sido lo suficientemente tonto como para otorgar confianza donde no era justificada.

Erik miró con amargura la lámpara y reconoció que indudablemente ella había sugerido los siete encuentros sexuales no por lujuria por él, sino para asegurarse de que él durmiera como un cadáver. Su familia había estado sobre ellos antes de que él los hubiera escuchado acercarse, tan exhausto estaba por su relación sexual.

Lo peor de todo era que él había sido lo bastante tonto como para creer que una hermosa damisela criada en la riqueza podría haberlo encontrado atractivo o que creyera su búsqueda valiera la pena. Beatrice debería haberle enseñado el resultado de su atracción por esas mujeres, pero no, él era demasiado tonto para haber aprendido la lección de la experiencia.

Su padre le habría recordado a Erik que él siempre había visto lo bueno en los demás antes de ver lo malo, y que hacer eso era un hábito peligroso.

Eso solo le hizo darse cuenta de que su padre estaba muerto, que la voz irónica de William nunca más se oiría en el salón de Blackleith. Y esa era una verdad que Erik no podía enfrentar en ese momento.

Él se sentó rápidamente para evitar sus pensamientos y la habitación saltó a su alrededor ante el repentino movimiento. Le palpitaba la cabeza. Había humedad en su sien, y cuando la tocó, sus dedos estaban manchados de rojo. De hecho, ese ligero movimiento había hecho que su cabeza palpitara tan vigorosamente que él casi pudo olvidar el dolor en su cadera.

Él ignoró a ambos, se puso de pie y cruzó la celda para examinar la lámpara. No quedaba más que un vestigio de aceite en el recipiente, sin duda para asegurarse de que él no pudiera hacer ningún daño con él. La llama bailaba con tanta fuerza porque pronto se extinguiría.

Erik aprovechó la luz entonces para inspeccionar su prisión. Era cuadrada, el techo lo suficientemente bajo como para que él apenas pudiera mantenerse en pie, sus paredes estaban hechas de piedra tallada y su piso de tierra machacada. Había un orificio de drenaje en el suelo, así como la punta de la nariz de una rata que lo miraba desde ese drenaje.

El roedor parecía mirarlo con cierta apreciación.

Erik se preguntó si alimentarían con él a una terrible bestia o si sería abandonado en la oscuridad circundante para que la rata y sus camaradas se dieran un festín. Esas tampoco eran perspectivas prometedoras.

Él le dio la espalda a la criatura y se paseó alrededor, deteniéndose para probar la robusta puerta de madera. La puerta no se movió, pero él tampoco esperaba que lo hiciera.

El rumbo desde ese punto era claro. Erik se enfrentaría al señor de la fortaleza tarde o temprano para responder por haber roto su palabra. No había ningún veredicto posible salvo "culpable", porque él no se había casado con Vivienne. No se podía negociar ningún compromiso feliz, ahora que la dama había despreciado a Erik primero que todo.

Él miró a la rata una vez más, molesto porque una acusación similar había sido lanzada contra él, e injustamente, una vez más. ¿Por qué las mujeres decidían poner en duda su potencia? Él no tenía ninguna duda de que la mayoría de los hombres que acompañaban a Alexander se habrían sentido felices de satisfacerse con Vivienne, tanto si ella había tenido sus cursos como si no. Él no dudaba de que bromeaban con su cerveza en el salón ante la impotencia del hombre preso bajo sus pies.

De hecho, él podía oír su júbilo.

Eso no terminaría bien, eso era seguro. Erik no esperaba que Vivienne lo defendiera, y mucho menos que ella revelara que él no era su hermano Nicholas de manera oportuna.

Él consideró su destino con el ceño fruncido. El castigo podía variar. Él podría quedar desfigurado, marcado como un paria por el resto de sus días por la pérdida de un ojo o la punta de la nariz o una de sus orejas. Eso no era particularmente preocupante, dado lo que ya había soportado, aunque sería doloroso. Él estiró la pierna y pensó que podría hacerlo bien con algo menos de dolor en su vida.

Él podría ser condenado a que le extirparan una parte más importante de su anatomía, es decir, la que estaba en la raíz del problema. Esa no era una perspectiva reconfortante. Si Erik sobrevivía a esa terrible experiencia, no volvería a reclamar una virginidad ni proporcionaría ese heredero varón que el conde de Sutherland había pedido por su ayuda.

Por supuesto, Erik simplemente podría ser ejecutado. Alexander estaba lo suficientemente molesto como para exigir un castigo severo. Erik supuso que esa perspectiva debería haberle molestado menos, ya que él ya tenía fama de fallecido, pero era esa opción la que lo hizo golpear la puerta de madera con frustración.

Él aún no estaba preparado para morir.

Sus hijas todavía lo necesitaban.

Erik golpeó la madera con los puños y gritó, sabiendo que era en vano, golpeó más fuerte y gritó pidiendo justicia.

No hubo respuesta. En todo caso, las festividades en lo alto parecían hacerse más fuertes. Finalmente, él se detuvo y apoyó la frente contra la madera. La rata, observaba, miraba con cierto interés, como si tuviera curiosidad por saber si él se estaba debilitando.

"Son las niñas", le dijo Erik a la rata, ya que no había nadie más que pudiera escuchar. "No quedará nadie para defenderlas una vez que yo sea como el polvo." Él hizo una mueca a la puerta y le dio una última patada. "Aunque hasta ahora yo he hecho un mal trabajo en esa defensa."

La rata pareció encontrar convincente ese argumento. Ella pareció asentir varias veces, sopesando el mérito de las palabras de Erik, luego giró y desapareció por el agujero. Hubo un leve sonido de pies corriendo antes de que el silencio presionara nuevamente los oídos de Erik.

Él supuso que Ruari debía estar complacido de que sus predicciones fueran correctas. El hombre realmente no podría haber querido cargar con la tarea de ayudar a Erik, y ahora sería libre de tomar otras decisiones. Entonces, había una ventaja en la desaparición de Erik en eso.

De hecho, había muchos. Nicholas mantendría a Blackleith indiscutiblemente; las niñas se olvidarían de su legítimo padre; probablemente Vivienne ya había encontrado otro pretendiente o tres; Alexander se quedaría con el dinero de Erik y el conde de Sutherland no tendría que emprender una batalla en la que no tuviera el corazón. En verdad, no habría nadie para llorar a Erik si el Señor de Kinfairlie se sentía particularmente vengativo al día siguiente.

Erik inspeccionó su prisión, apretando y abriendo los puños por la frustración. Él no se rendiría. Él lucharía por sus hijas hasta su último aliento, y pelearía más ferozmente cuando ese último aliento pareciera más cercano.

No había forma de salir de la celda, salvo la única puerta que estaba cerrada de forma segura contra él. El drenaje no era más grande que su muñeca, por lo que no ofrecía ninguna opción para escapar. Erik caminaba de un lado a otro, deseando que sus dolores y molestias disminuyeran. Ésa podría ser la circunstancia más terrible en la que se había encontrado, pero él no abandonaría la esperanza.

Alguien en algún momento abriría esa puerta.

Erik no tenía armas ni herramientas. La linterna chisporroteó y murió en ese momento. Él tampoco tenía luz. Él no tenía nada más que su ingenio, que estaba demostrando ser escaso, y sus manos desnudas.

Pero él tenía su enojo y tenía su determinación. Cuando algún tonto lamentable abriera esa puerta, ese hombre sabría lo que valían esos pocos bienes. Eso podría estar destinado a terminar mal, pero Erik no aceptaría su destino dócilmente.

Él se agachó frente a la puerta y apoyó la espalda contra la pared. Él colocó la bota sobre el desagüe, ya que ninguna rata podría levantar su peso y la criatura tardaría un poco en masticar sus pesadas suelas. Estas botas sureñas tenían la ventaja de ser resistentes, al menos.

En esa posición, descansó todo lo que pudo mientras esperaba su oportunidad.

Para su asombro, los pensamientos de Erik se dirigieron espontáneamente no a todo lo que había perdido a lo largo de los años, sino a la dama que acababa de traicionarlo. Él se encontró deseando tener una última oportunidad de explicarse ante Vivienne, una última oportunidad de encender una luz en sus maravillosos ojos, una última oportunidad de plantar un hijo en su vientre.

Y eso solo demostró que su ingenio era inútil.

ELIZABETH ESTUVO a punto de tropezar con el dobladillo de su falda, tan ansiosa estaba por regresar con Vivienne. Ella llevaba un par de cuencos de estofado de venado humeante, una barra de pan aún caliente y una jarra de cerveza. La copa de cerámica que llevaba para que las dos compartieran estaba metida en su cinturón, junto con un par de cucharas de madera tallada, y ella sentía que la taza se soltaba con cada paso. Sin embargo, ella no tenía una mano libre para asegurarla, y la esposa del castellano había estado demasiado ocupada para prestarle más ayuda de la que le había dado.

Elizabeth se apresuró a atravesar el salón, esquivando hábilmente el agarre de muchos hombres que asumían que ella era una sirvienta. ¡Malditos esos pechos suyos! Si alguna vez un hombre la miraba a los ojos de nuevo, en lugar de mirar más abajo que eso, Elizabeth estaba segura de que se casaría con él en el acto.

Siempre que él fuera guapo, rico y con ganas de buscar aventuras, por supuesto.

Ella pateó a un hombre que la agarró y él se rió incluso mientras trataba de tumbarla en su regazo. Si su carga hubiera sido solo su propia comida, Elizabeth la habría abandonado para golpearlo, pero ella sabía que Vivienne debía estar realmente hambrienta. Ella evitó su pierna extendida y se contentó con una mirada mordaz en su dirección antes de apresurarse hacia adelante.

Elizabeth llegó al pie de los escalones, sin aliento por sus esfuerzos, luego los subió lentamente para no tropezar con el dobladillo de su vestido.

Las tazas se golpearon abruptamente contra la mesa, instando a los hombres a prestar atención a algún anuncio u otro. Elizabeth se detuvo en los escalones y miró hacia atrás. El hombre que había intentado hacerla tropezar miraba lascivamente en su dirección, pero ella lo ignoró.

Alexander se puso de pie y se aclaró la garganta, luciendo tan pomposo como le fue posible. Elizabeth apretó los dientes ante el cambio en su hermano mayor, que había sido mucho más entretenido antes de la muerte de sus padres. Él se había convertido en un anciano tedioso, obsesionado con el honor y la justicia, ante los ojos de Elizabeth. Ella nunca lo habría creído posible, si no lo hubiera visto ella misma.

En su opinión, ya era tiempo suficiente para que una de las hermanas le hiciera una broma, tal como él solía gastarles una broma. Él se mostraba increíblemente presumido cuando se salía con la suya, lo que irritaba a Elizabeth más allá de lo creíble.

"Esta es una noche que necesita un cuento, porque ninguno de nosotros se dormirá rápido esta noche, y aquí hay un narrador de cuentos que necesita una taza de cerveza. Doy la bienvenida a Ruari Macleod, un narrador de cuentos que llegó de la manera más oportuna, un hombre que vino a nuestra puerta en el momento en que más necesitamos de su talento."

Un hombre fornido estaba de pie frente a la mesa principal, donde obviamente había hecho su oferta de un cuento para la cena. Él se inclinó ante la compañía con clara inquietud, con una gran alforja a sus pies. Él era mayor, su cabello era de paja rojiza rebelde, su atuendo áspero y su rostro enrojeciendo por momentos. Él miró alrededor del salón, no tan cómodo para ser el centro de atención como cabría esperar de un narrador, y se aclaró la garganta una buena docena de veces.

Una sirvienta llenó su taza de cerveza, pensando claramente que ese era el problema. Él asintió con la cabeza, luego se inclinó en agradecimiento, haciéndolo con tanta torpeza que derramó la cerveza. La compañía se rió, pensando que eso era una broma, pero el rostro del hombre solo enrojeció hasta un tono más profundo. Su incertidumbre se hizo más evidente a medida que el silencio expectante se alargaba cada vez más. Él se quedó mudo, mirándolos y cambiando su peso de un pie a otro.

Elizabeth corrió escaleras arriba para encontrar a Vivienne paseando de una manera inusual. Vivienne se giró y ella debió haber visto que la copa estaba a punto de caer. Rápidamente levantó los dos tazones de las manos de Elizabeth y Elizabeth sacó la copa de su cinturón justo cuando se soltó.

"¡Justo a tiempo!" Elizabeth dijo con triunfo.

Vivienne no compartió su sonrisa. "¿Está Darg aquí?"

"Por supuesto. Ella prefiere las habitaciones más pequeñas al salón y se quedó aquí para bailar en las vigas mientras yo no estaba. Recuerda mis palabras, ella descenderá sobre la cerveza si no la bebemos rápidamente."

Elizabeth sirvió la cerveza y escuchó el grito de alegría de Darg. "¿No puedes oír eso?" preguntó ella, pero Vivienne negó con la cabeza. Ella señaló, sintiendo la decepción de su hermana, mientras

Darg se balanceaba desde las vigas sobre una valiente telaraña, gritando todo el tiempo.

El hada saltó en el momento preciso que aseguraría que aterrizara sobre el mango de la jarra. "Un poco de cerveza para ti pero más para mí; un sabor más fino no puede haber", dijo, chasqueando los labios. Ella se inclinó para llevar la boca a la cerveza, con la intención de beber como un perro y, sin duda, beberlo todo.

Elizabeth le dio un manotazo al hada y estuvo a punto de derramar la cerveza. Darg esquivó el golpe, se escabulló alrededor del borde de la jarra y luego se acuclilló sobre el borde.

"¡Parásito!" gritó Elizabeth, empujando al hada a un lado. Darg saltó a su hombro, gritando y quejándose, mientras Elizabeth se las arreglaba para verter cerveza en la taza que ella y Vivienne compartirían.

Ella le ofreció la taza a su hermana y encontró a Vivienne mirándola con confusión. "Asumiré que no te has vuelto loca", dijo Vivienne con una sonrisa. "Sino que tu objetivo es mantener al hada lejos de la cerveza."

"A Darg le gusta demasiado la cerveza mortal, y es una maldita cantidad de problemas una vez que ha bebido." Para frustrar al hada, Elizabeth anudó un pañuelo sobre la parte superior de la jarra. Darg se arrastró a través de él, mirando a través del tejido la cerveza que había debajo, luego gimió.

Vivienne no estaba más alegre que el hada. Ella parecía preocupada por algún asunto, quizás demasiado decepcionada de no poder ver al hada. A pesar de que debía tener hambre, Elizabeth vio a su hermana empujar el estofado alrededor del cuenco.

"No has dado un mordisco. Pensé que tu cuenco estaría limpio a estas alturas", bromeó ella, y solo obtuvo una pequeña sonrisa.

"No tengo tanta hambre", dijo Vivienne y dejó el cuenco a un lado. Las sombras en sus ojos eran innegables, aunque Elizabeth supuso que su hermana no estaba lista para hablar de lo que la preocupaba. Vivienne tenía un corazón alegre, por naturaleza, y era impulsiva de lengua. Su inclinación por el silencio esa noche era una que Elizabeth pensaba que debería ser respetada por su rareza.

Ellas tenían mucho tiempo para compartir historias, porque Elizabeth dudaba que Vivienne se casara pronto. De hecho, ella tenía una edad que podría impedirle casarse.

"Ha llegado un narrador", dijo Elizabeth, con la esperanza de animar a Vivienne, a quien le encantaban los cuentos. "No es un buen narrador de historias, al menos no hasta ahora, porque parece muy preocupado por empezar. Y es lo suficientemente mayor como para pensar que habría tenido años para vencer su miedo a un gran público. Quizás no sea realmente un narrador de historias." Ella se encogió de hombros y comió un poco de su estofado. "Podríamos sentarnos en los escalones, fuera de la vista, y escuchar."

Vivienne se enderezó y sus ojos se iluminaron. "¿Cuántos años tiene él?"

Elizabeth reflexionó mientras masticaba. "Tal vez haya visto cincuenta veranos, o tal vez haya visto cuarenta que fueron desafiantes. No puedo decir. Él es viejo, sin duda."

Ella se las arregló para no especular más, porque Vivienne bajó corriendo las escaleras. Elizabeth la siguió con su comida y encontró el rostro de su hermana encendido mientras miraba desde la esquina de la pared.

"Conoces a ese hombre", supuso ella.

"Su nombre es Ruari Macleod", dijo Vivienne con certeza.

"¿Sabes por dónde empezar, viejo?" gritó un alma valiente en la compañía. "¡Tu historia es sopa aguada hasta ahora!"

Los hombres rugieron y crecieron los murmullos de descontento.

"¡Érase una vez!" gritó Vivienne.

Elizabeth se asomó y vio el alivio del hombre mayor ante ese estímulo. Él hizo un gesto con un dedo pesado en dirección a las escaleras. "Sí, ahí estaría el comienzo de la historia. Érase una vez, había un hombre y había una mujer... "

"Conocemos esa historia, viejo", dijo un hombre entre la multitud y una risa áspera resonó en el pasillo.

Ruari se volvió hacia el hombre con molestia y señaló con el dedo en la dirección del intercesor. "No conoces este cuento, no puedes conocer este cuento, porque estoy aquí para contártelo. Es mi cuento y mi don, aunque lo vivió otro hombre."

"Entonces empieza de verdad", gritó el hombre impenitente.

Ese Ruari cuadró los hombros y su voz se hizo tan fuerte que llenó el salón. "Érase una vez un hombre que se enamoró de una mujer de linaje nórdico, una mujer con cabello tan claro como el lino y ojos tan azules como el mar. Ella no era tan hermosa como para que se pelearan guerras por su favor, y no estaba tan finamente forjada como para confundirla con una reina de las hadas. Ella era simplemente una mujer, una buena mujer de buen corazón, una mujer de frente despejada y vigor en sus miembros, una mujer que le daría hijos y lo amaría tan fervientemente como él la amaba a ella."

"Yo mismo necesito a una mujer así", bromeó otro hombre, aunque sus compañeros lo empujaron no muy gentilmente para que se callara.

"Entonces ese hombre le confesó su admiración a la dama y le pidió que se casara con él. Y ella estuvo de acuerdo, a pesar del hecho de que él tenía poco en su nombre salvo su honor y su espada. Él era el hijo menor de cinco hijos nacidos en una antigua familia de las Tierras Altas, y su familia solo podía concederle su bendición. La dama lo amaba lo suficiente como para aceptar su proposición y por eso se casaron."

Elizabeth se hundió en el escalón, comiendo tranquilamente su estofado mientras escuchaba. Ella observó a Vivienne, que escuchaba el relato de Ruari con un interés inesperado.

"Con el tiempo, y con mucho trabajo, se labraron un hogar, aunque mucho más humilde de lo que ninguno de los dos había conocido antes. Y con el tiempo, la mujer le dio un hijo a su marido, un niño con el pelo tan rubio como el de su madre. Y debido a que el niño favorecía tanto a los parientes de su madre, le dieron un valiente nombre nórdico. Erik significa 'gobernante por siempre' e invoca al gran campeón Erik el Rojo."

Elizabeth vio a Vivienne moverse en su asiento, la comida olvidada. ¿Ella conocía a un hombre llamado Erik? Elizabeth no lo conocía. ¿Dónde podría haber conocido su hermana a un hombre así?

Mientras tanto, el narrador continuó. "Así fue que con el tiempo, Dios le concedió a esta pareja otro hijo, otro niño tan dorado y saludable como el primero. Pero como Dios da con una mano, también quita con la otra, y la mujer murió al dar a luz a su segundo hijo. Y el esposo no sabía cómo criaría a esos niños sin su esposa a su lado y él temía que sus hijos necesitaran mayor protección de la que él podría otorgarles. Entonces, nombró al niño Nicholas, en honor al santo que se sabe que tiene afecto por los niños, y le suplicó a ese santo que mostrara favor a sus dos hijos."

Pero espera. Elizabeth frunció el ceño. Alexander había prometido la mano de Vivienne a Nicholas Sinclair, que tenía un hermano mayor llamado Erik. Los Sinclair eran una antigua familia de las Tierras Altas. Nicholas se congelaba en el calabozo, capturado por romper su promesa a Alexander.

Y lo más intrigante, Vivienne había pasado dos noches y dos días en compañía de Nicholas, sin vigilancia. Elizabeth miró a su hermana y no estaba del todo convencida de que a Vivienne no le importara el hombre del calabozo de Ravensmuir. Ella tampoco estaba convencida de que su hermana realmente sangrara como ella había insistido.

No había sido Annelise hacía unas semanas, Elizabeth lo sabía.

¿Podría ser una coincidencia la llegada de este narrador, conocido por Vivienne contra toda expectativa? Elizabeth pensaba que no. Ella escuchó más atentamente mientras el narrador continuaba.

"Aunque el padre enseñó a los niños lo mejor que pudo, ambos sintieron a menudo que su padre simplemente estaba esperando el momento oportuno antes de que él también se escapara para unirse a su madre. Parecía que a medida que los niños crecían, ganaban vitalidad a costa del vigor de su padre. Cuando fueron hombres, altos, fuertes y triunfantes en la batalla, él nunca se levantó de la cama.

"El hijo mayor, temiendo que su padre estuviera perdiendo la plenitud de su juventud, porque ambos muchachos habían escuchado la historia de los simples comienzos de sus padres una y otra vez, él comenzó a expandir su humilde morada. Él luchó contra vecinos avaros por todos lados, aseguró sus fronteras, construyó una torre de piedra y lo hizo todo en nombre de su padre. Él no se atribuyó ningún mérito a sí mismo, sino que juraba que era el plan de su padre, la formación de su padre y la inspiración de su padre lo que le otorgaba la fortaleza para conjurar la opulencia de la nada. Él era valiente en la batalla, se podía confiar en su palabra en un tratado y todos confiaban en él por su honor.

"El hijo menor, mientras tanto, no se preocupaba por el trabajo. Él prefería saborear lo que podía hechizar de los demás, o lo que podía engañarlos para que le concedieran favores, porque él creía que sólo los tontos trabajaban, sudaban y derramaban sangre. Él era bueno a la vista y él lo usaba a su favor para obtener sus deseos."

Esto concordaba con el recuerdo que Elizabeth tenía de Nicholas Sinclair. Ella miró a Vivienne a tiempo para ver a su hermana asentir sombríamente. Ella le dio un golpecito en el hombro. "Entonces, ¿cómo puedes preocuparte por Nicholas?" susurró ella.

Vivienne se sobresaltó sorprendida. "No."

"Pero él está en la mazmorra y claramente te preocupas por él ..."

Vivienne negó con la cabeza y luego exhaló un suspiro. "Es Erik Sinclair quien está en el calabozo", confesó ella en voz baja. "Es Erik Sinclair quien me capturó."

Elizabeth abrió la boca ante esta revelación y luego la volvió a cerrar. Vivienne volvió a centrar su atención en el narrador. Elizabeth apenas respiraba, porque ahora sabía que escuchaba la historia de la que Vivienne era parte. Ella dejó su comida a un lado e incluso ignoró el chapoteo de Darg saltando alegremente en su copa de cerveza medio vacía.

Ruari continuó. "Los hermanos discutían en ocasiones, como solo podían dos que obraban de manera tan diferente, pero ellos ocultaron sus peleas a su padre: el menor no tenía ningún deseo de lucir mal a los ojos de su padre, y el mayor no tenía deseos de poner a prueba la fuerza de su padre. Quizás el padre no entendió completamente la naturaleza de Nicholas hasta que fue demasiado tarde. Quizás él no deseaba saberlo. No sé la verdad, salvo que así fue."

Elizabeth estaba asombrada por la injusticia del error del padre. Darg eructó, luego salió de la copa vacía de cerveza, tambaleándose levemente en su camino hacia la jarra. El hada se subió al mango de la jarra, aterrizó sobre el pañuelo y comenzó a roer un agujero en la tela.

Elizabeth estaba demasiado paralizada por la historia como para preocuparse.

"El hijo mayor se casó felizmente, con una belleza local llamada Beatrice, y se selló una alianza con un matrimonio por amor. Beatrice tuvo dos hijas, y Erik estaba tan orgulloso como podía estarlo un padre. Y así parecía que todo estaba bien, aunque el hermano menor tenía celos feroces del mayor."

"Esta historia cambiará de mal en peor", susurró Elizabeth con temor. Vivienne no hizo más que asentir una vez, su atención completamente fija en la voz del hombre mayor.

# CAPÍTULO 10

"*Y* así sucedió que un día oscuro, Erik fue convocado sin previo aviso por un aliado, un tal Thomas Gunn, quien profesó necesitar su ayuda. Erik dejó a su esposa, a sus hijas y a su hogar bien defendidos, aunque quedó claro que él no se había preparado para la traición desde adentro. Erik llegó a la morada de Thomas para encontrar esas tierras en paz y saber que su vecino no le había enviado ninguna citación."

"¡Nicholas lo engañó!" siseó alguien en la compañía, y Elizabeth estaba segura de que el hombre había nombrado al culpable correctamente.

" —Sí, Nicholas lo hizo, de hecho, aunque entonces nadie se atrevió a hacer una acusación tan audaz. Una vez que Erik dejó su casa, Nicholas se proclamó como señor, aunque la mayoría pensaba que la afirmación era temporal."

"¡El perro!" gritó un hombre en la compañía. "¡Apuesto a que él tenía un plan para que el cambio se produjera de forma permanente!"

Ruari levantó una mano. "¿Quién puede decir con certeza, salvo el propio Nicholas? Sin embargo, te diré que Erik fue asaltado en el camino mientras regresaba a su propia morada, que fue atacado donde menos esperaba tal hecho, porque, como recordarás, él no sabía nada de los cambios en su hogar. Él solo sabía que el mensaje que había recibido de Thomas Gunn había sido un error.

"Y así fue que Erik fue sorprendido en su propia tierra, él fue golpeado hasta dejarlo sin sentido, fue arrojado desde un acantilado. Se creía que él estaba perdido de ese mundo para siempre y, de hecho, celebraron una misa fúnebre para él cuando no regresó a Blackleith y se lamentó su fallecimiento durante quince días. Se dijo que su caballo regresó a casa sin él, y Nicholas hizo saber que había buscado sin cesar a su hermano, sin éxito."

"Mientras había sido él el que se ocupó de su desaparición", murmuró un hombre asintiendo desde el salón.

"Eso explica sus cicatrices", dijo Elizabeth en voz baja, aunque su hermana no respondió.

Ruari hizo una pausa y Elizabeth se acercó al borde de la escalera, tan ansiosa estaba por escuchar el siguiente paso de la historia.

Vivienne, tomaba nota, escuchaba con la misma atención, aunque ella no parecía tan horrorizada por la historia. ¿Vivienne ya lo sabía?

"¡Él no puede haber estado muerto en verdad!" rugió un hombre en señal de ánimo. "Ese sería el final de tu historia."

Ruari negó con la cabeza. "Erik estaba casi muerto, sin duda, pero la Fortuna finalmente le sonrió. Un vecino poderoso que había salido a cazar encontró a Erik unos días después del funeral de ese hombre. Él reconoció a Erik y pensó en concederle un entierro honorable. ¡Imagínense su sorpresa cuando el supuesto cadáver comenzó a hablar!"

La compañía se rió, pero Vivienne no. Elizabeth vio a su hermana doblar la tela de su kirtle repetidamente entre sus dedos, completamente inconsciente de su propio gesto de irritación, y ella supuso que Vivienne había perdido su corazón por ese agraviado Erik.

"Y así fue por este vecino que Erik se enteró de los hechos en su morada. Él se enteró de que se decía que había sido asaltado en el camino por bandidos y que se había cantado una misa fúnebre en su honor. Erik, sin embargo, no podía dar crédito al rumor del engaño de su hermano. Al final, el vecino, que era el conde de Sutherland, le hizo a Erik un trato que probaría la veracidad de su afirmación. El conde de Sutherland se ofreció a visitar la morada de Erik y esconder a Erik dentro de su compañía, para que el hombre pudiera ver la verdad por sí mismo."

Elizabeth se puso de pie y tomó la mano de Vivienne entre las suyas. Los dedos de su hermana estaban helados. Vivienne le devolvió el apretón a Elizabeth, aunque no miró en su dirección.

Y así se hizo, aunque Erik estaba seguro de que el conde debía estar equivocado. Después de todo, se había dicho durante mucho tiempo que el conde de Sutherland sospechaba demasiado. Pero tal como había predicho el conde, Nicholas se hacía llamar Señor de Blackleith. Sin embargo, Nicholas no se contentaba con la mera soberanía sobre lo que le había robado a su hermano: no solo reclamaba autoridad sobre la propiedad familiar, sino que insistía en que las hijas de su hermano eran de su propia semilla."

"¡No!" rugió alguien en la compañía.

"¡Sí!" replicó Ruari. "Nicholas dijo que él se había visto obligado a pagar la deuda matrimonial con la esposa de su hermano, porque Erik no había podido hacerlo. Ningún hombre hubiera creído que él no deseaba unirse a Beatrice, porque la mujer era una belleza incomparable."

"¿Y qué dijo ella de eso?" demandó un hombre.

Ruari se encogió de hombros. Nadie lo sabía, porque de la bella y leal esposa de Erik, no había ni rastro. El conde creía que ella había defendido a su esposo y había sido asesinada por ese hecho. Después de todo, Nicholas afirmaba que él había seducido a Beatrice en lugar de su legítimo esposo, lo que debe haberla avergonzado. Esta vez, Erik dio crédito a las sospechas del conde, aunque él guardó luto en verdad a su leal esposa."

"¡Tal traición debe tener su merecido!" gritó otro hombre. La compañía comenzó a gruñir de descontento, tan completamente estaban del lado de Erik.

"Pero seguramente el padre protestó", argumentó un hombre.

Ruari negó con la cabeza con tristeza. "Seducido por la lengua plateada de Nicholas, el padre denunció a Erik, llamó a su hijo mayor la vergüenza del vientre de su amada esposa. Y se retiró, temblando, a su cama, dejando a Nicholas sin oposición como Señor de Blackleith."

"Será una hazaña esbozar un final feliz para esta historia", susurró Elizabeth.

"Así será", convino Vivienne.

"¿Qué pasó?" incitó uno de los hombres, sus palabras rápidas con impaciencia.

Ruari levantó la cabeza y extendió las manos mientras se dirigía a la compañía con una voz atrevida una vez más. "Tomó mucho tiempo curar las heridas de Erik, aunque apuesto a que algunas de ellas nunca se curaron. Él siempre cojeaba. Él siempre estaba lleno de cicatrices. Una vez sano, las opciones estaban ante él. Él podría haber dejado su tierra natal para siempre, podría haberse ganado su camino como mercenario en un país lejano, pero el miedo por sus hijas le hizo desear permanecer cerca. Sin embargo, era poco lo que podía hacer solo y no tenía hombres a los que pudiera convocar a su lado. Su hermano había fortalecido Blackleith y pocos de los que sabían de la supervivencia de Erik podían haberlo ayudado.

"Justo cuando él estaba completamente desesperado por el éxito, la voluble Fortuna le sonrió de nuevo, como suele hacerlo. El conde de Sutherland, que no estaba dispuesto a entrar en las disputas de su vecino pero que también odiaba que la injusticia pasara impune, le ofreció un trato a Erik. El conde había estado preocupado por esa visita a Blackleith, casi tanto como lo había estado Erik. El conde estaba muy preocupado por la estabilidad y el claro traspaso de la herencia. Muchas aflicciones vienen de las hijas, así lo declaraba él a menudo, y creo que a él le preocupaba que sólo dos hijas fueran la progenie de los Sinclair. Él conde vio problemas por delante, y pensó en resolver tanto eso como el problema que tenía entre manos.

"Y así fue como el conde de Sutherland le prometió a Erik Sinclair que si Erik podía concebir un hijo, un hijo cuya paternidad estuviera fuera de toda duda, él, el conde de Sutherland, no solo defendería a ese hijo, sino que reuniría un ejército para recuperar la posesión de Erik sobre Blackleith de su hermano Nicholas."

"Erik aceptó el trato", susurró Elizabeth.

"¿Qué más podría hacer?" murmuró a cambio Vivienne. Las manos de las hermanas estaban unidas y entrelazadas, sus nudillos blancos por el vigor de su agarre.

"Y así fue que Erik buscó a la única doncella en toda la cristiandad que había percibido a su hermano como la víbora que era cuando lo conoció por primera vez, la única mujer que había espiado la oscuridad del corazón de Nicholas con una sola mirada, la única mujer que él creía que podría otorgarle no solo el hijo que necesitaba, sino también otorgarle la sensatez que necesitaría para sobrevivir y triunfar."

Elizabeth miró a Vivienne y supo quién era esa mujer.

"¿Qué vas a hacer?" preguntó ella.

Vivienne negó con la cabeza. "Él debe escapar, esta misma noche, antes de que Alexander lo condene." Ella le lanzó una mirada a Elizabeth. "Te ruego que no me delates con Alexander."

Elizabeth puso los ojos en blanco ante la perspectiva. "¡Por supuesto que no! Pero, ¿cómo lo harás?"

Vivienne se encontró con la mirada de Elizabeth. "Había pensado que nuestra única oportunidad podría ser a través de las cavernas."

"Quieres irte con él."

Vivienne asintió. "Le prometí ese hijo. Me comprometí a hacer todo lo posible para concebir y también tenemos un compromiso durante un año y un día. Mi camino está con él."

Elizabeth se apresuró a darle un abrazo a su hermana, escuchando todos los matices tácitos en esas pocas palabras. Esa búsqueda podría no terminar bien, ya que las probabilidades estaban en contra de Erik Sinclair. A ella le asustaba pensar en Vivienne en medio de eso, pero ella podía imaginarse a su hermana haciendo una diferencia en el resultado final.

Elizabeth quería hacer su parte. Persuadiré a Darg para que nos muestre las cavernas. Podemos asegurar su escape con su ayuda."

"¿Harías esto por mí?"

"¡Por supuesto!"

Pero Alexander se enojará contigo, de eso estoy segura.

Elizabeth hizo a un lado esa preocupación. "Alexander se sale con la suya con demasiada frecuencia estos días. Disfrutaré la oportunidad de arruinar uno de sus planes."

Darg soltó un grito mientras caía por el agujero que había roído en el pañuelo. Hubo un chapoteo cuando la spriggan cayó en la jarra de cerveza. El hada hizo un gorgoteo y Elizabeth maldijo. Ella metió la mano por el agujero de la tela y agarró al hada que se retorcía por los pantalones, luego le dio una fuerte sacudida.

Darg tosió con entusiasmo y luego soltó un dulce eructo con olor a cerveza.

"La inmortalidad no ha agudizado tu ingenio", dijo Elizabeth, golpeando la espalda del hada con más vigor del estrictamente necesario. "Necesitamos tu ayuda esta noche, y tal vez consideres conveniente estar lo suficientemente sobria para concederla."

Darg abrió un ojo con astucia y luego se sentó en lugar de hacer algún comentario. Ella olfateó el aire, tan hambrienta como un perro de caza, y su sonrisa se volvió maliciosa. "El ladrón regresa con la marea de la tormenta; ella piensa que su lujuria no se puede negar." Darg comenzó a reír como si su alegría no pudiera ser contenida. Ella rodó sobre su espalda, riendo y riendo, sus pies pateando en el aire sin poder hacer nada.

Elizabeth no entendía su charla y no tenía paciencia para ella. Claramente, la spriggan estaba borracha y eso en el momento más inoportuno.

"Ya basta de Rosamunde", dijo Elizabeth con disgusto. "Te he dicho una y otra vez que ella no regresará. Solo te pido que nos guíes a través de las cavernas esta noche." Darg miró de un lado a otro, murmurando para sí misma y sin concederle a Elizabeth respuesta. Elizabeth miró a Vivienne, quien la miró con atención. "Lo siento, pero no puedo garantizar lo que hará Darg esta noche."

"Entonces tendremos que hacer nuestro mejor esfuerzo", dijo Vivienne, volviéndose para mirar a la compañía con rara resolución. "No habrá otra oportunidad tan buena como esta y no nos atreveremos a desperdiciarla."

Incluso si eso significaba sacrificarse. La determinación de Vivienne no podía significar nada menos. Eso era amor, pensó Elizabeth, y se sintió emocionada ante su misma presencia.

Era justo que el éxito fuera suyo esa noche.

VIVIENNE AVANZÓ POCO a poco para mirar por la esquina al pie de las escaleras. Ella vio cómo Ruari se encogía de hombros y caminaba por el salón lentamente, aparentemente absorto en sus pensamientos. El salón estaba en silencio mientras todos esperaban la siguiente de la historia.

"¡Cuéntanos!" gritó un hombre valiente entre la multitud. "¡Cuéntanos cómo recuperó todo lo que él había perdido!" Los hombres rugían y golpeaban las mesas con sus copas, muchos de ellos pateando con entusiasmo. Alexander y Tynan intercambiaron una sonrisa, Alexander claramente complacido consigo mismo por considerar oportuno contratar al narrador esa noche.

Él podía no permanecer tan complacido por mucho tiempo.

Ruari suspiró y se enderezó, dejando que su mirada recorriera a la compañía como si él temiera lo que tenía que decir. "Ojalá pudiera decirles eso pero el atrevido plan del conde de Sutherland fracasó. La doncella elegida traicionó a Erik, al igual que todas las almas de toda su vida. Erik murió, sin nombre, olvidado y sin venganza en un triste pozo de una mazmorra. En cuanto al destino de sus hijas, no me atrevo a adivinarlo"

Los hombres en el salón miraron con incredulidad al narrador durante un largo momento de silencio. Vivienne se puso de pie, sabiendo que esa historia había sido contada para sus oídos, sabiendo que solo ella tenía el poder de cambiar su final.

Erik la necesitaba.

"¡No!" gritó un hombre en el salón. "¡Eso no es justo!"

"¡No!" gritó otro. "¡Él no puede haber muerto antes de haber cumplido su misión!"

Alexander se puso de pie y levantó las manos, claramente esperando poder calmar a la compañía. "Te sugiero que encuentres un mejor final para tu cuento, viejo", dijo él, pero Ruari se puso de pie con orgullo.

"He contado la historia tal como fue", dijo él. "Este es el único final que conozco, porque es la verdad."

"¡Eso no es un cuento!" un hombre rugió y arrojó su copa de cerámica con vigor a Ruari. Ruari se agachó, la copa se estrelló contra la mesa alta y rápidamente fue seguida por otra.

Una tempestad estalló en el salón. La vajilla se hizo añicos contra el suelo y una marea rugiente de hombres descontentos se precipitó hacia el narrador impenitente. Tynan gritó pidiendo orden en vano, Alexander gritó consternado y Vivienne supo lo que tenía que hacer.

"¡Ahora!" le gritó a Elizabeth y las dos jóvenes se sumergieron en el caos del salón de Ravensmuir. Vivienne sacó la daga de Erik de su funda y esperó contra toda esperanza no tener que usarla contra sus propios parientes.

"¡Trae a Darg!" le gritó a Elizabeth.

"¡Ella corre delante de nosotros, usando la cabeza y los hombros de la compañía como trampolines!" Elizabeth respondió.

Las hermanas esquivaron la vajilla que volaba por el aire y trataron de no resbalar en la cerveza derramada por el suelo de piedra. Vivienne se lanzó hacia la puerta del calabozo y chocó pesadamente con un hombre.

Era Ruari, con una alforja abultada echada al hombro.

Él la miró con severidad, luego exhaló un suspiro. "No hay presagio más temible que las atenciones de una mujer hermosa, en eso cualquier hombre de buen sentido puede confiar."

"Yo quiero ayudarlo", dijo Vivienne, segura de que él se refería a Beatrice. "Mi hermana puede ayudarnos a escapar."

Ruari parecía escéptico. Su mirada se apartó, luego empujó a Vivienne bruscamente fuera del camino de un par de hombres enzarzados en combate. Él se disculpó y luego extendió la mano hacia la daga de Erik. "Ya has causado bastantes problemas, muchacha. Déjame al menos salvar la vida del muchacho ".

"Tú no puedes darle un hijo."

"Y tú nunca persuadirás al guardia de que te entregue la llave", intervino Elizabeth. "Nos necesitas."

Los ojos de Ruari se entrecerraron y su boca se movió en un extraño silencio.

"Esta es mi hermana, Elizabeth. Ella puede ver hadas, incluida la que nos guiará fuera de Ravensmuir por un pasadizo oculto." Vivienne esperaba de todo corazón que eso fuera cierto.

Ruari pensó por un mero momento, su expresión preocupada. "¡Hechiceras!" murmuró él. "Nada menos que una familia entera de ellas." Él echó un vistazo a la desordenada compañía y luego abrió bruscamente la puerta de madera. Él se inclinó con la gracia de un cortesano. "Después de ustedes, mis damas", dijo él, comportándose para todo el mundo como si hubiera sido su sugerencia que se unieran a él.

Vivienne se apresuró a bajar los escalones con la falda en alto. Ella fingió deleite cuando el hombre al que se le había concedido el deber de vigilar a Erik levantó la vista de su puesto. ¡Hamish! Estoy muy contenta de encontrarte aquí."

"¡Mi señora Vivienne! Y mi señora Elizabeth. ¿Qué problema hay en el fragua en el salón? Hamish era de cabello plateado y valiente en la batalla, su rostro estaba arrugado con las arrugas de la experiencia. Él era delgado y musculoso, un oponente formidable a pesar de sus años de experiencia en la guerra. Su impaciencia por unirse a la refriega era muy evidente. "Parecemos estar sitiados."

"¡Lo estamos!" lloró Elizabeth. "¡La batalla es terrible!"

Los ojos de Hamish se iluminaron ante la perspectiva.

"Alexander necesita que todos los hombres salgan en defensa de Ravensmuir", agregó Vivienne.

"Sí, puedo oír el alboroto, pero no puedo abandonar mi tarea." Hamish lanzó una mirada oscura a la puerta de la celda en el calabozo. "Ningún hombre ataca a una de las mujeres de la familia de mi señor y queda libre para escapar de la justicia."

"Amén", dijo Ruari con brusquedad. "Yo vigilaré al prisionero en tu lugar."

"¡En efecto!" Declaró Vivienne. "¡Hamish, tu espada es necesaria en la batalla de arriba!"

Hamish lanzó una mirada sospechosa a Ruari. "¿Y quién es este?"

"Oh, debes conocer a Ruari." Elizabeth saludó con desdén al hombre mayor, para placer de Vivienne. Su hermana, estaba claro, era más adepta a la falsedad que ella. "Él ha estado empleado por Alexander durante al menos quince días." Elizabeth se acercó a Hamish para susurrar. "Pero él es más fuerte que valiente, a su edad, si entiendes lo que quiero decir."

Hamish asintió con la cabeza ante esto, sin apartar la mirada de Ruari.

Vivienne añadió al cuento. "Alexander ha nombrado a Ruari mi escolta y es incondicional. Confíale la llave de la mazmorra y nadie, vivo o muerto, se la soltará de las manos."

Hamish miró detenidamente hacia las escaleras, pero negó con la cabeza. "Yo debería esperar la orden de mi señor."

Ruari se rió brevemente. "Incluso uno tan viejo como yo puede asegurar que un prisionero permanezca en su celda en esta formidable fortaleza." Él miró hacia arriba. Y el señor no tendrá oportunidad de darte órdenes directas pronto, amigo mío. ¡Él necesita a todos los aliados!"

Un bramido llegó desde el salón de arriba, seguido de un estruendo estrepitoso. Tynan rugió pidiendo orden en el momento perfecto.

Hamish desató apresuradamente la llave de su cinturón y se la ofreció al otro hombre. "Cuidado con que no te engañen."

Ruari asintió. "Estoy acostumbrado a la lengua plateada de Nicholas Sinclair y la maldad que puede desencadenar. Puedes estar seguro de que no me dejaré engañar."

Hamish corrió escaleras arriba, luego se detuvo justo antes de la puerta. "Júrame también que defenderás a la dama Vivienne y la dama Elizabeth."

Ruari asintió. "Nunca una mujer ha sufrido daño bajo mi cuidado." Él sacó su propia espada, como para mostrar su preparación. "Las damas estarán a salvo conmigo, más seguras aquí, por mucho, que en el salón de arriba. ¡Vamos hombre! ¡Ve y ayuda al señor!"

Las miradas de los hombres se encontraron y se sostuvieron, luego Hamish irrumpió en la sala con un grito de batalla. La pesado puerta se cerró detrás de él cuando las espadas chocaron en lo alto.

"¡Finalmente!" Vivienne intentó arrancar la llave de la mano de Ruari, para apresurarse mejor en ayudar a Erik, pero el hombre mayor negó con la cabeza.

"Déjame. Puede que no todo sea como esperabas"

La mano de Vivienne se apartó con temor. "¿Está Darg aquí?" susurró ella y Elizabeth miró hacia un rincón alto de la habitación, luego asintió.

Ruari enfundó su espada en silencio, luego entrecerró los ojos mientras colocaba la llave de bronce en la cerradura. No se oía ningún sonido detrás de la puerta, un mal presagio en verdad.

Quizás Erik había sido golpeado hasta el estupor.

Quizás estaba muerto. Vivienne apretó las manos y rezó en silencio. Elizabeth se acercó más, sus propios ojos muy abiertos.

Los cerrojos sonaron y Ruari les dirigió una mirada solemne.

Vivienne afirmó que ella estaba preparada para lo peor, y el hombre mayor comenzó a abrir la enorme puerta. Las bisagras crujieron en protesta.

Entonces la puerta se cerró de golpe con vigor. Ruari cayó hacia atrás con un grito cuando Erik saltó de su prisión. En un abrir y cerrar de ojos, Ruari estaba de espaldas en el suelo y Erik se arrodilló encima de él, con las manos entrelazadas alrededor del cuello del hombre mayor.

"¡No!" gritó Vivienne, olvidándose por el momento de que podría ser escuchada.

"¡No!" lloró Elizabeth.

Erik, aparentemente sordo para las hermanas, apretó con más fuerza. Ruari enrojeció y se atragantó.

"¡Tonto!" Vivienne pateó a Erik en la pierna con todas sus fuerzas. "¡No mates a Ruari! ¡Hemos venido a ayudarte! "

ERIK PARPADEÓ REPETIDAMENTE, luchando por ajustar su visión a la luz repentina. Él había podido ver poco más allá de la silueta en la puerta cuando se lanzó desde la celda.

Él estaba dispuesto a luchar para salir de Ravensmuir. Él había estado tan seguro de que la puerta solo sería abierta por alguien encargado de llevarlo a un destino espantoso que había estado preparado para matar a ese mensajero.

Él no estaba preparado para que una mujer le gritara, y mucho menos para que ella lo pateara con una fuerza salvaje. Ella saltó sobre su espalda y le rodeó el cuello con los brazos. El hueso de su antebrazo presionó contra su garganta e impidió el paso del aire.

Él apretó su agarre, decidido a completar lo que había comenzado mientras pudiera. La habitación se oscureció a su alrededor y su cabeza comenzó a latir con mayor vigor.

Luego escuchó que le gritaban al oído el nombre "Ruari".

De hecho, el rostro enrojecido a su alcance le resultaba familiar.

Erik no se había imaginado que alguien lo ayudaría a escapar. Ciertamente él no se había imaginado que Ruari intentaría siquiera ingresar a Ravensmuir, y mucho menos tener la oportunidad de liberarlo de manera oportuna. Las probabilidades estaban más bien en contra de una intervención tan fortuita.

Sin embargo, ahí estaba Ruari, ahogándose en busca de aire.

"¡Ruari!" Erik soltó las manos y el hombre mayor tomó una temblorosa bocanada de aire. Erik ayudó al hombre mayor a sentarse y le dio unas palmaditas en la espalda mientras ese hombre recuperaba el aliento laboriosamente. Ruari tosió y escupió, se atragantó y se frotó la garganta. Él le dio a Erik una mirada desagradable, que no era inmerecida.

Fue Vivienne quien se deslizó de la espalda de Erik, contra toda expectativa, había sido Vivienne quien le había impedido cometer un grave error.

En todo caso, ella le dio una mirada más oscura que la de Ruari.

Desafiaba toda creencia que Vivienne hubiera asegurado su escape. Sin embargo, a Erik le dolía tanto la espinilla donde ella lo había pateado que ella no podía ser un producto de su imaginación.

Y su cuerpo respondía a su presencia de la manera más entusiasta. Sus ojos brillaban y su cabello estaba suelto de su trenza, sus mejillas estaban enrojecidas y ella parecía lo suficientemente madura para deslumbrar. ¿Qué hechicería podía convocar ella, que solo la vista de ella despertaría tal lujuria dentro de él? Él no quería nada más que echarla sobre su hombro y llevarla lejos, poseerla una y otra vez, probar cada parte de su carne cien veces.

Pero, ¿por qué ella había acudido en su ayuda ahora? Él lanzó una mirada sospechosa a su alrededor, diciéndose a sí mismo que ella debía haber ido a llevar más dolor sobre su cabeza.

Solo había cuatro de ellos en la antesala del calabozo, la cuarta era una joven de cabello oscuro que se parecía a Vivienne lo suficiente como para ser pariente. Ella no parecía ser una amenaza para su supervivencia, pero nunca se sabía.

Él le dirigió una mirada cautelosa a Vivienne y su corazón dio un vuelco cuando encontró su mirada fija en él. Sus labios carnosos estaban tensos con desaprobación y ella respiraba tan hondo que hacía que las curvas de sus pechos se tensaran contra su vestido.

"¿Qué clase tonto eres para asaltar a los que vienen a rescatarte?" —Exigió Vivienne, su actitud despectiva. Sin embargo, le temblaba la voz y él sabía que ella temía que él hubiera tenido éxito.

De hecho, él había estado a punto de herir a su único compañero de confianza.

"¿Cómo te atreves a herir al hombre lo suficientemente leal para ayudarte?" continuó Vivienne. "¿Qué clase de necio sin sentido intenta asegurarse de no ser salvado?"

Había poco que Erik pudiera decir a eso, así que no dijo nada en absoluto. De hecho, el vigor de la respuesta de su cuerpo a la presencia de Vivienne era casi abrumador. Él dio un paso lejos de ella y le dio la espalda. Él permanecería tan consciente de su presencia como siempre, pero ella podría sentirse insultada por sus modales.

"Gracias por ese saludo", dijo Ruari con brusquedad. "Recuérdame que nunca te deje molesto, muchacho, si esa es la bienvenida que recibo cuando te alegras de verme."

"Lo siento. Pensé que habías venido a llevarme a la muerte."

"Sé lo que pensaste, muchacho", replicó Ruari. "Pero es posible que hayas mirado antes de saltar." Él se estremeció y tosió, haciendo más un espectáculo de su recuperación de lo que Erik realmente pensaba era merecido.

La otra doncella palmeó a Ruari en la espalda con simpatía. Ella era bastante bonita, joven y curvilínea.

Ruari, el viejo pícaro, floreció bajo sus atenciones.

"Oh, eres el corazón y el alma de la bondad, en la que cualquier alma triste puede confiar", canturreó él. "¿Podrías frotarme un poco la espalda, muchacha? ¿Alguna vez te han dicho que tienes el toque de una sanadora? Yo debería saberlo, porque soy descendiente de una larga y exaltada línea de sanadores, y te digo que puedo sentir el don en tu toque..."

"Un hombre sabio me enseñó una vez que el tiempo es esencial para sorprender a un asaltante", murmuró Erik, sabiendo muy bien que Ruari reconocería el consejo de William Sinclair.

Ruari lo ignoró. "Aquí, muchacha. Un poco a la izquierda, en este hombro aquí. Sí, no puede haber ni una pizca de duda al respecto, tienes los dedos de un ángel." Él sonrió a la doncella, quien frotó su espalda con mayor vigor mientras él suspiraba contento. "Un verdadero ángel".

"Una disculpa es muy pequeña a menos que sea aceptada", dijo Vivienne.

Erik sintió la parte de atrás de su cuello calentarse, sabiendo que el hombre mayor lo atormentaba deliberadamente.

"Me detuve tan pronto como te reconocí, Ruari. Nuevamente te digo que lo siento."

Ruari resopló. "Tu visión se desvanece antes de tiempo, muchacho. Pensaba que me habrías reconocido antes."

"Deberías ver a Ruari recompensado por sus esfuerzos para rescatarte", dijo Vivienne. "Él fue valiente."

Ruari se pavoneó bastante bajo este elogio.

"Le he dado las gracias", dijo Erik lacónicamente. "Aunque él rechace el honor que yo le concedería. Habrá tiempo para discutir sobre el asunto una vez que estemos libres de Ravensmuir."

"Es cierto, muchacho," dijo Ruari y finalmente se puso de pie. "Esta pequeña ventaja puede que no dure mucho." Los hombres se dieron la mano e intercambiaron una mirada que lo resolvió todo.

"¿Qué pasa en el salón de arriba?" Preguntó Erik. "Suena como una pelea. ¿Ha perdido el señor el orden de su salón?

Ruari asintió, pero fue Vivienne quien habló primero. Ella se acercó al lado de Erik y puso una mano sobre su brazo, su toque envió un escalofrío traicionero sobre su carne. Él debería haber esperado que ella lo tocara, debería haber esperado que ella intentara atraer su mirada hacia ella de nuevo. Ella tenía que conocer la potencia de su caricia, el poder que tenía sobre él.

De hecho, un fuego bailó por sus venas desde el punto donde las yemas de sus dedos descansaban sobre su carne. Él apenas se atrevía a respirar, él no se atrevía a hablarle directamente. Él no se atrevía a mirar en su dirección, tan volátil era su deseo por ella.

"Es una pelea", dijo ella. "Una provocada por la recitación de tu historia por parte de Ruari."

¿Su historia? ¿Ruari le había contado su historia? El pánico parpadeó profundamente dentro de Erik, un terror que no fue atemperado por la expresión de disgusto de Ruari. "¿Qué significa eso?"

"No tuve elección, muchacho.. Ahora era Ruari quien estaba arrepentido. Por una vez en todos sus días, el hombre sabía que había dicho demasiado. "Yo necesitaba un cuento para poder entrar en el salón del señor. Yo conté la única historia que conozco."

"¡No tenías ningún derecho!" dijo Erik en voz baja y Ruari conocía el presagio de ese tono lo suficientemente bien como para inquietarse.

"Lo sé, muchacho, lo sé, pero el bien común está servido..."

Erik lo interrumpió enojado. "¿Qué mayor beneficio se obtiene al desnudar el alma de un hombre a una compañía de extraños y mercenarios?"

"Fue una historia maravillosa", dijo Elizabeth entusiasmada, ajena o indiferente a la ira de Erik. "Ruari habló de ti y de Nicholas y de Beatrice, y de su engaño, y de tus hijas y..."

Erik no necesitaba escuchar más. "¿Qué estabas haciendo en el nombre de Dios?" gritó él, casi lamentando no haber terminado su asalto anterior. "¡Podrías haber contado cualquier historia! ¡No había necesidad de contar esa! ¡No puedes contar mi historia a nadie que elijas!"

"Pero..."

"No tienes derecho a contar esa historia y la sabes tan bien como yo", continuó Erik. "¡No es tu historia!"

Ruari se puso de pie con esfuerzo, luego le dirigió al joven una mirada firme. "Sí, es tu historia, bastante cierto, aunque mi relato te ha visto liberado de la prisión y salvado de una muerte segura o desmembramiento", Ruari resopló y Erik supo que su compañero estaba insultado.

Pero a Erik le habría gustado que le hubieran arrancado el atuendo, tan desnudo se sentía. Era su historia, suya sola, suya para compartir o no compartir, como él quisiera.

Le habían robado esa elección. Ahora Vivienne y toda su familia sabían que él no tenía nada a su nombre, que había sido tan tonto como para ser llamado cornudo y haber sido estafado de su herencia, que su nombre no valía nada en absoluto. Él no solo era un lisiado lleno de cicatrices: no, ahora Vivienne sabía que su padre lo había desautorizado, que sus hijos habían sido robados, que su misma capacidad para crear hijos había sido puesta en duda. Una cosa era haberse dejado seducir por sus encantos y otra haber perdido la dignidad ante sus ojos.

Aunque ahora él entendía la razón por la que ella había venido a ayudarlo. Era lástima lo que había traído a Vivienne en su ayuda después de su traición, nada más.

Pero Erik no deseaba su ayuda, no si la piedad era su raíz.

Incluso cuando Erik estaba furioso, Ruari hacía un gran escándalo por alisar su arrugado abrigo. "Pensé que era un uso apropiado del cuento, para estar seguro, aunque si no estás de acuerdo, podemos encerrarte fácilmente en esa celda, y podemos asegurarnos de que esta llave..." él agitó la pieza de latón ofensiva debajo de la nariz de Erik " —Que esta llave nunca se vuelva a encontrar. ¿Es esa tu preferencia, mi señor? Preguntó él, su tono empalagoso. "Ciertamente no desearía desafiar tu deseo de morir arriesgando mi propia vida para salvarte."

Erik levantó una mano, pero no se le concedió la oportunidad de hablar. Ruari continuó su discurso, apenas parando para respirar. "Lejos está para mí, un simple sirviente, asumir que quizás prefieras vivir antes que morir. Lejos está para mí, una simple escolta pagada, aunque una que se comprometió a ayudarte con una promesa hecha a un hombre que se comprometió a vengarse por toda la eternidad si yo fallaba, lejos está de mí"... su voz se elevó en volumen.

Vivienne se interpuso entre los hombres, con la mirada hirviendo a fuego lento de la manera más inquietante. "Atraerán a Hamish para que vuelva a su deber con demasiada charla en voz alta", interrumpió ella secamente.

Cuando Erik y Ruari se volvieron hacia ella, ella negó con la cabeza como si reprendiera a los niños traviesos. "Si quieren escapar sin ser detectados y crear una distracción para hacerlo, debe tener el ingenio para utilizar esa distracción."

La oportunidad y el buen sentido de su argumento robaron el trueno de la ira de Erik.

"Bueno, así es", dijo Ruari, su color se elevó de nuevo mientras se ajustaba el cinturón.

Vivienne se acercó a un banco que el guardia debió haber usado y tomó un arma familiar. "Y aquí está tu espada", dijo ella.

Para asombro de Erik, ella se la entregó, asegurándose de que él estuviera armado una vez más. Él se preguntó por su intención incluso cuando le dio la bienvenida al familiar peso de la espada en su mano. Esa acción no tenía sentido, dado lo que ella ya había hecho.

Quizás lo habían soltado por deporte. Uno escuchaba historias sobre los entretenimientos indignos exigidos por los nobles en el sur, y realmente estas tierras eran extrañas en miles de pequeñas formas. Quizás había un desafío mayor por delante e incluso Vivienne no percibía que fuera justo para él estar sin un arma. Aunque Erik no le daba mucha importancia a los rumores, la perspectiva lo inquietaba profundamente.

Las hermanas claramente no compartían su inquietud, lo cual no era una buena señal. La más joven asintió y habló secamente. "Debemos entrar en las cavernas antes de que se den cuenta de que nos hemos ido."

"¿Qué cavernas?" Ruari y Erik preguntaron al unísono.

"El laberinto que se extiende bajo el torreón de Ravensmuir", explicó Vivienne. "Hay muchas entradas disfrazadas y muchos portales a lo largo de la costa. Ofrecen la mejor oportunidad de escapar sin ser detectado."

"No es el proceder de las mujeres hacer tales planes", dijo Ruari con brusquedad. Estaba claro que él compartía el desconcierto de Erik, porque este también miró por encima del hombro y luego al alboroto que seguía surgiendo en el salón de arriba. Los hombres intercambiaron una mirada de incertidumbre.

Vivienne le dirigió a Ruari una mirada maliciosa. "¿Y cuál sería tu plan alternativo para escapar? Apenas podemos pasar por el salón sin ser detectados, ya que Erik es alto y ya se ha mostrado como prisionero de mi tío."

Ruari se sonrojó y por una vez no tuvo nada que decir.

"¿Pero cómo encontraremos nuestro camino, si realmente es un laberinto?" preguntó Erik, sin preocuparse por ocultar su escepticismo.

"Seguiremos a la spriggan, por supuesto", dijo Elizabeth.

"¿Qué significa eso?" Ruari exigió en un grito, luego se persignó con vigor.

"Un spriggan es un hada", dijo Vivienne.

"Sé lo que es un spriggan", replicó Ruari con vehemencia. "Aunque poco bien sale de ellos y de los de su especie, sin duda." Él se acercó más a Erik. "Los spriggan son más traviesos que la mayoría de las hadas, lo que dice poco bueno de ellos. Y se dice que pueden cambiar de forma a su gusto, volviéndose tan grandes como una casa y tan aterradoras como una tormenta en el mar." Él bajó la voz. "Solo un hechicero temible jamás afirmaría estar al mando de una criatura tan descarada." Y se santiguó de nuevo.

Vivienne rechazó esa advertencia. "La spriggan se llama Darg y no es tan temible como dices. Desafortunadamente, solo Elizabeth puede ver a Darg, pero ella ha aceptado concederle su ayuda."

"¿Esta niña manda a la spriggan?" dijo Ruari con asombro y miró a la hermana menor con nueva cautela.

"Tú fuiste el que dijo que ella tenía un toque curativo", le recordó Erik al hombre mayor, que palideció. Erik, por su parte, no dio crédito a la presencia de esa spriggan.

Él apretó con más fuerza su espada, completamente convencido de que lo estaban llevando a una trampa. A él no le importa. Él podía luchar y lucharía contra cualquier hombre, ahora que había sido liberado de la celda y tenía su espada una vez más. Erik tenía que triunfar en ese desafío para verse libre de Ravensmuir, eso estaba claro.

El error que había cometido el Lammergeier era no comprender cuánto necesitaba él esa victoria.

# CAPÍTULO 11

*L*as hermanas parecían ajenas a las preocupaciones de los hombres. Ellas se giraron como una sola y cogieron antorchas de la pared, tan a gusto con su mención de hadas y laberintos que Erik estaba muy convencido de que la historia era una mentira.

"Por aquí", dijo Elizabeth, apoyando su mano sobre la piedra tallada de la pared del fondo. Había una sombra que había sido ocultada por la antorcha que ella había levantado, y esa sombra se inclinó bajo su toque. Allí apareció una brecha en la piedra, y las hermanas metieron sus manos en el espacio, obligando a que se abriera una puerta allí.

Vivienne volvió a mirar a Erik, sus ojos brillaban con determinación y alguna otra emoción que hizo que su corazón saltara de la manera más rebelde. Él se dijo a sí mismo que era natural que su cuerpo le respondiera con tanto vigor, porque ella era hermosa y él ya conocía la profundidad de su pasión.

De todos modos, él esperaba que el precio de escapar del laberinto no fuera un triunfo sobre esa belleza en particular.

La luz de las llamas doraba el cabello castaño rojizo de Vivienne y le acariciaba la mejilla, haciéndola lucir regia y mucho más allá de sus aspiraciones. Su vitalidad hizo que un nudo subiera a su garganta, el brillo audaz en sus ojos le hizo anhelar encontrarse con ella en su cama una vez más.

Por un momento peligroso, mientras sus miradas se cruzaron y se sostuvieron, a Erik no le importó si ella era el engendro de comerciantes de reliquias y ladrones, o si ella lo había condenado al cautiverio y la tortura. Él solo veía que ella permanecía sin miedo en el umbral de una oscuridad aterradora. Su valentía no se debía a una locura, porque él podía ver la inteligencia en su mirada, lo que sólo le hacía admirar aún más su audacia.

Y por ese momento potente en el que el tiempo se detuvo, Erik Sinclair solo sabía que él quería estar con Vivienne de nuevo, durante tantos o tan pocos momentos como fuera posible, porque cualquier tiempo en su compañía valdría cualquier precio que se le exigiera.

Él sabía que esa era la verdadera amenaza de Vivienne, esa descendiente de hechiceros con su sacrílego encanto. Ella lo había traicionado y, sin una palabra de explicación o disculpa de ella, él estaba dispuesto a olvidar lo que sabía y confiar en ella de nuevo, o al menos a acostarse con ella una vez más. Su cuerpo desafiaba su propio sentido común y el deseo lo engañaba y lo traicionaba.

Él sabía que era mejor no dejarse seducir tan fácilmente.

Erik obligó a su expresión a volverse sombría mientras se preparaba contra Vivienne. Él reclamó una antorcha y pasó junto a ella como si ella no lo hubiera estado esperando, como si no hubiera expectación en sus ojos, como si el olor de su carne no hiciera que sus entrañas se apretaran. Él se dijo a sí mismo que no debía sentirse un canalla cuando la sombra de la decepción tocó su expresión.

Él no confiaba en Vivienne; él no se atrevía a hacerlo. Ella lo había salvado solo para llevarlo a un peligro mayor. Al menos, ella lo abandonaría en un laberinto y lo dejaría vagar hasta que muriera de hambre y sed. Ningún hada que solo pudiera ser vista por una de las hermanas sería su salvación.

"Bien podría ser una trampa, pero supongo que tenemos pocas opciones, muchacho", murmuró Ruari, inconscientemente haciéndose eco de los pensamientos de Erik. Él ladeó la cabeza ante un repentino estrépito procedente del ruidoso salón de arriba. "No cruzaremos ese salón sin ser vistos."

Erik asintió y levantó su espada en alto. "Un hombre sólo puede elegir el camino que parece menos terrible y esperar lo mejor", respondió mientras cruzaba el umbral de piedra.

Para su sorpresa, había escalones excavados en la roca, escalones que conducían hacia abajo. Una ráfaga de aire marino jugueteó con sus fosas nasales y él sintió una creciente esperanza de que realmente podría escapar de Ravensmuir.

Eso fue suficiente para enviarlo a zancadas hacia la oscuridad, siguiendo la llama danzante de la antorcha de Elizabeth.

Como Elizabeth, Vivienne habría preferido permanecer fuera de las cavernas debajo de Ravensmuir.

A diferencia de Elizabeth, Vivienne no confiaba particularmente en que la spriggan Darg los sacara del laberinto. Ella no se atrevía a mostrar su inquietud, no cuando tanto Ruari como Erik estaban tan claramente escépticos de ese camino, pero su corazón dio un vuelco de miedo cuando entró en el frío del laberinto.

Estaba tan oscuro. Las antorchas parpadeantes no parecían arrojar su luz muy lejos en la interminable negrura de ese lugar, ni el calor de las llamas parecía dispersar la frialdad que emanaba de la roca.

Vivienne sabía que había mil bifurcaciones del camino, mil pasillos falsos, más de mil callejones sin salida. La red había sido tallada en parte por la naturaleza, en parte ampliada por hombres que buscaban lugares para esconderse. Era como el panal de una colmena, y Vivienne siempre había estado convencida de que había escondites de huesos de aquellos que habían entrado en las cavernas y no habían podido encontrar la salida.

Ella esperaba que no se unieran a ese grupo.

"Deberías cerrar la puerta", dijo Elizabeth con autoridad, señalando hacia la abertura que se abría de par en par. Como Ruari fue el último en cruzar el umbral, él se santiguó, murmuró visiblemente una oración y luego se estiró para cumplir sus órdenes. La mazmorra desapareció cuando la gran piedra se instaló audiblemente en su lugar.

Vivienne tragó, porque las sombras se hicieron aún más profundas y el aire parecía más frío que un momento antes. Sus antorchas parpadearon al unísono ante el cambio en el aire, luego se calmaron. Ella podía oír el silbido del viento y el estrépito del mar.

Se acercaba una tormenta, recordó ella, aunque ahí se sentía más a su merced que dentro de la fortaleza de los altos muros de Ravensmuir.

"Hay una corriente de aire", dijo Erik, sus palabras resonando a su alrededor. "Huele a mar."

De hecho, las llamas ahora parecían volar hacia la mazmorra. Vivienne inhaló profundamente, aliviada por la evidencia de una abertura en algún lugar debajo de ellos.

Solo tenían que encontrarla.

"¡Por aquí!" Elizabeth dijo con una confianza que Vivienne no compartía, y ella bajó corriendo los anchos escalones de piedra labrada. Ella desapareció rápidamente, porque el descenso era tortuosamente curvo, aunque la luz de su antorcha guió a los demás hacia adelante.

No había barandilla, sólo el muro de piedra sobre el que apoyarse, y los escalones no estaban ni al mismo nivel ni a la misma altura. De vez en cuando, un hilo de agua bajaba por un muro de piedra y salpicaba en algún estanque invisible muy por debajo de ellos. Las sombras parecían más siniestras con cada paso, sus secretos apenas mantenidos a raya por la luz de las antorchas. Cada vez que una abertura se abría de par en par a un lado del camino o al otro, Vivienne se preguntaba qué amenazas acechaban en su interior.

Habría sido fácil tropezar, aunque Vivienne no pidió ayuda a ninguno de los dos. En todo caso, ellos estaban más preocupados que ella. Ruari murmuraba su padrenuestro una y otra vez, el sonido era más tranquilizador de lo que Vivienne hubiera querido admitir. Erik estaba tan tenso como la cuerda de un arco tensado, aunque él no dijo nada en absoluto.

Se abrían paso siempre hacia abajo, envueltos por el frío de la tierra. Erik sostenía su espada en alto al igual que su antorcha, y los hombres se detenían en cada abertura antes de pasarla. Ambos estaban atentos al observar su entorno, como si ellos también esperaran una sorpresa desagradable. Vivienne sentía la desconfianza de Erik, aunque ella no quería discutir con él delante de los demás.

Y ella sabía que una acción sería más útil para recuperar su confianza que cualquier promesa que ella pudiera hacer. Una vez que él fuera liberado de Ravensmuir con su ayuda, ella podría explicarle mejor su inocencia.

"¿Por qué, por el amor de Dios, un hombre haría semejante madriguera debajo de su fortaleza?" exigió Ruari finalmente.

"Mi familia comerció con reliquias religiosas durante años", dijo Vivienne, muy consciente de que esa no era una credencial honorable. "Mi bisabuelo, que construyó Ravensmuir, comenzó el comercio. Se dice que él reclamó este sitio debido a sus cavernas naturales, y luego las hizo agrandar hasta convertirlas en un laberinto."

"¿Reclamó o robó?" preguntó Erik en voz baja, y Vivienne se sonrojó ante la condena en su tono. Ella supuso que ningún hombre honesto encontraría mérito en la historia y fuente de riqueza de su familia.

"Robó, sin duda", dijo Ruari. "Siempre se han escuchado historias sobre los Lammergeier y su deshonroso oficio. Cavernas como estas se adaptarían bien a una familia que necesita ocultar hechos oscuros y saqueos." Él resopló. "Ningún hombre honesto las necesitaría."

"¿Tú te consideras deshonesto?" Preguntó Vivienne, muy consciente de que su familia tenía una historia contaminada, pero de todos modos era protectora de sus parientes. "Porque claramente las necesitas esta noche."

Los hombres intercambiaron una mirada pero no dijeron nada.

Vivienne continuó con su relato, porque ansiaba llenar el opresivo silencio. "Mi abuelo no tuvo ningún deseo de continuar el comercio y usó su barco para comerciar con tela. Él trajo seda y telas de oro de Arabia, así como gemas que eran codiciadas en las cortes de reyes y barones."

"Lo que explica la riqueza poco común de tu familia", murmuró Ruari. "Aunque es mal habida, en la raíz."

"El hermano de mi abuelo se dedicó en secreto al oficio durante algunos años antes de abandonarlo", dijo Vivienne, ignorando esa acusación.

"¿Cómo pudo hacerlo en secreto?" Preguntó Ruari. Entonces alcanzaron a Elizabeth, que estaba deliberando entre las dos opciones ofrecidas por una bifurcación en el camino. Ella asintió con la cabeza y se dirigió a la derecha, que nuevamente condujo hacia abajo, con el dobladillo de su vestido volando detrás de ella.

"Había muchos caminos hacia el laberinto y Gawain los conocía todos", dijo Vivienne, esperando que su hermana realmente siguiera un buen camino. "Él venía sin el conocimiento de su hermano y tomaba lo que deseaba del tesoro aquí. Quedaron muchas reliquias incluso después de que él abandonó el comercio, tantas que la última de ellas se subastaron solo este mismo año."

Elizabeth continuó el relato. "Fueron subastadas porque nuestro tío Tynan, que ahora es Señor de Ravensmuir, decidió deshacerse finalmente de las reliquias. Fueron motivo de una disputa entre él y su prima"

"¿Qué tipo de disputa?" Preguntó Ruari, claramente tan ansioso como Vivienne por que la conversación continuara.

"Yo esperaría que el primo deseara tener las reliquias, porque son valiosas incluso en estos tiempos", dijo Erik con gravedad.

"De hecho, ella las quería", convino Vivienne.

"¿Ella?" preguntaron los hombres al unísono.

"Nuestra tía Rosamunde continuó con el oficio familiar, porque su padre adoptivo Gawain le enseñó bien."

Ruari silbó entre dientes. "Una mujer, comerciando con reliquias religiosas. Ella debe haber sido intrépida, sin duda."

"Así es ella." Vivienne frunció el ceño. "Siempre la hemos llamado tía, aunque la verdad es que ella no comparte sangre con ninguno de nosotros. El hermano de mi abuelo, Gawain, la adoptó cuando fue abandonada cuando era bebé. Él y su esposa la criaron como si fuera su propia hija."

"¿El mismo hermano que se dedicó al comercio de reliquias?" Preguntó Ruari.

Vivienne asintió, sintiendo el peso del silencio de desaprobación de Erik. Ella sabía que ellos no tenían antecedentes familiares respetables. En contraste, ella era muy consciente del peso de la daga de su familia, todavía escondida en su cinturón, y no tenía ninguna duda de que los Sinclair tenían un pasado más ilustre y valiente. "El mismísimo."

"Y es a Rosamunde a quien Darg odia más que nada", contribuyó Elizabeth. "La spriggan", aclaró ella cuando Ruari pareció confundido. "Darg llegó a pensar que el tesoro abandonado de reliquias era su propio tesoro, así que cuando Rosamunde vino a tomar algo, Darg creyó que le habían robado. Ella está decidida a vengarse, aunque le he dicho una y otra vez que Rosamunde nunca volverá a Ravensmuir.

"Por esa disputa con el señor", dijo Ruari, asintiendo con gravedad. "Si él subastaba las reliquias, se desharía de su robo para siempre. Estoy de acuerdo con tu tío, porque un hombre no puede sufrir una infamia en su salón con tanta facilidad."

Vivienne se mordió la lengua. Aunque había mucho más en la historia, no era de ella para compartir, ni la admisión de la intimidad de larga duración entre Tynan y Rosamunde mejoraría la visión de Erik sobre la medida moral de su familia.

"¿No deberíamos estar ascendiendo ya?" le preguntó a Elizabeth en cambio. ¿Seguramente nos dirigimos a los establos? No podemos bajar por siempre sin llegar a la gran caverna que da acceso al mar."

"O al mar en sí", dijo Ruari con gravedad.

"Se lo dije a Darg", dijo Elizabeth, luego miró hacia arriba una vez más. Ella respiró hondo. ¡Ella mantiene ese ritmo esta noche! De hecho, estaremos sin aliento cuando lleguemos a nuestro destino."

"Eso tiene poco sentido", dijo Erik, deteniéndose. "Si continuamos descendiendo, aterrizaremos en el mar mismo."

"O quedaremos atrapado en algún rincón cuando suba la marea", murmuró Ruari, deteniéndose junto al joven.

Vivienne miró hacia ellos con alarma. "No había pensado en eso."

"Quizás tu hermana no conoce realmente el camino", dijo Erik, con la mirada llena de acusación.

"Ella no", admitió Vivienne. "Pero el hada conoce bien el laberinto."

Erik arqueó una ceja. "Si, de hecho, hay un hada." Estaba claro que él no creía eso. Él hizo una pausa y miró a su alrededor, mirando la media docena de portales que se abrían desde el pasillo en su vecindad. "Sugiero que nos dividamos en grupos para buscar un camino que regrese hacia arriba."

"¡Un esquema con sentido!" Dijo Ruari.

"Pero nos perderemos si nos separamos", argumentó Vivienne, haciéndose eco del razonamiento que le habían enseñado toda su vida. En verdad, ella estaba aterrorizada de vagar sola en este laberinto. "¿Cómo nos volveremos a encontrar?"

"¡Darg!" gritó Elizabeth y, ajena a las preocupaciones de Vivienne, bajó corriendo las escaleras en aparente persecución del hada.

Vivienne dio media docena de pasos detrás de su hermana, deteniéndose cuando aún podía ver a los hombres. "¡Elizabeth!" gritó ella. "¡Espéranos!" Pero Elizabeth corría hacia adelante, la luz de su antorcha disminuía a una velocidad alarmante.

"Ruari y yo buscaremos nuestro propio camino, mientras tú y tu hermana siguen al hada", dijo Erik mientras Vivienne luchaba contra el impulso de seguir a su hermana.

"Debemos permanecer juntos", dijo ella, incluso mientras Ruari miraba por una abertura a la izquierda. "¡Debemos!"

"Éste toma un curso ascendente", dijo Ruari, luego hizo una seña a Erik. "Apuesto a que donde sea que llegue es mejor que lo que hemos dejado atrás. Después de todo, solo hay espacio para mejorar." Ruari entró en el pasillo, sus botas rechinando en la piedra y su antorcha sacando brillo a la piedra.

"¡Ruari, no!" gritó Vivienne. "Debemos permanecer juntos."

"No, ya no hay necesidad de eso", dijo Erik en voz baja.

Su tono incitó a Vivienne a mirarlo, y su expresión fria le partió el corazón en dos. "Quieres abandonarme aquí", acusó ella, consternada cuando Erik no lo negó. "¡Pero tenemos un compromiso! Y prometí intentar tener a tu hijo."

"Y yo estoy cansado de tu engaño", dijo él. "Tú te aseguraste de que no solo nos persiguieran, sino que también nos encontraran instando a que nos detuviéramos temprano anoche."

"Yo no hice tal cosa. ¡Tú estabas herido! Cabalgar más lejos te habría herido más."

"Entonces, ¿cómo nos encontraron tus parientes?"

"Fue el hada, Darg, quien les dio dirección."

Erik se pasó una mano por los ojos y desvió la mirada. "No hay un hada, Vivienne. Quizás no te las arreglaste para que nos encontraran, quizás no me mentiste completamente. Quizás tu familia solo nos cazó con perros. Importa poco. Nos separamos ahora, antes de que surja sobre nosotros cualquier trampa que tu familia haya planeado."

"¿Qué trampa? ¡Acabo de ayudarte a escapar!"

"¿Con qué objetivo?"

Vivienne jadeó ante la acusación en su expresión. "No puedes imaginar que te he ayudado a escapar solo para ponerte en mayor peligro. ¡No puedes creer que te he traicionado!"

Él le dio una mirada fría. ¿No es así? Cuando nos rodearon, me capturaron y golpearon, todo porque negaste cualquier vínculo conmigo..."

"¡No! Mentí para que Alexander no se asegurara de que nunca pudieras concebir un hijo", explicó Vivienne, sus palabras tropezándose unas con otras en su prisa por ser entendida. Erik la miró tan desapasionadamente que ella supo que no lo había convencido de su inocencia. "Alexander podría haberte dejado sin miembro en ese momento, de lo enojado que estaba él."

"Es vengativo, tu hermano."

"Él es protector." Vivienne respiró para tranquilizarse. "Me temo que la responsabilidad de cuatro vírgenes pesa demasiado sobre sus hombros."

"Él es responsable de sólo tres vírgenes, según mis cálculos, aunque su recuento parece diferir del mío", dijo él con tono duro. "Porque le has insistido a tu hermano que aún eres una doncella."

"¿Qué más podría haber hecho? ¿Hubieras preferido que lo dejara hacer lo peor?

Erik la miró, como si estuviera considerando si ella decía la verdad. "Tú profesas preocupación por mí, pero te negaste a casarte conmigo."

La verdadera razón de su negativa subió a los labios de Vivienne, pero ella no quería hablar de amor en ese momento, cuando parecía que a Erik ni siquiera le agradaba ella. "Porque argumentaste en favor de un compromiso", dijo ella en cambio, obligándose a sonar tranquila, como si él la hubiera persuadido solo por la lógica.

En realidad, ella pensaba en la hermosa Beatrice y en lo mal que debía lucir comparada con ese paradigma de esposa que había defendido sus derechos hasta su propia muerte.

"Tu razonamiento para un compromiso por un apretón de manos es sólido", dijo ella con cuidado cuando él no dijo nada. "Porque necesitarás otra doncella si tu simiente no da fruto en mi vientre. No tentaré al fracaso exigiéndote que cedas a las expectativas de mi familia. No arriesgaría a tus hijas tan fácilmente."

"¿Y qué ganas con esto?"

"La oportunidad de ayudar a dos niñas."

Erik frunció el ceño y se alejó abruptamente. Vivienne pensó que él podría irse, pero él se limitó a mirar por el pasillo por el que Ruari había desaparecido.

Aparentemente tranquilizado, él se giró hacia ella, su mirada brillante. Él hablaba más lentamente ahora, su condena parecía perder su vigor. "Sin duda, me habría enfrentado a un destino más terrible mañana, en lugar de un simple abuso, cortesía de tus parientes."

"Quizás fuera así, si yo no hubiera asegurado tu escape."

Sin embargo, Erik la miraba con tanta atención que Vivienne se imaginaba que él intentaba leer sus pensamientos. Ella le devolvió la mirada con firmeza, esperando que él viera la honestidad de su intención.

"Quizás esta hazaña tiene la intención de proporcionar algo de diversión a tu familia", sugirió él en voz baja. Después de todo, hay mucho interés por los halcones, los caballos y los sabuesos en este salón. Quizás me vuelvan a cazar. Él dio un paso atrás. "Quizás yo salte de la grasa al fuego."

"¡Mi familia no haría una cosa tan horrible!" gritó Vivienne. "¿Cómo puedes estar tan seguro de que te quiero herido?"

"¿Cómo podría confiar en ti, después de todo lo que ha ocurrido?" preguntó a su vez, alzando la voz. "Todo ha ido mal desde que llegué a Kinfairlie..."

"Todo salió mal mucho antes de eso."

Erik se pasó una mano por el pelo y luego habló con determinación. "Todo iba a cambiar con este plan y, sin embargo, no es así. Claramente me he equivocado una vez más. Dado que la Fortune me ofrece la oportunidad de sobrevivir, pretendo aprovecharla. Ya no te seguiré a ti ni a tu hermana. Sería una locura sacrificar la pequeña ventaja que tengo en este momento."

Ellos se miraron el uno al otro en silencio bajo la luz parpadeante. Vivienne no sabía qué decir, al igual que sabía que no podía dejar que él la dejara atrás. Ella sabía que podía ser de ayuda para él, ella sabía que debía tener la clave de su éxito final porque tenía la sensación de que su unión no era una mera coincidencia. Ella no sabía cómo convenserlo un hombre tan dudoso de lo invisible, de tal convicción.

"¡Ven, muchacho!" rugió Ruari desde cierta distancia. "Hago un rápido progreso aquí y pronto no podré volver sobre mis pasos hacia ti. ¡Puedo oler bastante los establos, en eso puedes confiar!"

Erik sostuvo la mirada de Vivienne, sin inmutarse. "Lo que ha sucedido entre nosotros seguirá siendo nuestro secreto mientras yo respire", juró él con tanta intensidad que ella le creyó. "No debes temer las repercusiones de una lengua suelta." Ella hizo ademán de hablar, pero él levantó la mano. "Y me aseguraré de que Ruari también se mantenga callado. Cásate bien, confiando en que nadie revelará que ya no eres doncella. Adiós, Vivienne."

Vivienne lo miró fijamente, conmocionada hasta los pies de que él realmente se alejara de su lado, consternada más allá de lo creíble al escuchar el clamor de su corazón. Él se mantenía tan decidido, tan seguro de que podría triunfar solo, tan noble que moriría en el intento de salvar a sus hijas.

Entonces ella supo que, contra todo pronóstico, ella había perdido su corazón por Erik Sinclair. Tal vez ella nunca fuera capaz de reclamar su afecto, pero no podía dejar que él se marchara. Vivienne Lammergeier sabía que el amor era demasiado infrecuente y de demasiado valor para despreciarlo.

Era el amor lo que aseguraría la victoria de Erik al final.

Pero ella no se atrevió a discutir eso, todavía no.

Así que ella negó con la cabeza y argumentó lo contrario. "Erik, no puedes hacer esto. Si nos dejas a nosotros y a Darg, solo te perderás. ¡Te pondrás en peligro de verdad a ti mismo y a tus hijas! Te lo juro, no te deseo mal. Te juro que no sabía nada de la persecución de mi familia y solo trato de arreglar las cosas."

"Vivienne ..."

"Erik, quisiera acompañarte. Todavía quisiera intentar dar a luz a tu hijo. Quisiera cumplir todas las promesas que te he hecho."

"¿Pero por qué?"

Vivienne no se atrevió a decir la verdad, tan lozana y frágil para ella, por lo que impulsivamente ofreció otra explicación más terrenal.

Ella cerró la distancia entre ellos con un paso rápido, se acercó y tocó sus labios con los de él.

Erik no se movió. De hecho, él se quedó tan absolutamente quieto que ella temió que la volviera a rechazar. Sin desanimarse, Vivienne deslizó la mano por el cabello de su nuca y cruzó la boca con la de él. Ella lo besó con un suave ardor, persuadiendo su respuesta.

Erik permaneció inmóvil mientras ella lo besaba, y ella podría haber pensado que sus esfuerzos eran inútiles si él no hubiera dejado que su mano se deslizara alrededor de su cuello. Ella sintió el trueno de su pulso bajo la palma de su mano y supo entonces que él no era tan inmune a su caricia como quería hacerla creer.

Él también sentía el vínculo entre ellos, aunque todavía negaba su potencia.

Tranquilizada, Vivienne dejó a un lado su linterna y ahuecó su rostro entre sus manos, poniéndose de puntillas para besarlo completamente. Ella lo besó una y otra vez, instándolo a que se uniera a ella. Ella lo escuchó recuperar el aliento, sintió su erección, ella no cesó sus besos. De hecho, ella deslizó la lengua entre sus labios y fue recompensada con su jadeo.

Y luego, su resistencia se derrumbó con asombrosa velocidad. Su brazo se cerró alrededor de su cintura y la levantó contra su pecho, su beso saqueó su boca con inconfundible fervor, como si él fuera a devorarla por completo. Vivienne le devolvió el beso con alegría, sabiendo que había influido en su elección, sabiendo que ella podía ganarse su amor.

Erik rompió abruptamente su beso y puso distancia entre ellos, entrecerró los ojos mientras la miraba. "Es una hechicería muy común la que utilizas", dijo él. Pero una en la que ningún hombre sensato confiaría, de todos modos. Regresa y vuelve a todo lo que conoces. Adiós, Vivienne."

Con eso, Erik se volvió para perseguir a su compañero, levantando la voz para llamar al hombre mayor. "¡Ruari! Grítame instrucciones para que pueda encontrarte."

"¡No!" gritó Vivienne y se abalanzó sobre él. Ella respiró hondo, sabiendo que una confesión no mejoraría la visión que Erik tenía de ella, pero era la única forma de evitar que la abandonara. "Yo mentí sobre mis cursos", admitió ella y él se quedó paralizado.

Él miró por encima del hombro y entrecerró los ojos. "¿Qué significa eso?"

"Tenía que detener a Alexander, así que mentí. Todavía no sangro. No he sangrado en más de dos semanas. No puedes dejarme, ya que tu semilla bien podría estar echando raíces dentro de mi vientre."

Erik maldijo y su frente se oscureció. Vivienne contuvo la respiración, porque ella pudo ver que él no le creía realmente, pero la posibilidad la tentó.

Antes de que él pudiera responder, Elizabeth gritó desde algún punto muy por debajo.

"¡Darg!" gritó entonces, aparentemente angustiada. "¡No, Darg, no!"

Hubo un resonante chapoteo que hizo que Vivienne se congelara de terror. Una mujer gritó.

"¡Elizabeth!" gritó Vivienne, aunque nadie le respondió.

Un simple latido después, Ruari maldijo con entusiasmo, su exclamación resonando por el pasadizo que había seguido. Hubo un estrépito, como si alguien se hubiera caído, y una piedra se derrumbó. Un viento feroz subió por la escalera con fuerza repentina, apagando la antorcha encendida de Erik tan fácilmente como una bocanada de aire apaga una vela.

Vivienne estaba envuelta en tinieblas, absolutamente insegura de dónde se encontraba, y mucho menos de dónde podrían encontrarse sus compañeros. "¿Erik?" susurró ella, su boca seca por el miedo.

Ella podía oírlo respirar, pero él no respondió, y eso no era un buen presagio.

~

LA MUJER LO CONFUNDÍA. Erik no se atrevía a quedarse mucho tiempo con Vivienne, no cuando ella podía persuadirlo tan fácilmente de lo que quisiera. Él había estado dispuesto a abandonarla, hasta que ella había admitido que había mentido sobre sus cursos. Él no sabía cuál era la verdad, si ella sangraba o no, si le mentía a él o a su hermano, aunque él no se atrevía a abandonarla cuando ella podía tener a su hijo.

Al menos eso fue lo que se decía a sí mismo. La verdad era que él no podía apartarse fácilmente de esa mujer. Incluso cuando pensaba lo peor de ella, su beso le quemaba el alma. Él no podía descubrir la verdad de la mentira, no cuando ella lo besaba con un abandono tan grande.

Él temía que ella mintiera, solo para que él obedeciera sus órdenes.

Erik estaba completamente consciente de la dama detrás de él, no menos cuando ella susurró su nombre. El temblor de miedo inusual en su voz hizo que él se volviera y le tendiera la mano. Ella era tan atrevida, esa doncella, tan resuelta, que sospechaba que debía tener mucho miedo de haber dado un indicio de tal debilidad.

"¿Vivienne?" respondió él, extendiendo su mano hacia donde pensaba que ella debía estar.

La oyó dar un paso hacia él, oyó el tembloroso suspiro que ella tomó, luego sintió que sus dedos chocaban con los de él. "Odio estas cavernas", dijo ella, tratando de cubrir su miedo con una risa que solo hizo que ese miedo fuera más evidente.

Su bravuconería hizo que Erik entrelazara sus dedos protectores con los de ella, que lo hiciera acercarla más a su lado. "No es diferente en la oscuridad que en la luz", dijo él. "Todavía estamos en una caverna debajo del torreón."

"Parece mucho peor", dijo ella, y luego, inesperadamente, apoyó la mejilla contra su pecho. "Por favor, no me dejes, Erik, no sola en tal oscuridad."

El brazo de Erik estaba alrededor de la cintura de Vivienne antes de que pudiera considerar la sabiduría de su impulso. En la oscuridad, sus otros sentidos eran más agudos. Él podía oler la dulzura que se adhería a su piel, así como el sabor de su terror. Su cabello se enredaba sobre su brazo y entre sus dedos como seda fina, la curva de sus senos estaba aplastada contra su pecho. Él sintió su aliento contra su garganta y supo que ella había echado la cabeza hacia atrás, él supo que sus labios estarían separados, él supo que ella no rechazaría su beso.

Pero había demasiada tentación en ese camino.

De hecho, ese habría sido el momento perfecto para lanzar algún plan en su contra. Él incluso había bajado su espada y ya no escuchaba a su alrededor.

"No", dijo él con determinación, apartando a la dama de su lado. "Esto no cambia nada."

"Pero…"

"¡Ruari!" gritó él antes de que ella pudiera discutir el asunto.

No hubo respuesta, excepto un gruñido ahogado. ¿Ruari había sido atacado? ¿O se había caído?

"Me perdí un escalón, muchacho", gritó ese hombre, su voz vacilante. Y dejé caer mi maldita antorcha al hacerlo. ¡Soy como un ciego, no, como un ciego con cojera!

Erik suspiró aliviado. "Ya voy, Ruari", gritó él, luego agregó algunas palabras para hacer sonreír al hombre mayor. "En eso puedes confiar."

El bufido de risa de Ruari resonó por el pasillo de piedra.

"Adiós" dijo Erik, aunque él no pudo ver la presencia de la dama. Él podía oír su respiración, aunque Vivienne no volvió a su lado. Sin embargo, alguna otra emoción más que el miedo teñía el aire, y él pensó que podría haber sido enojo.

A su pesar, él no podía dejar el asunto así. "No discutes más mi partida", dijo él. "¿Significa esto que estás de acuerdo con mi decisión?"

"No", dijo ella bruscamente. "Significa que no desperdiciaré mi aliento tratando de persuadirte de la verdad. Mi madre me advirtió que no suplicara a un hombre por nada."

¿Había perdido ella su deseo por él, tan rápido? Erik se quedó estupefacto ante la perspectiva y, en realidad, un poco decepcionado.

Para su mayor sorpresa, Vivienne exhaló con lo que podría haber sido una risa. "No imagines que has visto lo último de mí, Erik Sinclair", dijo ella con una resolución poco común. Puede que me abandones aquí, pero te seguiré. Después de todo, sé tu destino y tu objetivo."

Erik deseaba haberla visto en este momento, porque seguramente su barbilla estaba inclinada hacia arriba y sus ojos ardían con determinación. Habría un rubor en sus mejillas y una expresión en sus labios que desafiaban la discusión y exigían un beso. Él había resuelto el asunto: ella era una verdadera Valkiria y tal vez fuera una locura protestar contra la colección de su alma con tanta vehemencia.

O quizás su vigor era otro elemento más de su ineludible hechizo.

Otro grito surgió de debajo de ellos, seguido de un chapoteo que ocultó la maldición murmurada de Erik.

"Ya voy, Elizabeth", gritó Vivienne, aunque Erik escuchó el temblor en su voz. Él oyó que sus manos rozaban la pared de piedra y él supo que ella tenía la intención de seguir su camino a tientas.

Cualesquiera que fueran sus convicciones sobre los objetivos de la dama, él no podía abandonarla para buscar a su hermana sola, sin tener en cuenta su miedo a la oscuridad.

Él se dijo a sí mismo que simplemente le devolvía el favor, que la ayudaba a encontrar a Elizabeth como ella lo había ayudado a escapar de la mazmorra de Ravensmuir. Tenía sentido, aunque incluso él sabía que eso no era la suma de su argumento.

Simplemente, él no deseaba separarse de Vivienne todavía.

"Vendré por ti en breve, Ruari," gritó él. Primero él quería encontrar a la hermana, luego dejaría a Vivienne en compañía de su hermana y la supuesta hada guía. Luego buscaría a Ruari, atendería las heridas del otro hombre y ambos podrían ponerse en marcha.

Erik extendió la mano y reclamó la mano de Vivienne, con la esperanza de no caer presa de cualquier plan que ella pudiera haber inventado con su familia. "Tú tocas la pared derecha y yo tocaré la izquierda", le ordenó a Vivienne, quien estaba silenciosa y probablemente asombrada. "Daremos juntos cada paso. No te apresure y deberíamos poder descender sin incidentes."

Parecía, como muchos de los planes de Erik, ser un plan que ofrecía un éxito inmediato. Eso, y la presencia de Vivienne, deberían haberle advertido de posibles complicaciones.

VIVIENNE ESCUCHÓ un chapoteo en las distantes profundidades más adelante, su sonido resonaba a través de las cavernas con una velocidad vertiginosa. Detrás de ese sonido había susurros que podrían haber sido voces.

"¿Elizabeth?" llamó ella, su propia voz resonando salvajemente.

No hubo respuesta, simplemente otro grito ahogado.

Vivienne nunca se perdonaría a sí misma si alguna mala suerte le sucediera a Elizabeth, especialmente después de haberla persuadido de que la ayudara. Ella se apresuró hacia adelante lo mejor que pudo.

Para su alivio, Erik pareció sentir la misma urgencia y, en unos momentos, ella tuvo que apresurarse para seguir el ritmo de sus largas zancadas. Él daba sólo un paso en cada escalón, mientras que ella necesitaba dos o tres; él caminaba hacia la oscuridad con una confianza que ella no compartía. Ellos llegaron a una confluencia de pasillos, pero Erik no dudó en tomar una decisión.

Ellos podrían haber estado solos en el laberinto, porque sólo se oía el eco de sus pasos y el distante goteo del agua. Vivienne podía oír débilmente el murmullo del mar. Aunque ella sabía que las cavernas jugaban una mala pasada con el sonido, y sabía que Elizabeth y Ruari también estaban en el laberinto, la falta de sonido de cualquiera de ellos hizo que agarrara la mano de Erik con más fuerza.

Para su alivio, él no parecía preocupado por su ansioso agarre. Él se movía con una seguridad que ella solo podía envidiar, como si él estuviera acostumbrado a perderse en lugares oscuros.

Llegaron a una segunda intersección, una brisa teñida de sal entraba por una de las aberturas. Vivienne también olió una antorcha apagada, aunque no podía discernir su origen.

"Por aquí", dijo Erik sin dudarlo y persuadió a Vivienne a seguir adelante con valentía.

"¿Cómo lo sabes? ¿Y si te equivocas? Preguntó ella, sabiendo que ella habría desperdiciado momentos preciosos sopesando cada elección.

"Sólo un camino desciende en cada intersección", dijo él. "Tu hermana elegía siempre el camino descendente."

"Ella seguía a Darg", corrigió Vivienne y escuchó el bufido de incredulidad de Erik.

"Su olor viene por aquí, al igual que el olor de la antorcha apagada", explicó él, su tono paciente. "¿No puedes distinguirlo?"

"¿Qué olor tiene?"

Ella sintió su encogimiento de hombros. "No puedo explicarlo. Es el olor del calor, de una persona y, por lo tanto, diferente del olor de la piedra y el agua que nos rodea."

Vivienne se preguntó qué tipo de olor tenía ella, y si él lo encontraba tan atractivo como ella encontraba el olor de su piel. Ella no se atrevió a preguntar cuando sus modales eran tan sombríos.

"Entonces sabes cómo perseguir a alguien que no deja rastro de su camino."

"Todos los hombres y mujeres dejan un rastro de su camino, incluso cuando se esfuerzan por no hacerlo", dijo Erik. "Ruari me enseñó a distinguirlo."

"Y él usó su habilidad para encontrarte."

El agarre de Erik se apretó de repente en su mano y la detuvo abruptamente. No tuvo que pedirle que se callara, no cuando él se quedó tan abruptamente quieto. Vivienne permaneció inmóvil, preguntándose qué distinguía él, porque ella podía decir que él estaba bastante concentrado en la vigilancia.

Ella no podía ver nada.

Ella no podía oír nada.

Ella trató de oler el aroma de su hermana y falló.

Vivienne olió el perfume de su tía Rosamunde. Ella nunca había olido ese aroma tentador excepto en presencia de su tía. Era exótico y raro, y ella sintió el sobresalto de sorpresa de Erik cuando evidentemente lo olió.

Vivienne aguzó el oído y luego escuchó el débil gruñido de los hombres en el trabajo, el sonido amortiguado de las botas sobre la piedra. Hubo otro grito, más enfurecido que aterrador, y ella adivinó quién lo había emitido.

Todo tenía perfecto sentido para ella en ese momento, los sonidos de abajo y la insistencia de Darg en descender cada vez más.

"¡Tía Rosamunde!" le susurró ella emocionada a Erik. "Ese es su perfume. Después de todo, ella debe haber regresado a Ravensmuir."

"Quizás no sea tu tía", dijo Erik en voz baja.

"Debe ser ella ", insistió Vivienne. " Muy pocas almas conocen el laberinto, y aún a menos les gustaría visitarlo."

"No se puede estar segura de eso. Si el laberinto no se ha utilizado, cualquier alma curiosa podría haberlo explorado."

"¿Pero por qué?"

"Obtener acceso en secreto a una rica fortaleza sería suficiente motivación." Erik sonaba sombrío. "Tu hermana podría haber sido capturada, para pedirle rescate al señor de arriba."

El corazón de Vivienne dio un vuelco de miedo, entonces ella supo que él debía estar equivocado. "¿Pero qué hay del perfume?" Ella intentó tirar de Erik hacia adelante. "Es sólo Rosamunde. Debemos estar cerca de la gran caverna donde se almacenaban muchas reliquias. Yo estuve allí una vez, con el tío Tynan. Desde allí hay un camino fácil hasta una gruta que se abre al mar. Es lo suficientemente grande como para esconder un bote pequeño, por lo que las mercancías se pueden mover de la caverna a barco..."

Erik se mantuvo firme con obstinación. "¿Por qué esta Rosamunde habría regresado a Ravensmuir si no solo se comprometió a no hacerlo, sino si las reliquias que ella codicia se han ido?"

Y eso hizo que Vivienne se detuviera.

Una vez ella habría sugerido que Rosamunde había regresado por su amor por Tynan, pero no desde el rechazo de Tynan. Ella tenía la sensación de que Rosamunde había regresado, pero no había regresado para reparar la brecha entre ella y su antiguo amante. Ella sospechaba que Rosamunde había venido en busca de venganza, aunque ella no quería dar voz a un pensamiento tan oscuro.

Seguramente él sabía lo suficiente sobre los innobles impulsos de su familia.

En cambio, ella dejó que Erik creyera que la había persuadido de que no era su tía. "Quizás tengas razón", dijo ella y vaciló.

"Aun así, debemos encontrar a Elizabeth", dijo Erik. Él levantó su espada y siguió adelante, aunque con mayor sigilo que antes. Vivienne siguió su camino siempre hacia abajo, ella prestaba atención a sus instrucciones y esperaba contra toda esperanza que su familia no le proporcionara otra credencial escandalosa.

Sin embargo, ella tenía la sensación de que su esperanza no se haría realidad.

## CAPÍTULO 12

Con Vivienne detrás de él, Erik se abría paso por el camino de piedra. Apareció una luz después de doblar una esquina y, como resultado, su camino se hizo más fácil. Los sonidos de la actividad también se hacían más fuertes, el roce de las botas sobre la piedra y el bajo retumbar de las voces de los hombres se hacían más claros con cada paso.

Una mujer seguía gritando periódicamente, lo que era muy preocupante. Erik dobló una esquina y un portal iluminado se abrió ante ellos. Él aplanó a Vivienne contra la pared detrás de él y escuchó.

No había sonidos de persecución. Él miró a Vivienne con la intención de decirle que esperara, pero una mirada a su expresión decidida le dijo que no la convencería de hacerlo. Él sacó su espada silenciosamente, levantando un dedo para silenciar su protesta. Él se acercó sigilosamente y miró a la vuelta de la esquina.

Fuera lo que fuera que Erik hubiera estado esperando, no había esperado eso.

Una gran caverna se abría desde ese portal, tantas antorchas encendidas apoyadas en sus paredes que la habitación podría haber estado iluminada por el sol del mediodía. Un abismo se abría paso serpenteando por su suelo, sus bordes irregulares hacían que pareciera una falla reciente. Había un brillo oscuro de agua dentro del abismo, así como alguien chapoteando y agitándose dentro de él.

"¡No sé nadar!" rugió esa persona, cuya voz revelaba su género. Ahí estaba la mujer que gritaba repetidamente.

La hermana de Vivienne hacía una danza extraña en el borde del abismo, alternativamente, estirando la mano para ayudar a la mujer y aparentemente golpeando a un asaltante invisible. "¡Darg, no!" gritó ella. Claramente ella no podía alcanzar a la mujer en el agua, aunque lo intentaba.

La mujer del abismo se agarró al borde del saliente de piedra y luego saltó hacia arriba. Ella gruñó mientras apoyaba las manos en la piedra y se elevaba más. Sus caderas habían salido el agua, toda empapada hasta los huesos, cuando gritó de dolor repentino. Apartó la mano izquierda del saliente y luego se hundió en el agua con un resonante chapoteo.

"¡Me mordió!" gritó ella cuando salió a la superficie de nuevo, luego maldijo con tal vigor que los ojos de Erik se abrieron como platos. Elizabeth pateó algo que Erik no podía ver. Él podría haber pensado que ella estaba loca, pero su patada fue seguida por otro chapoteo más pequeño más abajo en el abismo.

"¡Rosamunde!" gritó Vivienne. Ella se agachó bajo el brazo de Erik, aparentemente tranquila por ese extraño escenario, corrió a través de la caverna y cayó de rodillas junto a su hermana. Mantén a Darg alejada y yo ayudaré a la tía Rosamunde.

"Ya no puedo ver a Darg", se quejó Elizabeth y Erik se abstuvo de notar que nadie podía ver la rumoreada spriggan. "Ella debe estar bajo el agua todavía." La muchacha frunció el ceño con una preocupación que nadie más compartía. "¿Seguramente ella no puede haberse ahogado?"

"Yo también la ahogaría con mucho gusto", murmuró la tía, luciendo tan furiosa como un gato mojado cuando logró salir del abismo con la ayuda de Vivienne. Para sorpresa de Erik, ella estaba vestida de hombre, con calzas, botas altas y una camisola que había sido más blanca de lo que era en ese momento. Su abrigo tenía un corte más largo de lo normal para un hombre y casi le llegaba a las rodillas.

Su atuendo parecía fino, porque había abundantes bordados dorados en los dobladillos y estaba confeccionado con tela de un negro profundo. En ese momento, goteaban grandes charcos en el piso de piedra y el dobladillo colgaba torcido. Sus botas chirriaban cuando caminaba, aunque la forma y el cuero parecían estar bien. Su cabello era largo y ella lo llevaba suelto, aunque también estaba húmedo y era oscuro.

Sus ojos brillaban con furia y se volvió hacia los hombres que trabajaban diligentemente detrás de ella. Erik veía ahora que varias cajas de madera estaban apiladas alrededor del perímetro de la habitación: eran viejas, su madera estaba manchada y sus esquinas maltratadas como si no tuvieran valor. De todos modos, estaba claro que estaban siendo removidas.

Erik se preguntó cuál podría ser su contenido y pensó que era mejor no preguntar.

Un tercio de la habitación estaba completamente despejada: varios hombres llevaban cajas a través de un portal iluminado al otro lado de la habitación, pero regresaban con las manos vacías. Ellos iban vestidos como hombres de poca reputación, con parches en las rodillas y la tela muy gastada. Sus ropas estaban mojadas sobre los hombros y su cabello también estaba mojado. Erik asumió que esto significaba no solo que la lluvia había comenzado en serio, sino que esos hombres de alguna manera estaban llegando al exterior.

Su corazón dio un vuelco ante la perspectiva de que la escapatoria del laberinto de Ravensmuir estaba tan cerca.

Un hombre corpulento con un arete dorado colgando de una oreja parecía estar dirigiendo el trabajo, porque miraba a los hombres con atención y reprendía a los que reducían el paso.

A ese hombre le gritó Rosamunde. "Podrías haber sido de ayuda, Padraig, en lugar de mirar con diversión."

Ese hombre sonrió. "Eres demasiado afortunada para ahogarte, Rosamunde. Su sonrisa se amplió a una sonrisa maliciosa. "Y tal vez me vendría bien estar sin tu dirección."

"Para reclamar mi barco, sin duda", murmuró Rosamunde, exprimiendo su abrigo con clara agitación. "Todos los hombres son forjados de la misma manera, está claro, porque cada uno piensa únicamente en su propio beneficio."

Rosamunde miró a Vivienne, que se mantenía firme pero claramente se preparaba para las preguntas. "¿Y qué estás haciendo en estas cavernas? ¿No deberías estar a salvo en tu cama en Kinfairlie? Rosamunde le dirigió una mirada severa a Elizabeth. "También habría acogido con satisfacción tu ausencia, si eso hubiera significado que el demonio no hubiese estado aquí."

Elizabeth cayó de rodillas, con la mirada fija en la superficie del agua. "Esto no está bien. Darg no ha aparecido."

Rosamunde soltó un bufido. "Y buen viaje, sin duda." Ella apoyó las manos en las caderas y le dirigió a Vivienne una mirada férrea. "¿Bien?"

"Estamos ayudando a un prisionero a escapar", comenzó Vivienne.

Rosamunde miró intencionadamente a su alrededor y luego arqueó una ceja. "Y lo haces bastante bien, porque no hay rastro de él o ella."

Antes de que Vivienne pudiera llamarlo, Erik salió de las sombras. Rosamunde lo evaluó con una audacia poco común en las mujeres. Sin embargo, él no tuvo oportunidad de presentarse, porque Elizabeth decidió en ese momento no esperar más.

"Darg debe estar en peligro", dijo ella, quitándose la capa y los zapatos. "No creo que sepa nadar."

"¡Darg es inmortal!" protestó Vivienne.

"El mundo sería aún más feliz con un spriggan vengativo menos en él", dijo Rosamunde con amargura.

"¡Ella casi se ahoga en una jarra de cerveza una vez antes!" gritó Elizabeth consternada, luego saltó al charco de agua.

Rosamunde maldijo de nuevo y luego gritó. Padraig cruzó corriendo la caverna, aunque Erik llegó al lugar donde Elizabeth había saltado primero. La muchacha aún no había salido a la superficie. Erik dejó caer su espada y su capa, luego saltó al agua tras ella.

El agua estaba increíblemente fría y más oscura que la oscuridad. Erik se estremeció y luego se obligó a abrir los ojos. Él vio a Elizabeth muy por debajo de él. Salió a la superficie, respiró hondo y se lanzó a perseguirla.

Erik vio entonces que un largo zarcillo de algas se había abierto camino en este abismo. El movimiento de esa columna oscura y del agua misma indicaba que las mareas del mar todavía se podían sentir ahí.

Lo que significaba que de hecho estaba cerca.

Erik pensó al principio que Elizabeth estaba enredada entre las algas, pero ella le hizo un gesto agitado cuando él llegó a su lado. Ella guió sus manos a un nudo en la maleza y para su asombro, él pudo sentir una pequeña rama atrapada entre sus espirales.

Él no podía ver nada más que la espiral de algas, pero sus dedos no mentían.

Debía ser Darg.

La spriggan debía estar atrapada.

Que el hada existiera en verdad era tan sorprendente que Erik tardó un momento en darse cuenta de que podía sentir que los forcejeos de la criatura se volvían más débiles. Elizabeth tiraba, pero la planta era dura y resistía sus esfuerzos por arrancarla. Erik metió los dedos en el nudo y trató de romperlo él mismo, pero fue en vano.

Elizabeth, sin embargo, había estado bajo el agua durante demasiado tiempo. Preocupado primero por su destino, Erik la empujó enfáticamente hacia la superficie. Ella luchó contra él, golpeando sus manos sobre la hierba enrollada. Erik asintió con vigor y luego la empujó hacia arriba una vez más.

Con evidente desgana, ella se marchó, aunque él no dudaba de que volvería. Él mismo se estaba quedando sin aliento, aunque la espiral que rodeaba a Darg estaba terriblemente apretada. La spriggan se aflojó incluso cuando Erik intentó liberar el enredo , y él sabía que tendría que liberar al hada de inmediato. Él nunca volvería a encontrar ese nudo de algas, no sin la ayuda de Elizabeth, y él quería que ella permaneciera en la superficie.

Él tiró de la maleza, pero pareció aferrarse al spriggan con mayor desafío, como si la maleza y el hada pelearan su propia batalla. Él luchó contra la planta, deseando tener una espada y sintió que su pecho se apretaba dolorosamente.

En un último esfuerzo antes de verse obligado a subir a la superficie, Erik envolvió el trozo de algas alrededor de su puño y tiró con todas sus fuerzas.

Se rompió en algún lugar más abajo. A Erik no le importaron los detalles. Con el spriggan en la palma de su mano, se elevó. Salió a la superficie, jadeando por aire.

Para su alivio, Elizabeth estaba temblando y húmeda en el borde del abismo. Rosamunde la abrazaba con firmeza y Erik supuso que le había prohibido a la doncella volver a sumergirse.

Él se dio cuenta de que le gustaba esa tía que no era realmente una tía, esa mujer que vivía su vida como un hombre pero protegía a esos polluelos bajo su cuidado con tanta fiereza como una gallina.

Rosamunde había envuelto una capa sobre los hombros de Elizabeth, su expresión severa cuando la niña se estremeció. "Es una locura arriesgarse a morir por una criatura tan desagradecida", dijo ella, pero Elizabeth no escuchó la censura de su tía.

"¿La recuperaste?" Elizabeth cayó de rodillas, su rostro se iluminó cuando Erik le entregó la spriggan.

La fuerza de su preocupación le recordó el afecto de su hija mayor por un cordero que había nacido demasiado pequeño, una vez en Blackleith. Mairi estaba decidida a salvarlo, aunque su voluntad no había rivalizado con la voluntad de la naturaleza. Él no dudaba de que Mairi habría entregado su propia vida para salvar al cordero, y que habría corrido ese riesgo sin pensarlo dos veces, tal como Elizabeth lo había hecho con la spriggan. Aunque cuatro manantiales habían ido y venido desde la muerte de ese cordero, un nudo se levantó en la garganta de Erik al recordarlo.

"Puede que sea demasiado tarde", dijo él.

Elizabeth ahuecó sus manos, acunando a la alborotadora invisible, luego apartó la enredadera con cuidado. Ella bombeó algo con la yema del dedo y un chorro de agua negra apareció en la piedra. Hubo una tos diminuta, un sonido que Erik apenas pudo oir, luego apareció más agua. Elizabeth sonrió aliviada.

"¿Bien?" Preguntó Rosamunde.

"¡Ella vive!" Dijo Elizabeth, luego volvió los ojos brillantes hacia Erik. Con tu ayuda. ¡Te lo agradezco de verdad!"

"Qué suerte que la desgraciada sobreviva para atacarme mejor otro día", dijo Rosamunde secamente. Ella se inclinó en dirección a Erik, su sarcasmo más que claro. "Yo también te agradezco su cortesía en este asunto."

Mientras tanto, Padraig extendió una mano carnosa para ayudar a Erik a salir del abismo. La expresión de Erik debe haber dicho mucho, porque el otro hombre le murmuró. "No es el espectáculo más extraño que he visto en las cercanías de esta familia. Será mejor que estés preparado para más de lo mismo si tienes la intención de quedarte en su compañía."

Erik apoyó las manos en el borde del abismo y salió del agua sin ayuda, porque él no sabía si se podía confiar en esa compañía. Padraig resopló y se alejó, ya sea sorprendido o insultado, a Erik no le importaba.

Pero Vivienne apareció por su codo entonces. Sus ojos brillaban con una mezcla de admiración y preocupación. "¿Estás lastimado?"

"Estoy mojado", dijo él con aspereza, muy consciente de la mirada de censura de Rosamunde sobre él. "Y eso apenas me hará daño."

"Todos necesitamos un baño al menos una vez al año", dijo Padraig.

"Gracias por ayudar a Darg", dijo Elizabeth, tan radiante de placer que hizo que Erik pensara una vez más en su hija.

De hecho, él estuvo enfermo al darse cuenta de lo que se había perdido. ¿Cuántas veces desde su partida de Blackleith había estado encantada Mairi con algún detalle que él daba por sentado? ¿Cuántos de esos momentos se había perdido? ¿Y Astrid? Ella apenas hablaba cuando él se marchó para ayudar a su vecino. A esas alturas ella ya estaría hablando y corriendo, probablemente tratando de superar a su hermana mayor en cada pequeña hazaña.

"Aunque no comparto el placer de Elizabeth por ese hecho", dijo Rosamunde. "Quisiera agradecerte por ayudar a Elizabeth. Yo hubiera tenido mucho de qué responder si ella hubiera tenido problemas en mi compañía."

"No es nada", dijo Erik y se giró, angustiado de nuevo por lo que había perdido por la codicia de su hermano. "Debo ir a buscar a mi compañero, ahora que las hermanas están bien cuidadas."

Rosamunde lo detuvo con la yema de un dedo en su brazo. "No te han dado la bienvenida en Ravensmuir, apostaría yo", dijo ella. "No, si consideras que mi cuidado tiene algún mérito."

"Este es Erik Sinclair", intervino Vivienne. "Alexander le prometió mi mano, pero desde entonces ha cambiado su forma de pensar. Él encarceló a Erik, pero Erik y yo nos comprometimos y accedí a ayudarlo a recuperar su propiedad perdida."

"Ah", dijo Rosamunde, incorporando el único sonido con un peso de significado. Su expresión se endureció. "¿Y así debo creer que él, a diferencia de todos los otros hombres que conozco, de alguna manera también merece mi ayuda?"

"No necesito tu ayuda", dijo Erik rápidamente. "Simplemente recuperaré a mi compañero y seguiré mi camino."

Rosamunde parecía escéptica ante esa afirmación. "¿Cuál es tu destino?"

"Blackleith, la fortaleza de mi familia".

"—Gobernada por su engañoso hermano" —intervino Vivienne —. "Tenemos que recuperarla y garantizar el bienestar de las hijas de Erik."

"¡Como en el cuento!" Dijo Elizabeth, con los ojos abiertos de asombro y luego estornudó. Vivienne envolvió con más fuerza la capa alrededor de los hombros de su hermana.

Rosamunde frunció los labios, nada impresionada por tales credenciales. "¿Y dónde está el puerto más cercano?"

"No necesito un puerto", dijo Erik. "ya que pretendemos cabalgar."

Rosamunde sonrió. "Necesitarás un caballo para cabalgar hasta ese punto y observo que no tienes ninguno."

"Subiremos a los establos."

"Lo cual serías realmente afortunado de encontrar, y más afortunado de escapar sin ser observado", dijo Rosamunde, con una mano en la cadera. "La última vez que estuve aquí, el señor protegía a sus preciados caballos con un vigor poco común. Había no menos de veinte caballerizos a su empleo, y solo a la mitad se les permitía dormir a la vez."

Erik frunció el ceño ante ese desagradable detalle.

Rosamunde continuó. "Yo, sin embargo, tengo un barco, y podría estar dispuesta a concederte pasaje hasta tu destino."

"¿Por qué?"

La sonrisa de Rosamunde fue irónica. "Sin duda, sería una cierta satisfacción para mí frustrar los planes de Alexander, que se arrodilla demasiado cerca de los pies de Tynan para mi gusto."

"¿Y el Señor de Ravensmuir es tu enemigo jurado?" Preguntó Erik, mirando intencionadamente las cajas que aún se movían de las cavernas.

Rosamunde se rió. "Se podría decir que tiene una cierta deuda conmigo. Al menos yo diría eso. Dime tu destino, porque la tormenta no disminuye."

Erik no estaba seguro de si confiar en esa oferta o no. Sin embargo, la mirada de Rosamunde era firme y difícilmente ella estaría aliada con el Señor de Ravensmuir, ya que claramente le estaba robando.

—Sutherland —empezó a decir Erik, pero no avanzó antes de que Elizabeth estornudara una vez más.

"¡Sutherland!" Rosamunde maldijo en voz baja. "Con el otoño acercándose y esta tormenta sobre nosotros, ¿me harías navegar a Sutherland? Todos los barcos guiados con sentido común se dirigen hacia el sur, al menos a Rotterdam, si no a La Rochelle o al propio Mediterráneo."

"Sicilia", intervino Padraig. "Mi voto es por Sicilia."

"No tienes voto", le informó Rosamunde, su sonrisa traviesa le decía a Erik que Padraig lo sabía.

"Solo anhelo influencia", dijo ese marinero, con una mano sobre su corazón.

Rosamunde se rió sorprendida. "No la tendrás pronto", dijo ella, luego golpeó con un dedo el hombro de Vivienne. "Es una suerte que seas mi sobrina favorita", dijo con cariño.

"¿Qué hay de mí?" exigió Elizabeth, luego estornudó de nuevo.

"Eras mi sobrina favorita, hasta que te hiciste amiga de ese duende malicioso",

"Darg es una spriggan", insistió Elizabeth, su dignidad comprometida un poco por sus estornudos persistentes. "Según su cuenta, eres una ladrona y ella quiere vengarse de ti."

" —Qué tontería —replicó Rosamunde, luego gritó y saltó hacia atrás, tapándose la cara con la mano. " ¡Algo me mordió la nariz!" De hecho, una roncha roja se elevaba en la punta de la nariz de Rosamunde con una velocidad alarmante.

"Darg", dijo Elizabeth, puntuando la información con un estornudo rotundo.

"—Dile a Darg que me deje en paz" —exigió Rosamunde. "Tengo tanto derecho al tesoro de Ravensmuir como ella."

"Ella no ve el asunto de esa manera."

Rosamunde empezó a bailar salvajemente, como si eludiera un enjambre de abejas furiosas. "¡Está debajo de mi camisa!" chilló ella. "¡Hazla parar! Controla tu spriggan, Elizabeth."

Elizabeth inclinó la cabeza para escuchar algo, hizo algunas preguntas y luego asintió.

Rosamunde se quedó inmóvil cuando el asalto evidentemente se detuvo, aunque ella miró a su alrededor con cautela. "¿Dónde está?"

"Sobre tu hombro", dijo Elizabeth. "Darg desea hacer un trato contigo."

"Oh no." protestó Rosamunde. "El tesoro no se puede devolver. Todo lo que he reclamado se ha vendido, e incluso gran parte del dinero resultante se ha ido."

"Ella hará un trato por una sola pieza, su pieza favorita."

Los ojos de Rosamunde se entrecerraron. "¿Cuál?"

"El anillo de plata que llevas en tu mano izquierda."

Rosamunde levantó la mano y Erik vio que un gran anillo de plata adornaba su dedo índice. Era una enorme pieza de plata, pero su valor era claramente más que eso. Ambas hermanas parecieron solemnes ante la mera mención y Padraig se quedó paralizado. La consternación de todos era clara.

Era claramente una pieza sentimental, que para Rosamunde valía mucho más que su considerable valor.

Los rasgos de Rosamunde se suavizaron al contemplar el anillo. "Esto nunca fue parte del tesoro", insistió ella. "No se puede hacer un trato por este anillo, porque tu spriggan no puede haberlo favorecido."

Elizabeth habló en voz baja, estornudó y luego negó con la cabeza. "Ella lo desea porque es precioso para ti. Ella lo llama compensación adecuada al exigir lo que tú valoras a cambio de lo que ella valora."

Rosamunde se rió, aunque su alegría sonó forzada. "¡No valoro esta baratija!" dijo ella, aunque no se lo quitó del dedo.

Vivienne y Elizabeth la miraron con simpatía. Rosamunde miró entre los dos, pero cuando habló, era otro asunto. Erik supuso que el cambio de tema no era una coincidencia. "Emprenderé el viaje de los tontos a Sutherland, aunque no puedo adivinar cuánto tiempo nos llevará encontrar un viento favorable. ¿Supongo que preferirías el puerto de Wick?" le preguntó ella a Erik.

Él se encogió de hombros. Helmsdale me vendría mejor. Aunque es más pequeño, también está más al sur."

"Prefiero los puertos pequeños." Rosamunde se volvió hacia Padraig, quien volvía a supervisar a los trabajadores. La caverna había quedado prácticamente limpia mientras hablaban. "Padraig, llevarás a Erik y Vivienne al barco, por favor, y me esperarás allí."

"Pero ..." protestó Vivienne.

"Debo ir a buscar a mi compañero", dijo Erik. "No lo abandonaré porque me ha servido fielmente."

"Un hombre de honor", dijo Rosamunde con un suspiro, su actitud burlona. Erik no sabía si ella se burlaba de él o de sí misma, así que no dijo nada. "¿Por qué no podrías tener treinta años más, Erik Sinclair?"

Rosamunde no le dio oportunidad de responder antes de caminar hacia el pasadizo que Erik y Vivienne acababan de dejar. Elizabeth estornudó una vez más, y Rosamunde la tomó del brazo al pasar, instando a la muchacha a que siguiera su ritmo rápido. Ven, Elizabeth, necesitas un baño caliente. No sufrirás ni un resfriado bajo mi cuidado."

"Pero Darg ..."

"Es costumbre en todas las negociaciones dejar tiempo a cada parte para que considere su curso", dijo Rosamunde rotundamente. "Encontraré al compañero de Erik más rápido que cualquiera de ustedes. ¿Cuál es su nombre?"

"Ruari Macleod. Es treinta años mayor que yo —empezó a decir Erik, pero no logró decir nada más antes de que Rosamunde se riera en voz alta.

"Y eso puede ser lo suficientemente interesante. Te veré en breve. Padraig, haz todos los preparativos para partir y asegúrate de que mi sobrina no sufra ningún daño." Ella cogió una antorcha y llevó a Elizabeth al salón, incluso cuando esa chica estornudó con vigor una vez más. Las hermanas se despidieron, luego Padraig tocó a Erik en el codo. Él le indicó el pasadizo que habían seguido los hombres y el trío se dirigió hacia el barco.

Vivienne le dirigió una mirada triunfante, como si quisiera tentarlo a que volviera a confiar en ella. "Estaremos en Blackleith más rápidamente de esta manera", dijo ella. Qué fortuito que Rosamunde estuviera aquí esta noche.

"No es la Fortuna, sino la luna nueva lo que la trae a este puerto", dijo Padraig. "Y la perspectiva de una recompensa por reclamar".

"La luna nueva pasó hace cuatro noches", señaló Erik y el marinero le dirigió una mirada brillante.

"Es lo suficientemente nueva para servir. No siempre se puede confiar en el viento para hacer la voluntad de un hombre."

Erik lanzó una mirada cautelosa a la dama y recordó su afirmación de que no sangraba. Si ella no mentía y llevaba a su hijo, su situación empeoraría si se encontraba abandonada. Erik sabía que no podía confiar en sus impulsos con respecto a Vivienne, por lo que decidió permanecer en su compañía solo hasta que ella sangrara de nuevo.

Eso mostraría la verdad de su circunstancia. Él esperaría honorablemente a que la naturaleza mostrara lo que se había hecho. Él se mantendría al margen de todo lo que había hecho hasta ahora, aunque no volvería a tocar a Vivienne.

Simplemente esperaría y miraría. Erik ni siquiera miró a la dama mientras tomaba su decisión, porque sería más sencillo si ella pensara que él estaba molesto con ella.

Ella había dicho que había sangrado dos semanas antes y él sabía muy bien que en otra quincena la vería hacerlo de nuevo, a menos que ella llevara a su hijo. Con suerte, los mares seguirían revueltos y les llevaría esas dos semanas llegar a Sutherland. Si ella no cargaba a su hijo, él podría dejarla bajo la custodia protectora de su tía sin remordimientos.

O al menos, con tan pocos remordimientos que Vivienne no necesitaba saber nada de ellos.

DE LO QUE el trío no se dio cuenta mientras atravesaban las cavernas hasta el pequeño bote era que no viajaban solos. Una spriggan, de hecho, una spriggan que murmuraba maldiciones contra cierta mujer, estaba posada sobre la capucha de Vivienne. Esa spriggan se estremecía y miraba a su alrededor con expresión lúgubre mientras ellos remaban hacia el barco oscurecido y que los esperaba. Rápidamente ella corrió por las cubiertas y bajó a la bodega, riendo mientras se escondía en el único camarote que se encontró.

Darg se acurrucó en una capucha forrada de piel y se rió triunfante para sí misma, sabiendo muy bien quién debía ocupar ese único camarote de lujo. Ahora ella podía esperar a Rosamunde y tener su venganza tranquila.

Darg sabía que ella también tendría ese anillo de plata, antes de que todo estuviera hecho.

EL BARCO LLEVABA mucho tiempo cargado cuando Rosamunde regresó a las cavernas y el mar estaba agitado mientras remaban hasta el barco. Ella levantó una mano en señal de triunfo y señaló a Ruari, a quien claramente había encontrado en las cavernas.

El mismo Ruari estaba tan pálido como un cuenco de leche cuando saltó por la borda del barco, aunque cualquier comentario que pudiera haber hecho fue arrebatado por el viento. Él se aferraba a su alforja, como si llevara su salvación. Erik lo ayudó a cruzar la cubierta, porque el hombre mayor cojeaba del tobillo lesionado.

Al parecer, la pareja no necesitaba las atenciones de Vivienne.

Los tres fueron enviados a la bodega por orden de Rosamunde cuando las nubes se agitaron en lo alto. La lluvia golpeó la cubierta con repentina furia incluso antes de que llegaran a ese santuario y las olas levantaban el barco como un pequeño juguete.

Vivienne dudaba que ella fuera la única que temiera que se precipitaran sobre la orilla rocosa. Ella miró hacia atrás y vio la silueta de Ravensmuir recortada contra las nubes ondulantes, una sombra oscura contra el cielo siniestro.

Entonces Rosamunde comenzó a gritar órdenes a sus hombres. El viento era feroz, pero ella comenzó a alejarse de la orilla cuando la tormenta desató su poder. Las velas se desplegaron apresuradamente por orden de Rosamunde y se giraron contra el viento con considerable esfuerzo.

El barco fue sacado al mar, lejos de las rocas y hacia un peligro potencial mayor. De hecho, el mar y el viento amenazaban con destrozarlo, arrojar a los ocupantes del barco a las insondables aguas negras.

Vivienne se preguntó si sus padres habían soportado tal tormenta antes de que su barco se hundiera. Ciertamente, debían haber conocido el miedo que ella sentía ahora.

Pero no había nadie con quien pudiera compartir sus miedos esa noche, y mucho menos un alma que pudiera ofrecerle consuelo. Erik se envolvió en su capa para dormir, como si no se diera cuenta de la presencia de Vivienne. Ruari se agachó rápidamente al lado de Erik y de manera similar se enterró en su capa. Los dos hombres podrían haber estado solos juntos en alguna posada por toda la atención que le ofrecían a Vivienne, por toda la preocupación que mostraban por el clima.

Mientras tanto, Vivienne se sentó despierta, escuchó y se sintió más sola que nunca en todos sus días y noches.

De hecho, pasó mucho tiempo antes de que Rosamunde se retirara a la bodega, porque el timón exigía una mano dura esa noche.

Pasó más tiempo antes de que alguien se diera cuenta de que el anillo de plata del deseo de Darg ya no adornaba el dedo de Rosamunde.

ERA TARDE cuando el Señor de Ravensmuir subió a su propia habitación. Tynan no tenía gusto por la guerra, y menos gusto por la guerra acercándose a sus jóvenes parientes. A él no le gustaba tener mercenarios en su salón, ni siquiera los empleados de la fortaleza de

Kinfairlie de su sobrino. Tampoco le gustaba que los mercenarios lucharan dentro de su salón, incluso si simplemente mostraban disgusto con una historia.

Al menos, el narrador había tenido el ingenio para escabullirse y el salón se había ido calmando gradualmente en su ausencia. Tynan no descansaría hasta que todos los mercenarios se durmieran. Ellos se había sentado en el salón, bebiendo vino del último barril que habían traído de Burdeos, y se había encontrado lamentando la pérdida de Rosamunde.

No era un consuelo para él que se hubiera levantado una tormenta, ni menos que ahora golpeara contra los muros de piedra. Él y Rosamunde se habían amado con más fervor durante las tormentas y, como resultado, le dolía con una mezcla de cansancio y anhelo mientras subía las escaleras. Él escuchó el viento azotar su banderín colgado sobre las altas torres de Ravensmuir, escuchó el mar azotar la orilla.

La presencia de Rosamunde era tan poderosa esa noche que Tynan podía verla con claridad. Él fácilmente imaginó a la mujer que había reclamado su corazón, una mujer con cabello rojo dorado y una sonrisa atrevida, una mujer con ojos atrevidos, una mujer que sabía que nunca volvería a ver. En su mente, ella le besaba las yemas de los dedos en un saludo silencioso, como si se despidiera de él para siempre, y luego se daba la vuelta, la tela oscura de su capa girando detrás de ella mientras huía.

Él entró en su habitación con el corazón apretado. Dejó la linterna, encendió un trozo de leña y luego la leña apilada en el brasero.

Fue entonces, cuando la madera siseó y escupió, cuando él olió la exótica especia del perfume de Rosamunde.

Tynan se sobresaltó y luego resopló. El olor no era evocación de la memoria. Era real.

Sin embargo, estaba la oscuridad de la noche. Ningún sonido resonaba dentro de su propia fortaleza, solo los silbidos del viento entre las piedras le llegaban a los oídos. Su habitación estaba fría, extraordinariamente fría. Su corazón tronó, como si hubiera escuchado a un intruso dentro de las paredes.

Había una corriente fría.

El olor cabalgaba sobre esa fría corriente de aire. No era un olor común, ese. Era el perfume que perseguía sus sueños y su evocación hizo que Tynan sostuviera una linterna en alto, cruzando la extensión de su habitación.

La puerta oculta del laberinto debajo de Ravensmuir colgaba abierta en el lado más alejado de su habitación. Tynan se detuvo para mirarla, porque sabía que la había dejado asegurado. La abertura secreta bostezaba amplia y oscura, el olor del mar se elevaba de sus sombras. Pasos mojados manchaban el suelo y, aunque se secaban, él conocía bien el tamaño y la forma de la huella de la bota.

Rosamunde había estado ahí. Él contuvo el aliento ante la tentadora verdad, aunque seguramente ella ya se había ido. Él se había demorado demasiado tiempo abajo y sin darse cuenta la había perdido.

Pero Tynan tenía que saberlo con certeza. Él no podía decir si estaba más emocionado o molesto por su presencia. Si nada más, ellos tendrían una discusión entusiasta en las cavernas en las profundidades de Ravensmuir. Él le había concedido seis caballos de sus propios establos para asegurarse de que ella nunca volviera a cruzar su umbral.

Pero Rosamunde había regresado.

En los rincones secretos de su corazón, el Señor de Ravensmuir estaba contento.

Tynan agarró la linterna y se internó en la oscuridad. Él se estremeció en el escalón superior, como siempre hacía, luego descendió con determinación a las cavernas ocultas. Había un verdadero laberinto debajo de su propiedad ancestral, un laberinto que alguna vez había albergado un temible tesoro de reliquias y tesoros religiosos. Lo más preciado había sido subastado, porque Tynan no deseaba continuar con lo que una vez había sido el oficio de su familia, y pensaba que el resto no merecía atención.

Pronto quedó claro que Rosamunde creía lo contrario. Tynan se detuvo y sostuvo su linterna en alto para examinar una pequeña habitación. Estaba vacía, y él sabía que había contenido al menos una caja antigua la última vez que él había ido por ahí.

Tynan se apresuró a bajar las escaleras, sus pasos caían cada vez más rápido a medida que descubría más habitaciones vacías. Las cavernas debajo de su torreón habían sido saqueadas mientras su mirada se había desviado.

Tynan llegó a la caverna más grande y se detuvo, horrorizado. Ahí había habido varias cajas, cuyo contenido se desconocía y no se habían tocado. No habían tenido la apariencia de tentar una segunda mirada, porque estaban viejas y rotas, su madera estaba manchada de agua y moho. Había sido fácil creer la afirmación de Rosamunde de que estaban vacías o casi vacías, por lo que no valía la pena deshacerse de ellas.

Tynan supuso que debería haber sido más enérgico en asegurarse de que fueran controladas, de que no contuvieran nada de valor, pero Rosamunde, que conocía esas cavernas mejor que él, había descartado su contenido como escombros sin valor.

Él había confiado en ella y había sido engañado.

Le habían robado.

Él había sido un tonto.

Tynan maldijo y pateó una piedra. Su anhelo fue reemplazado por ira. La piedra chocó contra la pared y luego cayó a través de una puerta. Él la escuchó rebotar por otra escalera y luego aterrizar con un chapoteo.

Si hubiera tenido habido algo de valor ahí, él podría haberlo utilizado para asegurar el futuro de Ravensmuir en esos tiempos oscuros.

Ahora se había ido.

Tynan maldijo de nuevo. Desde la muerte de George, el conde de March, el año anterior, se habían levantado muchas espadas para desafiar a la autoridad regional de Archibald Douglas. La muerte del hermano de Tynan, Roland, no había sido oportuna, ya que había dejado a su inexperto sobrino Alexander como Señor de Kinfairlie justo cuando las tierras de su familia enfrentaban su mayor desafío.

Tynan había gastado mucho dinero y esfuerzo en mantener la guerra lejos de las puertas de Ravensmuir y Kinfairlie, con la esperanza de que pudieran sortear la tormenta hasta que reinara la estabilidad de nuevo.

Pero la estabilidad había resultado difícil de alcanzar y el ejército a su servicio, el que mantenía a las fuerzas merodeadores de Douglas, Dunbar y Abernethy fuera de su rastrillo, había resultado caro. Para su vergüenza, Tynan se encontró deseando los perdidos ingresos de las reliquias, incluso de las reliquias de dudosa procedencia.

Su tesoro estaba casi vacío y Rosamunde se había llevado la última oportunidad de reponerlo. Incluso si ella hubiera sabido que Ravensmuir estaba en juego, Tynan dudaba que a ella le hubiera importado. Ella siempre se había burlado de su afecto por lo que ella llamaba un viejo montón de piedras, ella lo había acusado al final de preocuparse más por Ravensmuir que por ella.

Pero Ravensmuir era su legado y su responsabilidad, el depósito de la herencia de su familia. La propiedad era algo que le habían enseñado a valorar.

Él lo había sacrificado todo por esa responsabilidad, y por nada. El tratado que se había quedado sin firmar en su tesorería, el tratado que le hacía hervir la sangre, se burlaba de su sacrificio. Eso le costaría el resto de todo lo que apreciaba.

Tynan había sido una espina clavada en el costado de Archibald Douglas demasiadas veces para que ese hombre tuviera alguna inclinación a ofrecer términos agradables. Según los términos del tratado, Ravensmuir quedaría en pie, pero la soberanía quedaría despojado de su autoridad. Cuando Tynan protestó por los términos, Douglas los empeoró.

La soberanía continuaría si y sólo si Tynan conseguía que la novia de la parte Douglas tuviera un hijo con él para su sucesión.

Pero Tynan había nombrado a su sobrino Malcolm su heredero

legal para asegurar la sucesión de Ravensmuir. Por Ravensmuir, él habría estado dispuesto a casarse con una novia de la familia Douglas, pero él no estaba dispuesto a negar el legado de su sobrino a ningún precio. Él había renunciado a Rosamunde en vano.

Él maldijo su propia locura y giró, marchando de regreso a su habitación. Él podría haber usado incluso la más pequeña cantidad de monedas para mitigar los términos de ese acuerdo, pero gracias a Rosamunde, había desaparecido.

Las cavernas estaban en silencio, la fuente del seductor perfume se desvanecía con cada momento. Tynan subió las escaleras de regreso a su habitación. Cerró la puerta secreta de su habitación, recostándose contra ella mientras observaba el fuego del brasero, el consuelo de esa habitación.

Fue entonces cuando Tynan vio lo que se había perdido antes. Dentro del santuario de su cama con cortinas, algo brillaba. Parecía una estrella, girando cautiva entre las sombras de la cama, pero no podía ser una estrella.

Aprensivo más allá de todo, Tynan se acercó. Levantó más la linterna y el objeto brilló, como si lo tentara a seguir adelante. Era plateado, era redondo, brillaba contra la seda índigo.

Era un anillo.

Pero no cualquier anillo. Era el anillo que él le había dado a Rosamunde. Era el anillo que el padre de Tynan había puesto en la mano de su madre, el anillo que Merlyn le había otorgado a Ysabella como señal de su protección.

No podría haber dos anillos como ese en existencia. Era plateado, lo suficientemente grande como para llenar los nudillos de una mujer. Estaba adornado con tres estrellas y tres nombres, los nombres de los tres reyes que habían visitado al niño Jesús en Belén.

Rosamunde se lo había puesto en el dedo índice izquierdo.

Era el único regalo que Tynan le había hecho en su vida. Había sido muy poco que él pudiera ofrecerle a una mujer que vagaba por los mares y reclamaba los bienes más elegantes para ella, pero él le había dado eso y había creído que ella se había dado cuenta de la importancia de su gesto.

Quizás ella lo había entendido, porque había corrido un riesgo no menor para devolvérselo así, para rechazarlo así.

Tynan tragó saliva y extendió la mano para tomar el anillo, dejando que su considerable peso se asentara en su palma. Él imaginó que todavía estaba caliente, aunque eso era imposible. Sólo cuando lo sostuvo vio que colgaba suspendido de un solo cabello largo de color rojo dorado.

Él se puso de pie, con el corazón herido. Rosamunde le había devuelto el único regalo que él le había concedido y, a cambio, había tomado el legado de las cavernas que él le había prohibido reclamar. Al hacerlo, había asegurado el final de Ravensmuir.

¿Cómo se atrevía ella?

¿A qué más se había atrevido?

El puño de Tynan se cerró con fuerza alrededor de la fría plata del anillo cuando la furia estalló dentro de él y soltó el cabello de su amarre. Él volvió a bajar las escaleras a su mazmorra con una sospecha y descubrió que su sospecha era correcta.

Su prisionero, Erik Sinclair, se había ido. Tynan habría apostado a que su sobrina Vivienne también se había ido, porque Rosamunde no podía haber perdido su capacidad de crear problemas con tanta facilidad. Él apretó los dientes con frustración. Eso iba más allá de la venganza, esto iba más allá de la represalia por sus duras palabras.

Esa era una burla que no podía pasar sin respuesta.

Tynan devolvió el anillo al dedo meñique de su mano izquierda, donde había estado durante años hasta que él se lo concedió a Rosamunde, sintiéndose más vivo de lo que se había sentido en semanas.

Porque aún no estaba todo resuelto entre él y Rosamunde. Mientras ella tuviera las reliquias, existía la posibilidad de que él las recuperara.

Tynan tropezó con Elizabeth, de tan inesperada que era su presencia en las escaleras. La doncella se detuvo al verlo, se sonrojó y giró para correr hacia los aposentos de las mujeres.

"¡Detenete!" rugió Tynan en un tono que no toleraba desobediencia. Elizabeth se detuvo con expresión cautelosa. Tynan la llamó con un solo dedo. "Me dirás qué ha pasado en el laberinto esta noche." Ella abrió la boca para protestar, pero Tynan negó con la cabeza. "No niegues que lo sabes. Has llegado demasiado tarde para haber ignorado la visita de Rosamunde."

Un desafío cada vez más familiar iluminó los ojos de la sobrina más joven y favorita de Tynan. "Darg no está. Primero tengo que encontrarla."

"La spriggan puede velar por su propio bienestar por el momento, como lo ha hecho durante varios cientos de años." Tynan miró a Elizabeth, consciente del poder de su mirada. "Tú, sin embargo, vendrás inmediatamente conmigo y me contarás todo lo que sabes."

Él se giró y se dirigió a la habitación que usaba para manejar los asuntos de Ravensmuir, sabiendo muy bien que su sobrina lo seguiría. Él escuchó el suspiro de molestia de Elizabeth, luego se detuvo de repente cuando ella lo llamó.

"No te contaré sobre Rosamunde", dijo ella.

Tynan se giró y vio que su sobrina parecía obstinada. "¿Por qué no?"

"Porque tú has sido cruel con ella, y ella siempre ha sido amable", dijo Elizabeth con la forma contundente que se estaba volviendo característica de ella. "Ella te ama y dijiste demasiado estando enfadado. No la culpo por molestarte, porque le corresponde una disculpa."

Con esa declaración y un movimiento de su cabello, Elizabeth entró en los aposentos de las mujeres y cerró la puerta rápidamente detrás de ella.

Ella nunca antes lo había desafiado.

Tynan miraba fijamente la puerta en estado de shock cuando los cerrojos cayeron y una puerta en su propia morada fue cerrada contra él por una doncella que solo había visto doce veranos.

Peor aún, él sabía que Elizabeth tenía razón.

# CAPÍTULO 13

Vivienne aún estaba despierta cuando Rosamunde bajó a la bodega, hecho que la mujer mayor notó de inmediato. Ella hizo una seña a Vivienne y la animó a subir a cubierta.

Para sorpresa de Vivienne, era de mañana. Ella había perdido la noción del paso del tiempo en la oscura bodega. El cielo seguía encapotado, aunque las nubes tenían la suave pátina de una bandeja de peltre y el viento era suave. Había una promesa de lluvia, pero por el momento no llovía. El mar todavía estaba agitado, aunque ella no podía ver la silueta de tierra en ninguna dirección.

Rosamunde debió haber sentido su angustia por eso. "Es más seguro estar lejos de las rocas y los bancos de arena de una costa desconocida durante una tormenta", dijo ella en un tono consolador, luego sonrió con pesar. Vivienne podía ver sombras debajo de los ojos de su tía, lo que no era una sorpresa dada la noche que habían experimentado, aunque las tenues líneas de edad en el rostro de Rosamunde que se revelaban en esa luz conmocionaron a Vivienne.

Rosamunde siempre le había parecido tan joven y vital, aunque ahora Vivienne se daba cuenta de que su tía debía ser unos treinta veranos mayor que ella. La edad parecía haberse asentado de repente en los rasgos de Rosamunde.

Rosamunde sonrió con pesar. "Aunque yo no esperaba ser llevada tan lejos en el mar."

"¿Dónde estamos?"

"No estoy del todo segura", dijo Rosamunde, más tranquila de lo que Vivienne podría estar. "El Mar del Norte es vasto. Podemos trazar un rumbo después de ver las estrellas esta noche."

Vivienne echó un vistazo a las nubes. "¿Qué pasa si están oscurecidas?"

"Entonces esperaremos hasta que podamos verlas." Rosamunde le dirigió a Vivienne una mirada penetrante. "Entiendes que es mejor estar lejos de la orilla, ¿no es así?"

"Supongo que tiene sentido".

Rosamunde pasó un brazo por los hombros de Vivienne. "Debes haber estado pensando en tus padres anoche y en su desafortunada muerte. Debes saber que conozco los mares mejor que la mayoría de los que comercian en ellos. He sobrevivido a mil tormentas, muchas mucho peores que las que soportamos anoche, y sobreviviré a mil más." El brillo de determinación en los ojos de Rosamunde convenció a Vivienne de la verdad de eso, como pocas otras cosas podrían haberlo hecho.

Ella se paró junto a la barandilla junto a su tía, aliviada a pesar de sí misma por el ritmo de las ondulaciones del mar. En realidad, ella estaba exhausta, tal vez más de lo que podría haber estado Rosamunde.

"Pensé que podría encontrarte en la cama con el prisionero de Tynan", reflexionó finalmente Rosamunde.

Vivienne se encogió de hombros. "Como quizás lo pensé yo" Ella no sabía exactamente por qué Erik la había despreciado. Vivienne sospechaba que su rechazo tenía una raíz más profunda que el cansancio, que todavía no confiaba en ella y que, dada su elección, la habría dejado en Ravensmuir.

Tan abatida estaba ella por esa posibilidad que se preguntó si su búsqueda estaba condenada al fracaso. Ella ya se lo había prometido todo, le había dicho la verdad, pero aparentemente era en vano. El hombre tenía demasiados secretos como para que ella estuviera segura.

Siguiendo un impulso, ella sacó la daga de Erik de su cinturón y se la ofreció a Rosamunde. "¿Qué puedes decirme de esta daga? Tiene una inscripción.".

Rosamunde tomó la daga y la giró en sus manos, estudiando la empuñadura con cuidado antes de sacar la hoja de la vaina. La piedra de la empuñadura pareció despertar la mayor parte de su interés, y ella la hizo girar a la luz con aparente fascinación.

"¿Es de él?" preguntó, aunque su tono indicaba que había concluido eso.

"Una reliquia familiar".

"Por supuesto." Rosamunde señaló la gema. "Este es un zafiro antiguo, ya que ha sido tallado con un ingenio notable que no podría copiarse en nuestro tiempo. ¿Notaste la inscripción?

"¿ABRAXAS?"

Rosamunde asintió. "Se dice que es el nombre de Dios, aunque hay muchos nombres de ese tipo, sobre todo JHVH para Jehová. Esta es una palabra griega que muchos afirman que es un amuleto para la protección." Ella miró hacia arriba. "Las letras griegas que componen la palabra ABRAXAS tienen una suma de 365, lo que se dice que es una marca de la potencia de la palabra."

"Esa es la cantidad de días en un año", dijo Vivienne, pensando en su compromiso.

Rosamunde asintió de nuevo. "Y el número de eones en la creación de Dios, el número de filas de ángeles, el número de huesos que se dice que hay en el cuerpo humano." Ella sonrió. "Se dice que es un número fuerte, representado una y otra vez en el mundo formado por las manos de Dios." Ella se encogió de hombros. "O podría ser simplemente un número." Ella miró la piedra de nuevo. "Esta gema fue tallada hace al menos mil años y se ha colocado una y otra vez por su valor."

"¿Entonces es más vieja que la daga?"

"Por supuesto. Su familia ha tenido algo de riqueza en su tiempo, si pudieron permitirse no solo tener una gema así, sino conservarla." Rosamunde sonrió mientras observaba el juego de luces en la gema. "Pero entonces, se rumorea que un zafiro es una gema noble, adecuada para reyes y reinas, una que supuestamente puede romper los grilletes de hierro más resistentes."

Su sonrisa se amplió cuando Vivienne no dijo nada. "Qué desafortunado que él no lo sostuviera mientras estaba en la mazmorra de Ravensmuir, porque entonces no habría tenido necesidad de tu ayuda."

Vivienne no sonrió ante eso.

Rosamunde volvió a centrar su atención en la daga. "Y se dice que un zafiro da gran alegría a cualquiera que lo mire, aunque apostaría a que quien lo posee siente una mayor alegría." Ella miró hacia arriba, su expresión evaluativa. "Yo concedería un buen precio por esta arma."

Vivienne estaba horrorizada. "¡No! ¡No puedo venderla! No me corresponde entregarla a otro."

"Sin embargo, está en tu posesión."

Erik me la concedió en préstamo. Es legítimamente suya, de todos modos, porque es un legado de su padre."

"Ah." Rosamunde estudió a Vivienne con mirada perceptiva. "Crees que amas a este hombre", dijo ella, su diversión evidente.

Vivienne se erizó. "No sería una broma si lo hiciera."

Rosamunde negó con la cabeza y miró al otro lado del mar por un momento, luego volvió a mirar a Vivienne. Ella devolvió la daga. "Eres joven para estar tan segura de esos asuntos, pero quizás lo estés porque eres joven."

"¿Qué significa eso?"

Rosamunde no respondió, ella se limitó a lanzarle a Vivienne una mirada penetrante. "Lo que debes resolver, Vivienne, es si amas su historia o su verdad. La historia de un hombre no es su suma, y ambas sabemos bastante bien que te gustan las historias."

"Conozco la diferencia entre las historias y la verdad", dijo

Vivienne con cierto orgullo. Rosamunde no pareció convencida, pero no le importó. "Sin embargo, es de poca importancia."

"¿Por qué no?"

"Porque él ama a otra mujer." Entonces comenzó una lenta llovizna que envolvió a las dos mujeres y al barco en una niebla plateada. Hacía frío y Vivienne se estremeció un poco, aunque todavía no estaba preparada para dejar a su tía.

Ella eligió sus palabras con cuidado, porque si algún alma conocía la respuesta a sus problemas, era Rosamunde. "¿Conoces algún medio para hacer que un hombre ame a una mujer, Rosamunde? Seguramente hay una manera de animarlo a ver qué es la verdad ante sus propios ojos."

Rosamunde se rió de la idea misma. "—No hay filtro para hacer que un hombre te ame, Vivienne, al menos no uno que yo conozca. ¿No ves la evidencia de mi ignorancia a tu alrededor?" Ella señaló el barco y su cargamento con un gesto despectivo.

"Yo pensé que amabas tu vida en el mar."

"Yo amaba más a un hombre y entregué todo lo que era y todo lo que deseaba como prueba de ese amor." Rosamunde se puso seria mientras hablaba. "Pero mi aprecio no fue devuelto. Él se sentía obligado a elegir entre su propiedad y yo. Para él era muy sencillo elegir un montón de piedras sobre cualquier mérito que yo pudiera poseer. Esa sería una lección de humildad para cualquier mujer, aunque quizás fue más dura para mí." Rosamunde pareció notar la decepción de Vivienne, pues puso una mano consoladora sobre el hombro de su sobrina. "Sin embargo, si deseas que un hombre te desee, eso se logra fácilmente."

"¿Cómo?" Vivienne sintió una repentina esperanza. ¿Seguramente Erik la apreciaría más si ella tuviera a su hijo? "¿Hay alguna poción para eso?"

Rosamunde sonrió con tristeza. "—No es hechicería, Vivienne. Para obligar a un hombre a desearte, solo tienes que desearlo." Ella se encogió de hombros. "Si eso te saciará, cuando es su amor lo que deseas en verdad, es otro asunto."

Vivienne estaba consternada al ver a su vibrante tía lucir tan infeliz. "Elizabeth dice que la mención de tu nombre enfurece al tío Tynan. Ella sospecha que él te ama."

La sonrisa de Rosamunde se volvió irónica. "Entonces tiene una forma poco común de mostrarlo." Entonces ella se dio la vuelta, con modales decididos. "Te invito a usar mi camarote este día y esta noche, porque no dormiré hasta que nuestro rumbo esté despejado. Cierra la puerta y haz lo que quieras." Ella lanzó una mirada penetrante por encima del hombro. Para estar segura, alegaré ante Alexander la ignorancia de tus hechos. Eres lo suficientemente mayor e inteligente como para tomar tus propias decisiones, porque eres tú quien tendrá que vivir con las consecuencias."

Vivienne no prestó atención a la advertencia, sino que simplemente le dio las gracias a su tía. Ella estaba segura de que un hijo persuadiría a Erik de que al menos abrigara afecto por ella.

Y había una sola forma de crear ese hijo.

Vivienne encontró a Erik de pie con Ruari mientras el hombre mayor lanzaba sus propias entrañas por el costado del barco. El viento se había vuelto más frío, la lluvia crecía en intensidad y Ruari parecía realmente sombrío. Él todavía se aferraba a su alforja, aunque Vivienne supuso que debía contener lo último de sus pertenencias.

Ella se detuvo junto a ellos justo cuando el hombre mayor se inclinaba sobre la barandilla una vez más. Erik no le dedicó más que una mirada.

"¿Qué tan enfermo está?" preguntó ella, adivinando que ella tendría que comenzar cualquier conversación que tuvieran.

"Lo suficientemente enfermo para asegurar su silencio", dijo Erik con humor irónico, su mirada se detuvo en Vivienne cuando ella sonrió levemente.

"¿Te sientes mejor o peor, Ruari?" preguntó ella con preocupación. "La tormenta amaina y el mar se vuelve más estable con cada momento."

"¡Incluso en su momento más tranquilo, es demasiado para mí!" gimió Ruari y se agarró a la barandilla. Él respiraba con dificultad y su rostro aún estaba pálido, pero parecía mejor que antes.

"Hay queso, pan y algo de cerveza debajo", sugirió Vivienne. "Un pedazo de pan podría mejorar tu estado."

Ruari gimió ante la perspectiva y tosió de nuevo, aunque conjuró muy poco.

"No has comido tanto últimamente", dijo Erik. "Seguro que ahora estás vacío."

"Te agradezco la broma", replicó Ruari. "Quizá puedas explicarle la verdad a mi estómago."

"Quizás sea mejor volver a la bodega", sugirió Erik a su vez. "Un balde te serviría bastante bien ahora, y también tendrías menos posibilidades de enfermarte por el frío."

"Yo prefiero aquí", dijo obstinadamente Ruari.

"Y yo no", respondió Erik. "Sin embargo, no me atrevo a dejarte solo. Ven abajo, Ruari. Prometo encontrarte un balde que te sirva."

Ruari le lanzó una mirada oscura. "Haces una broma de la incomodidad de un anciano."

"Yo no hago tal cosa. Solo aseguro su bienestar lo mejor que puedo. Piensa en la dama, al menos. Sin duda, ella también estará decidida a quedarse contigo.

Ruari le dirigió a Vivienne una mirada siniestra. "No hay necesidad de que te quedes aquí", dijo él y ella sonrió.

"Me preocupo por su bienestar", dijo ella con toda honestidad. Para su placer, los rasgos de Ruari se iluminaron.

"—Entonces tal vez me convenzan de que baje" —dijo él, con una última mirada a la barandilla. Él señaló a Erik con un dedo. "Debe ser un gran balde, sin duda, porque no me mostraré como un mal invitado, ni siquiera en un barco."

"Ah, entonces estás enamorado de Rosamunde", bromeó Erik, para sorpresa de Vivienne. "Yo sabía que simplemente tenías que conocer a una mujer lo suficientemente audaz como para capturar tu afecto para siempre."

Ruari se enderezó y sus ojos brillaron, como sin duda Erik pretendía. "Solo tengo a Rosamunde en respeto, el respeto debido a cualquier alma lo suficientemente intrépida como para desafiar ese clima para ayudar a otro."

"Sospecho que es más que eso", dijo Erik con suavidad.

"¡Ella es un verdadero ángel!" resopló Ruari, lanzándose a una diatriba como si estuviera completamente sano una vez más. "Ella vino a buscarme cuando estaban muy ocupados entre ustedes. Ella arriesgó la vida y la integridad física para asegurar mi supervivencia y yo no soy tan bribón como para insultar tal generosidad humillándome en la bodega de su barco. Vaya, este barco está lleno de materiales nobles, de oro y seda y reliquias increíbles. No sería un bribón tan vil como para mancillar tal belleza, ni menos para poner en peligro su oficio, en eso puedes confiar."

"Si estás lo suficientemente bien para sermonear, entonces estás lo suficientemente bien para venir abajo", respondió Erik, aunque tomó el codo del hombre mayor para estabilizarlo mientras se abrían paso a través de la cubierta resbaladiza.

Vivienne tomó el otro brazo de Ruari. Ruari estaba algo inestable sobre sus pies, y resbaló una vez. Sin embargo, la mano de Erik estaba firme debajo de su codo, y el hombre mayor no se cayó. De todos modos, agarró el borde de la bodega con evidente alivio.

Ruari miró de repente a Erik a través de la lluvia, sus ojos brillantes. "Me pagas la deuda de tu padre, contra toda expectativa."

"¿Qué tonterías dices?" preguntó Erik, con amabilidad.

"Le serví bien, lo serví sin quejas durante más de cuarenta años, pero en su lecho de muerte, William Sinclair notó que nunca había tenido la oportunidad de pagar la deuda. Él señaló que yo nunca me había enfermado, que nunca me habían herido, que él nunca había tenido la oportunidad de ofrecerme una cortesía."

Ruari exhaló un suspiro y miró a su alrededor con pesar. "Supongo que si hubiéramos viajado en un barco, entonces él podría haber tenido su oportunidad, pero él siempre se quedó cerca de Blackleith." El hombre mayor miró a Erik y casi sonrió. "Te agradezco, muchacho, por mostrar bondad cuando otros podrían haberse apartado. Eres más que la medida de tu padre, en eso puedes confiar."

Ruari bajó la escalera entonces, demorando un tiempo por su inestabilidad. El cabello de Vivienne estaba suelto de su trenza y el viento le picaba la cara. Ella observó a Erik, viendo que estaba conmovido por las palabras del hombre mayor.

Cuando él le indicó que debía bajar la escalera a continuación, ella le puso una mano en el brazo y se inclinó para susurrar. "Rosamunde ofrece su camarote, para que podamos luchar por crear a tu hijo",

Erik pareció sorprendido. "¿Le contaste eso?"

Vivienne se enderezó. "Mi tía sabe lo que es estar persuadida por mérito del objetivo de otra persona, y conoce la importancia de haber dado la palabra."

Erik apartó la mirada y luego volvió a mirar a Vivienne. La lluvia hacía que su cabello se viera de un tono rubio más oscuro. Sus ojos parecían de un azul más vibrante que antes y Vivienne volvió a sentir su vitalidad.

Ella no dudaba de que su sugerencia le resultara atractiva, aunque no entendía por qué él dudaba en aceptarla.

"¿No deseas a ese hijo?"

"Te pido que solo consideres lo que haces antes de hacerlo."

"Ya me he comprometido un año y un día a este objetivo."

Él la miraba todavía y ella supo que él no estaba convencido.

"¿Por qué me trajiste contigo, si no querías venir a mi cama?"

"Porque tu útero ya puede dar fruto, y tú eres mi responsabilidad hasta que lo sepamos con certeza."

Difícilmente era un sentimiento que calentara su corazón. Vivienne se negó a dejarse llevar, de todos modos, porque su mirada era demasiado vívida para que él fuera tan indiferente como su tono implicaba.

Ella extendió la mano y puso una mano sobre el brazo de Erik, sintiendo que él se tensaba cuando lo hacía. Ella sostuvo su mirada y dejó que sus dedos trazaran un círculo de caricia sobre su carne. Ella no sabía cómo seducir a un hombre, pero trató de mostrar su entusiasmo por el hecho y utilizó el lento movimiento que él había utilizado para despertar su pasión.

Erik tragó visiblemente y ella pensó que él apretaba los dientes. "No hay necesidad de hacer esto", dijo él. "Podemos dejar las cosas como están. Si tienes un hijo, lo reclamaré; si no, puedes quedarte con tu tía."

"Yo no me basaría simplemente en lo que ya hemos hecho." Vivienne se acercó más a Erik, dejando que su seno se frotara contra su antebrazo. Su kirtle todavía estaba húmedo, su piel lo suficientemente fría como para que sus pezones se le hubieran puesto duros. Ella deslizó sus senos a través de la fuerza musculosa de su brazo, un movimiento que envió un cosquilleo de deseo sobre su propia carne, y ella lo escuchó recuperar el aliento.

"Ven a mi cama, Erik Sinclair" susurró ella y notó cómo un calor se encendía en su mirada.

"No debería."

"Soy tu mejor oportunidad para crear un hijo a toda prisa", murmuró ella. Vivienne le pasó la yema del dedo por los labios, sin apartar la mirada de él. Ella sintió un temblor deslizarse a través de él y se estremeció ante su propia actitud audaz. Entonces ella se giró y bajó la escalera, esperando contra toda esperanza que él aceptara su oferta.

Rosamunde levantó la vista de su lugar en la bodega y asintió una vez. Vivienne estaba segura de que su tía volvería a cubierta para inspeccionar el cielo y el mar. Mientras tanto, Ruari se pasaba un paño por el pelo mojado y puso un balde grueso a su lado. Un brasero humeaba, llenando la bodega de calor incluso cuando su humo picaba en los ojos de Vivienne. Muchos de los marineros dormían o reposaban en la bodega, tomando su tiempo libre mientras podían.

Padraig se levantó de donde estaba agachado junto al brasero, luego le ofreció a Ruari una taza humeante de un brebaje. Ruari olfateó tentativamente antes de aceptar la infusión con una sonrisa de agradecimiento.

Vivienne esperó al pie de la escalera, temerosa de lo que haría Erik. ¿Él la rechazaría después de que ella había sido tan audaz? Él se colocó a su lado y sólo dirigió una mirada a los otros hombres, su mirada se detuvo en Ruari. El hombre mayor lo saludó con la mano como para tranquilizarlo. Que Erik no se apresurara al lado de Ruari era todo el estímulo que Vivienne necesitaba.

"Te deseo", susurró ella y vio la luz del fuego en los ojos de Erik, tal como lo había predicho Rosamunde. Ella tomó su mano entre las suyas, sonriendo ante la disparidad de tamaño entre los dos, luego tiró de él hacia la habitación de Rosamunde.

Para su deleite, él la siguió, sus ojos de un azul tan profundo que casi ardían.

ERIK ESTABA HECHIZADO de nuevo y no le importaba. El cabello de Vivienne estaba teñido de oscuro por la lluvia y el agua brillaba en sus mejillas como las gotas de rocío en los pétalos de una flor. Aseguró la puerta de la habitación detrás de ella y se apoyó contra ella, mirándolo a través de sus pestañas. Él estaba fascinado de que ella pudiera parecer tímida y audaz, inocente y provocativa, pero lo lograba con facilidad.

Él se había creído lo suficientemente fuerte como para dejarla en paz en ese viaje, pero su deseo por él, incluso si era fingido, era imposible de negar. La resistencia a sus encantos era inútil, cuando su cuerpo ya estaba del lado de Vivienne en la discusión.

Y de hecho, él se recordó a sí mismo, el daño estaba hecho. Su virginidad se había ido en verdad. No había nada más que perder al aceptar su invitación, y solo la posibilidad de recompensa de ese hijo.

O eso se decía Erik a sí mismo.

La habitación de Rosamunde tenía una estructura simple, un mero camarote apartado del resto de la bodega. Las paredes eran curvas y de madera, como todo el barco, y todo se balanceaba de una manera relajante. Un par de linternas estaban aseguradas a la pared en el otro extremo, las llamas bien lejos de la pared y el receptáculo para el aceite era demasiado pequeño para causar un gran riesgo de incendio si se derramaba. Erik podía escuchar la lluvia tamborileando constantemente sobre la cubierta, lo que solo hacía que la habitación pareciera más un refugio acogedor.

Había poco en la habitación, salvo una cama incorporada en el armazón del barco. El borde sobre ella era lo suficientemente grande como para que uno no fuera arrojado fuera de ella en el mar más embravecido. La cama era lo suficientemente grande para acomodar a dos personas, aunque una de la altura de Erik tendría que acurrucarse para encajar.

El colchón era grueso y estaba claramente relleno de plumón, una indulgencia que hablaba del amor de Rosamunde por el lujo. Docenas de pieles estaban apiladas sobre la cama, sus pieles sedosas eran un maravilloso revoltijo de tonalidades. Erik no podía identificar los animales que alguna vez debieron haber estado adornados con varias de ellas, porque ningún lobo o ardilla había estado adornado con tales rayas y manchas.

Las sábanas de terciopelo y seda estaban dobladas en un extremo, se podían correr cortinas de lana finamente tejida para hacer otra barrera contra la bodega, y almohadas de todas las formas y tamaños se derramaban de la cama al suelo. Ellos se quedaron en silencio y contemplaron esa maravillosa cama, mientras Erik imaginaba lo que podrían hacer sobre ella. De hecho, el aire parecía humear con el calor de su deseo.

Pero él esperaría a que la dama lo invitara entre sus muslos una vez más. Que ella dudara tan rápidamente después de su atrevida invitación le hacía dudar de que ella realmente lo deseara. No habría ningún cargo contra él más tarde por haberla reclamado contra su voluntad.

Erik esperaría, aunque casi lo matara.

Un golpe en la puerta hizo que ambos saltaran, luego Vivienne soltó el pestillo. Rosamunde se quedó allí, una sonrisa de complicidad curvó sus labios. Ella ofreció un cubo de agua humeante y una gran bola dorada de forma irregular. Parecía porosa.

"Una esponja", dijo ella, notando la perplejidad de Erik. Y agua para bañarse. Hay una estrella de rosas en el cajón debajo de la cama, si deseas aroma, y miel, también, si deseas tentación."

¿Miel?

Erik tomó el balde y miró hacia las profundidades del agua humeante mientras consideraba lo que se podía hacer con la miel. Vivienne tomó la esponja. La sumergió en el agua, luego la exprimió y soltó una cascada de agua. Entonces ella se rió y repitió su acción, claramente tan poco familiarizada con esa maravilla como él.

Rosamunde sonrió, la picardía hizo brillar sus ojos. "Te molestaré sólo con comida", dijo ella, luego guiñó un ojo y cerró la puerta una vez más.

Vivienne respiró tan hondo que hizo que sus pechos se hincharan, luego miró a Erik. Un eco de la picardía de Rosamunde bailaba en sus ojos.

"Miel", repitió ella, luego sonrió con malicia. "Aunque me gustaría bañarme antes de tal tentación." Luego giró el pestillo para cerrar la puerta.

Erik colocó el cubo en una abrazadera que había visto en el suelo, luego miró a Vivienne una vez más. Ella lo miró con una sonrisa que lo calentó hasta los dedos de los pies y antes de que él pudiera hablar, ella levantó una mano hacia el broche de su capa.

"Tú siempre me has llevado a la pasión", susurró ella. "Ahora, yo también quisiera persuadirte." Ella dejó que su capa cayera al suelo, con la mirada inquebrantable. Erik sabía que ella no tenía necesidad de persuadirlo, porque su cuerpo ya estaba completamente preparado, pero él dejó que Vivienne marcara el ritmo. Ella plantó la yema de un dedo en medio de su pecho. "Tú no tienes más que estar de pie y mirar. Yo haré el resto."

Erik se dio cuenta entonces de que Vivienne tenía la intención de desvestirse delante de él y se le secó la boca. Él no necesitaba miel, él no necesitaba más que el brillo en los ojos de Vivienne, la sonrisa tentadora que curvaba sus labios.

Él se quedó quieto con esfuerzo y la vio despojarse de su atuendo con frustrante tranquilidad.

Ella desabrochó el cordón de un lado de su kirtle, tomándose una maldita cantidad de tiempo para soltarlo. Ella le dedicó una sonrisa, luego desabrochó el del lado, tirando del cordón de cada ojal con tentadora deliberación. Cuando se aflojó el kirtle, ella levantó el dobladillo en incrementos lentos, revelando la sombra de sus tobillos a través de su camisola, luego sus pantorrillas finamente curvadas.

La mujer estaba bastante decidida a tentarlo, de eso Erik estaba seguro. Él apretó los puños y miró.

Después de subir la prenda aún más arriba con frustrante lentitud, finalmente, Vivienne se levantó la falda verde por encima de la cabeza y la arrojó a un lado. Erik podía ver sus pezones rosados a través del fino lino de su camisola, así como sus picos atrevidos, y la sombra castaña del cabello en la parte superior de sus muslos. Sus curvas no eran más que sombras tentadoras espiadas a través de la tela.

Erik intentó desatarse su propia camisa, pero Vivienne lo agarró de las manos para detenerlo. "Déjame", susurró ella, sus ojos oscuros con un deseo que debilitó sus rodillas. Ella besó sus nudillos, cada uno por turno, dándoles atención con sus suaves labios. Ella plantó un beso en cada una de sus palmas, su lengua golpeando inesperadamente contra su piel.

"Vivienne", gruñó bastante él, pero ella no se apresuró. De hecho, la punta de su lengua se movió entre sus dedos y él contuvo el aliento ante el vigor de su respuesta.

Quizás ella provenía de un linaje de hechiceros, porque su deseo por ella nunca parecía saciarse. De hecho, solo se hacía más potente cada vez que se encontraban en la cama, solo se hacía más fuerte con cada probada.

Vivienne sonrió y se apartó de él, luego aflojó el encaje de su camisola con la misma determinación. Erik tragó, paralizado mientras se revelaba cada incremento de carne blanda. Ella desabrochó la miríada de botones de las mangas con dolorosa lentitud. La camisola finalmente cayó al suelo a su vez, amontonándose alrededor de sus tobillos como una nube bajo los pies de un ángel.

Vivienne se quitó la tela con gracia, luego la sacudió y la colgó de un gancho con más cuidado del que él pensaba que merecía el asunto. Sin embargo, ella tuvo que alcanzar ese gancho, estirando una pierna detrás de ella y apuntando un dedo del pie. Él admiró la curva de sus nalgas y la elegante línea de su espalda. Él pensó momentáneamente en agarrarla por su estrecha cintura y terminar con ese tormento, pero luego ella le dedicó una sonrisa tal que él abandonó la idea.

Ella estaba saboreando esa seducción y él no era lo bastante canalla para negárselo.

Vivienne recuperó su vestido y su capa, colgándolos a su vez y ofreciéndole una vista tan prolongada de sus nalgas que Erik supuso que sentía el peso de su mirada sobre ella. Él admiraba la fuerza suave de sus piernas, mientras su deseo por ella se veía impulsado a un punto álgido.

Ella le concedió una sonrisa tímida mientras comenzaba a soltarse el pelo. Ella se paró frente a él, vestida solo con sus medias, ligas y botas, y desató el cordón al final de su trenza. Como de costumbre, la trenza mantenía cautivo sólo un tercio de su cabello, el resto había escapado de sus ataduras para enroscarse alrededor de su rostro.

Él no pudo evitar admirarla y no trató de ocultar su asombro por su belleza. La sonrisa de Vivienne se amplió y, por una vez, a Erik no le importó que sus pensamientos pudieran ser vistos tan fácilmente por otro. Vivienne echó la cabeza hacia atrás y se sacudió el pelo, cerró los ojos y él miró con avidez.

Él se inclinó hacia delante y le plantó un beso en el hueco de su garganta. Ella jadeó y él reclamó su boca en un beso posesivo, su mano se curvó alrededor de la parte posterior de su cintura. Cuando él levantó la mano para tomar su rostro, el pulso de ella saltó bajo su mano de la manera más tentadora.

Él la soltó y dio un paso atrás, muy contento de haber puesto ese rubor en sus mejillas y ese brillo en sus ojos.

De hecho, esas calzas desconocidas demostraban tener una marcada desventaja con respecto a su atuendo habitual. Había poco espacio dentro de ellas para su respuesta entusiasta a Vivienne y él anhelaba de nuevo la comodidad de su camisola holgada y su largo tartán con cinturón.

Entonces Vivienne cogió la cinta de su camisa. Ella le dedicó una mirada a través de sus pestañas, su sonrisa provocativa. Sin embargo, ella estaba sonrojada, más virginal de lo que probablemente hubiera preferido, aunque Erik encontró el contraste muy atractivo.

Ella aflojó el cordón, un ojal a la vez, luego lo soltó y lo dejó a un lado. Ella deslizó sus manos debajo de la pieza de cuero hervido, abanicando sus dedos mientras pasaba sus manos sobre su pecho. Él agachó la cabeza, incapaz de resistir la oportunidad de besarla, pero ella evitó sus labios y besó el hueco de su garganta en su lugar.

La camisa fue seguido por su camisola, que se aflojó en incrementos burlones. Entonces, juguetonamente, ella lo empujó sobre la cama y se sentó a horcajadas sobre una de sus piernas mientras le quitaba la bota. Sus nalgas estaban en su muslo, la curva madura de sus caderas tentaba sus manos. Él la agarró por la cintura y tiró de ella hacia su regazo, robándole otro beso completo antes de que ella escapara de su abrazo una vez más.

Él estaba sin aliento cuando ella le dio un golpe en la nariz con la yema de un dedo en regaño, y sus ojos brillaron. "Debes ser seducido, no seducir", dijo ella.

"Pero ya estoy seducido", argumentó él. "Tu búsqueda está completa."

"—Acaba de empezar "—replicó ella, y luego se retorció en su regazo como para no haberse perdido la señal de su entusiasmo. Sin embargo, ella se puso de pie de nuevo y se sentó a horcajadas sobre su otra pierna, con las manos cerradas en su segunda bota.

Una vez más, Erik no obedeció las instrucciones. Él la agarró por la cintura, y le gustó que sus manos la rodearan bastante y que el balanceo del barco funcionara a su favor. Vivienne cayó sobre su regazo. Erik la tomó de la nuca con la mano y mantuvo su otro brazo alrededor de su cintura mientras la besaba completamente. Ella se arqueó contra él, su lengua bailando con la de él, sus dedos atravesando su cabello mientras rodaban por la cama juntos.

A él le encantaba que ella no fuera tímida, que no le ocultara su pasión. A él le encantaba que ella respondiera tan ardientemente a su caricia, que claramente saboreara sus relaciones sexuales tanto como él.

Los ojos de Vivienne brillaron de risa cuando rompió el beso. Ella se tumbó encima de Erik, con las manos apoyadas en sus hombros. "Qué cama tan suave", murmuró ella. "Dormiremos bien aquí".

"Puede que no podamos dormir", respondió Erik, luego la hizo rodar debajo de él. Él la besó completamente una vez más, y ella respondió rápidamente a su caricia. Ella estaba sonrojada y sonriendo cuando él levantó la cabeza, aunque aun así ella lo señaló con un dedo.

"No debías hacer nada", protestó ella.

Erik le quitó una de sus botas y luego reclamó su tobillo, cerrando una mano alrededor de él. Él se inclinó para desatarle las ligas con los dientes. Vivienne jadeó cuando su pulgar se movió en un círculo lento contra el hueso del tobillo y ella gimió de placer cuando él la besó detrás de las rodillas. Le tomó algún tiempo deshacerse de sus ligas y medias, aunque la dama no se quejó.

Él solo tuvo una advertencia de un latido de corazón, un mero atisbo de la picardía bailando en sus ojos, antes de que ella se inclinara para desatar el cordón de sus calzas con los dientes. Entonces él temió romper la tela, que las calzas del conde de Sutherland no pudieran contenerlo. Que Vivienne lo acariciara a través de la tela, provocándolo con las yemas de los dedos, casi lo volvía loco de deseo.

Él se recostó y apretó los dientes, dejándola hacer lo que ella quisiera para poder sorprenderla cuando terminara. Ella lo atormentó, haciéndose eco de su gesto besando detrás de sus rodillas mientras alejaba las calzas. Tan pronto como la envió al suelo, Erik trató de alcanzarla, pero ella ya estaba de pie.

Ella abrió el cajón debajo de la cama, mordiéndose el labio con una expresión entrañable de concentración mientras miraba el contenido del cajón. Ella arrugó la nariz ante la etiqueta de la primera botella que levantó, la volvió a colocar y sacó otra. Ella quitó el tapón y la habitación olía a rosas en flor. Vivienne vertió una buena cantidad del aroma en el agua humeante y Erik protestó.

"¡Oleré como si hubiera estado en un burdel!"

"¿Quién te olerá, salvo yo?"

"Ruari, por ejemplo".

"Pero él, entre todos los hombres, sabrá que no podrías haber estado en un burdel. " Ella sumergió la esponja en el agua, luego la escurrió, lo que le permitió a Erik una buena vista de esas nalgas una vez más. "Y él, de todos los hombres, conoce tu necesidad de un hijo. ¿No pensará que el aroma de las rosas es un pequeño precio a pagar? Ella apoyó una mano en su cadera mientras lo miraba y la luz de las linternas convirtió su carne en el tono de un amanecer. "Después de todo, huele mejor que cualquiera de nosotros ahora mismo."

"Eso es bastante cierto."

"¿Y realmente te importa lo que Ruari piense de tus hechos este día?"

Erik tuvo que admitir que no. Él no tenía necesidad de decir eso, porque sus pensamientos no eran tan secretos ahora que sus calzas habían sido abandonadas.

Los ojos de Vivienne brillaron con determinación, luego ella volvió a arrodillarse en la cama. Ella pasó la esponja por su pecho, formando un chorro de agua tibia, luego acarició su erección con ella. Era suave y ligeramente cosquilleaba, sus dedos estaban calientes, su caricia era decidida. Erik la apartó, seguro de que derramaría su semilla demasiado pronto.

"¿No deseas que te laven?" preguntó ella.

"Yo mismo podría hacerlo más rápido", dijo él, al escuchar la tensión en su voz. Ella cerró su mano alrededor de él, incluso con la esponja, y se movió arriba y abajo a lo largo de él. Erik estaba seguro de que no podría soportar mucho de esa atención.

Entonces Vivienne se inclinó sobre él, su cabello se desparramó a su alrededor y le besó la mandíbula. Ella lo tocaba con creciente seguridad, besándolo finalmente en el lóbulo de la oreja. "Me complaciste allí con tu lengua", le susurró ella al oído. "Es hora de que yo devuelva el placer en especie."

Antes de que pudiera protestar, ella se deslizó por su pecho y presionó sus labios contra su erección. Erik se dejó caer en la cama y gimió en voz alta al darse cuenta de que no podría detener su asalto amoroso.

Fue entonces cuando Vivienne realmente comenzó a atormentarlo con placer, Erik no quería obligarla a detenerse. Ella lo encontró con un salvaje abandono nuevo para ella, comprometiéndose con su pasión con nuevo vigor. Él estaba seducido, encantado, perdido en su encanto.

Él había sucumbido al momento, impotente para hacer lo contrario.

Pasó mucho tiempo antes de que se durmieran, se saciaran, con las extremidades entrelazadas. Erik sentía una languidez tremenda y sus ojos se cerraban solos. Él se tapó con las pieles para dar la bienvenida al suave calor de Vivienne contra su costado.

Ella se acurrucó más cerca y colocó sus labios contra la oreja de Erik. Él pensó que ella tenía la intención de besarlo y sonrió a pesar de sí mismo ante la perspectiva.

"Te amo", murmuró ella en su lugar. Ella hablaba tan adormilada que tal vez no se había dado cuenta de que las palabras habían cruzado sus labios.

Pero los ojos de Erik se abrieron y el sueño resultó imposible para él después de eso. Él la miró incrédulo, pero ella se quedó dormida. Él frunció el ceño ante las paredes de madera del camarote, escuchando la lluvia y el eco de esas dos palabras en sus pensamientos.

¿Vivienne mentía para atraparlo aún más?

¿O él le debía a esa dama mucho más de lo que le había ofrecido hasta ahora? Erik no podía estar seguro, aunque la pregunta lo atormentó durante toda la noche.

Con dos palabras murmuradas, Vivienne lo había cambiado todo.

lgo andaba mal.

Vivienne no sabía qué era, pero ella se despertó sola en esa habitación a la mañana siguiente. Ella subió a la cubierta esa primera mañana en busca de Erik y encontró el barco rodeado por una densa niebla blanca. Las velas colgaban húmedas de los mástiles y el mar estaba tan quieto como un espejo. Un marinero hacía sonar una campana a intervalos regulares, claramente por orden de Rosamunde, pero no había ni un soplo de viento, y mucho menos el indicio de otra alma.

Ellos podrían haber navegado hasta el borde del mundo. Peor aún, Erik parecía decidido a evitarla. Cada vez que ella llegaba a su lado, él se marchaba apresuradamente, sin apenas dirigirle una mirada.

Erik parecía esforzarse por evitar a Vivienne, lo que no era poca cosa en un barco de ese tamaño. Ella se sentía despojada sin su toque, sin la más mínima señal de afecto por su parte, y se maravilló de la importancia de sus modales.

¿Qué había hecho ella?

Vivienne temía que el cambio en sus modales tuviera menos que ver con ella y más con la perspectiva de su regreso a casa. Sin duda, el recuerdo de Beatrice era más fuerte para él. Vivienne imaginó que Erik se alejaba porque se negaba a manchar el amor que le había prometido a la madre de sus dos queridas hijas.

¡Esa no era la recompensa otorgada al amante incondicional en todos los cuentos que conocía Vivienne! Ellos habían intercambiado votos en un compromiso con u apretón de mano, por ejemplo, ella no tenía la intención de olvidar.

Rosamunde hacía caso omiso del clima y los marineros parecían tomarlo con calma. Para el segundo día, varios de los marineros estaban murmurando, y para el tercero, había un zumbido distintivo de descontento.

El tiempo no se movía, y Erik se puso a pasear por la cubierta. Sin duda, él estaba ansioso por que los asuntos se resolvieran en Blackleith.

Peor aún, Rosamunde no podía encontrar su piedra imán, aunque juraba que ella siempre la guardaba en el mismo lugar. Ninguno de los hombres del barco confesó haberla movida, y Rosamunde la buscó con cada vez más mal genio.

Ella la encontró, al quinto día, exactamente donde debería haber estado todo el tiempo.

La piedra imán, sin embargo, fue inútil. Parecía encantada. Vivienne observó con asombro cómo Rosamunde la sostenía en alto y giraba incesantemente en círculo. La piedra no podía encontrar el norte verdadero.

Los marineros empezaron a murmurar sobre hechicería y, por una vez, Ruari se mordió la lengua. Erik caminaba con mayor vigor, su zancada irregular resonaba por la cubierta hasta bien entrada la noche.

Tan pronto como se encontró la piedra imán, Rosamunde no pudo encontrar su libro mayor. No queriendo confiar en las observaciones de otros marineros, había hecho una recopilación de su propia experiencia considerable, anotando la dirección de los vientos en ciertos lugares y dibujando la forma de la tierra. Ella había viajado a menudo entre Ravensmuir y Sicilia, y el gran libro contenía la suma de sus propias observaciones, para poder orientarse mejor después de una tormenta como la que habían experimentado.

Pero no se encontró el libro mayor. Una vez más, ningún hombre de la tripulación admitió haberlo tocado, y mucho menos haberlo movido de su lugar seguro en la cabina de Rosamunde. Ruari ayudó a Rosamunde a buscarlo en todo el barco, y eso con tenaz persistencia, pero fue en vano.

Al octavo día, el libro mayor apareció precisamente en el lugar que debería haber ocupado todo el tiempo.

Sin embargo, se habían eliminado todas las notas relativas al Mar del Norte.

Nunca se había desatado una tempestad que pudiera igualar la furia de Rosamunde por ese hecho. Incluso Padraig, siempre audaz en su presencia, claramente la evitaba ese día. Rosamunde revisó todos los rincones de ese barco, hizo desempacar cajas y volcar barriles, arrojó los cajones de su camarote, declaró que tenía derecho a examinar las posesiones de cada hombre. Ella interrogó a cada alma viviente en ese barco.

Todo fue en vano.

Vivienne comenzó a temer que nunca volverían a ver tierra.

POR SUPUESTO, Rosamunde omitió a una pequeña hada en su interrogatorio. La spriggan Darg sabía dónde estaban las páginas del libro mayor, porque ella las había escondido. Ella también había encantado la piedra imán. Esa spriggan se rió de buena gana por el éxito de su acción.

Fue Erik quien escuchó el débil eco de la risa del hada, Erik el que sabía que no debía creer en asuntos invisibles, Erik el que no podía imaginar quién era lo suficientemente valiente como para reírse a expensas de Rosamunde. Él escuchó el eco de la alegría en medio de la noche, cuando todos los demás dormían, cuando solo él se paseaba por la cubierta.

Él temió perder el juicio, y en eso ceder el último de sus magros bienes.

A la décima mañana, Rosamunde, angustiada, los convocó a todos a su habitación. Erik se aseguró de que hubiera distancia entre él y Vivienne. Ella lo miró confundida, insegura por su actitud reservada.

Erik ciertamente no quería explicarse. La proximidad a Vivienne dispersaría sus pensamientos, aseguraría que la lujuria diezmara su capacidad para considerar con justicia todo lo que sabía. Él no se atrevía a arriesgarse ni a un toque fugaz. Él deseaba que hubiera una manera de estar seguro ahora de si su semilla había echado raíces dentro de ella, porque entonces sus obligaciones serían claras, si no la verdad.

Vivienne se había cambiado de atuendo, probablemente debido a un regalo de Rosamunde y Erik no dudaba de que tenía la intención de tentarlo. Ella casi lo hizo. El vestido ocre estaba ajustado para acentuar sus considerables curvas y quizás las mostraba con más audacia que su anterior vestido. Sus dobladillos y puños estaban llenos de bordados en tonos azul y verde, y su nueva camisola parecía ser de un amarillo azafrán. Ella llevaba el pelo peinado sobre los hombros y sus rizos castaños brillaban a la luz del camarote.

El deseo se encendió en el vientre de Erik como una llama y él se vio obligado a apartar la mirada. Él escuchó de nuevo su adormilada promesa de amor y sus entrañas se agitaron.

"No sé qué hacer", confesó Rosamunde al pequeño grupo reunido en su habitación. "Sin mi libro mayor, no puedo estar segura de nuestra ubicación. Sin conocer nuestra ubicación, no puedo trazar un rumbo. No podemos quedarnos a la deriva para siempre y no nos atrevemos a desembarcar en costas hostiles."

"¿Hay tantos puertos hostiles como para eso?" preguntó Erik, y ganó una mirada dura para su consulta.

"He perseguido un comercio peligroso durante décadas", dijo

Rosamunde brevemente. "Por lo tanto, hay puertos más hostiles que amables, al menos para mí." Ella caminó por el camarote con agitación. "Nunca me había pasado algo como esto", murmuró ella, su disgusto más que claro. "Algún tonto me juega una broma, algún tonto que pagará caro por tal audacia."

"¿Podría uno de tus enemigos estar escondido en este barco?" Preguntó Erik.

"¿Dónde?" Rosamunde extendió las manos. "¡No hay donde esconderse!"

Pero Erik no estaba tan seguro de eso, dado lo que él mismo había aprendido sobre la traición. "¿Podría uno de tus hombres haber estado tentado de servir a otro, por una moneda u otra recompensa?"

Rosamunde reflexionó. "Es posible, aunque poco probable. Se sabe que Padraig y yo recompensamos bien a nuestros hombres y nos aseguramos de que las deudas impagas se paguen en su totalidad."

"Y algo más", corrigió Padraig, luciendo sombrío. "Son pocos los que se atreverían a engañarnos en estos días."

Rosamunde y Padraig intercambiaron una mirada y Erik supuso que habían visto una buena medida de venganza servida en su tiempo.

Él, por su parte, no los habría desafiado. De hecho, él sabía que era mejor no pedir detalles y optó por tomarles la palabra.

Vivienne se mordió el labio, como si supiera que su sugerencia no sería bienvenida. "Quizás la spriggan Darg nos acompañó. Ella es la única que te guarda rencor."

"¡E injustamente además!" Los ojos de Rosamunde brillaron. "Le dije a Elizabeth que le diera órdenes a su hada. No puedo devolver el tesoro a Ravensmuir, no ahora, así que no hay ningún trato que hacer."

"¿Pero qué hay de tu anillo?" Preguntó Erik, notando el dedo estéril de Rosamunde. "¿El anillo de plata que la spriggan exigió como su compensación? Seguramente si se lo has entregado, ¿esa hada no tiene motivo de queja?

Los ojos de Rosamunde se entrecerraron, pero antes de que pudiera responder, Vivienne se volvió hacia Erik con asombro. "¿Reconoces la existencia de la spriggan?"

Erik había sentido la spriggan, cuando ella se había enredado en las algas, y estaba bastante seguro de la fuente de la risa maliciosa que había escuchado desde entonces. Sin embargo, no estaba dispuesto a admitirlo abiertamente, por lo que ignoró la pregunta de Vivienne.

Rosamunde, para su sorpresa, se sonrojó como una doncella y bajó la mirada. "El anillo se ha ido. Ya no lo tengo."

"Pero si se lo entregaste a la spriggan, entonces no debería quedar ningún problema", dijo Erik con cuidado.

Ruari resopló. "Las hadas son un grupo caprichoso. No es necesario decir que este Darg mantendría su trato incluso si fue aceptado de inmediato, y mucho menos días después de que se hizo."

Pero Erik estaba intrigado por el desconcierto de Rosamunde.

"No era mío para entregarlo", dijo ella con brusquedad, su mirada parpadeando como si fuera a mirar a cualquier parte en lugar de encontrarse con las miradas de los demás. "Fue devuelto a su legítimo propietario y, por lo tanto, más allá del alcance de esa spriggan y el mío."

Erik escuchó un pequeño grito, aparentemente de frustración. Él consideró que Darg podría argumentar la legítima propiedad de ese anillo.

"Lo que significa", concluyó ella, "que no hay forma de saciar a la spriggan porque sus términos no se pueden cumplir", Entonces, un peso aterrizó en su hombro y él escuchó una pequeña carcajada cerca de su oído. Parecía que la spriggan parloteaba de acuerdo, aunque él no podía discernir completamente sus palabras.

Quizás ella hablaba otro idioma además de que los que él conocía.

"El anillo está en Ravensmuir", admitió Rosamunde. "Porque es el anillo de Ravensmuir y con razón pertenece allí."

"¿Por qué lo dejaste ahí?" Preguntó Padraig. "¡Podríamos estar perdidos en el mar para siempre, si no tienes el anillo con el que negociar!"

Las mejillas de Rosamunde permanecieron sonrojadas y Erik supuso que ella contaba solo la mitad de la historia. "Pensé que esa spriggan se quedaría con el anillo y que nos desharíamos de ella fácilmente."

Padraig negó con la cabeza y se frotó la frente. "Pero en cambio estamos condenados, condenados a perdernos en el mar porque el duende no puede tener su recompensa." Él le lanzó a Rosamunde una mirada severa. "A menos que puedas hacer otro trato que complazca al demonio."

Rosamunde frunció los labios. Caminó, frunció el ceño, cruzó los brazos sobre el pecho. Inspeccionó la habitación con ojos brillantes, buscando claramente alguna señal de que la spriggan estuviera entre ellos.

Erik sintió que ese ligero peso sobre su hombro se acercaba más a su cuello. Él no se atrevió a moverse, porque no sabía qué pretendía hacer la criatura. Una pequeña garra se aferró a su lóbulo de la oreja, luego las palabras resonaron en su oído. Eran palabras que no eran transmitidas por algo tan mortal como un susurró, pero palabras que él escuchó de todos modos.

Cuando él se dio cuenta de su importancia, las repitió en voz alta.

"Las deudas deben ser pagadas o se vencerán, los elfos tienen mucha menos paciencia que tú. El anillo de los reyes es mi única demanda, y lo obtendré de cualquier mano. Esté Rosamunde viva o muerta, aun así me entregará mi premio."

"Entonces, ¿quieres hablar en verso, muchacho?" Preguntó Ruari con evidente sorpresa. "¿Qué locura es esa? Tú no necesitas ese anillo."

Erik sintió la parte de atrás de su cuello calentarse. "Es la sprig-gan. Puedo oírla y esas palabras son suyas. Yo solo las repito."

Los labios de Vivienne se abrieron con asombro. "¿Incluso puedes oír a la spriggan?"

"Evidentemente sí." Erik sintió una gran vergüenza por haber demostrado estar tan equivocado y también ante los demás. La pequeña garra tiró del lóbulo de su oreja, luego el susurro sonó de nuevo.

"Las deudas se pueden pagar de muchas maneras, aunque el precio aumenta cada día. Dile entonces que me haga una oferta: puede que yo sea un hada, pero haré un trueque."

Erik repitió eso también y la compañía intercambió miradas. Rosamunde suspiró y se miró las botas durante un largo momento antes de hablar. "Si regreso a Ravensmuir, lo que sería una violación de mi propia promesa de no volver a cruzar ese umbral ..."

"Una promesa que ya has roto voluntariamente", intervino Padraig, ganándose una mirada sombría por su intervención. Rosamunde cruzó los brazos sobre el pecho, luciendo completamente descontenta con lo que quería decir.

"Si lo hago, y si me comprometo a intentar recuperar el anillo mientras esté allí, ¿nos ayudará la spriggan?" preguntó ella, su manera revelaba su propia opinión sobre ese rumbo. "No hay forma de reclamar el anillo mientras estemos en el mar."

Todos miraron expectantes a Erik, pero él no pudo oír ningún susurro. El agarre de su oreja había desaparecido, al igual que aparentemente el peso sobre su hombro. Él se giró, mirando a su alrededor en busca de algún indicio de que la spriggan aún perma-necía en su compañía. Él no podía ver a Darg, ni podía oír ningún sonido de ella.

Pero él vio el libro de contabilidad, una vez más lleno de perga-mino. "¿Fueron devueltas tus notas?"

Rosamunde se giró, dio un grito ahogado y cayó sobre el libro mayor, sus rasgos se iluminaron mientras pasaba las páginas.

"¡Todas han sido devueltos!" dijo con asombro. "Y tan prolijamente como si nunca se hubieran ido."

La campana sonó con mayor vigor desde cubierta y los marineros de arriba dieron un grito. "¡La niebla se aclara!" gritó uno. "¡Vuela con una velocidad poco común! ¡Vengan y miren!"

Padraig salió apresuradamente del camarote, luego la escalera crujió mientras subía a la cubierta. "¡Ah!" gritó él, apenas en la mitad de la escotilla. "¡Él dice la verdad! Puedo ver el azul del cielo."

Rosamunde se rió en voz alta. Ella agarró el libro con ambas manos y lo levantó en alto. "¡Navegamos hacia Escocia!" gritó ella con evidente deleite. "Navegamos este mismo día, primero hacia Helmsdale y de allí a Ravensmuir."

Padraig volvió a agachar la cabeza en la bodega y le dirigió a Rosamunde una mirada sombría antes de encontrar la mirada de Erik. "Y puedes decirle a tu hada que me aseguraré de que no haya incumplimiento de esa promesa."

"¿Tú?" preguntó Rosamunde con una sonrisa. "Tu palabra vale muy poco."

"Puede que me guste el mar, pero no hasta el punto de perderme en él", replicó Padraig. "De hecho, pierdo el gusto por esas aventuras. Completaré este viaje contigo, Rosamunde, porque estoy de acuerdo en eso, y esto a pesar de que mi promesa vale tan poco. Pero luego anhelo el sol de Sicilia. No navegaré más desde esa isla."

Entonces él subió completamente a la cubierta, dejando a Rosamunde asombrada detrás de él. Ella lo persiguió un momento después. Ruari miró alegremente a Erik y Vivienne se acercó más a su lado, sus ojos brillando de risa.

"Así que el spriggan te ha elegido a ti", dijo Ruari con no poca diversión.

"Darg está de nuestro lado para persuadirlo de asuntos que no se ven", agregó Vivienne.

"Fue sólo un verso o dos", dijo Erik con brusquedad, como si le dieran demasiada importancia a muy poco, y ellos se rieron de sus modales.

Ruari lo señaló con un dedo. "No puedes luchar contra la verdad, muchacho, eso es cierto. Si niegas lo que es evidente para todos, entonces se hará evidente para ti, de una forma u otra."

"Y no se puede engañar a un hada", añadió Vivienne. "Incluso Rosamunde ha aprendido eso."

"Probablemente él veía al hada todo el tiempo", bromeó Ruari, luego le dio a Vivienne una mirada de complicidad. "Pero tenía la intención de compartir tu cama tantas noches como fuera posible. Después de todo, estabas decidido a mostrarle el poder de lo invisible."

Vivienne abrió la boca, luego la volvió a cerrar, sus maravillosos ojos se llenaron de sombras cuando ella miró a Erik una vez más. Quizás Ruari no sabía que Erik y Vivienne ya no se encontraban en la cama. A Erik no le importaba. Con ese comentario, para decepción de la dama, el momento había perdido su camaradería para él.

"Sólo un bribón molestaría tanto a toda una empresa para su propio placer", dijo él y se alejó de Vivienne.

"Solo un bribón despoja a una doncella y no se casa honorablemente." Parecía que Erik no solo escuchaba la voz de la spriggan sino también la de su padre.

Quizás no era tan sorprendente que tanto el hada como el padre estuvieran de acuerdo con tanta vehemencia.

Darg parecía tener una influencia considerable en el clima. Los vientos cambiaron tan pronto como Rosamunde hizo su trato con la spriggan, y el barco fue conducido de regreso hacia la costa de Escocia. Ellos se acercaron a la costa cerca del Firth of Forth y toda la tripulación vitoreó al unísono.

El barco giró hacia el norte con muchas manos apoyándose en el timón. Hicieron una velocidad inusual y Vivienne sabía que pronto Erik volvería a ver su casa. Él estaba de pie junto a la barandilla, señalando este y otro hito a Ruari, su emoción era algo tangible.

Erik ni siquiera miraba en su dirección, aunque Vivienne se despertó más de una vez en la noche en la bodega del barco para encontrar su calor a su lado. Él no la tocaba, mucho menos la acariciaba, pero la mordida del viento era fría y Vivienne se alegró de su calor.

Ella esperaba poder sacar más provecho de él con el tiempo. Ella rezó para que ya hubiera concebido a su hijo.

Pero cuando Vivienne lo supo con certeza, la verdad no era lo que ella había deseado. En una noche en que la luna estaba más allá de su plenitud y se elevaba en un cielo despejado, ella se despertó en medio de la noche con un goteo cálido en sus muslos. Ella apartó las colchas y dejó que la luz de la luna cayera sobre su carne. La sangre roja allí hizo que su corazón se desplomara hasta los dedos de los pies. Ya no cabía ninguna duda.

Ella no había podido concebir al hijo de Erik.

Las lágrimas de Vivienne cayeron entonces por su fracaso, porque ella había estado tan segura de que sus esfuerzos harían que el asunto se resolviera rápidamente.

Ella se limpió apresuradamente, se envolvió con un trozo de lino y luego se envolvió con la capa con más fuerza. Erik todavía respiraba con profunda regularidad y ella detestaba despertarlo con tales noticias. Sin embargo, ella se acercó más a su calor, sintiendo el frío más intensamente en su decepción. Ella se obligó a volver a dormirse, resolviendo decirle la verdad por la mañana.

Una resolución creció dentro de ella en la oscuridad. Vivienne estaba lejos de estar preparada para abandonar esa búsqueda. Había doce lunas más en su compromiso, y eso significaba doce oportunidades más de concebir un hijo.

La apuesta aún no se había perdido.

Erik había sentido a Vivienne moverse en la noche. Él había escuchado su grito de sorpresa y había visto a través de sus pestañas mientras ella descubría la sangre en su muslo. Él sabía el significado de esa sangre y estuvo decepcionado de que no existiera un vínculo persistente entre ellos.

Él estaba conmovido por su consternación. Ella pensó que no la observaban y, además, su respuesta parecía provenir de su mismo núcleo. Entonces él comprendió que ella realmente había deseado tener a su hijo, que sentía el fracaso tan profundamente como él, que él había sido un canalla al dudar de ella. Cuando ella volvió a acurrucarse junto a él, él sintió sus lágrimas tocar su hombro.

Vivienne no le había mentido. La verdad era inevitable. Ella le había mentido a su familia, contra toda expectativa, y lo había hecho para ayudarlo en su búsqueda.

A cambio, Erik había aceptado todo lo que ella le ofrecía y no le había concedido nada.

Pero él no tenía nada que conceder, no hasta que reclamara Blackleith. Ningún hombre podría pedir honorablemente a una mujer en matrimonio sin bienes bajo su mano, sin algún medio para mantenerla a ella y a los hijos que pudieran tener. Él había ofendido a Vivienne con su desconfianza, pero solo agravaría su error si la deshonraba ahora con una promesa vacía, con una promesa de lo que no podía garantizar.

Erik quería consolar a Vivienne en ese momento, él quería aliviar las lágrimas de sus mejillas y lograr que ella volviera a sonreír. Él quería devolverle el brillo a los ojos, pero no se atrevía a revelarle que estaba despierto.

De hecho, él necesitó todo su corazón para evitar que su brazo se tensara alrededor de ella. Él se dio vuelta como si estuviera dormido y le tocó la sien con los labios, y ella hundió la cara en su pecho. Su cabello estaba extendido sobre ellos, sus capas estaban desplegadas sobre ellos, la suavidad de su piel tocaba su propia carne en mil lugares.

Y Erik sabía que estaban entrelazados en más formas que esa. Él amaba a Vivienne, amaba su naturaleza impulsiva y su confianza, amaba que ella no tuviera miedo de ningún peligro, que ella pagaría cualquier precio para que se alcanzara una meta justa. A él le encantaba cómo ella se abría como una flor bajo su caricia, le encantaba cómo parecían forjados el uno para el otro. Ninguna otra mujer tocaría su corazón como ella lo había hecho. A él le encantaba que ella se entregara sin reservas, con plena confianza en que sus regalos serían recompensados con mayor abundancia.

Quería ser él quien le pagara la compensación que le correspondía.

Él la amaba, pero no tenía derecho a decirle eso.

Aún no.

Erik confesaría su amor solo en triunfo. Él temía que Vivienne lo aceptara solo por la oferta de su amor, incluso si seguía siendo un fracaso.

Pero ella merecía algo mejor que solo el amor. Ella merecía riqueza y seguridad, un hogar y un cobijo, un esposo y un futuro lleno de promesas. Erik no podía ofrecer el final del cuento que ella se merecía, no esa mañana, y si él nunca podía ofrecerlo, Vivienne no sabría nada de su amor por ella.

Sin embargo, él sabía que la anhelaría durante todos sus días y noches. Él quería cumplir sus sueños de doncella, quería ofrecerle esas tres noches de noviazgo y esa rosa roja, forjada de hielo. Podría resultar imposible, pero Erik quería tener la oportunidad de intentarlo.

Cuando Vivienne volvió a dormir profundamente, Erik se apartó de su lado. Alabado sea que Ruari se había aferrado a esa alforja, porque contenía el largo de tartán, la camisola amarilla y las resistentes botas de cuero en las que Erik se sentía más cómodo. Él evitó la ropa sureña que le había otorgado el conde de Sutherland y se vistió con su atuendo familiar. Él recuperó la daga de su padre de entre las ropas de Vivienne, pues sospechaba que podría necesitarla, y se la guardó en la parte de atrás del cinturón.

Él la miró fijamente, viendo la luz de la luna jugar en su mejilla, y memorizó sus rasgos. Él nunca olvidaría a Vivienne Lammergeier y elogió el instinto que lo había impulsado a buscar a la única mujer que había despreciado a su hermano.

Él podría tener poco que ofrecerle en ese momento, pero él no dejaría a Vivienne sin un recuerdo de él. Erik tomó el alfiler de plata que había sido la posesión más preciada de su madre, el alfiler de plata que adornaba su propia capa y había atraído la mirada de Vivienne más de una vez, y lo colocó junto a la mano de su dama.

Sus dedos se extendieron por la plata y luego se cerraron con seguridad a su alrededor. Ella suspiró en sueños y rodó a un lado, abrazando del alfiler hacia su pecho en su puño cerrado.

Erik tomó ese pequeño gesto como un buen presagio.

Él extendió la yema de un dedo y tocó su mejilla una última vez, su corazón dolió cuando ella sonrió y giró sus labios contra su palma, sus pestañas apenas revoloteaban. Un mechón de su cabello se entrelazó alrededor de sus dedos, como si fuera a mantenerlo a su lado para siempre.

Vivienne suspiró, su aliento tan ligero como una brisa de verano, las manchas de sus lágrimas aún en sus mejillas. Erik se juró a sí mismo que volvería con ella en honor o moriría en el intento.

La dama se merecía nada menos que todo de él.

Erik despertó silenciosamente a Ruari, sin permitirse mirar hacia atrás. El hombre mayor pareció sentir su intención, ya que se vistió rápidamente y se apresuró a subir a la cubierta detrás de Erik.

Ruari no preguntó por Vivienne.

La costa se elevaba abruptamente hacia el oeste, muy cerca y la niebla se arremolinaba en parches sobre el mar plateado. La luna llena se hundía hacia el horizonte y las pocas nubes al este ya estaban tocadas con una luz nacarada. Para alivio de Erik, Padraig mantenía la guardia. Como él había anticipado, ese marinero fue sobornado fácilmente y se hizo un arreglo tanto rápida como silenciosamente.

Erik y Ruari remaron hasta la orilla en el bote prestado con Padraig agazapado entre ellos. Ninguno de los hombres habló, e intercambiaron el más leve de los asentimientos cuando Erik y Ruari salieron del bote en la parte baja de la playa. Padraig volvió a remar hacia el barco con poderosos golpes.

Erik atravesó el agua hasta la orilla. Él se deleitaba con la libertad de movimiento que le ofrecía su tartán, la forma en que sus viejas botas con perforaciones no retenían el agua. Sus pies y sus piernas estarían secos antes de haber caminado una milla, mientras que ese atuendo sureño dejaba a un hombre empapado todo un día y el siguiente.

A Erik le gustó la sensación de la roca bajo sus suelas, el brillo del brezo, ahora en plena floración, a través de las colinas. El río Helmsdale trepaba ante él, cada uno de sus giros y saltos era tan familiar como las líneas en su propia palma. Él sabía dónde lanzar un señuelo para el salmón, sabía dónde se podían encontrar pequeñas perlas marinas, sabía dónde se encontraba cada centinela de piedras antiguas. Él respiró hondo el aire fresco y sereno y sintió una tranquilidad, una satisfacción, asentarse de nuevo en sus venas.

Erik estaba en casa.

Él sintió una nueva medida de esperanza, una nueva perspectiva de éxito. La última vez que había estado tan cerca de Blackleith, sólo estaba seguro de su último e inevitable fracaso.

Vivienne le había enseñado a Erik a ver las promesas donde él había percibido que no las había. Vivienne le había enseñado a creer que todo era posible. Y ahora que sus propios tendones estaban curados y que estaba tan sano como siempre, Erik se encontró anticipando su encuentro con su hermano, sin importar cómo terminara.

Erik también se sentía menos persuadido de que se acercaba a su propia perdición. Quizás era una locura, pero esa esperanza hacía que fuera más fácil darle la espalda al barco de Rosamunde y a la dama que mantendría su corazón por toda la eternidad, eso hacía que fuera más fácil volver la cara hacia Blackleith una vez más.

"¿Quieres ir al salón del conde de Sutherland desde aquí?" Preguntó Ruari, pero Erik negó con la cabeza.

"Vamos a Blackleith. El conde no me concederá ayuda sin el hijo que exigió como condición."

Ruari vaciló. "Hay cosas buenas y malas en el conde, sin duda, pero él podría estar dispuesto a recibir una solicitud de ayuda. No te apresures a descartar a un aliado potencial, muchacho, porque es realmente difícil encontrar a un hombre inclinado a cuidarnos las espaldas."

Erik volvió a negar con la cabeza. "Esta batalla es solo mía."

"Nicholas podría tener muchos hombres en su salón, porque cualquier tonto puede contratar mercenarios."

"Me enfrentaré a él solo, y el mejor hombre ganará." Erik miró a su compañero. "La decisión de acompañarme es tuya, Ruari, porque no te ordenaría ir en el viaje de un tonto. Sería injusto exigirte eso, después de que has servido a mi padre con tanta lealtad."

Ruari se erizó visiblemente y miró al joven con el ceño fruncido. "No enfrentarás esta injusticia sin mí, muchacho, en eso puedes confiar. Hice una promesa sobre la gema de esa daga Sinclair, y tengo la suficiente inteligencia para saber que esa promesa no puede romperse sin repercusiones nefastas. Ganes o pierdas, sin duda coincido mis pasos con los tuyos." Los labios del anciano se tensaron con gravedad y se apretó el cinturón. "No le debo menos a tu padre."

Era un sentimiento que Erik apreciaba, aunque no era el mejor presagio para el éxito. Los dos hombres intercambiaron una mirada, luego se dirigieron al bosque en un silencio sombrío.

Vivienne se despertó sola, algo frío en la mano. Erik se había ido, vio ella de inmediato, al igual que Ruari.

Al igual que la alforja que había llevado Ruari.

Ella abrió la mano y jadeó al encontrar el alfiler de plata que Erik había usado en su capa bajo su agarre. Entonces ella adivinó que él la había abandonado, que le había regalado esa hermosa baratija.

Pero ellos tenían un compromiso.

Vivienne se vistió a toda prisa y subió a cubierta. Era temprano, tan temprano que la luz de la mañana apenas tocaba el cielo. Parecía que haría buen tiempo y los marineros ya se estaban moviendo. Hablaban de izar las velas, de virar hacia el sur, de la perspectiva de un puerto pronto.

Pero Vivienne se agarró a la barandilla, su mirada atrapada por dos figuras en los orilla. Ella conocía esas dos siluetas masculinas, al igual que reconoció al hombre que remaba en el pequeño bote de regreso al barco. Ella se encontró con Padraig en la escalera de cuerda, sabiendo lo que tenía que hacer.

Padraig, te lo ruego, llévame a la orilla también.

Ese hombre se detuvo en la escalera, con la cuerda del pequeño bote en la mano. Había un brillo de sudor en su rostro por remar contra las olas y su expresión no era alentadora. "Sabes que es mejor no pedirme eso", dijo él con aspereza, luego subió a la cubierta. "Rosamunde me daría de comer mi propio hígado si te dejara sola en una orilla desierta."

"No estaría sola", insistió Vivienne, agarrándolo de la manga cuando él la habría pasado a su lado. "Por favor, Padraig, mi camino está con Erik. Necesito tu ayuda.".

Ese hombre negó con la cabeza pesadamente. " —No puedes pedirme que te ponga en peligro, Vivienne. Tal hecho traicionaría todas las obligaciones que tengo con tu familia."

"Pero Erik y yo hemos hecho una promesa."

"No me importan tales promesas." Él le dirigió una mirada penetrante y su tono se suavizó. "Él te dejó atrás, Vivienne, ¿no ves la importancia de eso?" Él te rechazó, claramente con la intención de dejarte aquí.

Vivienne levantó la barbilla. Erik tenía la intención de recuperar Blackleith solo, ella lo sabía bien, al igual que sabía que él necesitaba su ayuda para tener éxito. Ella no estaba segura de lo que podía hacer, pero ella sabía que estaban destinados a estar juntos.

Incluso si ella tuviera que ayudar al destino.

"Si no me ayudas, entonces convenceré a Rosamunde de que lo haga", dijo ella, sin estar segura de poder lograr tal hazaña. Y ella me llevará a Blackleith, quizás molestando al hada por su retraso en regresar a Ravensmuir.

Padraig le dirigió una mirada oscura por encima del hombro. "No la persuadirás de eso", dijo él. "No cuando yo y el hada discutimos por lo opuesto." Él sacudió la cabeza y su voz se suavizó de nuevo. "No es una circunstancia fácil a la que te enfrentas aquí, Vivienne, aunque una mujer sensata aceptaría la verdad ante ella." Él le dio la espalda una vez más, caminando hacia el centro del barco.

Vivienne no estaba dispuesta a aceptar esa circunstancia. Ella respiró hondo y miró hacia abajo, viendo entonces el destello de plata en su mano.

"Te pagaré", gritó ella con repentino vigor.

Padraig hizo una pausa y se volvió levemente, una sonrisa de diversión tocó sus labios. De hecho, sus modales eran un poco burlones, lo que solo molestó a Vivienne. "¿Con que? No tienes ningún dinero con el que tentarme."

"Tengo algo mejor que dinero." Vivienne respiró hondo y le tendió la mano, ofreciéndole el broche de plata que Erik le acababa de conceder.

Estaba claro que Padraig reconoció el alfiler. Sus ojos se entrecerraron y su mirada se movió entre él y Vivienne. Entonces él tragó y negó con la cabeza, dando un paso hacia atrás mientras lo hacía. "No puedes entregarme eso. Es tu único regalo de él, de eso estoy seguro. Hay artículos, Vivienne, que tienen un valor más allá de su precio de mercado. No puedes concederme eso."

" —Lo haré "—insistió Vivienne, aunque las palabras casi se le atascaron en la garganta. " No es más que una baratija y nada comparado con estar con él. Necesito seguirlo, Padraig. Este precio es pequeño ".

Padraig maldijo. Él escupió sobre la cubierta, miró a Vivienne y, cuando habló, gruñó bastante. "Quédate con tu tesoro", murmuró él.

Vivienne temió que él la negara en verdad, pero él la pasó abruptamente y la agarró por el codo. "Será mejor que tengas todos los artículos que necesita, porque nos vamos de inmediato. No quiero que Rosamunde sea testigo de este hecho."

"¡Gracias, Padraig!" dijo Vivienne, jubilosa por su acuerdo. Ella se estiró y besó su áspera mejilla. "Todo irá bien, Padraig, ya verás."

"Todo será como será, eso es todo lo que sabemos con certeza." Él se secó la mejilla y luego la ayudó a trepar por la barandilla. "No desperdicies el tiempo con cosas tan tontas como la gratitud", dijo él gruñonamente cuando ella le agradeció otra vez, pero el brillo en los ojos de él le dijo a Vivienne que él apreciaba su agradecimiento. Ella se sentó en el bote, deseando ser tan ligera como fuera posible. Ella prendió el alfiler sobre su capa y observó la costa mientras Padraig remaba más cerca, su corazón ansioso cuando vio a los dos hombres trepando las rocas.

"¡Allí!" dijo ella y Padraig gruñó en asentimiento.

"Parece que tendremos un invitado en breve", dijo Ruari y Erik miró hacia atrás por encima del hombro con sorpresa. Pero su compañero hablaba bien: Padraig remaba hacia la orilla una vez más, una familiar figura más pequeña en el bote con él.

El destello del amanecer en esa maraña de cabello castaño rojizo solo confirmó la identidad de la mujer que se acercaba cada vez más. Vivienne debía estar mirándolo, porque ella lo saludó alegremente tan pronto como la mirada de Erik se posó sobre ella.

Como si él se alegrara de verla.

Como si hubiera sido un descuido que él la hubiera dejado atrás.

Erik maldijo con raro vigor.

Ruari se echó a reír, lo que en verdad era un pequeño consuelo. "No hay problema más temible que el de una mujer hermosa", dijo ese hombre. "A menos, por supuesto, que sea una mujer hermosa y terca."

Erik no tenía respuesta para eso. Él estaba demasiado molesto con Vivienne por seguirlo. Él volvió a bajar al agua, decidido a asegurarse de que Padraig llevara a Vivienne de regreso al barco de Rosamunde, de regreso a su familia y a su relativa seguridad.

Sin embargo Vivienne debió haber anticipado sus intenciones, porque salió del bote antes de que él pudiera alcanzarla. Ella se detuvo en el agua más allá de sus rodillas y empujó a Padraig y su bote hacia aguas más profundas con una fuerza sorprendente.

"¡Detente!" Gritó Erik.

Vivienne le lanzó una mirada desafiante y luego se sumergió en aguas más profundas para darle a Padraig y al bote un empujón más fuerte.

Erik saltó por el último pedregal de roca y se lanzó hacia los bajíos. "¡No la dejarás aquí!" le gritó al maldito marinero.

"¡Rema, Padraig, rema!" —Gritó Vivienne, evidentemente preparada para empujar el bote más lejos si fuera necesario.

Padraig sonrió mientras hundía los remos en el agua. El aro dorado en su oreja brillaba y él parecía un pícaro de mala reputación. "Te deseo lo mejor, porque a esta dama no le falta determinación", le gritó a Erik, luego comenzó a remar.

"¡Te deseo lo mejor, Padraig, en tu búsqueda en Ravensmuir!" gritó Vivienne y se despidió con la mano. Padraig no dijo nada, simplemente remo contra las olas con determinación.

"¡No!" gritó Erik. ¡Vuelve por la dama, desgraciado!

"No lo hará", declaró Vivienne con temible certeza.

Erik sabía que ella tenía razón. ¿Qué iba a hacer? Él no podía abandonarla sola en la orilla. Él no podía nadar hasta el barco de Rosamunde con Vivienne a la espalda, sobre todo si ella no deseaba ir allí.

Había un brillo peligroso en los ojos de Vivienne mientras se levantaba la falda y caminaba hacia él, un brillo que le decía a Erik que la dama solo aceptaría una solución a ese dilema. El alfiler de plata de su madre brillaba donde ella lo había prendido sobre su capa, brillaba como nunca lo había hecho mientras él lo había usado.

"Tenemos un compromiso de un año", comenzó ella con vehemencia, "y todavía no se ha cumplido ni un mes. Puedes devolverme a Kinfairlie en un año si decidimos separarnos."

"Si sobrevivimos tanto tiempo", replicó Erik. "¡Pensaba que eras una mujer de buen sentido! ¿Qué locura te impulsó a seguirme?

"Me necesitas", dijo Vivienne simplemente, luego se detuvo a varios pasos de él. Sus faldas se arremolinaban a su alrededor, refluyendo y fluyendo con las olas, los bordados de los dobladillos brillaban bajo el agua. Zarcillos de su cabello volaban alrededor de sus hombros y por su rostro y parecía que sus pecas se habían vuelto más numerosas esos últimos días. Su mirada brillante era firme, su espalda tan recta como una espada bien afilada, y había determinación en cada línea de su ser.

Ella era valiente e impresionante, una Valkiria que había venido por su alma y una cuya conquista Erik sentía pocas ganas de disputar.

"No necesito ninguna mujer a mi lado cuando me enfrento a un peligro como este", dijo él, sintiendo que debería protestar por su presencia.

Vivienne apoyó las manos en las caderas y lo miró. "¿Quizás podrías contarme de nuevo tus razones para buscar mi mano? Debe haber mil doncellas entre aquí y Kinfairlie, pero emprendiste ese viaje solo por mí. Parece lógico que hubieras tenido una razón."

Erik sintió la parte de atrás de su cuello calentarse, porque adivinó el camino de esa discusión. "Conoces la respuesta lo suficientemente bien."

"Recuérdamela", exigió ella.

"Porque eras la única otra persona que no había sido engañada por Nicholas", admitió él, plenamente consciente de que su causa ya estaba perdida. "Pero deberías haberte quedado con tus parientes. A pesar de tu perspicacia, todavía no te quisiera ver en peligro."

La repentina sonrisa de Vivienne fue tan radiante que Erik parpadeó y su corazón dio un vuelco. "Porque eres un caballero en verdad."

"No tanto que..." Erik comenzó antes de que la dama lo interrumpiera de nuevo.

"Suficientemente cierto." Su mirada pareció de repente más

intensa, tan perceptiva que Erik temió que ella pudiera ver cada uno de sus pensamientos. "Te preocupas por mi bienestar porque me amas."

Erik la miró fijamente. Él sabía que debía protestar contra su afirmación, él sabía que debía fingir lo contrario hasta que él pudiera confesar su deseo con una promesa honorable de casarse con ella, pero las palabras no salían a sus labios.

Sin desanimarse, Vivienne sonrió y puso la mano sobre el alfiler que le había entregado. "Los hechos de un hombre a menudo dicen más que sus palabras", dijo ella en voz baja. "Me amas como yo te amo, y así nuestro destino está entrelazado para siempre. Puede que no hayas venido del reino de las hadas, pero escalaste por la ventana encantada de Kinfairlie para ganarte mi corazón de todos modos."

Erik se quedó mudo de que ella lo entendiera tan fácilmente. Su audaz declaración debería haberlo preocupado más de lo que lo hacía, salvo que él sabía que ella decía la verdad. Él no dijo nada, porque estaba contento de no separarse de ella, incluso durante las semanas que podría llevar recuperar Blackleith. Su presencia complicaría las cosas pero, al mismo tiempo, el mismo destello le daba ánimo.

"Te quedarás fuera de todas las batallas", decretó él, ignorando su risa triunfal. Sin duda, ella había adivinado por qué él había cambiado de tema. "Y no discutirás con todas mis decisiones, sino que harás lo que se te ordene."

La sonrisa de Vivienne solo se amplió. "Haré todo lo que sea necesario", dijo ella con convicción, luego dirigió una mirada traviesa a Ruari e hizo una buena imitación de los modales de ese hombre. "En eso puedes confiar."

Erik sonrió a su pesar. Ella dio un paso más hacia él, majestuosa y completamente convencida del mérito de su argumento. "Dime lo que me dicen tus ojos", lo persuadió ella. "Dime que te alegra mi presencia, que no te imaginas días y noches sin mí a tu lado." Ella puso su mano sobre su brazo e inclinó su rostro hacia él, sus ojos brillaban y sus labios carnosos se curvaron en una sonrisa audaz. "Dime que en verdad me habrías echado de menos."

Erik se ahorró la necesidad de responder. Vivienne hizo un esfuerzo para acercarse, pero ella debió resbalar con algo debajo del agua. Ella gritó cuando sus pies volaron repentinamente debajo de ella.

Erik la atrapó justo antes de que aterrizara en el mar. Él la apretó contra su pecho y se giró para dirigirse a la orilla. "Sí, a un hombre le hace bien rescatar a las damiselas de su propia locura", murmuró él.

Vivienne se echó a reír y pateó, aparentemente tranquila por sus modales bruscos. "Mientes, señor", bromeó ella y Erik sintió que sonreía.

"Quizás tu presencia no sea tan desagradable", reconoció él. Incapaz de resistir la tentación, se inclinó y besó la sonrisa de sus labios.

Él tenía la intención de solo un breve beso, uno que asegurara su silencio, pero como siempre, la pasión de Vivienne era realmente seductora. Ella le devolvió el beso con raro fervor, con el mismo hambre que él sentía por ella, y él era muy consciente de cuánto tiempo había estado sin su maravillosa caricia. Ese calor familiar se desarrolló dentro de él y su agarre se apretó sobre ella, su cuerpo traicionero más que se preparó para devolver la caricia de la dama a pesar de su incapacidad para casarse con honor.

Sostenerla con fuerza en sus brazos hizo que Erik se diera cuenta de lo finamente labrada que estaba su dama, lo vulnerable que ella podía ser. Él recordó el destino de Beatrice, temió por sus hijas y temió aún más por Vivienne. Él profundizó su beso, sabiendo que ella probaría su preocupación y sin importarle lo más mínimo.

"Sí, y por eso hemos viajado tan lejos", gritó Ruari. "—Mejor que estés en el mar, muchacho, y contraigas alguna dolencia para la que no hay cura. Sería muy útil para tu hermano si murieras de fiebre antes de llegar a sus puertas. De hecho, ¿por qué más hemos viajado a lo largo de Escocia, salvo para que ustedes dos se bañaran en el mar?

Con cierta desgana, Erik terminó su beso y se dirigió a la orilla. Él puso a Vivienne en pie, luego discutió el mejor camino a seguir con Ruari. Vivienne escurría a lo largo de sus faldas y parecía decidida a no ralentizar el paso hacia Blackleith.

Ellos treparon las rocas una vez más justo cuando el sol asomaba por el horizonte y comenzaba su viaje hacia el interior. Erik fue el único que miró hacia el mar. Las velas se estaban desplegando en el barco de Rosamunde y ondeando en el viento, el barco ya se movía hacia el sur.

No había vuelta atrás, ninguna otra fuente de ayuda. Era entre él y Nicholas, y quienquiera que Nicholas hubiera convocado a su lado en ausencia de Erik.

~

AQUELLA TARDE SE OSCURECIÓ, cuando las llenas nubes de color pizarra se extendieron por el cielo y se reunieron siniestramente allí. El viento llegó en rachas y ráfagas y era más frío de lo que había sido antes este día. Erik sentía que regresaba voluntariamente a una pesadilla. Su cicatriz parecía arder en su rostro, su carne parecía recordar el lugar donde había sido cortada y su cojera se sentía más pronunciada.

Un escalofrío lo recorrió cuando cruzaron el límite de las tierras de Blackleith, aunque Erik esperaba que los demás no se dieran cuenta de su respuesta.

No pasó mucho tiempo antes de que la alta vegetación oscura se elevara a ambos lados de la carretera, bloqueando la vista incluso del cielo turbulento. Sus sombras eran oscuras y profundas; los recuerdos de Erik de ese lugar no eran menos oscuros.

Él se detuvo en un extremo de los setos que se tragaban ese tramo de camino, de ese verdadero túnel forjado de enredaderas y espinas, y tragó.

"¿Fue aquí entonces?" Dijo Ruari en voz baja a su lado, sin duda alguna en su pregunta.

Erik respiró hondo, temiendo por un momento no poder pasar por ese lugar. Él recordó a Vivienne en el umbral del laberinto, con la determinación brillando en sus ojos. Él le dio una mirada para encontrarla mirándolo con tanta atención como un gorrión observa una miga.

Ella vino a su lado, aunque su toque sobre su brazo fue fugaz. "Es un tramo de carretera repugnante", reflexionó ella, mirando hacia las sombras. "Como si el lugar en sí tuviera un recuerdo de una injusticia aquí servida."

Erik sabía que ella había adivinado la historia de ese lugar y la razón por la que le preocupaba tanto. Él volvió a mirar hacia el camino, tratando de verlo con los ojos de Vivienne, sin sus propios recuerdos, y sus sombras se encogieron un poco. "No es más que un tramo de camino", le dijo concisamente, sin creerse eso él mismo. "No puede poseer ningún recuerdo de traición."

Ella inclinó la cabeza para mirarlo y él sintió una oleada de admiración por su determinación. Él estaba convencido de que su espíritu nunca se acobardaría, de que ella se encararía con confianza ante cualquier situación, sin importar cuán terrible pareciera.

Él quería fervientemente que ella les diera a sus hijas tanta confianza.

"—Entonces pasemos por él" —dijo ella, con tanta suavidad como si hablaran del cruce de un prado. "Porque no hay nada que temer a un tramo de simple camino, incluso si los arbustos dan sombra al camino."

Ella tenía razón. Erik entró en la oscuridad que consumía ese tramo de camino, Ruari a un lado y Vivienne al otro. El hombre mayor desenvainó su espada y Erik hizo lo mismo. Las sombras se los tragaron en unos pasos, las sombras se presionaban contra ellos, las enredaderas parecían susurrar insinuaciones.

El pasaje parecía más largo de lo que Erik sabía que era, cada paso recordaba algún golpe que él había recibido. De hecho, él estaba rodeado por vívidos recuerdos, porque no había pasado por ese camino desde su asalto.

Ahí su caballo había caído, ahí el cuchillo le había tocado la mejilla, aquí se había arrastrado hasta la seguridad del abrazo del bosque. Ahí había estado sangrando durante lo que le pareció una eternidad.

Ahí había perdido toda la conciencia, seguro de que nunca volvería a despertar.

Él revivía su peor pesadilla en ese tramo de carretera, aunque a pesar de todo era muy consciente de la presencia de Vivienne. Ella olía a flores y sol, ella era un faro de luz en ese traicionero pasaje que olía a su pasado. Él paso de Vivienne no vacilaba y ella no retrocedía para caminar detrás de él.

Había una capa de sudor sobre la piel de Erik cuando llegaron al otro lado del pasaje, y el repentino brillo de la luz del sol lo hizo parpadear. Él miró hacia atrás, se estremeció hasta los dedos de los pies y solo vio un camino en sombras detrás de él.

"Un simple tramo de camino", dijo Vivienne, su mirada revelaba que ella sabía que era de otra manera.

En un impulso, Erik se llevó la mano de Vivienne a sus labios y le besó los nudillos, sabiendo que su fortaleza lo había hecho pasar a través de esa oscuridad.

Él solo podía esperar ganar la oportunidad de tener su fortaleza a su lado para siempre.

A ÚLTIMA HORA de la tarde del segundo día, Vivienne vio por primera vez Blackleith. Estaban a una buena docena de pasos del borde del bosque, la maleza tan alta como sus cinturas, los árboles formaban un dosel sobre sus cabezas tan glorioso como el de cualquier catedral. Nubes siniestras abarrotaban el sol, que ya había comenzado su descenso, pero sus rayos tocaban las hojas en lo alto, dorándolas con un tono glorioso.

La fortaleza de Blackleith en sí era una combinación poco común de construcción normanda, tradiciones locales y una medida de ingenio. Ciertamente no era tan gloriosa como las fortalezas del sur, ni tan maciza como Ravensmuir ni tan ingeniosamente diseñada como Kinfairlie, pero era firme y de considerable tamaño.

Había sido construido con una base cuadrada, la parte inferior de las paredes estaba forjada con piedras cortadas, encajadas tan firmemente entre sí que el viento probablemente no podría silbar a través de ellas. Las paredes eran gruesas, para mantener mejor el calor dentro del edificio. Solo había una puerta cerca del suelo y no había ventanas debajo del segundo piso.

Las piedras continuaban hasta la altura de dos hombres. Los muros de arriba estaban hechos de piedras más pequeñas y redondas, apiladas de acuerdo con su forma y tamaño, luego selladas en su lugar con zarzo y barro.

"Las piedras grandes fueron talladas más al sur", le informó Ruari. Cerca de las tierras del conde de Sutherland. Fueron arrastradas río arriba en barcazas cuando el agua estaba baja, atadas por cuerdas tiradas por hombres en las orillas."

"Pero la piedra cambia", señaló Vivienne.

"Esa es piedra recolectada localmente, y sin duda tomó tiempo recolectarla." Ruari asintió sabiamente, como si él mismo hubiera recogido las piedras.

"Habría sido más fino todo hecho de la misma piedra", dijo Erik, "pero el costo era demasiado para mí."

"¿Tú hiciste construir esto?" preguntó ella, antes de recordar ese detalle del cuento de Ruari.

"Tal como es".

Vivienne escuchó una advertencia en el tono de Erik, como si él quisiera advertirle que no era demasiado rico. A ella realmente no le importaba, y si él no se daba cuenta de ello, ella no se dignaría decírselo.

Ella empezaba a dudar del mérito de su decisión de unirse a él. Aunque él se había aferrado a su mano en el lugar donde había sido agredido, aunque él le había besado la mano con lo que parecía ser gratitud, luego le había soltado la mano como si su toque le quemara la carne. Vivienne no entendía los modales de Erik, aunque ella se preguntó una vez más si la proximidad a Blackleith le hacía recordar el gran amor que había compartido con su esposa, Beatrice.

Ella ignoró su comentario y miró la fortaleza que él pretendía recuperar. El techo del salón era de paja espesa y las ventanas tenían contraventanas de madera maciza que podían cerrarse sobre las aberturas cuando el viento era feroz.

Ruari parecía haberse designado a sí mismo como una especie de guía, ya que relataba con entusiasmo los méritos de Blackleith para Vivienne. Vivienne podía sentir a Erik detrás de ella, sentir su mirada sobre ella, pero ella sentía que había llegado el momento de que él le concediera una medida de aliento.

Ruari señaló la estructura de piedra. "Dentro del salón, el piso principal se utiliza como gran salón y alojamiento para los invitados, y mientras permanecimos allí, Erik siempre reclamó el piso superior para él y su familia. Al segundo piso se llega por una escalera, aunque es lo suficientemente grande como para dividirse en habitaciones, sin duda, y la chimenea atraviesa el piso por un lado. De esa manera, el calor del fuego se comparte en toda la estructura."

"Muy inteligente", dijo Vivienne.

Ruari asintió. "En efecto. Hay un solo agujero en el techo, por donde se emite el humo. Y Blackleith es la primera morada en todo Sutherland con un foso cavado alrededor del salón, uno tan profundo que el agua dentro de él siempre es oscura y fría. El propio conde pensó que era una idea tan sensata que habló de añadir uno a Dunrobin después de haber visto esta fortaleza.

Vivienne notó que la cima del salón de Blackleith carecía de una banderín, como las heráldicas que se agitaban con el viento sobre las fortalezas de su familia. "¿Es ese pueblo de Blackleith?" preguntó ella, indicando el grupo de cabañas campesinas más allá.

"Sí, y también hay una pequeña capilla", señaló Ruari. "¿Ves la morada con la puerta oscura? Ese es el hogar del herrero, su habilidad es tan considerable que incluso el conde envía sus armas favoritas a este herrero para su reparación. También hay un molino, dirigido por un molinero que divide sus honorarios con el Señor".

Más allá del pueblo, las ovejas pastaban, blancas contra el brezo púrpura, y algunas gallinas picoteaban la tierra. Los campos se extendían hacia el oeste, a lo largo de la orilla norte del río, aunque estaban en barbecho. Blackleith tenía la apariencia de una propiedad que alguna vez había sido más próspera de lo que era ahora.

Los niños jugaban en el borde de los campos y Vivienne se volvió hacia Erik. "¿Están tus hijas entre ellas?"

Él sacudió la cabeza, porque claramente ya había buscado sus figuras familiares, y su expresión era sombría.

Vivienne se obligó a sonar alegre. "Aunque apenas jugarían con los hijos de los campesinos. Sin duda están dentro del salón.".

Ella vio que la mirada de Erik se deslizaba hacia la capilla. Ella siguió su mirada y contuvo el aliento cuando vio el pequeño cementerio al lado de la capilla. Seguramente, ¿no pensaba que Nicholas había matado a inocentes tan jóvenes?

"Nicholas está libre con una moneda que no es suya para gastar, sin duda", se quejó Ruari, señalando con un dedo pesado una estructura más allá de la fortaleza que podría haber sido nueva. "Aunque no hay dinero más fácil de gastar que aquel del que un hombre no debe rendir cuentas, en eso puedes confiar. Una vez oí hablar de un hombre empleado por el conde que viajó hasta Londres por un trío de clavos de olor, para hacer mejor hipocras[1] para el conde, y luego exigió que el conde pagara la suma de sus gastos, las facturas por el establo de su caballo y alojamiento para él, no menos cada bocado de comida que cruzaba sus labios y cerveza que le llenaba la barriga. ¡Ahora, ese era un hombre con audacia y de sobra! "

"Es un establo y es nuevo", dijo Erik. Pero, ¿qué necesidad tiene Nicholas de un establo? Sólo está el viejo caballo gris de arado en

Blackleith, y está bien acostumbrado a la chabola junto a la cabaña del herrero.

Todos miraron hacia la cabaña del herrero, pero no había ningún caballo gris atado allí.

"¿Dónde está el caballo gris del arado?" exigió Ruari con indignación. "¿Qué ha hecho con el? ¿Y cómo van a cultivar los campesinos los campos sin el?

"No estoy seguro de que lo hayan hecho", reflexionó Erik.

Tras una inspección más cercana, Vivienne vio su punto. Es posible que los campos ni siquiera se hayan labrado ese año. Ciertamente, no era un cultivo familiar para sus ojos lo que crecía dentro de ellos.

"No hay tantas ovejas como hubiera esperado, quizás la mitad que en años anteriores", señaló Erik con evidente disgusto. "Y los niños se ven delgados."

La esposa del herrero salió de su cabaña para gritarles a los niños y Ruari maldijo entre dientes.

"Ella es sólo la mitad de lo que era antes", dijo él, la preocupación tirando de sus labios a una línea apretada.

Vivienne podría haber adivinado lo que había sucedido con la generosidad de Blackleith porque ella recordó la afición de Nicholas por la ropa fina.

Entonces, un trío de escuderos abandonó el salón, con sus abrigos de seda brillando a la luz del sol. Esos tres eran regordetes y se reían a carcajadas mientras se dirigían al nuevo granero.

La esposa del herrero los miró con franca hostilidad. Ella cruzó los brazos sobre el pecho y los miró, después de convocar a los niños a su lado. Ellos entraron corriendo en la cabaña, como si temieran a los orgullosos jóvenes.

"¿Escuderos?" demandó Ruari con la nariz arrugada. ¿Y qué necesidad tiene el Señor de Blackleith de escuderos? No hay torneos por aquí, en eso cualquier hombre pensante pueda confiar. Sin duda, él tiene juglares en su salón cada noche y poetas en la mesa. ¡Quizás hay perlas cosidas en hileras en sus calzas y gemas molidas en su cerveza cada noche!" Ruari extendió las manos. "Mientras que la gente que trabaja debajo de él está condenada a morir de hambre por falta de un caballo para el arado. ¡Sin duda vendió la vieja yegua por una miseria! Tu padre debe estar dando vueltas dentro de su tumba ante esto, sin duda."

"Silencio, Ruari, no sea que te escuchen."

Ruari resopló y podría haber dicho más a pesar de la advertencia de Erik si los escuderos no hubieran sacado a seis espléndidos caballos del granero en ese mismo momento. En cambio, él exhaló con asombro y exasperación, luego murmuró una maldición y se pasó una mano por el cabello. No es de extrañar que la esposa del herrero esté tan disgustada. Ella siempre fue amable, pero tales abusos como esos con el dinero quitarían la dulzura de la manzana más madura."

Vivienne observó cómo halcones encapuchados eran llevados en puños enguantados y se colocaban suntuosas sillas de montar sobre los caballos. Las pieles de esos caballos relucían, de tan bien que comían, y sus cuellos se arqueaban con orgullo. Eran buenos caballos, sin duda, pero no estaba claro cómo Nicholas se las había arreglado para pagarlos.

La esposa del molinero salió de su cabaña, dirigió una mirada a la esposa del herrero y luego miró a los caballos con desdén. "Deberíamos exigir que el señor nos conceda uno de sus caballos", le gritó a la otra mujer. Los escuderos fingieron no darse cuenta de ella, pero Vivienne no tenía ninguna duda de que podían oír sus palabras.

"No sea que nuestros hijos se mueran de hambre este invierno."

"No sé qué cree él que comeremos", replicó la esposa del herrero. "Ya que los corderos son llevados para la propia mesa del señor y un hombre perdería una mano por tomar una ardilla del bosque. Un niño no crece fuerte y alto con cebollas, desde luego."

"Escuché que la carne de caballo es buena para comer", respondió la primera mujer. "Aunque realmente, el hambre es la mejor salsa."

Los escuderos miraron a las mujeres y no se dignaron responder.

"Yo los masacraría a todos por semejante crimen", murmuró Ruari y Erik no dudó eso. "Está claro que estos caballos son más apreciados que todo lo demás."

"¿Cuánto tiempo una mujer puede ver a sus hijos pasar hambre?" Preguntó Vivienne. "Pueden llegar a estar tan desesperadas que no les importaría cuál podría ser su represalia."

Sonó una fanfarria y un juglar saltó por la puerta a la fortaleza propiamente dicha, haciendo sonar su cuerno mientras lo hacía. Él también estaba vestido con finas prendas de seda de tonos brillantes y se inclinó profundamente mientras miraba hacia esa puerta.

Las mujeres se burlaron, pero sus expresiones se volvieron impasibles tan pronto como un grupo de cuatro nobles entró por la puerta. Vivienne se dio cuenta de que no estaban preparadas para tentar por completo la ira del señor.

Porque no era otro que Nicholas Sinclair, vestido ricamente de la cabeza a los pies, quien cruzó el puente sobre el foso. Su cabello brillaba a la luz del sol, las gemas de sus dedos destellaban. Él se reía de algún comentario hecho por el otro hombre que caminaba con él, el apuesto grupo se dirigía hacia los caballos ensillados.

Las mujeres vestían ropas tan ornamentadas como para haber costado el rescate de un rey, sus ajustados chalecos con cordones adornados con armiño, sus mangas colgando hasta el suelo, sus faldas y mangas dobladas con profundos bordados dorados llenos de gemas. Ambas llevaban guantes de cuero de colores, ambos llevaban el pelo rizado bajo elaborados gorros adornados con enormes plumas. Dos sirvientas corrían detrás del grupo, riendo entre ellas y haciendo muecas ante el barro bajo los pies.

Vivienne se volvió hacia sus compañeros, con la intención de hacer algún comentario sobre el rico atuendo de las mujeres, pero las expresiones de asombro en las voces de los hombres robaron todo lo que ella pudiera haber dicho. Erik aparentemente no podía mirar más allá de la mujer que tomaba el codo de su hermano. "¿Qué está mal?" preguntó ella. "Debes haber esperado ver a Nicholas aquí."

Erik tragó e inclinó la cabeza.

Ruari miró a Vivienne con simpatía en sus ojos. "La mujer que camina con Nicholas".

"Está vestida tan ricamente como una reina y parece encantada consigo misma." Dijo Vivienne, sin comprender el motivo de su consternación. "Debes haber visto un atuendo tan fino en tu viaje. Ciertamente, los campesinos han aportado el dinero y eso es impactante, pero… "

"Ella es Beatrice", dijo Ruari con gravedad.

Vivienne miró entre los dos hombres consternada, pero los rasgos de Erik podrían haber sido tallados en piedra. "No la esposa de Erik, Beatrice. Ella está muerta."

Ruari negó con la cabeza. "Parece muy sana."

Y Vivienne comprendió entonces la plenitud del desafío que tenía ante sí. ¡No es de extrañar que Erik pareciera un hombre tallado en piedra! ¡Su amada aún vivía!

Ella se giró para mirar a la esposa de Erik, las lágrimas nublaban su visión. Ella se había equivocado en verdad, porque Erik no solo amaba a su esposa, sino que su esposa aún respiraba.

Lo que significaba que Vivienne nunca podría ganarse su afecto para sí misma.

El impulso la había engañado.

～

¡BEATRICE ESTABA VIVA!

Erik no podía creer la evidencia de sus propios ojos. Sin embargo, varios asuntos que siempre lo habían confundido comenzaron a cobrar un sentido espantoso.

¿Por qué no había ningún indicio de su presencia cuando él regresó a Blackleith en compañía del conde? ¿Por qué nadie había estado dispuesto a contarle abiertamente al conde sobre su destino? Erik sospechaba que incluso Nicholas sabía que el conde de Sutherland no se apresuraría a respaldar un casamiento inmediato con la esposa de su difunto hermano.

Pero la supervivencia de Beatrice tenía una importancia tremenda. Erik había cometido adulterio con Vivienne, aunque sin saberlo. Él había pecado y no imaginaba que ningún juez le concediera el indulto por su ignorancia. ¿Con qué diligencia había buscado a Beatrice, después de todo?

Entonces, él había manchado a Vivienne dos veces: una al reclamar su virginidad, luego otra al cometer adulterio. No había duda de que no volvería a abrazarla, no hasta que pudiera estar seguro de cómo se resolverían las cosas.

Erik instó a Ruari y Vivienne a que se adentraran en las sombras mientras consideraba el mejor camino. Mientras tanto, el cuarteto en el salón de Blackleith, montaba en sus caballos y aceptaron halcones de caza en sus puños. Los tres escuderos montaron tres caballos finos y los nueve caballos fueron sin prisa hacia el bosque lejano.

"¿Crees que el señor echará limosnas desde su salón si toma un ciervo?" preguntó la esposa del herrero.

La esposa del molinero se encogió de hombros. "Se lo comerá todo o se lo echará a sus perros antes de conceder caridad a los que están bajo su mano, en eso puedes confiar."

"Sí, dices la verdad en eso." Las dos mujeres intercambiaron una mirada de resignación y luego regresaron a sus cabañas con los hombros caídos.

Erik apenas miró a Vivienne. "Permanecerás escondida aquí", dijo él secamente, sin querer arriesgar su vida. Él ya la había llevado al pecado y, por lo tanto, había puesto en peligro su alma. Él no se atrevía a mirarla de lleno, tan abrumado por la culpa estaba. "Y no escucharé ninguna protesta sobre ese asunto."

"Por supuesto", dijo Vivienne, tan recatada que podría haber sido otra mujer.

Erik la miró entonces y fue sacudido por su palidez. Ella estaba abatida, como nunca la había visto, el brillo de sus ojos se había reducido a cero. Ella suspiró y se sentó, aparentemente tan cargada de paciencia que no sentía la necesidad de hacer nada en absoluto.

La culpa lo apuñaló. Claramente, ella sentía el peso de su acto pecaminoso tan plenamente como él.

Erik no sabía qué decir. Al mismo tiempo, no podía irse sin una palabra de consuelo, porque no sabía si regresaría. Él dio un paso hacia ella y ella desvió la cara, aunque él aun así vio el brillo de sus lágrimas no derramadas. "Lo siento", dijo él en voz baja. "Yo no lo sabía."

"Lo sé", susurró Vivienne y la primera de sus lágrimas cayó. "Lo sé, al igual que sé que solo puedo culpar a mi tonta confianza."

"Puedes ser muchas cosas, Vivienne Lammergeier, pero no eres tonta."

Ella miró a través de sus lágrimas y logró esbozar una sonrisa trémula. "Te agradezco por esa cortesía, aunque me temo que ves más mérito del que realmente poseo."

"Imposible", dijo Erik y sus miradas se mantuvieron durante un momento potente. Él vio su esperanza, adivinó lo que ella deseaba de él y estuvo profundamente tentado de concedérselo.

Pero él juraría amor cuando pudiera actuar de manera honorable, no solo para detener las lágrimas de una mujer.

Él inclinó la cabeza una vez en un saludo silencioso, luego se volvió, convocando a Ruari con un movimiento de sus dedos. "Vamos a apoderarnos de los caballos de la criadas, porque no parecen ser jinetes competentes", dijo él. "Entonces perseguiré a Nicholas, adondequiera que pueda huir."

El hombre mayor asintió con la cabeza y gruñó, dándole a Vivienne una mirada paternal. Él dio un paso a su lado y puso una mano sobre su hombro y Erik escuchó sus bruscas palabras. "Esta historia no ha terminado, muchacha, en eso puedes confiar. Sabes tan bien como yo que la única locura que puede dañar el alma es perder la esperanza cuando el éxito está engañosamente cerca. Todo parece más terrible justo antes de que las cosas se vuelvan a favor de uno, así como la noche es más negra antes del amanecer."

"Te agradezco, Ruari, por tus buenos consejos", dijo Vivienne y el hombre mayor resopló de orgullo.

"Y un buen presagio es que alguien piensa que mi opinión es digna de mérito, sin duda", dijo él con alegría forzada. Luego pasó junto a Erik con marcada impaciencia, como si hubiera estado él esperando al joven. Incluso chasqueó los dedos. "Vamos, muchacho, la caza no se inicia mientras uno se demora en la conversación."

Vivienne y Erik intercambiaron una mirada que calentó el corazón de Erik antes de que se volviera hacia Ruari. Los dos hombres echaron a correr entonces, dando vueltas alrededor del prado mientras permanecían dentro de las sombras protectoras del bosque.

Un trueno retumbó en la distancia y el sol fue finalmente tragado por las nubes oscuras. Esas nubes se hacían cada vez más altas y más negras en el cielo de arriba, y el trueno volvió a sonar, como si fuera a advertir a Nicholas Sinclair de que su ajuste de cuentas había llegado.

Erik sabía que ninguna advertencia podría preparar a su hermano para lo que estaba por venir.

# CAPÍTULO 16

No era propio de Rosamunde sentir temor, pero ella lo sentía hasta los huesos cuando Ravensmuir se alzaba en lo alto del acantilado sobre su barco. Se acercaron a la costa a primera hora de la tarde, como rara vez lo habían hecho antes. Esa vez, Rosamunde no vio ningún sentido en juegos.

De hecho, ella esperaba que Tynan la encontrara. Ella tendría que buscarlo de cualquier manera, porque necesitaba el anillo que le había devuelto para saciar a esa spriggan vengativa.

Los marineros se callaron. Ellos podían ser supersticiosos, como sabía Rosamunde, y su vacilación para servir a una mujer sólo se habría visto incrementada por la noticia de que estaba obsesionada por un hada maliciosa. Padraig estaba a su lado, como un guardián decidido a que su pupilo cumpliera una tarea desagradable.

Las cosas se habían tensado entre ellos desde que Rosamunde se enteró de la partida de Vivienne con la ayuda de Padraig. Sin embargo, para cuando se despertó, el barco estaba millas al sur y no había ninguna posibilidad real de perseguir a Erik y Vivienne. Ahora que su temperamento se había enfriado, Rosamunde tenía que admitir que Padraig tenía buenas intenciones.

Sin embargo, eso no le impedía preocuparse por su sobrina.

Las nubes cruzaban el cielo ese día, que ya estaba tocado de rosa, y la torre de vigilancia se recortaba contra el cielo pintado. Rosamunde tuvo que admitir para sí misma que, para un montón de piedras antiguas, Ravensmuir poseía una cierta dignidad que provocaba admiración.

"Ni siquiera podemos saber si la spriggan está todavía con nosotros", se quejó ella, tan irritada por verse obligada a servir la voluntad de otro como por el hecho en sí.

Padraig resopló. "Dudo que te abandone ahora. La criatura parece dudar de tu intención, aunque no puedo aventurarme a adivinar por qué."

Rosamunde ignoró ese comentario. Padraig era bienvenido para terminar sus días en Sicilia, en su opinión, porque últimamente se había vuelto demasiado hosco y franco.

Pero claro, él había poseído menos encanto de lo habitual desde que ella y Tynan habían discutido. La sombra cayó sobre el barco desde los acantilados que se elevaban en lo alto y Rosamunde se estremeció.

"Iré a las cavernas sola", dijo ella bruscamente. "Porque no sé lo que pasará y no pondría en peligro a ninguno de ustedes."

"Yo te acompañaré", dijo Padraig, su voz decayendo en su preocupación.

"No, no esta vez." Rosamunde se volvió hacia el hombre que había navegado en su compañía más tiempo que todos los otros hombres. Ahora había plata en las sienes de Padraig y las arrugas en su bronceado junto a sus ojos. Sus ojos se habían entrecerrado, aunque todavía tenían un tono vibrante, y él se reía menos de una vez. Rosamunde tuvo una visión repentina de él navegando hacia el sur, en ese mismo barco, sin ella al timón. A menudo la visitaban tales visiones y ella sabía que era mejor no desconfiar de ellas.

Ella puso su mano sobre su antebrazo bronceado, sabiendo que esa sería su última despedida y sintiendo una medida de pavor por lo que tenía que estar frente a ella. "Toma el barco", dijo ella, sus palabras roncas. "Déjame tierra, luego toma el barco y navega hacia el sur, hacia Sicilia."

Padraig frunció el ceño. "¿Pero qué hay del contenido?"

"Véndelo, véndelo donde puedas obtener un precio justo por todo eso y quédate con las ganancias para ti." Rosamunde no podía mirarlo. Ella no estaba acostumbrada a conceder un regalo tan grande y temía que Padraig lo despreciara con orgullo, aunque se lo merecía.

"Pero…"

"No te debo menos por todos tus años de fiel servicio."

"¿Pero el barco?"

"Véndelo también o quédatelo para ti. No me importa, Padraig." Rosamunde lanzó un suspiro y miró a Ravensmuir en la sombra una vez más. "He tenido riquezas y he tenido amor. El amor es mejor." Ella forzó una sonrisa para él, porque él claramente la pensaba aliviada de su ingenio, y parpadeó para contener las lágrimas. "Te irá bastante bien", dijo ella con brusquedad. "Lo he visto y sabemos que todo lo que veo será verdad."

Padraig tomó una respiración inestable él mismo, su mirada recorrió los acantilados que se enfrentaban a ellos. "¿Qué ves para ti misma?"

Rosamunde negó con la cabeza.

Fue Padraig quien miró hacia otro lado, frunciendo el ceño. "Siempre dije que veías más lejos que la mayoría, pero que no podías ver lo que había ante tus propios ojos", dijo él, con una actitud a la vez áspera y afectuosa. "Ten cuidado, Rosamunde, aunque no está en tu naturaleza. Esa hada quiere hacerte daño, e incluso si le entregas el anillo, es posible que su gusto por la venganza no se satisfaga." Él bajó la voz. "E incluso si el hada te perdona, es posible que el Señor de Ravensmuir no lo haga."

"No importa", dijo Rosamunde, sabiendo que eso era cierto. "Mi destino está aquí, como siempre, y el único camino a seguir es a través de las cavernas de Ravensmuir." Ella se volvió y le estrechó la mano para que no hiciera la despedida más difícil de lo que tenía que ser. "Adiós, Padraig. Que el viento siempre llene tus velas cuando lo necesites."

Para su sorpresa, él la atrapó en un fuerte abrazo y luego la soltó abruptamente. Él se quedó mirando la cubierta y sus labios se movieron por un momento en silencio antes de encontrar las palabras. Las que finalmente encontró la sorprendieron, como rara vez se sorprendía. "Hemos luchado espalda con espalda cientos de veces, Rosamunde, y siempre te consideraré mi amiga." Él la miró con expresión feroz, como si la desafiara a discutir con él. "Has sido mi único amiga, pero una amiga de tal mérito que no necesité otra."

"Ningún alma ha tenido nunca un amigo más leal que el que encontré en ti", dijo ella.

"Yo lo hice", respondió él.

Ambos miraron hacia otro lado, Padraig hacia el mar y Rosamunde hacia el oscuro portal de la caverna. Ellos nunca se habían dicho palabras tan sinceras y Rosamunde sabía que nunca lo hubieran hecho si ambos no hubieran temido que esta despedida fuera la última.

"Esperaré la marea", dijo Padraig, sus palabras roncas. "Todavía no regresa por un rato. Si me necesitas, si necesitas este barco, no tienes más que llamarme."

Rosamunde sabía que no lo llamaría, sin importar lo que la saludara en las cavernas. Ella también sabía que no persuadiría a Padraig de esa simple verdad. Su destino la esperaba ahí, fuera lo que fuera, y ella lo sabía hasta la médula. Ella tenía miedo, como cualquier alma sensata hubiera tenido miedo de tal ajuste de cuentas.

Pero el destino no se podía eludir. La esperaría, haría retroceder sus pasos hacia Ravensmuir una y otra vez hasta que se enfrentara a lo que le correspondía.

Ella elegía enfrentarlo ahora.

Rosamunde y Padraig se separaron en un apresurado silencio, pues no había nada más que decir. Ella bajó por la escalerilla de cuerda bajo la atenta mirada de los marineros contratados y tomó los remos en el pequeño bote amarrado al barco. Ella remó hacia la boca oscura de la caverna con vigor, deleitándose con su propia fuerza y el chapoteo del agua del mar sobre su piel. El mar la levantaba y parecía empujarla hacia adelante, el sol hacía que su superficie pareciera embellecida con gemas.

Rosamunde se sentía vitalmente viva y agradecida por los abundantes regalos que le habían dado. Ella siempre había gozado de buena salud, había conocido un amor poderoso, siempre había sido extraordinariamente afortunada. Ella había engañado a la muerte al menos una docena de veces, había forjado mejores condiciones con la fortuna una y otra vez, y nunca había perdido a un hombre en el mar.

Sólo cuando el frío de la sombra del acantilado la envolvió, Rosamunde se preguntó si su asignación de buena suerte se había consumido por completo, si se había quedado sin más en este momento.

Fue entonces, por primera vez, que ella creyó oír reír a la spriggan.

La de Darg no era una risa alegre, sin duda.

Rosamunde ató su bote, sin mirar atrás a su barco, incluso mientras se alejaba hacia la caverna. Un abismo rasgaba el camino desde la piscina hasta la gran caverna en esos días, un abismo con agua oscura por debajo. Rosamunde recordaba bien su inquietante garra de su última visita ahí. Ella encendió una antorcha con una piedra que siempre llevaba, luego la levantó en alto mientras se internaba en el laberinto.

Ella se preguntó si la spriggan la acompañaría o no, pero no tenía forma de saberlo. Ella no podía ver a la criatura y, si coincidía con los pasos de ella, había dejado de reír.

Rosamunde se movía con determinación, siguiendo el curso que conocía tan bien como las líneas de su propia mano. Ella subiría a la habitación de Tynan, decidió, porque allí era donde había dejado el anillo y era más probable que lo encontrara a solas. Si él no estaba allí, si el anillo no estaba allí, entonces ella decidiría un curso alternativo en ese momento.

Rosamunde nunca se había sentido preocupada por el laberinto, aunque ella había conocido muchos a lo largo de los años que lo encontraban perturbador. Ella siempre lo había considerado como pasillos, pasillos útiles llenos de baratijas útiles, un laberinto lleno de sorpresas intrigantes. Sin embargo, ese día le olía diferente. Ese día, ella podía sentir la amenaza que emanaba de sus paredes.

Quizás era porque el laberinto estaba vacío como nunca lo había imaginado. Quizás era porque las reliquias que habían llenado las cajas apiladas ahí anteriormente habían proporcionado una cierta protección mística, una protección que ahora se había ido.

Quizás Rosamunde simplemente tenía miedo.

Ella caminaba más rápido, doblando varias esquinas con una falta de precaución que no era característica de ella, y caminaba sin vacilar hacia la única gran caverna desde la que se ramificaban la mayoría de los caminos.

Rosamunde se detuvo tan rápidamente que casi tropezó.

Otra antorcha derramaba un charco de luz sobre el suelo de piedra labrada en el lado opuesto de la habitación. El hombre que portaba la antorcha estaba de pie con las botas apoyadas en el suelo. Él ni siquiera se movió, aunque ella sentía el peso de su mirada sobre ella. A su pesar, su corazón dio un vuelco de la manera más errática.

Porque el hombre que la esperaba era Tynan Lammergeier, Señor de Ravensmuir, el amor de su vida.

Vivienne había sido engañada por una decisión impetuosa una docena de veces, pero ella nunca se había equivocado tanto como esa vez. Ella se sentó abatida en el bosque cerca de Blackleith, sin importarle que las fuertes gotas de lluvia comenzaran a caer. Ella se cubrió la cabeza con la capucha, apoyó la barbilla en el puño y suspiró.

Erik y Ruari habían corrido hacia el bosque y ahora no se podían ver. Nicholas y su grupo de caza habían desaparecido en la lejana mancha del bosque. Las dos esposas descontentas habían regresado a sus cabañas, los niños se habían ido a casa y hasta las gallinas habían desaparecido.

Ella nunca se había sentido tan sola en todos sus días.

Peor aún, su destino era culpa suya. Las cosas estaban enredadas en la verdad. Si ella hubiera sido Madeline, todo habría ido perfectamente al final, pero Vivienne nunca había poseído la capacidad de Madeline para notar ni siquiera los detalles que se le ponían de frente. A menudo ella subestimaba la plenitud del desafío que asumía y, en este caso, su decisión de perseguir a Erik afectaría solo su propio destino.

Alexander nunca le encontraría esposo ahora, de eso estaba segura. En verdad, a Vivienne no le importaba mucho, porque el único esposo que deseaba era un hombre que claramente ya tenía esposa.

Sin embargo, ella deseaba fervientemente que su audaz elección no se reflejara mal en la naturaleza —y en las oportunidades matrimoniales— de las hermanas solteras que le quedaban.

LAS DONCELLAS ERAN TAN ineptas como Erik había sospechado. Él y Ruari se deslizaron detrás de las dos mujeres con facilidad, porque no eran conscientes de lo que les rodeaba.

Excepto por la ubicación de su patrona. La pareja menospreciaba su elección de atuendos y modales con salvaje júbilo y se aseguraba de que no pudieran ser escuchadas. Las doncellas se demoraban en el perímetro del bosque, dejando que sus caballos pastaran mientras se reían de la elección de sedas de su dama.

"Ese tono de oro la hace parecer muerta", se rió una.

"Y el bordado es más apropiado para un tapiz de pared que para los dobladillos de una mujer noble", dijo la otra.

"Sin embargo, el señor Henry sigue pagando el precio de todos sus caprichos. ¿El hombre está ciego o enamorado?"

La segunda doncella se rió. "A él no le importa el costo de mantenerla ciega."

"¿Qué significa eso?"

"Sabrás cuando te encuentre sola en la despensa una noche",

"¿No puedes querer decir que él se acuesta contigo?" jadeó la primera.

La otra claramente no estaba preparada para compartir todos sus secretos. "Esta lluvia maldita", murmuró. "Parece que siempre me veo obligada a hacer mis necesidades." Ella desmontó, dejando a la otra con sus mil preguntas y se dirigió al bosque.

Afortunadamente, había ese trozo de cuerda en la alforja, la que Erik había usado para escalar las paredes de Kinfairlie. Sería útil ese día, seguro. Él la sacó de la bolsa y persiguió sigilosamente a la doncella. Ella estaba en medio de levantarse la camisola y completamente inconsciente de cualquier amenaza cuando Erik se abalanzó sobre ella.

En un abrir y cerrar de ojos ella estuvo tendida en el suelo del bosque, con los ojos muy abiertos por el asombro. Ella hizo un solo sonido de protesta antes de que Erik le metiera un trozo de tela en la boca.

Ese sonido fue suficiente para despertar la curiosidad de la otra doncella. "¿Adele?" preguntó, luego Erik la escuchó desmontar también. "¿Adele? ¿Te resbalaste?

Ella no preguntó más antes de que Erik le concediera el mismo destino que a su compañera. Las dos mujeres se retorcían juntas, impotentes, en el suelo. "Necesito sus caballos", les dijo Erik. "Serán liberadas cuando todo esté resuelto."

Esa promesa no pareció tranquilizarlas, pero él no tenía tiempo de aplacarlas más. Él y Ruari se subieron a las sillas y cabalgaron en persecución de Nicholas.

~

VIVIENNE NO SABÍA cuánto tiempo había estado sentada desanimada, pero llovía intensamente cuando seis caballos galoparon salvajemente por los prados. Tan errático era su ritmo que Vivienne se puso de pie, convencida de que eran una señal de malas noticias.

Pero Erik no estaba entre ellos. Eran los otros tres nobles de la partida de caza, las dos mujeres y el otro hombre, seguidos de los tres escuderos. Todos estaban empapados hasta la piel, su fino atuendo lucía desaliñado bajo la lluvia.

Beatrice arrojó su halcón de caza a un escudero y luego entró en el salón. A Vivienne le irritaba que cualquier alma pudiera tratar tan mal a una criatura atada y encapuchada —por lo tanto indefensa—. Un halcón peregrino era un cazador noble, digno de respeto por su naturaleza, así como por el mero costo de adquisición y entrenamiento. Hija de una familia dedicada al entrenamiento y comercio de tales aves, Vivienne estaba indignada.

Ella bien podría soltar a ese pájaro, solo para asegurarse de que no tuviera que soportar ese trato nuevamente. Sería un pequeño golpe contra la mujer cuya mera existencia había destrozado el sueño de Vivienne, y quizás uno insignificante, pero un acto que ayudaría al pájaro que no podía ayudarse a sí mismo.

Vivienne se acercó más al borde del bosque. La otra pareja permaneció sobre sus monturas, aunque la mujer se quejaba amargamente del clima. Los escuderos se hicieron escasos y se apresuraron hacia el establo con los halcones. Sus caballos permanecieron con la cabeza gacha, claramente descontentos de que los dejaran bajo la lluvia.

Luego, dos de los muchachos se dirigieron al salón, deteniéndose en el camino para hablar brevemente con el hombre, mientras que el tercero lanzó una mirada hacia el salón antes de subir a su caballo y darle a la bestia con sus talones. Él galopó en la dirección en la que acababa de llegar el grupo, y lo hizo con tanta prisa que podría haber temido que lo atraparan.

Con la partida de ese escudero, Vivienne sintió que algo estaba en marcha. Ese grupo debe haber visto a Erik venir muy rápido del bosque, aunque su plan estaba lejos de ser claro. Ella escucharía, y tal vez escucharía algún detalle que sería de ayuda para Erik. El bosque se curvaba más cerca del nuevo establo y ella se dirigió a ese punto, aferrándose con cautela a las sombras, aunque la lluvia haría más difícil para ellos verla.

"Mira", dijo la mujer noble, su voz aguda llegó fácilmente a los oídos de Vivienne. "El mejor damasco que se podía tener en París, el samite más selecto de Constantinopla, ¡y todo arruinado! ¿Qué persona sensata viviría en este mal clima? Si no llueve, entonces la lluvia se ha detenido, pero momentos antes, o la lluvia comenzará en unos momentos." Ella se estremeció elaboradamente. "Y la comida apenas vale la pena el viaje. Te lo digo, Henry, si me veo obligada a ingerir otra liebre, nada menos que una con todos sus huesos metida en alguna imitación de una salsa de mostaza, entonces gritaré de furia."

"Nos vamos en breve, mi amor", dijo el hombre con calma. Él estaba claramente acostumbrado a los modales de su esposa, aunque miraba con tristeza hacia el cielo. "¿Debemos irnos esta misma noche?" preguntó él lastimeramente. "¿Seguramente la lluvia cesará por la mañana?"

En mi opinión, no podemos irnos lo suficientemente pronto, aunque es vulgar que Beatrice nos apresure a salir de su puerta en una noche como esta. Siempre supe que ella era ordinaria debajo de su elegante atuendo, sin duda. ¿Por qué nos demoramos en absoluto? ¿Por qué esperamos a Beatrice y sus hijas inmundas?

Las orejas de Vivienne se aguaron ante ese pedazo. Ella se deslizó por el establo y aguzó el oído para escuchar más.

"Porque le he dado mi promesa de que los protegeremos, por supuesto, querida."

La esposa se volvió contra su esposo con irritación. "¿Pero por qué? ¿Qué bien terrenal es un par de jovencitas? Si fueran niños, podrían entrenar a tu servicio, pero ¿niñas? Tendrán que casarse y tendrán que vestirse, y es casi seguro que serán tan vanidosas como su madre, lo que te costará caro al final. ¿Y para qué? Difícilmente se puede decir que sean de noble cuna, y dudo que sean lo suficientemente hermosas como para hacer un buen matrimonio por sus propios méritos. Las muchachas son imposibles, después de todo. ¡Mira lo poco fiables que han sido esas doncellas! No pueden mantenerse en sus monturas. No me importa si les lleva toda la semana caminar de regreso al salón: Beatrice le da la bienvenida a sus habilidades." Ella sacudió la cabeza. "No sé qué estabas pensando al llegar a ese acuerdo."

"Las hijas de Beatrice harán una donación adecuada al convento local, por supuesto", dijo el hombre en voz baja y su esposa lo miró con asombro silencioso.

Vivienne casi jadeó en voz alta, tan grande fue su sorpresa. ¡No podían hacerle eso a las hijas de Erik! Una cuestión era donar la propia hija a una vida de contemplación, pero ningún hombre tenía derecho a hacer eso con la hija de otro.

¿Cómo se atreven a planear eso?

Pero claramente, ella no había escuchado incorrectamente. La mujer sonrió. "Oh Henry, eres inteligente. Haremos una contribución y eso sin vaciar nuestro tesoro. Sin embargo, ¿no tendremos que hacer una donación para su cuidado?"

Confía en mí, querida. Haré un trato justo por ellas, de una forma u otra." Henry se rió brevemente. "Después de todo, si el convento no los desea como son, entonces podemos venderlas como sirvientas."

¡Nunca! Vivienne se olvidó de los halcones en su nueva determinación de ayudar a las hijas de Erik.

La mujer se rió entre dientes. "Veremos alguna ventaja en visitar esta espantosa morada. Me gusta mucho tu plan, Henry. Entonces ella sonrió cuando Beatrice sacó a dos niñas pequeñas del salón de Blackleith. "¡Y aquí están tus amados ángeles!" dijo en tono meloso".

Las dos muchachas apenas se comportaban como ángeles. Vivienne tenía claro que no acompañaban a su madre de buena gana, como si adivinaran el destino que les esperaba. La más joven arrastraba los pies con hosco descontento, hasta que Beatrice murmuró algo y agarró a la niña por la cintura, levantándola con esfuerzo.

"Vamos, mi querida Astrid", dijo, como si la niña fuera simplemente lenta. Una joven sirvienta, quizás de quince veranos, con los ojos entrecerrados, se deslizó por la puerta de Blackleith para mirar. Ella no hizo ningún movimiento para ayudar a Beatrice, sino cruzó los brazos sobre el pecho y se mantuvo firme.

"—Parece que no desean dejarte, querida Beatrice" —dijo la noble, con palabras demasiado dulces.

"Estaban durmiendo", insistió Beatrice. "Y un niño que se despierta repentinamente a menudo se despierta con un temperamento menos dulce" Ella presionó un beso en la sien de Astrid y la niña le gruñó abiertamente. Beatrice fingió reír. "¡Oh, está tan acostumbrada a su niñera que apenas me reconoce cuando tiene sueño!"

La niña puntuó ese comentario con una fuerte patada en la pierna de su madre. Beatrice hizo una mueca, luego tomó a la niña en sus brazos, sosteniendo sus codos y rodillas contra su propio pecho. Astrid comenzó a patear y luchar con vigor entonces. Beatrice marchó hacia la pareja, con un brillo de determinación en sus ojos.

"Ven, Erin, podrías ayudar en esto", le dijo Beatrice a la muchacha que estaba junto a la puerta.

Esa muchacha negó con la cabeza y no se movió.

"Haré que te azoten por tal desobediencia", dijo Beatrice, incluso mientras se aferraba a la niña que se agitaba.

Erin sonrió. "Tendrás que atraparme primero", dijo ella, luego se dio la vuelta y huyó hacia el bosque.

Los tres nobles miraron a la muchacha, horrorizados por su desobediencia.

"No se puede encontrar una niñera decente en esta tierra, sin duda", dijo Beatrice, hablando claramente con los dientes apretados. "Puedes imaginar las dificultades que enfrento. Estoy convencida de que las niñas estarán bien atendidas en el viaje hacia el sur y no te arrepentirás de este pequeño favor que me haces. En verdad, suelen ser dulces incomparables."

La niña mayor, Mairi, seguía a su madre hoscamente, claramente sin ninguna inclinación a ser dulce.

"¡Date prisa!" Beatrice le espetó a la niña, cuya expresión se volvió rebelde incluso cuando su madre se dio la vuelta para sonreír alegremente a sus invitados.

Con tres hermanas menores y una casa que no siempre había sido tranquila, Vivienne conocía el brillo que iluminaba los ojos de Mairi. Ella se preparaba para los problemas, el tipo de problemas que puede causar una niña pequeña enojada.

Mairi se movió con una velocidad poco común. Dio un salto hacia adelante con vigor y pisó con determinación los dobladillos de su madre. Ella movió la tela finamente bordada en el barro con el tacón, tan vengativa que Vivienne supo que no había afecto entre madre e hija.

Los dobladillos de Beatrice eran tan largos y elaborados que esa mujer logró media docena de pasos, sin darse cuenta de los hechos de una niña mientras luchaba con la otra, antes de que la tela se tensara repentinamente alrededor de sus rodillas. Beatrice solo tuvo tiempo de jadear y ver la verdad antes de tropezar con sus faldas y caer al barro. Astrid aprovechó el agarre suelto de su madre para saltar de sus brazos. Vivienne vio que el rostro de Mairi se iluminaba con malicia satisfecha mientras la falda de Beatrice se rasgaba audiblemente.

Beatrice giró a una velocidad asombrosa y golpeó a Mairi de lleno en la cara. La niña se sentó en el barro con un chapoteo y comenzó a gemir en protesta. Beatrice sacó sus dobladillos del barro con vigor, agarró a Astrid y arrojó a esa niña en el regazo de la noble.

La mujer retrocedió disgustada. "¡No puedo cargar a la niña!" gritó ella, levantando las manos como si temiera siquiera tocar a la niña. Ella miró a su alrededor consternada. "Seguro que tienen una criada, una niñera o alguna persona que deba acompañarlos. ¡Mira cómo la niña ensucia mi kirtle! ¡Henry!"

Astrid echó un vistazo al rostro de la mujer y comenzó a llorar de verdad. Beatrice trató de acercar a Mairi a la pareja, pero la niña era lo suficientemente alta y pesada como para no poder moverla fácilmente contra su voluntad.

Los escuderos, mientras tanto, traían del salón varias alforjas regordetas. Se movían con determinación mientras cargaban con el par de caballos que aún estaban en pie bajo la lluvia.

"Debes ir con Henry y Arabella", le dijo Beatrice a la protestante Mairi. "Te darán buenos regalos, hermosos atuendos y platos tan deliciosos que te creerás que estás en el paraíso."

Mairi miró a su madre. "¿Los acompañarás?" preguntó ella con sospecha.

Beatrice sonrió a sus invitados. "Sé que me extrañarás, Mairi, pero debo quedarme aquí por el momento. Nos veremos en breve." Ella se inclinó para besar la mejilla de la niña, pero Mairi la empujó a un lado, dejando una huella embarrada en la mejilla de Beatrice.

La niña se levantó del barro, se acercó al estribo de Henry y luego levantó las manos hacia él. "—Arriba" —ordenó, y Henry pareció no saber qué hacer.

Vivienne imaginó que esa pareja de repente veía el mérito de las dos sirvientas que habían abandonado en el bosque.

Y eso le dio una idea. Ella se abrochó más la capa sobre sí misma, para ocultar mejor su fina falda. Su capa estaba sucia por lo que no levantaría sospechas. Ella se apresuró a mover el alfiler de Erik para que quedara escondido debajo de su capa, luego salió de las sombras, con la capucha sobre su cabello.

"Yo ofrecería mi ayuda", dijo ella y el grupo se dio la vuelta en estado de shock para mirarla.

"¿Quién eres tú?" Preguntó Beatrice.

"Soy una sirvienta, una mujer libre que busca una familia noble para servir. Escuché decir en la morada del conde de Sutherland que había una hermosa morada más al norte, tal vez necesitando mis habilidades, así que llegué hasta aquí.

"¿Qué habilidades tienes?" Preguntó Arabella.

"He sido nodriza", mintió Vivienne. "Y yo he sido responsable de niñas. Puedo enseñar bordado y cuestiones de etiqueta."

"Entonces, ¿qué te trae tan lejos?" Preguntó Beatrice. "¿Por qué dejaste tu domicilio anterior?"

Vivienne deseó haber podido conjurar un rubor. "Yo tenía miedo", comenzó ella, esforzándose por pensar en algún detalle creible. Henry le dirigió una mirada apreciativa, una que la hizo sonrojarse de verdad y eso le dio una idea. "Yo temía volver a ser nodriza", dijo ella y las mujeres asintieron al unísono.

Arabella golpeó a Henry con la yema de un dedo. "Afortunadamente, no tendrás esos temores en nuestra casa, ¿verdad, Henry?"

"Por supuesto que no, querida", dijo ese hombre con cierto desconcierto. "Pero, ¿estás seguro de que necesitamos a una mujer así? Después de todo, será otra boca en nuestra mesa."

"¡Arriba!" pidió Mairi. Astrid agarró una perla cosida a la falda de Arabella y lo hizo con tal vigor que la gema salió de la tela. Saltó al barro y se alejó rodando. Vivienne se apresuró a recogerla y ofrecérsela a la noble.

"Debes haber viajado lejos", dijo Arabella, su mirada evaluaba mientras aceptaba la perla.

"La lujuria de mi señor era realmente potente", dijo Vivienne, sus mejillas se tiñeron de un tono aún más oscuro ante esa confesión.

La mujer la evaluó abiertamente, luego asintió una vez. "Si tientas a otro noble en mi morada, veré que te azoten."

"Entendido, mi señora." Vivienne inclinó la cabeza como lo hacían los criados en Kinfairlie. "Es mi intención complacer, mi señora." Vivienne enfatizó eso al sacar a Astrid del regazo de la mujer y abrazarla. La niña la miró con sospecha, pero para alivio de Vivienne, no gritó.

"—Baldwin, cabalgarás con Algernon y entregarás el otro caballo a la doncella —ordenó Henry a sus escuderos". Vamos, si cabalgamos de inmediato, podemos llegar a la hospitalidad del salón del conde antes de la medianoche.

Fue Mairi quien casi frustra el plan de Vivienne, porque una vez en su regazo, la niña se deslizó debajo de la capa de Vivienne. Vivienne pensó que las niñas tenían frío y les permitió acercarse, pero los dedos de Mairi se levantaron para tocar el alfiler de plata.

Sus dedos se cerraron sobre él y el corazón de Vivienne casi se detuvo. El agarre de los dedos de la niña y su repentina quietud hicieron que Vivienne temiera que la niña conociera el alfiler.

"—Shhhhhh" —le susurró Vivienne, esforzándose por no atraer la atención de la noble pareja que iba delante. "No hay necesidad de llorar. Muy pronto estaremos en una cama caliente, con buena comida en el estómago ".

Mairi continuó tocando el alfiler, su mirada brillante, de un azul vivo que recordaba a la de Erik, más sabia de lo que debería haber sido para su edad. Ella sostuvo la mirada de Vivienne con mucha solemnidad, su agarre cerrado tan en el alfiler, que Vivienne se preguntó cuánto recordaba esa niña de su padre y su supuesta muerte.

"Vi el barco", dijo Tynan, aclarándose la garganta como si se sintiera tan incómodo en este momento como Rosamunde.

Ella no dijo nada.

"Vi el barco y supe que habías regresado. Tenía la esperanza de que pudieras venir sola."

"¿Por qué?" Preguntó Rosamunde, sin atreverse a esperar ninguna bondad de su parte después de sus duras palabras la última vez que se habían separado.

Tynan inclinó la cabeza y pareció excesivamente fascinado con la punta de sus botas. "Porque te debo una disculpa, y me falta gracia con estos asuntos."

Rosamunde sintió que su resistencia hacia él se suavizaba,

porque sabía que las disculpas no llegaban más fácilmente a los labios de ese hombre orgulloso que a los suyos. "No te falta gracia en ningún asunto."

Una sonrisa fugaz curvó su boca entonces, aliviando la tensión de su rostro por un instante antes de que desapareciera y él frunció el ceño de nuevo. "Te agradezco por eso, aunque creo que eres demasiado amable." Tynan se acercó unos pasos y Rosamunde vio nuevas líneas de preocupación alrededor de sus ojos.

Quizás ese intervalo había sido tan difícil para él como para ella. Era una posibilidad tentadora.

Tynan tragó visiblemente. "Creí lo peor de ti cuando apoyaste la demanda de Rhys FitzHenry por Madeline, en lugar de pedirte la verdad de lo que sabías." Él se refirió a la contundente batalla por el bienestar de su sobrina, una pelea que había ocurrido meses atrás y que todavía tenía el poder de enfurecer a Rosamunde. "Supuse que él realmente era un traidor por haber sido acusado, pero debes haber sabido que eran cargos falsos presentados contra él."

"Yo lo sabía."

"Te pido disculpas por creer que habías puesto en peligro a Madeline sin una buena causa. Yo estaba demasiado preocupado para ver que hubiera sido impropio de ti haberlo hecho, porque siempre has sido protectora con los tuyos."

Rosamunde inclinó la cabeza en reconocimiento. "No ha sido injustificado suponer que me asocié con sinvergüenzas. Se me ha conocido por hacerlo."

"Fui injusto." Tynan se aclaró la garganta de nuevo y se acercó un paso más. Rosamunde podía ver ahora el brillo de sus ojos, la rapidez de su respiración. ¿Podía él sentir tanta inquietud como ella?

"Y pido disculpas", continuó él, "porque me acusaste correctamente de tratarte injustamente. Yo sabía que creías que yo tenía la intención de casarme contigo cuando decidimos subastar las reliquias y, sin embargo, no aclaré la verdad de mi intención. Yo sabía que creerías que nuestro futuro comenzaría cuando pasáramos otra noche en la cama, pero no podía soportar confesarte la verdad, ni podía soportar separarme sin amarte una última vez. Y también me equivoqué al negarte cualquier legado de Ravensmuir."

Rosamunde se aclaró la garganta a su vez y se acercó un paso más. "No debería haber robado", admitió ella y fue recompensada por el breve destello de la sonrisa de Tynan.

"Fuiste provocada".

"Yo estaba furiosa."

Él inclinó la cabeza. "Fui un tonto."

Rosamunde estuvo a punto de alcanzarlo, pero luego se dio cuenta de que él no había prometido nada diferente. Ella esperó, mirándolo con atención. Él levantó la mano izquierda y ella vio el destello del anillo de plata que había usado anteriormente. Adornaba su dedo meñique, aunque casi llenaba el nudillo.

Ella miró hacia arriba y encontró a Tynan mirándola. —Cásate conmigo, Rosamunde —susurró él con voz ronca. "Si puedes perdonarme."

"¿Pero qué hay de Ravensmuir?"

Él suspiró, frunció el ceño y miró hacia otro lado. "Me temo que está perdida."

La ira se encendió dentro de Rosamunde y ella levantó la barbilla. "¿Entonces te reconciliarías conmigo porque no tienes nada que proteger? ¡No seré el consuelo de nadie! "

Tynan levantó una mano para detener su ataque y negó con la cabeza. "Archibald Douglas haría un trato conmigo, pero cuanto más me demoro, más costosos se vuelven sus términos. Me presiona más cada día. Yo estaba dispuesto a casarme con una mujer de su familia para sellar el tratado, si eso salvaría a Ravensmuir, pero no estoy dispuesto a repudiar a mi sobrino Malcolm."

"Dejarán a Ravensmuir en pie sólo si engendras un heredero con uno de los suyos", supuso Rosamunde y Tynan asintió.

"Y Malcolm se quedará sin nada, a pesar de mi promesa de convertirlo en mi heredero." Tynan levantó un puño y la ira brilló en sus ojos. "Una promesa hecha debe ser una promesa cumplida, y un hombre debe respetar los votos de cualquier hombre con quien trate. Douglas, sin embargo, no concede importancia a las promesas que no responden a sus ambiciones. No soportaré más sus demandas, aunque eso signifique que no podré mantenerlo alejado de mis puertas con tanta facilidad."

"Ravensmuir será asediada por tus vecinos", sugirió Rosamunde en voz baja.

"Seremos asaltados, sin duda." Tynan se encogió de hombros y le brillaron los ojos. Quizá Ravensmuir hubiera sido atacado de todos modos. Quizás la novia que me hubieran elegido les hubiera abierto la compuerta. No puedo saberlo. No me importa." Su voz se elevó. "Me han presionado demasiado y no me presionarán más." Él sacó el anillo de su dedo y se lo ofreció a Rosamunde con la mirada atenta. "Cásate conmigo, Rosamunde, porque te amo de verdad."

Pero Rosamunde vaciló. Ahí estaba todo lo que había creído que deseaba y, sin embargo, un terrible presagio detuvo sus pasos. Ella miró el anillo que una vez había usado y tembló ante algún oscuro presagio que llevaba. Entonces temió que el amor de Tynan por Ravensmuir volviera a interponerse entre ellos.

"¿Te casas porque ya no te importa lo que los vecinos piensen de tu novia?" bromeó ella.

Tynan se rió. "Son un grupo engañoso y belicista. A ningún alma de buen sentido le importa lo que piensen." Luego trazó la curva de su mejilla con la yema de un dedo, un brillo en sus ojos. Su voz era ronca cuando continuó. Te he echado de menos, Rosamunde. Acepta mi anillo y vuelve a mi cama."

"Pensaba que yo no sería una Dama adecuada para Ravensmuir."

"Solo porque yo fui lo suficientemente tonto como para insistir en eso. Estaba equivocado."

"Sí, lo estabas", dijo Rosamunde. "Qué afortunado eres de que yo sea una mujer con una naturaleza indulgente."

"No lo eres, por eso tu perdón sería un regalo más allá de las expectativas." Tynan arqueó una ceja.

Ella era una tonta, ella temía aceptar lo que había anhelado cuando estaba a su alcance. No había sombra por delante, solo la perspectiva desconocida de estar atada a otra alma.

Rosamunde sonrió y dio un paso adelante, cerrando la última brecha entre ellos. "Creo que aceptamos nuestras disculpas mutuas", dijo ella y levantó la mano. Tynan sostuvo el círculo del anillo entre el dedo índice y el pulgar, y Rosamunde sonrió mientras él deslizaba su peso sobre su nudillo una vez más. La plata brillaba, el anillo se deslizó por su dedo, luego un grito profano llenó la caverna.

# CAPÍTULO 17

$\mathcal{E}$rik y Ruari perseguían al grupo de caza incluso cuando gruesas gotas de lluvia comenzaban a caer del cielo.

"Esto es para nuestra ventaja", afirmó Ruari con placer. "Las mujeres regresarán al salón, para estar seguros. Y cuando el grupo vuelva, podremos atraparlos con certeza."

Ellos le dieron los talones a los caballos y las bestias galoparon hacia adelante por el camino trillado en la maleza del bosque. Había un punto brillante más adelante, luego los caballos saltaron a un claro. El cambio fue asombroso, nada menos porque un diluvio de lluvia cayó de repente sobre ellos.

Erik balbuceó y se sacudió el pelo de los ojos. El caballo aminoró el paso y él vio por qué.

Un grupo de cuatro caballos salío del bosque al otro lado del claro.

Los caballos se relinchaban el uno al otro. Erik no tuvo tiempo de ponerse la capucha sobre su cabeza antes de que Nicholas maldijera profundamente. Beatrice le gritó a su caballo y le golpeó la grupa, instándolo a correr hacia la izquierda de Erik. Los otros caballos huyeron en su persecución, la noble pareja en las sillas lucía empapada y confundida.

Nicholas pudo haberlos seguido, pero Erik rugió. Él le gritó a su caballo y dio caza a su traicionero hermano. Ruari se movió rápidamente a su izquierda y entre los dos se aseguraron de que Nicholas no pudiera huir de regreso al salón.

Nicholas giró su caballo abruptamente entonces y corrió en la dirección opuesta, sumergiéndose de nuevo en la cobertura del bosque. Erik adivinó el destino de su hermano de inmediato e instó al caballo a perseguirlo.

La tierra se curvaba hacia arriba desde ese punto, coronando una colina estéril que Erik conocía bien. Desde ese punto, se podía ver todo el camino hasta el Mar del Norte. Erik y Nicholas habían jugado allí a menudo cuando eran niños, porque había un antiguo grupo de piedras erguidas que ofrecían numerosos lugares para esconderse.

La lluvia empezó a caer en frías sábanas, pero a Erik no le importaba. Su pulso se aceleró y él instó al caballo a mayor velocidad, aunque eso dejó a Ruari muy atrás.

Él irrumpió en la cima de la colina, desvalijada excepto por la generosidad del brezo floreciente que le llegaba hasta las rodillas. Nicholas hizo girar su caballo con fuerza dentro del círculo de piedras que tenía delante. La bestia se encabritó justo cuando un rayo crujía el cielo.

"—Viene un ajuste de cuentas, Nicholas" —gritó Erik.

Su hermano se rió. "¿Seguramente no uno concedido por ti? ¿Ya no confías en mí, hermano mío?"

"Me enseñaste la locura de eso hace mucho tiempo", respondió Erik. Él detuvo a su caballo dentro del círculo y se enfrentó a su hermano bajo la lluvia. El abrigo de Nicholas se veía menos magnífico de lo empapado que estaba, y su cabello era de un tono dorado menos glorioso. A él nunca le había complacido que lo vieran menos que en su mejor momento, y miró a Erik con el ceño fruncido como si Erik hubiera convocado a la lluvia.

Luego sonrió. "Aunque fue una lección que tardaste tanto en aprender que confieso que nunca pensé que la prestarías atención."

"Es menos perverso pensar bien en los propios parientes que pensar mal de ellos", dijo Erik y levantó su espada en desafío.

Nicholas lo atacó con repentina furia y las espadas chocaron entre sí. La espada de Nicholas rebotó en la de Erik, tan rápido Erik levantó su espada en defensa.

"Alguna vez fuiste malditamente rápido", dijo Nicholas y empujó su espada de nuevo.

Esta vez, sin embargo golpeó al caballo de Erik. Erik maldijo y se esforzó por desviar la espada de su hermano, pero estaba fuera de su alcance y golpeó el cuello de la bestia.

El caballo relinchó de miedo y Nicholas se rió. La herida era leve, pero el caballo estaba asustado y había una intención mortal en los ojos de Nicholas. Erik se bajó de la silla y apenas tuvo que tocar los flancos del caballo para que la bestia huyera.

La sonrisa de Nicholas se amplió. "Ahora estamos mejor emparejados", dijo él y se giró hacia Erik a su vez. Sus espadas sonaron al golpearse, luego chocaron una y otra vez. El caballo giró de lado y resopló, incluso cuando Nicholas lo obligaba a correr en círculo alrededor de Erik. Nicholas apuñaló hacia abajo, por detrás de Erik, y lo cortó en la parte posterior de los hombros.

Erik se balanceó y casi desmontó de su hermano con pura fuerza, lo que le dio una idea. Él no se atrevió a empujarlo con todas sus fuerzas para no dañar al caballo. Él esperó hasta que Nicholas lo atacó de nuevo, luego apuñaló hacia arriba con repentino vigor.

Nicholas gritó de dolor cuando la espada cortó el interior de la parte superior de su brazo. Sus ojos brillaron de ira e inmediatamente se inclinó hacia abajo con una fuerza peligrosa. Erik se agachó debajo del enorme caballo y empujó el pie de su hermano hacia arriba y hacia afuera del estribo desde el lado opuesto. Eso, combinado con el propio impulso de Nicholas, hizo que ese hombre cayera al suelo.

Nicholas maldijo. Rodó mientras caía, se puso de pie y entrecerró los ojos. El caballo huyó, las riendas volaban detrás de él mientras corría cuesta abajo hacia un lugar seguro.

Y Erik se había equivocado al cuidar de la bestia. En ese latido de corazón que él había mirado hacia otro lado, Nicholas lo apuñaló. Erik vio el destello de la hoja desde la periferia de su visión y saltó hacia atrás.

El acero cortó su brazo, la herida profunda y limpia. Él sangraba con furia pero él ignoró su dolor. Él sostuvo su espada en alto una vez más. "Podrías al menos pelear una batalla con honor", dijo él.

Nicholas sonrió. "Mis tácticas me han servido bastante bien hasta ahora", dijo, luego arqueó una ceja. "—Ni un alma te extrañó en estos lugares, Erik, sin duda. Tu esposa está más feliz en mi cama, tus hijas me llaman padre y Blackleith nunca ha prosperado más. Nuestro propio padre sabía la verdad cuando te llamó la vergüenza del vientre de nuestra madre.".

"¿Lo enterraste con honor? ¿O no te convenía hacerlo?"

Sus espadas se encontraron con un resonante anillo de acero sobre acero. Los hermanos retrocedieron y se rodearon con cautela.

Nicholas se rió entre dientes. Los muertos no cuentan historias, Erik, y no romperé ese silencio. El anciano se ha ido, al final de mi lado. Al menos al final lo convencí de mi mérito."

"¿Lo hiciste entonces?"

"¿No te imaginas lo irritante que era ser siempre comparado contigo? ¡Tú! Tú que no podías sacar una mentira a tus labios, ni mucho menos un cuento simplista, tú que no pudiste encantar a una mujer que ya estaba enamorada de ti, tú que nunca demostraste interés por tu apariencia. Sin embargo, nuestro padre siempre me recordó tu mérito, sin dejar de notar mis deficiencias. Era tedioso, en el mejor de los casos." Nicholas sonrió. "Me encantó que al final estuviera esclavizado por mí, que tuviera que suplicarme que le concedieran sus comidas tres veces al día."

"¡No lo deshonraste tanto!"

Nicholas solo sonrió.

Luego jadeó de horror ante el vigor del asalto de Erik. Erik se impulsó con todas sus fuerzas, empujando a Nicholas contra una piedra. Su espada se metió pulcramente bajo la barbilla de su hermano y Nicholas contuvo el aliento cuando un fino hilo de sangre se mezcló con el agua de lluvia en la espada.

"Te pudrirás en el infierno por tal traición", gruñó Erik. "Te quemarás, y con razón, por deshonrar al hombre que te concedió la vida."

La mirada de Nicholas se endureció. Frunció los labios y luego escupió en el ojo de Erik.

Erik parpadeó y esa fue toda la oportunidad que su hermano necesitaba para escapar del peso de su espada. Se persiguieron alrededor de las piedras, las espadas chocaron, los pies resbalaron en el barro, luego Erik perdió el rastro de su hermano.

Él se giró lentamente, escuchando atentamente. No escuchó nada más que el golpeteo de la lluvia, no vio nada más que el brezo inclinándose bajo su asalto.

"¡Ah!" gritó Nicholas lloró desde su derecha inmediata. Erik giró, pero demasiado tarde, Nicholas había enganchado su espada bajo la empuñadura de la espada de Erik. Resbaladizo por la lluvia, el agarre de Erik estaba lo suficientemente flojo como para que su hermano se las arreglara para soltar su espada y hacerla correr por el suelo.

"Qué triste que no puedas luchar honestamente, como un hombre de mérito," reflexionó Erik.

"Yo gano, todo lo que pueda", dijo Nicholas.

"Ganas haciendo trampa, porque es la única forma en que puedes." Erik encontró la mirada de su hermano. "Vivienne Lammergeier lo dijo, y está claro que te conoce mucho mejor que yo."

Nicholas se quedó helado. "¿Vivienne? ¿Conoces a Vivienne?

Erik sacó su daga mientras asentía. "De hecho, lo hago, y hablaste bien. La dama es una maravilla."

Nicholas se puso de pie, sorprendido. "¿No te acostaste con ella?"

Erik solo sonrió.

Nicholas se abalanzó sobre él. La espada y la daga se encontraron con furia, el choque de espadas peligrosamente cerca del rostro de Erik. Él se defendió, gruñendo por el esfuerzo, y se las arregló para golpear la mejilla de Nicholas.

Ese hombre gritó mientras saltaba hacia atrás, llevándose la mano a la cara. "¡No me desfigures!"

"Seguro que no te debe menos", intervino Ruari, apareciendo de repente detrás de una piedra. Nicholas giró y blandió su espada hacia Ruari. Sin embargo, su espada era grande y pesada, y Erik aprovechó el momento. Él saltó sobre su hermano y le cortó la mano.

La espada cayó al suelo, la sangre de Nicholas fluyó tras ella. Él retrocedió contra una piedra, su mirada se movió entre Ruari y Erik. "Entonces, este será el final, ¿verdad? ¿Matarás a tu propio hermano como a un perro y me dejarás sin luto en esta colina?

Erik vaciló.

"Intentaste hacer lo mismo con tu propio hermano", señaló Ruari. "Y no tenías motivos para hacerlo."

"¡Deja tu parloteo!" Nicholas escupió, luego lanzó una mirada disimulada al espacio más allá del círculo de piedras.

"Tu escudero está muerto", dijo Ruari, su tono era natural. "Yo hubiera dejado vivir al muchacho, pero él estaba decidido a asegurar mi final. Había poco más que yo pudiera hacer, salvo garantizarle el suyo. ¿Qué clase de sinvergüenza eres para entrenar a un muchacho tan joven como él para que luche hasta la muerte, incluso cuando está superado?"

Los labios de Nicholas se tensaron, aunque no le dio una respuesta a Ruari. Él dirigió una mirada atenta a Erik. "¿Me matarás en verdad, hermano mío? Podríamos reconciliarnos, administrar Blackleith como uno solo. Beatrice volvería a ti con mucho gusto, al menos si yo mandara eso, estoy seguro."

Ruari resopló.

Erik no tenía ganas de matar a los últimos de sus parientes, no a menos que estuviera seguro de la intención de Nicholas. La lluvia golpeó sobre ellos, retumbó el trueno. Nicholas se humedeció los labios, su respiración se aceleró debido al miedo y la memoria se agitó.

Una verdad horrible llenó los pensamientos de Erik, una convicción que no dejaba excusas para su hermano. Lleno de nueva determinación, Erik le hizo un gesto con impaciencia a Ruari para que ese hombre se retirara.

Ruari cumplió sus órdenes, con evidente desgana.

Erik pasó su espada a su mano izquierda bajo la ávida mirada de su hermano. Luego giró lentamente la palma de la mano hacia arriba, soltó los dedos y tiró la hoja.

Nicholas no perdió un momento. Se abalanzó sobre Erik con los dedos extendidos.

Pero Erik estaba preparado. Él extendió la mano hacia atrás con la velocidad del rayo. Sacó la daga de su padre de la parte posterior de su cinturón incluso cuando los dedos de Nicholas se cerraron alrededor de su garganta. Él levantó la hoja y la clavó entre los omóplatos de Nicholas, viendo cómo los ojos de su hermano se ensanchaban cuando la hoja se hundía.

El agarre de Nicholas se aflojó dentro de su abrazo mortal, y sus ojos se pusieron vidriosos de dolor.

"Este día llueve", susurró Erik. "Así como llovió el día que me concedieron estas cicatrices."

Nicholas lo miró fijamente y Erik no supo si comprendió sus palabras o no.

Aun así, tenían que ser pronunciadas.

"En tiempos de peligro, los sentidos de un hombre se agudizan. Recuerdo el sonido del aliento de mi último asaltante, recuerdo el sonido de sus botas en el camino, el ritmo de sus pasos. Y recuerdo su olor." Erik levantó los dedos flácidos de su hermano de su cuello y por un momento, sostuvo el peso de Nicholas en sus manos. "Lo huelo de nuevo en este día. Seguro que no imaginabas que lo olvidaría."

"Nunca debiste saberlo ", susurró Nicholas. " Nunca debiste vivir para recordar."

Erik dejó que su hermano cayera en picado al suelo, lo dejó morir sumido en el lodo y solo. Pasó por encima de él, sacó la daga de su padre de la espalda de Nicholas y salió del círculo de piedra.

Aunque sabía que había hecho lo correcto, Erik no se enorgullecía de su acción. Limpió la antigua arma Sinclair en el brezo, limpiando la sangre de un Sinclair de su hoja. Él sintió las lágrimas deslizarse por su rostro, mezclándose con la lluvia, y fue consciente de que Ruari estaba a su lado.

Él nunca volvería a subir a esa colina, porque nunca olvidaría que había derramado la sangre que la manchaba.

El hombre mayor puso una mano sobre el hombro de Erik y exhaló un suspiro. "Es un hombre de mérito el que puede completar una tarea desagradable, ni menos una que hay que hacer. Tu padre estaría orgulloso de ti, Erik Sinclair, en eso puedes confiar."

"Mi padre lloraría conmigo este día, Ruari", dijo Erik en voz baja. "No puede haber ninguna duda de eso."

EN ESE MISMO MOMENTO, Rosamunde y Tynan fueron asaltados por un grito agudo en las cavernas de Ravensmuir.

"Círculo de reyes de plata fina; ¡Cumple lo que prometes, pero ese anillo es MÍO!"

Un salvaje remolino de color naranja estalló en medio de la caverna, de un tono tan ardiente que Rosamunde pensó que provenía de las antorchas. Sin embargo, no era una llama, sino una nube furiosa.

"¿Qué en el nombre de Dios es eso?" gritó Tynan.

"Me temo que es la spriggan", Rosamunde tuvo tiempo suficiente para decir antes de que la nube explotara hacia arriba. La piedra se desprendió del arco alto del techo de la caverna y los trozos cayeron al suelo a su alrededor.

"Ladrón traicionero que rompes un voto; ¡Quiero mi anillo, lo quiero AHORA!" Pero no hubo tiempo para responder a las demandas de la Spriggan. Tynan maldijo y empujó el anillo hasta el final del dedo de Rosamunde. Ella no sabía si él lo hacía por instinto o por elección. Él giró y desenvainó su espada. Rosamunde sacó la suya, aunque supuso que era inútil contra ese enemigo.

Mientras tanto, Darg gritaba con una furia ensordecedora. La nube que debía ser su manifestación volvió a crecer la mitad de grande y casi hervía contra las paredes de piedra. Para consternación de Rosamunde, la roca comenzó a caer de las paredes del túnel con vigor entonces, estrellándose a su alrededor y cayendo al abismo. Se levantó un velo de polvo, pero la nube se hacía más grande.

La roca comenzó a gemir, como si no pudiera contener el volumen de la furia de Darg. Aparecieron grietas que se extendieron salvajemente por la superficie de la piedra y se ensancharon con cada grito que pronunciaba la spriggan.

"¡Las cavernas colapsarán!" Tynan gritó por encima del estruendo. Él cogió a Rosamunde de la mano y corrieron juntos hacia el pasillo que conducía al solar de Ravensmuir.

La nube gritó con más fuerza y una grieta se abrió de par en par en la roca sobre la puerta. Rosamunde sabía que no llegarían a la puerta a tiempo, pero tanto ella como Tynan corrieron más rápido de todos modos. Justo en frente de sus dedos de los pies, un enorme trozo de piedra se soltó y cayó de lleno en el pasillo, bloqueando el paso y envolviéndolos en una nube de polvo.

Tynan no vaciló. Se volvió hacia otra puerta, una que conducía a los establos. Un rayo pareció destellar sobre sus cabezas mientras giraban sus pasos. Serpenteó a través del aire lleno de polvo, golpeando la piedra con un destello. Los muros de piedra rugieron y vibraron, y otro trozo de piedra cayó para bloquear su curso.

"¡Quedaremos atrapados!" Dijo Rosamunde. Giraron, incluso cuando más piedras cayeron en los otros portales, luego miró hacia arriba cuando un feroz chasquido resonó en la caverna. El mismo suelo se movió con su estruendo y Rosamunde temió lo peor.

Una fisura se abrió en el alto techo arqueado de piedra que se elevaba sobre sus cabezas, luego se abrió de par en par con una velocidad alarmante. Tynan siguió su mirada y maldijo. Muy por encima de su cabeza, se oyó el crujido de las piedras y el pandeo de las paredes.

Rosamunde se dio cuenta de que era más que el laberinto cayendo. Todo Ravensmuir se derrumbaba a su alrededor, los túneles se sellarían cuando la poderosa fortaleza cayera de rodillas.

Y ni una sola alma sabía que ella y Tynan estaban atrapados debajo de la piedra.

"¡Estamos perdidos!" susurró Tynan, intentando atraerla a su abrazo.

Rosamunde no estaba tan dispuesta a rendirse. Ella sabía lo que la spriggan quería de ella, y el hada había soltado su nave de la niebla. Había que pagar la deuda. Ella sacó el anillo que Tynan acababa de colocar allí de su dedo y lo arrojó en medio de la furiosa nube naranja que los asaltaba.

"¿Qué es esta locura que haces?" gritó Tynan y se lanzó tras el anillo de plata. "¡Ese es el anillo de mi madre!"

"¡Déjalo!" gritó Rosamunde a través del crujido de la piedra, pero él no la escuchó. Ella lo vio caer de rodillas, buscando desesperadamente el anillo entre los escombros. Ella miró hacia arriba, a la piedra que se desmoronaba, luego a su alrededor. "¡Mira ahí, Tynan!" gritó con alivio repentino. "¡tenemos una puerta!"

Y, de hecho, había una, brillando con una extraña luz dorada como si fuera a atraerlos a que se acercaran.

Tynan miró hacia arriba. "Ese no es un pasaje que conozco."

"No obstante, está ahí."

"No sabes a dónde lleva."

"¡Eso importa poco!"

"No me gusta cómo se ve", insistió él.

"¡A mí no me gusta cómo se ve eso!" Rosamunde señaló hacia arriba cuando el techo de la gruta comenzó a moverse. Una lluvia de pequeñas piedras se esparció sobre ellos y ella vio sangre en la sien de Tynan.

"¡Tynan, date prisa!" gritó Rosamunde y se abalanzó sobre el pasaje reluciente, asumiendo que él lo seguiría. Apenas logró atravesar la puerta, apenas tuvo tiempo de notar la curiosa luz dorada que brillaba frente a ella, antes de que hubiera otra grieta.

Un rugido ensordecedor llenó la caverna que acababa de abandonar cuando la piedra cayó con entusiasmo. Ella se atragantó con el polvo y vio que estaba sola. Rosamunde miró a través del portal, pero no había ni rastro de Tynan, y ella sabía lo que había temido aprender allí.

Tynan, una vez más, había elegido primero a Ravensmuir.

Rosamunde se giró, sus lágrimas surgieron con un vigor inusual. Otra caída de piedra se derrumbó en las cavernas de Ravensmuir con tal vigor que una deidad vengativa podría estar sellando el laberinto por toda la eternidad. Ella no tuvo oportunidad de elegir su rumbo: un trozo de piedra fortuito golpeó su frente y Rosamunde Lammergeier no supo nada más.

VIVIENNE NO ESTABA segura de cómo escaparía con las hijas de Erik. Las niñas eran tan pequeñas que no podían correr ni luchar: Vivienne tendría que defenderlas a las tres y asegurar su escape. Ella no estaba segura de que confiaran en ella (¿por qué iban a hacerlo, de hecho?) O de que seguirían sus órdenes. Tampoco sabía cómo garantizaría su seguridad una vez que dejara ese grupo.

Tal vez podría esperar hasta que se acercaran a Ravensmuir o Kinfairlie, luego secuestrar a las niñas y huir al cuidado de su familia. Por supuesto, eso se basaba en que Henry y Arabella cabalgaran hasta Kinfairlie.

Parecía que una vez más ella había creído que sus habilidades eran mayores de lo que podrían llegar a ser.

Contra todas sus aspiraciones, Arabella y Henry habían empezado a discutir sobre los méritos de detenerse en la morada del conde de Sutherland esa noche. Como el conde era la única persona que conocía Vivienne que podía reconocer a las hijas de Erik (aunque en realidad, tal vez no hubiera prestado atención a las jóvenes, dado su interés en asegurar la sucesión), esta decisión preocupaba considerablemente a Vivienne.

Ella escuchó a escondidas sin vergüenza y trató de pensar en una forma de afectar la elección que finalmente tomaran. Astrid dormitaba contra su pecho, con el pulgar firmemente en la boca, mientras Mairi estaba sentada detrás de su hermana, también delante Vivienne. Vivienne pensó que la niña mayor también dormitaba, aunque sus dedos todavía acariciaban las suaves líneas del alfiler de plata.

"No veo el mérito de detenerme a una hora tan tarde", repitió Henry por lo menos por sexta vez. "Es indecoroso despertar tarde a un anfitrión y exigirle hospitalidad."

"¿Seguramente no puedes imaginar que voy a montar en un clima así, sin siquiera una comida caliente, un baño tibio y un colchón mullido?" replicó Arabella. "La hora tiene poca importancia. ¿Cómo vamos a afectar la distancia entre moradas? Si no hubieras insistido en llevar a estas niñas en nuestra compañía, podríamos haber estado millas más lejos ahora."

"Si no hubieras insistido en visitar Beatrice de Blackleith, ni siquiera estaríamos en estas tierras frías."

"¿Y qué iba a hacer? Abundaban los rumores sobre ella y su rico dominio en el norte, y realmente, las historias que escuché hacían que pareciera un verdadero paraíso. No tuve más remedio que venir, especialmente después de perder esa apuesta con la condesa. Créeme, Henry, me habría encantado haber ganado. Me habría hecho bien imaginarla a ella en este miserable país en lugar de a mí. Sin duda, se divertirá a mis expensas. Debes asegurarte de que ella solo escuche bien sobre este viaje. Quizás deberíamos decirle que las riquezas de Beatrice son tan grandes que no se pueden describir." Arabella se rió entre dientes ante la perspectiva. "Entonces ella se sentirá obligada a viajar hasta aquí para verlo por sí misma."

Dile todo lo que sientas la necesidad de decirle, querida. Yo solo necesito saber lo que se supone que debo decir.".

"Henry, eres el hombre más valiente", dijo Arabella, tamborileando con los dedos sobre su brazo. Ella bajó la voz a un gorjeo lujurioso. Quizá deberíamos detenernos en la morada del conde y exigir su mejor cama para nuestro placer."

Los escuderos pusieron los ojos en blanco y reprimieron las sonrisas.

"Si le place, mi señora, creo que las niñas se beneficiarían de una parada esta noche", se atrevió a decir Vivienne.

"Sus temperamentos sólo pueden mejorar", dijo Arabella con altivez, luego hizo un gesto con la mano. "No me importa su estado de ánimo, muchacha. Son tu preocupación hasta que las necesite. Las niñas deben ser ignoradas hasta que resulten útiles."

Henry miró por encima del hombro y entrecerró los ojos mientras observaba a su peque grupo mojado. Su mirada se detuvo demasiado en Vivienne. Ella pensó que le daba demasiado peso a la mirada de sus ojos, pero solo hasta que habló.

"—Creo que la criada tiene sentido, Arabella"—musitó Henry, aunque Vivienne dudaba que su preocupación fuera por las niñas. "Una cama fina y mullida me servirá bien esta noche." Y le guiñó un ojo a Vivienne mientras su esposa se pavoneaba, ajena a su mirada desviada.

Los dos escuderos se dieron codazos, luego miraron lascivamente a Vivienne, y ella supuso que realmente había subestimado los peligros de esa circunstancia.

Vivienne se había ido de su escondite.

Erik estaba inquieto por ese hecho, aunque no había ni rastro de ella. Puede que ella nunca hubiera estado en Blackleith, y su ausencia también tenía a Ruari inquieto. Los caballos habían regresado al establo desde la colina y estaban temblando bajo la lluvia.

Erik dejó a Ruari fuera del salón de Blackleith. Estaba demasiado tranquilo en el pueblo y él temía lo que encontraría dentro del salón. Ruari montó guardia en la puerta y asintió una vez antes de que Erik se deslizara hacia las sombras humeantes del salón.

No ardía una sola antorcha en el gran salón, aunque todavía había brasas encendidas en la chimenea. Estaba más allá del silencio, como si no hubiera nadie dentro de estos muros. Ningún niño sollozaba o reía, no había ni un soplo de un alma durmiendo. El miedo se apoderó del corazón de Erik y se preguntó qué habría hecho Beatrice con sus hijas.

¿Había huido al sur con ellas para no ser encontrada nunca más?

"Pensé que aún podrías estar vivo", dijo ella de manera tan inesperada que Erik saltó.

Entonces la vio, sentada en el salón que de otro modo estaría vacío, con una copa delante de ella en la mesa. Ella estaba tan hermosa como siempre había sido, aunque sus labios se apretaban como no lo habían hecho antes y sus ojos parecían más astutos.

Pero quizás él no había visto la verdad delante de él.

Beatrice sonrió, como si no hubiera habido tanto tiempo y traición entre ellos, luego tomó un sorbo de la copa. "El conde de Sutherland no es un hombre sutil, en el mejor de los casos, y últimamente ha hecho algunas preguntas puntuales."

"¿Dónde están Mairi y Astrid?"

La sonrisa de Beatrice se amplió. "Me sorprende que te preocupes por ellas. ¿No desea todo hombre un hijo?

"Son mis hijas y no tienes ningún derecho", comenzó Erik, pero Beatrice lo interrumpió.

"Es lo último del vino." Beatrice se levantó y se acercó a él con la copa en la mano. Ella se lo ofreció. "¿Quieres un sorbo?"

"Me saludas solícitamente en verdad."

Ella hizo una mueca. "Sospeché que vivías. Temí que hubieras regresado cuando vi a Ruari. Era inevitable que lucharas contra Nicholas por Blackleith, e igualmente inevitable que triunfaras."

Ella lo miró y él no pudo adivinar sus pensamientos. "Siempre has tenido un maldito talento para la supervivencia, y Nicholas, a pesar de sus muchas gracias, es menos espadachín de lo que podría ser." Ella se rió sin alegría. "Al menos con la espada que levantaría contra ti." Ella saludó a Erik con la taza, luego bebió profundamente de su contenido, mirándolo por encima del borde. "Cuánto más interesante hubiera sido si hubieras luchado contra Nicholas por mí."

Erik resopló. "¿Por qué pelearía por el respeto de una mujer que solo se preocupa por ella misma?"

Sus ojos brillaron y pensó que ella podría golpearlo. En cambio, ella lo estudió e hizo una mueca. "Infundirías terror en el corazón de cualquier doncella, con lo que se ha convertido en tu rostro. Alabado sea que nunca más volverás a mi cama." Su sonrisa se volvió amarga. Pero entonces, gracias a ti, Nicholas tampoco lo hará. ¿Asumo que lo has dejado muerto?

"En efecto."

Entonces ella desvió la cara y él se preguntó si, después de todo, ella se había preocupado por otra alma.

"¿Dónde están Mairi y Astrid?"

"Se fueron."

"¿A dónde?" Erik la agarró del brazo cuando ella no le respondió, obligándola a mirarlo.

Beatrice se rió entre dientes. "No lo sé. ¿No es esa la belleza de esto? No lo sé, así que no puedo decírtelo. Puede que me hagas lo peor que puedas, de hecho, ya te has llevado todo lo que era de mérito para mí. Y yo he tomado lo que es de mérito para ti."

"¡No puedes haberlas herido!"

Beatrice se limitó a sonreír, sonreía con tanta confianza que Erik anhelaba sacudirla hasta que sus huesos temblaran. "¿Por qué debería preocuparte? Yo realmente dudo que sean de tu propia semilla."

Erik la miró conmocionado. "Pensaba que no era más que un rumor..."

"Un rumor arraigado en la verdad. Seguramente no imaginabas

que tú, con tus modales torpes en la cama y tu incapacidad para pronunciar dulces cumplidos, ¿podrías saciarme? ¡Yo era una belleza con cien pretendientes a mi puerta! Me buscaban barones y príncipes, me cortejaban hombres de leguas de distancia." Ella dio un paso atrás y lo miró con desdén. "Sin embargo, me casé con Erik Sinclair, heredero de una modesta propiedad, un hombre que no podría alabar a una mujer con poesía ni para salvar su vida. ¿Nunca te preguntaste por qué?"

"Todos los días estaba asombrado por mi fortuna", dijo Erik con cuidado.

Beatrice se rió con dureza. "Aquí está mi regalo para ti, esposo. Yo no era una doncella cuando llegué a tu cama en nuestra noche nupcial. De hecho, yo temía llevar el fruto de la semilla de un hombre y sabía que era mejor no molestar a mi propio padre con tales noticias. Él me habría hecho azotar hasta sangrar, y la carne desgarrada no tienta a ningún hombre. Tuve que casarme y casarme apresuradamente, y ese fue el mismo momento en que llegaste a las puertas de mi padre en busca de alianza. Me fuiste de utilidad, Erik Sinclair, nada más."

"¿Y una vez que supiste que no tenías un hijo?" preguntó Erik, queriendo toda la verdad, sin importar lo cruel que fuera. Ella no podía hablar de Mairi, porque esa niña no había nacido hasta que estuvieron casados durante un año.

Beatrice regresó tranquilamente a la mesa principal y se sirvió otra medida de vino. No te importa si me sirvo yo misma, ¿no? Hay una maldita falta de sirvientes en este salón, pero tengo entendido que ese siempre ha sido el destino de Blackleith." Ella le dedicó una mirada de reojo mientras bebía. "Cuando quedó claro que no había engendrado ningún hijo, le di la bienvenida a mi amante entre mis muslos una vez más. ¿No se dice que no hay una sola mujer en la cristiandad que alguna vez negó a Nicholas Sinclair? Fue bastante sencillo encontrarlo cuando vivíamos en la misma morada."

Erik se apartó de estas noticias no deseadas, entregadas con tanto júbilo. "Así que te acostaste con él."

"A menudo", dijo Beatrice, chasqueando los labios sobre el vino y el recuerdo. "Es encantador que estés tan seguro de que las niñas son tuyas, cuando yo no comparto tu convicción."

Erik no dijo nada, porque él estaba sorprendido de la poca habilidad que tenía ella para lastimarlo.

Beatrice se encogió de hombros. "Y finalmente, no me convenía tener que ver a ambos hermanos en la cama por más tiempo."

Erik miró hacia arriba. "Tú hiciste el plan", murmuró él, viendo ahora quién había ayudado a Nicholas a idear tal plan. Beatrice sonrió. "Tú trajiste la misiva que se suponía que procedía de Thomas Gunn. Tú fuiste quien me insistió a ayudar a mi vecino."

Ella rió. "Y tú fuiste demasiado tonto para no darte cuenta de que yo te engañaba." Ella terminó su vino, arrojó la copa de peltre en dirección a la mesa y extendió las manos. "Entonces, ahora has reclamado tu deseo más profundo", se burló ella. "Tu despensa es estéril, tu tesoro está vacío y tus campesinos tienen hambre. Tus campos están desatendidos y no tienes semillas para la primavera. Todos tus parientes están muertos, tu esposa te desprecia y tus hijas están perdidas para siempre. ¿Qué tal tu regreso triunfal a Blackleith, esposo?"

Erik enfundó su espada y se alejó de ella. "Es un poco diferente de lo que esperaba", dijo él en voz baja. "Porque aprendí al principio de mi matrimonio a no esperar ningún mérito de mi esposa. Te equivocaste al concederme esas hijas, Beatriz, porque ellas son el oro de mi tesoro."

"¿No me escuchas? ¡Probablemente no sean de tu semilla!"

"No importa. Son mías a los ojos de la ley, y mías porque creo que lo son."

"¡Pero se han ido!"

"No pueden ir muy lejos. Buscaré hasta encontrarlas, y los traeré con honor o moriré en el intento."

Ella se abalanzó sobre él y lo agarró por el hombro, obligándolo a mirarla. "Pensé que me matarías."

Erik negó con la cabeza. "No tengo ganas de manchar mis manos con tu sangre."

"¿No me desprecias?"

Erik estudió a su esposa y se preguntó cómo no había podido ver su egoísmo. Entonces él negó con la cabeza y le quitó la mano del hombro. "No. Te compadezco. Adiós, Beatrice.

Con eso, se volvió para irse de Blackleith una vez más, su esposa despedida de sus pensamientos. Sus hijas debían de estar con esa noble pareja que había cabalgado a cazar con Nicholas. Seguramente viajarían hacia el sur hasta la morada del conde de Sutherland, y tal vez incluso serían desatendidas allí. No había habido ningún barco en el puerto, aunque podrían haber cabalgado hacia el norte hasta la gran morada de los parientes del conde en Girnigoe.

Entre sus propios talentos y los de Ruari, él debería poder descubrir su dirección. Su paso se aceleró con seguridad y determinación para recuperar a sus hijas antes de que fuera demasiado tarde.

"¡Miserable!" escuchó a Beatrice gritar detrás de él. La copa de peltre golpeó la pared junto a su cabeza. Erik saltó ante el impacto, luego miró hacia atrás.

Beatrice, con el rostro contraído por la furia, se lanzó hacia él con una espada levantada en la mano. Ella estaba malditamente cerca. Erik se dio cuenta de que tenía poco tiempo para sacar su propia espada cuando escuchó un silbido junto a su oreja.

Una cuchilla giratoria pasó a su lado, la punta se incrustó en el pecho de Beatrice. Ella jadeó y dio un paso atrás, su propia mano cayó sobre la sangre que brotaba de la herida.

Erik vio que era la daga de su padre, el zafiro en la empuñadura brillaba como si le guiñara un ojo.

Beatrice tocó la empuñadura de la hoja hundida en su carne, tosió y negó con la cabeza. "William siempre me odió", dijo ella, luego volvió a toser. Ella se dejó caer contra la pared y luego le dirigió a Erik una mirada siniestra. "Confía en él para asegurar mi desaparición."

"No fue William quien lanzó la daga", dijo Ruari con desaprobación, "aunque sin duda fue su espíritu el que guió la daga a casa. Mi puntería no es tan buena, en ese hecho puedes confiar." Asintió una vez a Erik. "Tu padre podía partir un cabello a cuarenta pasos con esa daga, sin duda, y nunca dejaba de asombrar a un escéptico con su habilidad." Beatrice se dejó caer al suelo y cerró los ojos mientras tosía más débilmente. "Nunca había hecho un lanzamiento tan bueno, aunque, sin duda, nunca me gustó mucho Beatrice."

Erik se dispuso a dar un paso adelante y ayudar a Beatrice a una posición más cómoda para sus últimos momentos. Ruari lo detuvo con un toque. "No te aventures cerca de esa víbora", le aconsejó él, luego asintió con la cabeza hacia el cuchillo que aún tenía en la mano. "Ella agarra la empuñadura con fuerza para alguien que está tan cerca de la muerte. Déjala en paz, porque en verdad estará muerta cuando regresemos."

Ante eso, Beatrice abrió un poco los ojos y escupió al suelo, mostrando que su consejo era bueno sin decir una palabra. Entonces su cabeza se inclinó hacia su hombro y Erik creyó que ella no sabía nada más.

Sin embargo, le dio la espalda porque su batalla aún no estaba completa. Él tenía que encontrar a sus hijas y esperaba que no se fueran demasiado tarde.

Porque había verdad en la afirmación de Beatrice. Ella había intentado robar toda la promesa que Erik podría encontrar al reclamar Blackleith, dejándolo sin riqueza, sin familia, sin sus propias hijas.

Pero Erik había sido testigo de la fe de Vivienne y nunca volvería a ser el mismo. Sus perspectivas podrían parecer secas en este momento, pero sabía que encontraría a sus hijas.

Y encontraría a Vivienne, sin importar lo que le hubiera pasado. Él la perseguiría hasta los confines de la tierra, si era necesario, aunque tenía poco que ofrecerle más allá de él mismo.

Él solo podía esperar que eso fuera suficiente.

# CAPÍTULO 18

Para consternación de Vivienne, las puertas del conde de Sutherland estaban bloqueadas y el portero no estaba dispuesto a despertar a su señor en medio de la noche para complacer a un grupo de viajeros que pasaban. Cuando Henry protestó elocuentemente por ese error de caridad cristiana, el portero le indicó la dirección de un granero abandonado.

Tenía un agujero en el techo y una exceso de pájaros crujiendo en las vigas. El techo ocasional era lanzado desde arriba, aterrizando en el piso de tierra compacta con una bofetada húmeda. Arabella decidió discutir el asunto, pero Vivienne estaba demasiado cansada. Ella llevó a las niñas a un rincón menos marcado por los excrementos de los pájaros, abrigó su capa sobre todas ellas y se durmió.

VIVIENNE SE DESPERTÓ para encontrar la mano de un hombre sobre su pecho y una hoja afilada besando su garganta. Habían pasado algunas horas, supuso, porque estaba más claro y la lluvia caía con menos fuerza. Ya no retumbaba ningún trueno.

Y Henry estaba agachado a su lado, con los pantalones sueltos liberando su miembro. Él estaba pálido contra la oscuridad y se balanceaba con anticipación.

"Levántate las faldas y guarda silencio sobre el asunto", instó él en un susurro.

Vivienne lo miró con el ceño fruncido, con la esperanza de disuadirlo con audacia. "No delante de las niñas", regañó ella indignada, sin molestarse en bajar la voz.

La hoja se hundió más exigente en su garganta y Vivienne contuvo el aliento. "Debes estar callada", insistió Henry. "O me aseguraré de que estés en silencio para siempre."

"Pero los niñas..."

"Empújalas a un lado. Nunca notarán la diferencia, y si lo hacen, estarán bien preparadas para su futuro."

Vivienne contuvo el aliento, tan intensa era su aversión por ese hombre. Ella se alegraba extraordinariamente de haber acompañado a las hijas de Erik, porque de alguna manera se aseguraría de que fueran liberadas del círculo de su influencia.

Ella soltó a Astrid de su regazo, esa niña gimió levemente cuando la movieron. Vivienne la hizo callar, metiéndola más completamente en su capa forrada de piel. Entonces levantó a Mairi, que era una carga mucho mayor. Henry la dejó moverse lo suficiente como para meter a las niñas debajo de la capa y Vivienne vio el brillo de los ojos de Mairi cuando se abrieron.

Ella puso la mano sobre la frente de la niña, cerrándole los ojos con suavidad y, para su alivio, Mairi siguió sus órdenes.

"Ese es un buen alfiler", dijo Henry. "Debes haber complacido a algún señor para que te hayan concedido un regalo de tal valor."

"Un hombre de mérito me lo entregó como recuerdo", dijo Vivienne.

Henry se rió entre dientes. "Sin duda le dio a una moza madura como tú más que eso como recuerdo."

"De hecho, lo hizo. Él me concedió su amor y mis recuerdos de él. Esos son recuerdos que no tienen precio."

Henry se burló, desinteresado en tales detalles. "—Sí, y también le has robado a tu antiguo amante, apostaría, por el aspecto de tu atuendo. Levántate las faldas, moza. Compláceme bien o entregarás tu recuerdo, si no más, a mi esposa. A ella le gustan las baratijas, y a mí me gusta dárselas." Su sonrisa brilló. "Se aseguran de que ella haga menos preguntas."

"Me quitarás la vida antes de tomar este alfiler", respondió Vivienne, su voz baja con intención.

Henry la golpeó entonces, de lleno en la cara, luego se movió de modo que su peso estaba encima de ella. Vivienne gritó y él le forzó la mano entre los dientes. Él sabía a sudor, su peso casi aplastaba a Vivienne, y ella sintió su polla buscando un puerto entre sus muslos. Ella luchaba contra él, en vano, furiosa de que abusaran tanto de ella.

Entonces Henry gritó con vigor, ignorando su propia orden de silencio.

Mairi, que había corrido en ayuda de Vivienne, lo agarró por un puñado de cabello y volvió a morderle la oreja.

"¡Esta niña no es mejor que un animal!" gritó Henry. Él trató de golpear a la niña, su movimiento fue suficiente para que Vivienne pudiera empujar su peso lejos de su pecho. Él le dio un puñetazo a Mairi y Vivienne le dio una bofetada en la cara con tanta fuerza por intentar golpear a la niña que él dio un paso atrás hacia atrás.

La pequeña Astrid estaba inmediatamente detrás de él. Ella chocó con la parte de atrás de sus rodillas a propósito y lo envió hacia atrás. Él cayó de espaldas, su miembro expuesto bailando con la brisa de la mañana.

Las niñas rieron y Vivienne no pudo evitar sonreír. "Les agradezco su ayuda", dijo ella y se agruparon a su lado, valientes defensoras de verdad.

Henry se incorporó sobre los codos, con ira en los ojos, pero Arabella interrumpió cualquier cosa que pudiera haber dicho. "¿Henry? ¡Henry! ¿Qué haces fuera de nuestra cama? Ella apareció entre las sombras de enfrente, con el pelo ladeado y la camisola arrugada. "¿Y qué es todo este ruido? ¿No sabes qué tan temprano es en el día? Seguramente ya sabes lo desesperadamente que necesito dormir bien por la noche."

El miembro de Henry perdió su entusiasmo ante el sonido de la voz de su esposa.

Arabella se detuvo junto a él, su indignación clara. "¡Henry!"

Ese hombre se sentó, se pasó una mano por la frente y luego miró a Vivienne y a las dos niña con el ceño fruncido mientras se abrochaba las calzas bajo la mirada fría de su esposa.

Él sacudió un dedo, pero Vivienne no le concedió la oportunidad de amenazarla.

"—Su marido me asaltó por la noche, mi señora, como puede ver cualquier persona con su ingenio" —dijo Vivienne, convencida de que ninguna doncella se había atrevido a decirle la verdad a Arabella antes. Sin embargo, la dama conocía los hechos de su marido, porque contuvo el aliento y palideció. Sus labios se tensaron mientras lo miraba. "Estoy segura de que comprende que no permaneceré en una casa en la que pueda ser atacada por la noche."

"Pero no puedes dejar mi servicio antes de que yo esté preparada para deshacerme de ti", argumentó Arabella, porque seguramente ella era una de las que prefería salirse con la suya.

"Tengo todo el derecho", replicó Vivienne. Su marido no tiene derecho a atacarme por la noche. Además, tomaré a estos dos niñas bajo mi custodia, ya que no hay garantía de que se salvarán de un abuso similar dentro de su hogar."

"Pero fueron entregados a nuestra custodia", argumentó Arabella, pensando claramente en el beneficio de esa donación al convento cuando Henry tenía pecados que expiar.

"Y yo tengo el ingenio para saber que realmente no las deseas." Vivienne tomó a las niñas de las manos y ellas la miraron. Su cauteloso optimismo le rompió el corazón, ya que los acontecimientos recientes las habían servido mal. Ella sonrió a cada uno y apretó sus manos, animada cuando le devolvieron ese apretón. "Tengo la esperanza de devolvérselas a su legítimo padre."

"Pero está muerto, ¿no es así, Henry? Beatrice dijo que su primer marido estaba muerto, estoy segura."

"Entonces ella te mintió, porque él no estaba muerto ayer."

"El alfiler", dijo Mairi, con un brillo en su voz. Ella se estiró hasta los dedos de los pies y Vivienne se inclinó para que la niña pudiera tocar el alfiler de plata con las yemas de los dedos. "Recuerdo el alfiler."

"Sí, tu padre me dio su alfiler. Si la Fortuna nos sonríe, pronto lo volveremos a ver en sus manos."

"Pero no puedes hacer esto", protestó Arabella. "No se puede simplemente decretar lo que será. Eres simplemente una sirvienta, aunque has venido recientemente a mi servicio. ¡Deberías obedecerme! "

Vivienne se paró erguida y alta. "Soy una mujer noble con tantos derechos como tú tienes. Mi nombre es Vivienne Lammergeier. Si tiene motivos para quejarte de mis actos, puedes presentar tu alegato ante la corte de mi hermano, el Señor de Kinfairlie. Sin embargo, se te advierte que él verá que se hará justicia."

Con eso, Vivienne recogió su capa y condujo a las hijas de Erik al primer rayo de sol de la mañana. Ella giró sus pasos hacia Blackleith, sin importarle cuánto tiempo le tomara caminar tan lejos.

Para hacer que la distancia pasara más rápidamente, comenzó a contarles a las niñas la historia de Thomas the Rhymer.

Thomas apenas había encontrado a su reina de las hadas cuando escucharon el ruido de los cascos en la carretera detrás de ellos. Vivienne hizo una pausa, sin saber quién podría cabalgar detrás de ellas, y luego escuchó caballos corriendo hacia ellas desde adelante también.

Ella estaba de pie en medio del camino, con el pelo regado, las botas mojadas, el broche de Erik en la capa y sus hijas agarrándola de la mano. Ella vio el distintivo tono negro de los caballos de Ravensmuir antes de reconocer los colores de su hermano Alexander, antes de ver a su hermano Malcolm rápidamente a su lado. Elizabeth montaba otro caballo, un trío de hombres de confianza de

Ravensmuir montando los tres últimos. Los caballos negros casi respiraban fuego mientras corrían por la carretera, sus abrigos relucían a la luz de la mañana.

Vivienne parpadeó para contener las lágrimas de alegría al verlos. "Es mi hermano que vino a velar por mi bienestar", les dijo a las niñas. "No tenemos nada que temer." Luego se giró y supo que había dicho nada menos que la verdad, porque Erik Sinclair cabalgaba hacia ella en un caballo castaño. Ruari Macleod iba rápido detrás de él, pero Vivienne solo tenía ojos para Erik.

Erik desmontó de un salto y corrió el último tramo hacia ella. Mairi gritó en reconocimiento y él la levantó en alto, luego la hizo girar mientras ella reía. Astrid fue más cautelosa, su memoria era más corta, aunque extendió la mano y tiró de las puntas de su cabello.

Luego él se paró, sus hijas en sus rodillas, sus ojos brillando como un zafiro brillante. "He recuperado la soberanía de Blackleith", dijo él, evidentemente consciente de la mirada de Alexander fija en él. Y mi esposa Beatrice está muerta. Tengo poco que ofrecer, Vivienne, porque mi morada es más humilde de lo que has conocido, pero te amo con todo el vigor de mi corazón." Estiró las manos hacia ella incluso mientras su corazón se disparaba. "¿Quieres casarte conmigo en verdad, Vivienne Lammergeier?"

Vivienne tenía un nudo en la garganta tal que no pudo pronunciar una palabra en respuesta. Ella sacudió la cabeza con asombro, sus lágrimas cayeron ante el movimiento y vio la consternación de Erik. "Lo haré", dijo ella con voz ronca. "Lo haré, con mucho gusto."

Y él se rió y la tomó rápidamente en sus brazos, besándola con tal ardor que a ella no le importó quién presenciara su beso.

Porque contra todo pronóstico, incluso contra sus propias expectativas, la búsqueda de Vivienne la había llevado precisamente a donde más deseaba estar.

~

RESULTÓ que Alexander y Malcolm habían dejado Ravensmuir en busca de Erik y Vivienne la mañana después de la fuga del trío. Tynan se había negado a acompañar al grupo, sugiriendo que era hora de que Malcolm asumiera tales responsabilidades. Elizabeth había ido en busca de Darg, ya que era la única que podía ver al hada, y se sintió decepcionada al anunciar que la spriggan no estaba en su compañía.

Erik ya lo había adivinado.

El grupo de Kinfairlie se había quedado en la morada del conde de Sutherland, seguro de que Vivienne y Erik debían pasar por ese camino o llegar allí eventualmente. Alexander también había traído los caballos que el conde les había prestado a Erik y Ruari, lo que alivió enormemente a Erik. Todos regresaron allí, una vez reunidos.

Resultó que el conde estaba muy satisfecho con el regreso de Erik, ya que tenía numerosas preocupaciones sobre la administración de Blackleith. Se envió un grupo para recuperar los cuerpos de Nicholas y Beatrice, verlos enterrados honorablemente y soltar a las dos doncellas. Esas mujeres estaban encantadas de haber escapado de la casa de Henry y Arabella y se apresuraron a ofrecerse para servir en Blackleith.

Y para el deleite de todos, y la aprobación particular de Alexander, Señor de Kinfairlie, el conde de Sutherland consideró oportuno que Erik y Vivienne se casaran en su propia capilla. El sacerdote renunció a las prohibiciones y Erik escuchó al conde decirle a Vivienne que un hijo sería una adición bienvenida.

LA MAÑANA siguiente a la celebración de sus segundos votos nupciales, Erik Sinclair se levantó temprano. Él se sentó durante un largo rato y observó cómo la primera luz del sol acariciaba la mejilla de Vivienne, sonriendo por lo profundamente que ella dormía.

Se habían amado hasta bien entrada la noche anterior y él

decidió dejarla dormir hasta tarde si así lo deseaba. No era necesario que se apresuraran a volver a Blackleith.

Él salió de su habitación, satisfecho, y revisó a sus hijas. Dormían acurrucadas juntas, Astrid todavía chupándose el pulgar. Los ojos de Mairi se abrieron cuando él las miró y ella levantó las manos hacia él, como lo había hecho cuando era pequeña. Erik la levantó, sin importarle su peso, y la acomodó contra su cadera. Ella apoyó la cabeza en su hombro, con tanta confianza como si él nunca se hubiera ido, y el dulce olor de ella casi partió el corazón de Erik en dos.

Él desayunó en la mesa del conde, Mairi en su rodilla. Había pocos que se despertaran tan temprano, y los que se sentaban a su lado decían poco. Él aceptó algunas felicitaciones tardías y estrechó la mano de algunos hombres, tanto conocidos como desconocidos para él.

Mairi se apresuró a robar su panal de miel, la travesura bailaba en sus ojos por su propio éxito, y Erik se contentó con dejarla tenerlo.

Cuando él se levantó del tablero, la cocinera del conde se acercó a él. "—El conde me ha dicho que debería ofrecerle algo de comida, señor, tanto para su viaje de regreso a Blackleith como para el invierno que se avecina."

Erik asintió, complacido de aceptar. "No tengo ni idea de los inventarios que encontraremos allí, por lo que su oferta es muy bienvenida."

La regordeta cocinera sonrió y movió un dedo debajo de la barbilla de Mairi. "El invierno llegará pronto a nuestras puertas, señor, y los niños necesitan una comida caliente todos los días."

"Puedo ayudarte", ofreció Erik, pero la cocinera negó con la cabeza.

"—Haré que se lo traigan, señor, aunque tendrás que encontrar la manera de llevarlo. No tengo un saco en esta casa que pueda despedirse."

"Mis alforjas tienen poco de mérito en ellas. Yo las limpiaré."

La cocinera asintió y se alejó apresuradamente. Erik recogió sus alforjas y se sentó en la esquina del salón. Mairi se agachó junto a él, examinando cada elemento que sacaba, luego esperando expectante por el siguiente.

La bolsa que Ruari había tomado en el barco tenía poco, pero la otra, que había llegado con Fafnir, aún pesaba. Dentro había varias manzanas arrugadas, así como un trozo de pan lo suficientemente duro como para usarlo como arma. El gancho de escalada todavía estaba allí y podría ser útil en el futuro. La cerveza en la botella de cuero no tenía un olor que invitara a un hombre a beberla.

"¿Qué es esto?" Preguntó Mairi, arrugando la nariz ante el olor de algún bulto. Ella lo giró con impaciencia en sus pequeñas manos, tan persuadida estaba de que Erik debía haberle traído algún tesoro o baratija.

Él deseó haberlo hecho, pero sabía que no tenía nada que pudiera intrigarla.

Erik hizo eco de su expresión, esperando hacerla sonreír al menos. "Queso muy viejo, quizás más añejo que tú."

"Apesta."

"De hecho, lo hace. Dudo que incluso los sabuesos del conde se lo coman.", dijo Erik y ella se rió. Entonces ella corrió por el salón, desplegando el trozo de queso a medida que avanzaba y se lo presentó a uno de los perros del conde. Ese perro lo olió una sola vez, luego miró hacia otro lado con desdén.

Mairi regresó desanimada y le devolvió el trozo de queso a Erik, quien no lo deseaba, pero lo aceptó de todos modos. "No le gusta", dijo ella. Él buscó en la bolsa y sacó la segunda de las dos camisas que el conde le había otorgado. Ellos arrugaron la nariz al mismo tiempo cuando ella sacudió la prenda.

"¡Nunca sacaremos el olor a queso de eso!" dijo Erik y Mairi lo dejó a un lado.

"¿De quién es?"

"Era mío. El conde me la prestó.

"¿Se la devuelvo?"

"Creo que no", dijo Erik y compartieron una sonrisa. "Déjalo pensar que se perdió."

"Será nuestro secreto", le informó solemnemente su hija mayor, sin darse cuenta de lo valiosos que eran esos secretos para su padre. Ella volvió su atención a la bolsa, pero encontró poco más de interés.

De hecho, todo en la bolsa olía a queso viejo. Erik la dejó abierta por el momento, esperando que el olor disminuyera antes de que la cocinera le trajera la comida.

"¿Pero qué hay de esta?" Mairi demandó, habiendo dirigido su atención a la primera bolsa.

"No queda nada allí", dijo Erik, y abanicó la solapa de la alforja olorosa con optimismo. No parecía haber diferencia en el olor.

"Por supuesto que hay", insistió Mairi, luego le tendió la mano. "¿Qué es esto?" Algo suave y rojo brillaba contra su palma, su parecido a una gota de sangre casi detuvo el corazón de Erik con miedo.

Pero no era sangre. Era una gota reluciente, sin duda, y tan roja como sangre fresca. Pero era duro, como una joya y tan frío como el hielo.

"¿Qué es?" preguntó Mairi de nuevo cuando Erik lo giró en sus manos.

"Parece una joya", dijo ella. "Aunque nunca la había visto antes."

"Quizás te fue dado mientras no estabas mirando", sugirió Mairi, con los ojos encendidos. "Quizás alguien lo escondió en tu bolso para que tú me lo pudieras dar." Entonces sonrió, completamente convencida de su idea.

Y Erik tuvo entonces una idea de lo que había encontrado su hija. La gema estaba fría, después de todo, y de un tono rojo . Ella cerró la mano sobre él mientras pensaba y cuando abrió la mano para considerarlo de nuevo, la gota había crecido.

Ahora parecía el capullo de una flor, y Erik sonrió. El hada Darg debió haberle concedido una bendición a cambio de salvarle la vida en la caverna, porque solo ella podría haberle dado la rosa roja forjada de hielo que necesitaba para concederle a su nueva esposa todos sus deseos.

"¿Qué es? Creo que lo sabes ", acusó Mairi con convicción infantil.

Erik sonrió. "Creo que lo sé." Ella cogió a su hija, sosteniendo la gema de las hadas rápidamente en su mano. "Busquemos a Astrid y vayamos con Vivienne, y ella nos contará una historia."

"¿Es la historia de Thomas the Rhymer?"

Erik sonrió, porque sus hijas ya molestaban a Vivienne para que contara esa historia una y otra vez. "No, esa no".

"¿Es un cuento sobre la gota roja?"

"Es eso y más." Él tocó la nariz de Mairi con la yema del dedo. "Y si eres muy buena y escuchas con mucha atención, es muy posible que esta piedra mágica, porque eso es lo que es, hará algo muy especial."

"¿Como regalo para mí?"

"Como un regalo para todos nosotros y un recordatorio de que hay muchas cosas que no podemos ver ni explicar."

En unos momentos, estaban todos juntos en la habitación que él y Vivienne habían compartido, las niñas envueltas en la capa forrada de piel de Vivienne, sus expresiones expectantes. Erik dejó la gema en el suelo ante ellos y las abrazó a los tres. Vivienne apoyó la cabeza en su hombro y su sonrisa le dijo que ella también había adivinado la importancia de la gema.

"Érase una vez, había una fortaleza lejana conocida como Kinfairlie", comenzó ella. "Y ese torreón fue reducido a cenizas. Fue reconstruida por el Señor de Ravensmuir, un hombre alto y apuesto cuya esposa era la única descendiente superviviente de Kinfairlie, y se dice que reconstruyó su legado simplemente para verla sonreír."

"Un buen hombre", dijo Mairi, acurrucándose más profundamente en la capa.

"Un hombre muy amable", convino Vivienne, compartiendo una sonrisa con Erik. Él observó a sus hijas, sabiendo que Vivienne ya las tenía esclavizadas con sus cuentos, y sabiendo que llegarían a pensar en ella como su verdadera madre en poco tiempo. Él se reclinó y miró la gema roja, que ya había comenzado a brotar otro pétalo.

"Kinfairlie tenía un castellano que se ocupaba de sus salones y almacenes mientras el señor y la dama no estaban allí, un castellano que tenía las llaves de todas las puertas del torreón", continuó Vivienne. "Y ese castellano tenía esposa e hija, una hermosa hija, una hija a la que le encantaba jugar en el castillo. Como era de nueva construcción y se suponía que no encontraría ningún problema dentro de sus muros, y de verdad, hay que decirlo, porque ella tenía más que una medida de encanto persuasivo, se le permitió ir a donde quisiera dentro de los muros de Kinfairlie."

La gema roja ya se parecía más a un capullo, aunque el capullo aún era pequeño. Erik vio que los ojos de sus hijas se cerraban, que Vivienne se concentraba en contar su historia y él saboreó la promesa de su sorpresa.

La gema engordaba, como lo haría un brote antes de abrirse.

"Pero lo que el castellano y su esposa no sabían era que había un viejo cuento sobre Kinfairlie, un rumor de que Kinfairlie era un portal entre los reinos de las hadas y el de los hombres", dijo Vivienne y ambas niñas abrieron los ojos ante eso para mirarla con asombro. "Además, se sabía que sucedía que un pretendiente de hadas veían a una muchacha mortal a través de ese portal y perdía su corazón por completo con una sola mirada. Se decía en el pueblo que esos hombres hadas cortejaban a sus novias mortales durante tres noches y luego las capturaban para siempre, dejando como precio por la novia una sola rosa roja, forjada con hielo."

Así que pasaron una buena parte de la mañana, la luz del sol jugando con el cabello de la esposa de Erik y sus hijas, la historia de Vivienne manteniéndolas atrapadas con el capullo de un mito.

Y cuando la última palabra del cuento pasó por los labios de

Vivienne, Erik señaló la gema con un solo gesto. Él saboreó el asombro de sus tres compañeras, porque habían estado tan cautivadas con la historia que no habían notado su transformación.

La gema se había convertido en una rosa roja, tan fría que podría haber sido forjada con hielo, y cuando Vivienne la levantó con asombro, Erik vio el charco brillante que dejó en el suelo.

"Me trajiste esto", dijo Vivienne, su sonrisa era todo el agradecimiento que él podría necesitar.

"El precio por la novia", dijo Erik, sus palabras inusualmente roncas. "Aunque no soy un pretendiente de las hadas, y te ofrecería más de tres noches de noviazgo."

Vivienne se rió. "La rosa no dice mentiras, de todos modos. Somos amantes destinados... "

"Y nuestros caminos se entrelazaron para siempre", asintió Erik, justo antes de reclamar los labios de Vivienne con un beso.

Porque ese era un buen presagio.

# NOTAS



## CAPÍTULO 1

1. Es una águila grande del viejo continente conocida también con el nombre de "quebrantahuesos", nombre que sele dio pues tira los huesos de grandes alturas para partirlos y poder alimentarse.

## CAPÍTULO 15

1. Bebida popular en la Edad Media que tenía como ingredientes principales el vino y la miel, se le añadían especies cono nuez moscada, anela, clavo, jengibre y pimienta negra.

# LA NOVIA BLANCA COMO LA NIEVE
## LAS JOYAS DE KINFAIRLIE #2

*El señor de Kinfairlie ha ayudado a sus hermanas, cada una una joya por derecho propio, a encontrar marido. Ahora el propio señor busca casarse y pone sus esperanzas en la novia blanca como la nieve.*

Lady Eleanor sabe que es mejor no soñar con el romance y el amor. Casada dos veces para asegurar las alianzas de su padre, ha aprendido que ella es deseable solo por su fortuna. Cuando las hermanas del señor de Kinfairlie le piden que se case con su hermano, Alexander, Eleanor acepta, esperando solo salvarse del peligro.

Pero Alexander no es como ningún hombre que ella haya conocido antes, un hombre más interesado en cortejar su sonrisa que su obediencia, un hombre que valora su consejo tanto como su pasión recién despertada... y un hombre que no sabe que Eleanor es la clave de una fortuna que podría  asegurar el futuro de todo lo que ama. Ahora, los enemigos despiadados no se detendrán ante nada para asegurar la captura de Eleanor. ¿Se atreverá ella a confiar en su nuevo marido antes de que sea demasiado tarde para ella, para Alexander y para Kinfairlie?

~

**¡Próximamente!**

*Se publicará en agosto*

ACERCA DEL AUTOR

Claire Delacroix vendió su primer libro, un romance medieval, en 1992. Desde entonces, ha publicado más de setenta novelas en una amplia variedad de subgéneros, que incluyen romance histórico, romance contemporáneo, romance paranormal, romance de fantasía, romance de viaje en el tiempo, ficción femenina, paranormal adulto joveny fantasía con elementos románticos. Ha publicado bajo los nombres de Claire Delacroix, Claire Cross y Deborah Cooke. The Beauty, parte de su exitosa serie de romances históricos Bride Quest, fue su primer título en aparecer en la Lista de libros más vendidos del New York Times. Sus libros aparecen habitualmente en otras listas de bestsellers y han ganado numerosos premios. En 2009, fue escritora residente en la Biblioteca Pública de Toronto, la primera vez que la biblioteca organiza una residencia centrada en el género romántico. En 2012, tuvo el honor de recibir el premio Mentor del año de Romance Writers of America.

Actualmente, escribe romances contemporáneos y romances paranormales bajo el nombre de Deborah Cooke. También escribe romances medievales como Claire Delacroix. Vive en Canadá con su esposo y su familia, además de muchos proyectos de tejido sin terminar.

http://delacroix.net
http://deborahcooke.com